所有离开高桥的人，何曾离开过那个码头、那座桥、那片田园？
来而去，去而来，看似去去来来的一生，其实从未离开过小小的江洲。

唐萍 著

江苏大学出版社
JIANGSU UNIVERSITY PRESS
镇 江

图书在版编目(CIP)数据

源 / 唐萍著. —镇江：江苏大学出版社，2019.12
ISBN 978-7-5684-1284-1

Ⅰ.①源… Ⅱ.①唐… Ⅲ.①散文集－中国－当代
Ⅳ.①I267

中国版本图书馆 CIP 数据核字(2019)第 286179 号

源
Yuan

著　　者/唐　萍
责任编辑/吴小娟
出版发行/江苏大学出版社
地　　址/江苏省镇江市梦溪园巷 30 号(邮编：212003)
电　　话/0511-84446464(传真)
网　　址/http：//press.ujs.edu.cn
排　　版/镇江文苑制版印刷有限责任公司
印　　刷/镇江文苑制版印刷有限责任公司
开　　本/718 mm×1 000 mm　1/16
印　　张/24
字　　数/375 千字
版　　次/2019 年 12 月第 1 版　2019 年 12 月第 1 次印刷
书　　号/ISBN 978-7-5684-1284-1
定　　价/68.00 元

如有印装质量问题请与本社营销部联系(电话：0511-84440882)

序

张甫雄

丹徒兴教助学的两位高桥老乡要选择乡土教材读本，供学生阅读。江南学校的唐萍是出生于高桥的语文老师，恰巧利用业余时间写了这样内容的文章准备出版，兴教助学的同志一致认为其作品既体现了乡土风情，又蕴含着丰富的精神内涵，决定采用这本书，要求我这个高桥老乡作序。因为对出版内容不甚了解，所以没有一下子答应下来，当看完了作品初稿以后，我受到了震撼。

唐萍老师的这本《源》是一部书写故乡的作品，初读以后我就认定，这是一部值得香茗相伴、沐手捧读的好书，略略读过全书十八章，更加坚定了我的看法。同为生于斯长于斯的高桥人，我愿意将自己一些个人的阅读感受奉献出来。

有一种书可以做到开卷入胜，此书自序《须得有一书，来记高桥好》即有这样的效果。从爹爹（祖父）到父亲，再到作者，要写高桥，成为一种传承的执念，“都还在怀念那段时光，还在想着大河，那个没有家的地方”，开篇我们立刻感受到“高桥深处”的那一股“隐忍而伟大，绵长缓劲，不绝如缕”的“精神力量”。于是，我一篇篇读下去，越读越发深切地感受到，在这位高桥女儿的笔下，家乡真的是那么好！

在叙及故土乡愁的文字中，对故乡的眷恋与思念，大多附着在“乡土”“乡情”“乡俗”三个方面。在唐萍老师的文字中，我们也能清晰地看到这些亲切的内容：“乡土”，是指家乡的那片土地，那里的自然风光及人文景观，那些土地河流、小桥流水，那些“苦楝树”“拐枣树”、镇里的“大河”、镇外的“长江”……“乡情”，就是对家乡父老乡亲的情感，那些儿时所处的整个社会关系中的人都在生命过往中留下印记，爹爹、祖母、“学绣花的二姐”“圩里的老哥哥”“掏螃蟹的追风少年”……“乡俗”即为故乡民俗，方言俚语、祖祠家庙、特色饮食、传统节日、庙会大集等，还有那些“糯米蒿”“拜年酒”……

唐萍老师写故乡高桥，是一幅幅粉黛不施的水墨画卷，是一张张朴实蕴藉的线描速写，而且那般声态并作，灵趣生动。在《知在此塘中》《城深不知春已归》等不少文章中可以看到不少画卷式的佳作，在《倒缘乡味》《乡酒》《过年》等文章中也有很多风情式的妙片。

同时，唐萍老师并没有廉价地歌颂故乡，不是对故乡人文、地理、历史、文化等方面的资料堆积，而是从她自身的经历和微妙感受出发，映射了时代生活的各种信息，对平凡而现代的生活做出了自己艺术人生的感悟。于是，那些入肉入骨的故乡叙事，不仅仅是简单的回忆，而且是一种更高意义上的考察，对生命、对历史的审视，传达出宏大而深刻的历史讯息。如“筑堤开河静水”一章，从治理坍江写到大桥飞渡，这样的历史纵深往往会让人产生所谓“大散文”的视觉，但作者仍然是从个体生命体验出发娓娓道来，让人感同身受。如《雷雨忧心》中就这样写道：“我在希望下得越大越好，因为院子里可好玩了，但是爹爹看着雨帘发呆，他在愁江堤外的水会漫进来。”这样真实的心理活动对比让人不得不感叹于作者生命体味的深切。“我心里想着高桥雨水太多，为什么不分一些去干的地方呢？我在院子里想着这些事，大人更在想着这些事，那时候，南水北调的工程已经在计划和酝酿之中了。”如此宏大的题材，通过如此微小而亲昵的切口导入，在这里，作者对故乡进行了人生和历史的穿透，将历史的厚重与人生的体验进行了极致的融汇，这是非常难得的。作者将这一章放在全书之首，其中的深度与厚度，其中的赤子之心，相信读者都能感受得到。

漫长人生路，回忆总在时时伴随，仿佛生活中遇到的一切物事，都只是我们触景生情唤醒纷繁记忆的一个个支点。同样，在唐萍老师的笔下，有爹爹、有父亲、有祖母、有母亲，有博大厚实的亲情雕琢的记忆；也有老师、同学、大毛、老哥哥等一系列旧人以其生动鲜活的生存状态呈现，让人感叹萦绕。

《你的背是我的船》写爹爹，《祖母十年恩》写祖母，《最是手扶桥头雪》《托体何方》等篇章真正情深义重、感人至深。

如果至亲情浓尚在意料之中，那么“总有人事很特别”一章中的那些乡人记述就显得更为可贵，《苦楝树下一人家》写书记唐修宽——这位部队里的“癞疤子”、皮毛厂的“唐厂长”、工业公司的“唐主任”、我的“二爹爹”，不同身份的重叠与交融，一个为了高桥发展殚精竭虑、拼搏发展的老书记形象跃然纸上。另外，住在“大猪圈”里的拉“手风琴”的知青、高桥邮局里和和气气的“大毛”、我的与病魔抗争的“老哥哥”……都是那般鲜活，而让人心生无限感喟。

写作从回忆开始，文章从故乡生发，没有回忆和故乡，就是没有文学的出发。唐萍老师从高桥出发，走向自己宽广的人生，细腻而深刻的人生体验，让故乡高桥成为她写作的源泉，比如她两次写到的“过江”，小时候过江送信，长大后搬家离乡，我们可以看到笔墨下的浓浓深情。另外，作为一名语文教师，对于语言的考究也是本书的一大亮点，质朴而无堆砌卖弄之感，也是非常难得的。

总的来说，也许全书并不是每一篇都玲珑剔透、感性袭人，但有太多的优秀篇什，以真性情为故乡唱着一首属于自己的歌，有物，有景，自人生初始，纯洁童心，落墨成字，终成好书一本。

故而我也愿意做个推介，让这份真情笔墨不至于埋没，把它奉献给更多的家乡高桥人看到，给更多的镇江人看到，给更多热爱故乡的人看到。

2019 年 9 月

须得有一书，来记高桥好

（自序）

爹爹（祖父）去世前半年，腿脚力气很弱了，不怎么能走，每天下午，我放学回来，搀着他走一段，动动。

这时候，他的大多数时间都在说高桥，说南北大河。反复那一句：下个月，如果他身体好了，就把大河写下来。我们都以为他下个月会好一点，没想到相反了。他也预感到不行了，改口说："萍子乖乖，你一定要把高桥挑大河写出来呢，要有一本书，来写写高桥有多好呢。"

彼时，我忙于高考，我的答应是敷衍的，暂时让他省心。他说，挑大河不写出来，时间长了，就没人知道里面的难了。

有时候我还没放学，就由爸爸搀扶他走走。估计他一定也跟爸爸说过这个话，因为爸爸也会写。

爹爹的一生里，沉默但深爱着的高桥，是他的全部。

我来往高桥，每次离开码头都百感交集。明泪暗泪悄悄地不知流多少。有一样神圣之物止泪得不得了，那就是：一册地理书。

地形图、地貌图、降水图、矿产图、交通图、等压线图、等高线图全有。多少角度来研究发现：高桥居然是全球最好的地方了！

北纬度正好、气压带正好、降雨量丰沛、四季分明。特别是长江冲积平原，由亿万年冲击而成，鱼米之乡，土地特别肥沃，适合作物成长……

这哪里是念书啊？就想着高桥整个一甜蜜罐子，自己就是蜜罐里的人，十几年的家乡风物积累历历在目，就以高桥为世界中心，用对比法、联想法、自豪法一混合，这个地理怎么考都是高分！

小小的高桥凭借天时地利：独特的地理位置，亿万年积下的独特土壤，农、植、殖、果、桑、水的一幅幅图画，成为高端立体的田园诗。

读到高纬度地区的寒冷和日光不充分，那日子一定没有高桥好过；读到低纬度地区的冬夏两季没有高桥的四季分明，那没有春天和秋天的日子，是多么单调和无趣啊。

和高桥人一起读有关高桥的书，至上荣光。那时候，我心里也有好好为高桥写本书的愿望。

爹爹去世后，又二十年一瞬过去了，父亲得了胃癌，开刀以后，身体很弱，不太能工作。养病的时间里，他觉得有点力气了，便向我说一段关于高桥的事、物、景。可见他的一生经历过后，认为最好的地方还是高桥。

偶尔他也写，但他写得很慢，写不长就停了，似乎千言万语堆积在心里，又苦于难以说明白。不久，他的手肿了，拿笔也困难了，终于什么也不写了。

父亲后期养病住姐姐家，起居药食都由姐姐操着心，他给姐姐最后说的话是：想撑起来，再一起看看花去。

他没有再提要把高桥写出来的话，我也就忘记了这件事。爹爹和爸爸都去世了，我们的世界没有了伞。更忙于工作、家、孩子，他们的愿望被长时间疏忽了。

我装修、搬家，整理出一个白色的信封，里面居然是父亲亲笔写的，关于南北大河的引言和提纲。

我忽然想起，扶爹爹散步的时候，爹爹说的要写大河的话，也忽然想起父亲也一定被爹爹关照过，要把高桥写下来。所以他也长久地想着，要为高桥写本书，而且已经开始写了。

母亲说，今年清明节要更重视，因为今年奶奶百岁整、父亲八十整。他们向我说愿望的神情，倏地来了。

他们为了高桥，为了大河，为了江堤，吃了那么多苦，为什么他们临了临了都还在怀念那段时光，还在想着大河，那个没有家的地方？

2017 年，我圩里老哥哥去世，他在去世前又发出了和爹爹一样的劝告：“你会写，就一定要把高桥写出来。”再一次灌注了我的这个念头：不要怕笔拙，就实实在在地写高桥。

每当夜晚，我想着高桥的人和事，笔笔写来，耳边犹听见爹爹关照我好好地写高桥的人、高桥的事。要朴实地照高桥的真实去写，往高桥人的沉厚里写那里的好，多承人家的关照。

高桥深处的精神力量，隐忍而伟大，绵长缓劲，不绝如缕，这股力量养育了我们的父辈，才有了我们。追溯高桥的底层力量，到达我们的生命源头、历史深处，这是我一直想做的事。

思念如滴雨清露，渐存于随笔日记中，不断整理，在《高桥大好老》登载后，又整理、删改，集成此书，十八章。特别感谢。

目录

筑堤开河静水

彝于空

儿戏

知在此塘中

桥边课堂院

高田美人

总有人事很特别

你的背是我的船

祖母十年点滴恩

清瞳姐姐

人家居处

行人半出稻花上

倒缘乡味

乡酒

过年

一春院囿

城深不知春已归

长情不诉

筑堤开河静水

竹林里干干净净，一定是有人清扫过了；河道笔直，堤岸宽阔，杨柳成行，桥梁一座一座，这是有人努力过了。有人拿走了崎岖，才留给我们平坦；有人拦住了洪水，我们才得平安。高桥几代人挑堤开河理水。静默的堤岸，是众志成城的证明。整个长江水系，一路江堤，堪比长城，是物质遗产，也是精神遗产。

江堤险情不再有

一、治坍江

母亲降生于江洲元字段村，那时江洲尚未筑堤防洪。她无忧无虑地长到十多岁，祖宅坍塌在江中间，房顶大树，全部沉江，全村一家家失去家园，过江投亲，成为地地道道的难民。

坍江是母亲人生经历的第一道伤口。母亲一家，夜月念乡，常常涌起悲情，白天压抑着对坍塌在江中老家的思念，进入正常的外乡生活，那种滋味，没有丧失家园的人，很难理解。

所以每一年高桥都在蓄力，一定要治住坍江、加固江堤、防止内涝，坚决不产生难民，即使临时危险撤出的难民，也迅速安排回乡，安居乐业！

从新中国成立到 1997 年，坍江战斗历时四十八年。四十八年间，坍走祖宅乡土的母亲的群族、许多有着共同经历的乡亲，虽然搬到其他地方，但是每到潮汛，都在习惯性地打听坍江情况。母亲的周氏宗亲，一部分搬到上海，又多次回来，看一看坍江是否停止，远亲、乡人是否安好。

期间母亲不断打听，陆续又坍塌一部分土地，听说了用木船装石块，人站在船上，将石块抛江中的努力；听说了运来大树，将大树系上石头沉到水底，形成水栅的努力；也听说了用汽渡船运石头抛江，最后建成石头大堤。

为了防止江堤也坍进江里，就在原有江堤后几百米，再挑一退堤。1977 年，爹爹参加挑“七七退堤”，父亲在外牵挂着，交了江堤土方费。各个生产队，锹挖肩挑，吃住都在工地，有时还挑灯夜战。男女老少都挑。十八岁的姑娘也在人群里，挑破肩膀，还要坚持，轻微发烧的也在坚持。有的小孩子在工地等妈妈那一份饭，分给自己吃。江堤和退堤一起，每年加宽加高。二十年时间，除了加固江堤，共挑了二十公里长的退堤。

我们队，有三洲谢姓人家，因为坍江搬迁到我们隔壁，长子因为亲身经历过家园坍江、搬迁这段曲折，激发起发奋求学的志向，外出发展。

治理坍江这样的事情，高桥年年做，坚持了五十年。国家有关部门花费数千万工程款，在江心洲的上游建了一处江底潜水大坝，缓解湍急的水流，缓减流水淘沙。从 1998 年大洪水过后，江洲坍江基本被控制住，至此二十年了，母亲这一群人，心里的大石头放下了。

二、挑江堤

1954 年，洪峰到达历史最高，危险就要来临，党和政府动员当地的群众搬迁到大港、谏壁、镇江。先接老弱病残，再接中年人群，整整疏散了半个月时间，青壮年党员留下死守长江大堤，与洪水搏斗。

狂风大雨，江浪猛烈如蟒如兽，啃咬江堤，巨浪带着旋涡，把江堤冲出个豁口。瞬间，咆哮的江水向堤内急流而下。

几个年轻力壮的党、团员敢死队，飞奔到豁口处，腰间扎着连在一起的长绳，连成一排后下水，紧紧地挽在一起，挤在这缺口里，形成一道坚实的身躯堤坝。紧急关头，他们只能用身体阻挡汹涌的江水！此时，他们的身后已经进水，狂涛还在猛涨，这些人随时都会被水冲走，后果不堪设想。

这些青年的父亲、领导、在一旁看见的所有人，都急疯了，也不知道哪来的力气，居然能将灌好的七八十斤的草包，一口气连续扔到他们身后的缺口，重新围起来，草包堤坝迅速又增高了一米。

那一瞬间，几个年轻力壮的高桥人临危赴死的举动，激发了乡土沉埋的力量。但是，雨还在下，更大的狂涛袭来，土堤经不住大风大浪的冲击，第一道大堤决口了，洪水如猛虎般吞没了一切，接着，敢死队、突击队就严防死守第二道江堤。

天上下着大雨，地上刮着大风，洪水凶猛地冲击着第二道江堤。大浪很快冲垮了第二道围堤，一片片转黄的稻子，一处处绿色的藕塘，养着肥鱼的鱼塘，挂满了就要成熟果子的果树，一切都被无情的大水淹没了。高桥洪水达到屋檐，只剩房屋的顶尖露出水面。大床、饭勺、锅盖都漂在水上。

老党员、人民解放军、群众青壮敢死队，抗洪已到极限，最后只能含泪退出，他们在船上哭着，眼睁睁看着整个高桥变成一片汪洋。大洪水一直到了十一月才退。

新生不久的共和国，表现出极强的组织能力，1954 年的抗洪、拼死守护家园、失去家园、返回家园、重建家园的过程，给了高桥人民极大的痛苦，是高桥人不可磨灭的创伤，让爹爹深刻感受到江堤保命的重要。父亲也在其中。

高桥镇地域四十平方公里，从此，高桥人以这四十平方公里的江洲土地作画纸，挑江堤、修江提、开大河的决心，不可动摇了。

党和政府领导人民重返家乡，开展生产自救，重建自己的家园。引领人民上江堤、加固江堤，挑起第二道防护堤，从此，高桥人民除了农田建设，春冬季节“春冬水利工程”成了口头禅，不停挑土，以抵抗每年的洪峰到来。高桥几代人的冬天，都是在冷风中挑江堤中度过；夏天，每家都派代表，在江堤上值班，大雨里，蚊子堆里，忧心忡忡地度过。

洪水是悬在心头的灾难，未知却可能，连年筑堤，不能安居乐业，很多高桥人被迫离开了深爱的故土。爹爹和父亲一边挑江堤，一边希望能有一劳永逸的大堤，江浪不侵。

爹爹去世后，他盼望的江堤落成了，石头堤岸不可侵犯，高桥河网落成，排涝抗旱都不必担忧。

三、排内涝

江堤问题解决了，洪水退了，还有内涝问题。

每到夏天，庄稼长势喜人，可是到了雨水洪水汛期，几场大雨一下，庄稼就全部淹在水里。看着雨水淹没了自己的劳动果实，大家干着急，江面的水位高于内部的水位，内部水排不出去，眼睁睁地看着雨水淹没了庄稼，又是一个内涝的灾年。

就在这时，书记带领高桥人民整治内涝问题，首先规划治理内涝的方案，然后发动群众开河排涝。第一工程，先开东西大河，投入了开河的战役，男女老少全部上阵，开挖了东西大河，修建了东方电排灌站。

第二年，雨水季节第一场大猛子雨又来了。大河、小河水又都满满的，庄稼再次被淹在水里。当天夜里，东方电排灌站的电机立即启动，把大河小河的水排到堤外，可爱的庄稼露出了水面。电灌站显示了东西大河的威力，保住了田间的果实，迎来了一个丰收年，人们露出了笑容。

接着高桥人在书记、党员的领导下，决心开挖南北大河、建桥，在南北江边又建起大型电灌站。低水时期引江水进河沟进农田，大雷雨时期排涝保农田，这一下彻底解决了高桥的内涝问题，高桥人再也不怕雨季内涝了。

你还记得东西南北电灌站一起打水吗？真是壮观又好玩，各级电灌站到了打水的时候，那些长江大鱼被打进来，昏了头，晕了向，用竹竿就能够到。那时候你会游泳了吗？下去捞过吗？江里进来的大鱼，一捧起来就有几十斤，我们拖不动。还有大鱼被轮机断开，一个大鱼头就很重，被你得到；鱼身漂到对岸，被他拿到。

人们就这样愉快地听着轮机声音，开始了新的生活计划。植经济树林，办小型工业，发展手工业，发展农林牧副渔。水网美化了环境，有了旱涝保收的保障，开创了高桥农田水利建设的大好局面，鱼米之乡又成了美丽的桥乡，高桥开始了欢快的发展。

东西南北，河网挑成功，桃红柳绿，勾框的水墨，又填色，着上了丹青重彩，实现了真实的青山绿水。

我们亨二队门口的三支河成功以后，就搞了水产副业，养了珍珠蚌，真是鱼米之乡的享受。南北大河开挖成功后，又挑了各条支河。高桥的挑河，是井田井河的河网规划，往最美的鱼米之乡、人间天堂的蓝图上努力的愚公计划。这样画山水的过程是艰难的，却是终生难忘的。

高桥以朴实的挑河方式，解释了神话：愚公为什么九十不死？因为愚公不是个体存在，他是一个生存了很久的民族，子子孙孙无穷匮，终会排除通向幸福生活的困难而日益进步。与高桥集体挑河一样，这样的大河大堤，同时发生在华夏大地的多处水域。

四、沉麦船

1998 年 8 月 24 日，镇江水文站向全国报出了出现 8. 37 米的高浪潮位，仅比 1954 年低 1 厘米。1954 年的大水几乎覆盖了高桥，成为爸爸常常念叨的大事。现在，险情又一次出现。

爸爸还健在，爹爹的担心成了爸爸的担心。我们登上谏壁电厂的煤场石岸，向高桥张望，爸爸几乎用命令的语气说：不能超过 1954 年！

很快传来武汉和江西的情况，人民解放军以团为单位，手挽手，组成挡浪护堤的军阵，以血肉之躯抵抗洪水。1954 年的场景再一次异地发生了，在洪水猛兽的挑战下，英雄的姿态反而更加伟岸。这，就是千年大禹。

爸爸向家里的朋友打电话，传来和 1954 年一样的安排：让老幼先撤离避险，但是党员、医生要留守。七八十岁的老党员还在护堤，很多坚强的高桥老人都还和年轻时候一样，参加抢险，随时准备再一次跳到江堤前的江水里，手挽手，组成人形防护墙，挡浪护堤。

江堤就是生命线。夏天夜晚，每家每户都要派人到江堤守夜。几十公里的夜间大堤上，村委、团委、党委都有人轮换看守，这条大堤在汛期默默地保护着家乡人民。

雨虽然停了，但是上游的大潮逼近，险情加剧，爸爸的心像被猫抓一样，这是我工作的第十年，孩子才三岁，一家子每天都在担心着高桥的江堤，那是爹爹和爸爸挑过、我们走过的长江大堤。爸爸对自己亲历的事情有着特别准确的估算，在最危险的几天，他在江边不断做出“家里危险了，危险了”的判断。

不几天，果真出现江流旋涡掏开了涵口的危险，但是也传来了高桥指挥把粮管所运麦子的船只果断沉没，成功堵缺，连接大堤的好消息，没有决堤！

爸爸那天喝了酒，睡得早，第二天早上，不再去江边了。

五、成功

现在长江上游三峡大坝、下游长三角、抗洪排涝网络化大格局实施成功。大堤又把整个高桥都围了起来，固若金汤，扛得住几百年一遇的洪水。这个伟大的工程，使汛期的复杂情况都在控制之中。

高桥的江堤凝结了几代人的心血，这几代人中，各个人群都在这里集中，当时县长、书记、各级党员、乡政府机关人士、人民解放军，还有写歌词的，最多的是像爹爹和爸爸这样的老百姓，男女老幼，全在努力。

如今江洲三伏大雷雨，已经能安然无恙了。爹爹和爸爸挑江堤已成故事，舍不得流失，我便将它写下来。

千年汹涌江浪中诞生、百年成长的灵秀江洲，这块水土的经历、积淀，是一个真实的绘画山水的过程。江堤河岸，意境格调、气韵色调的形成过程，凝聚着高桥人集体的情感。高桥江堤仅仅是整个长江大堤的一小段，就有着这样的沉淀，那么整个长江两岸的大江堤，堪比长城，是物质遗产，也是精神遗产，需要铭记。

江堤险情不再有，步行江堤上，微风过，细浪咬岸，江鸥盘旋，白鹭悠然，圌山对江，这样一幅青绿山水，终于能定格在咫尺画幅上了。这山水是情思中最为厚重的沉淀，世上该有众心之笔，刚毅而意气风发，纵横千万里归来后，来写我们生命的胞衣之地。让高桥人的后代，从祖、父辈那里，得到勇气和力量，让一脉得以相承，这是江堤的轻声慢语，倾听……

我们的日常，曾经是多少人的梦想，致敬老党员们、长辈们，他们倾尽心力，完成的这一段江堤，已经是千年长江文化奇迹的一部分，这是之前的任何时代都办不到的。生于斯，他们以毕生的力量教会我们“以生命来深爱”。

挑河理水

江水、雨水会闹腾，会洪水成灾，于是高桥人以心力挑出河道，静水安居。

高桥的冬春，田间农活不多，在繁忙的间隙，人们最注重水利。决定开挖南北大河时，我七岁。方案是每个大队包一段土方，再分到各个队，再由各个队分到各户家庭。

开工之前的动员、拆迁时间很短，大家都很理解，有把自家大门板拆了垫河都很愿意的心情。河上从南到北等距离地安排人，各大队分别承包一段，用红旗标志。

挑河工具就是粪箕柆子，三根麻绳，悬在扁担头。一担两只，挑。读到《愚公移山》里的“箕畚运于渤海之尾，寒暑易节，始一反焉”，愚公的“箕畚”，我就是用高桥的挑河工具来理解的。愚公用这样的工具，把土挑到渤海边上，一年挑走一担！懂了那是怎样的困难。

深秋，到河上上工的人，天还没亮就起了。一开始还有人赤脚，天冷了，赤脚就不行了，有人穿起草鞋，衣服还很单薄。爹爹接近六十了，受到照顾，可以间断去挑，奶奶除了大猪圈的事，要去送饭。我还没有上学，能跟着奶奶走。奶奶的妹子嫁到集镇桥，靠近大河，奶奶借她们的大灶烧饭，我在那里又认识了一群小孩。

往冬天里去，河床越挖越深，泥也越来越湿重，最后结了薄薄的冰，加剧了困难，挑土要爬的坡也越来越长，挑一趟就更难了。衣服不知穿什么合适，穿单薄又冷，厚一点里面又全是汗，所以，每个人都敞着怀。有人喊起了号子，队和队之间开展比赛，看哪个队先挑出河底来。

每当这时候，亨字圩的劲头就高出一筹，每个人都迸发出力量，伴着愉快的笑声，大家全都忘记了肚子饿，脚下冷，冬风劲。

河越往下挑，泥就越湿。天气越来越冷，黑得也越来越早。但是一定要在春天到来之前挑完，因为一到春天，大雨春涝，不但挑不成，反成大水洼，说不定又泽国一片，一定要挑完！

队长、大队长，都做出表率，所有的干部一边喊一边挑，挑得虎虎生威，快而有力，大家都觉得得到了鼓舞。张忠全老师专为大河谱曲填词，给大家精神上鼓劲；皮毛厂出资十万多元，给以经济上的支持。

爸爸担心家里困难，断断续续回来，替爹爹挑一天，再走，再回来。爸爸那年 37 岁，是最有力气的年纪，他一到河上就愉快起来，好像觉得自己的力气能和大家一起使出来，是件令他快乐的事。和出生地的人在一起，吃苦也愿意，怎么都甜蜜。

河堤岸需要筑夯压实，圆柱体铁铸夯锤和平时的石头夯不一样，用绳子系住四边，然后拎住绳子，把夯锤拉、抛向高空，让它自由下落，大地发出沉闷的震响，震得人心里觉得特别有力！再抛，再夯。八人号子震耳，夯下去，我们一群看夯的小孩都觉得地动脚麻。你看过吗？脚麻不？八个人或六个人围在一起，成了一个共同体，那是需要协调能力、配合默契、力量的小组工作，只有强有力的人才能完成。

母亲回来帮奶奶烧饭，她因为此事，认识了奶奶的妹子家。奶奶说，妈妈还不知道节约，给爹爹的茼蒿菜饭里，实实地加了一大勺荤油，结果晚上爹爹说，今天饭才好吃。

只有很少人有解放鞋，大多数人都用稻草扎紧裤腿，穿自己做的鞋，或者十来根稻草绕几下，扎在脚上，给劲，防滑，也有人穿着草鞋。不管穿什么鞋的，脚都会又湿又重。不管天黑不黑，天天都要挑到队长说的点才能结束。

到家以后，晚饭随便吃点什么，喝点白粥、山芋干子粥，就要烧水泡脚了，脱鞋是困难的，褪下来，脚皮泛白。脚放到水里，脸上龇牙咧嘴的，嘴里嗨哟哟地颤。最担心的是肩膀红肿破烂，不久河上传来有人挑破了肩，在学习用另一个肩膀挑！

时间越来越紧了，大家害怕春天到来了还没挑好，决定加工突击，晚饭也不回来吃了。我们几个只能自己热点大锅里的剩粥，吃了就钻到被子里去坐着等。

带着这样的记忆到了谏壁，谏壁拓大运河。工程是从纸浆厂边的运河，向东再挖出一条运河，供电厂用的循环水，又设排水闸，为农田服务。

这个工程的规模比高桥南北大河还要大。集中万名金坛民工，只有蒲草地铺，睡老百姓家里或者工棚里，场景比开挖南北大河还要壮观。高桥用数字称河上的二支桥、三支桥。谏壁也建大桥两座，由美好的“莺歌燕舞”一词，取名莺歌桥、燕舞桥。

外婆家里住了二十名民工，他们对大人安静有礼，对小孩由衷喜爱，真是淳朴。我们高桥也来了民工。这些民工挑完了谏壁船闸、抽水站，又响应号召向南京秦淮河治理和开拓工程进发，在秦淮河工程上，又一次齐心协力，将秦淮河修建成名副其实的历史胜地。

在高桥看南北大河的开挖、在谏壁看门口大河的开挖，感受太深刻，以至于认为，没有什么困难不能克服。

当时的高桥天天唠叨：要有挖土机多好呀，要有挖土机多好呀！如今，梦想实现了。现在看开河，不需要肩挑，工人在大型挖土机上操作就可以了，那是机器画水了。

以为江南自古山清水美，得来简单，但是这千里江山、山静水安的如意画图，作画的过程，除了造化的神功，还有肩膀的力量。

高桥人，几代理水静水，将家乡建设得风调雨顺，草木发荣。

雷雨忧心

夏天到田里去摘菜或者上早工，需要提前到清晨五点左右，再提前放工，这样才能避开中午的大太阳。

天刚有些亮，队长就喊着出发。因为天热，我们也起来了，发现在下大暴雨，雷声轰鸣。欢欣！希望大雨再下、不停止。这样，大人就可以休息，我们就可以玩水了。

在院子里淋早上的雨，一夜睡着发出的汗都能洗了。哗哗的雨驱走了暑气，丝瓜在院子里赤膊淋雨，欢喜得发亮。我穿件花背心子，就冲到雨里去，踩地上的水窝。廊檐下的雨帘齐齐整整，开始写三伏天里的凉意诗行。

天慢慢地亮了。家里的大伞，竹子做的伞骨子，黄油布做的伞面子，时间长了，发了黑，舍不得扔，现在又请出来了。老伞一定像廉颇一样，会因被起用而开心。我看着奶奶缩着身子，举着伞，冲到雨里，给猪子们喂食去了。

大姐上初中了，她有地理书。书上有写："我国降水量丰富，但是降水不均衡，地区差别大。"我心里想着，高桥雨水太多，为什么不分一些去干旱的地方呢？

我在院子里想着这些事，大人更在想着这些事。那时候，南水北调的工程就已经在计划和酝酿中了。

我希望雨下得越大越好，因为院子里可好玩了，但是爹爹看着雨帘发呆，他在愁江堤外的水会漫进来。因为这样大的雨，不要两小时就能把小河下满了。稻子淹了是小事，江堤怎么办呢？昨天晚上水已经快要和江堤持平了。

只要连续一整天大暴雨下得不停，就能把江面上升到江堤不能承受的高度。他又没有办法，忧心忡忡。在他的生命里，经历过多次洪涝和江堤溃塌，他最知道流离失所、无家可归的绝望滋味。

好不容易等到大雨停了，天开始大亮，爹爹特别想要到江堤上看看。我非要跟着去。他看看雨小了，决定背我一起去。

到了东江边上，茫茫的大水，芦苇齐胸以下埋在水里，仍然翠绿昂扬。后来解放军携手护堤，我就会想起那时东江边的芦苇，在水里连成护堤绿阵。

爹爹站在大堤上，眼看着江堤就只高出水面一根筷子长了，江面浩荡。因为好几小时的暴雨，江鸟躲着，现在则全部在江面上，快乐地叫着飞着，多而敏捷，掠过江面捕食。我在爹爹背上看得很高兴，也很震撼，但是爹爹只看着茫茫的大水，内心的忧愁更深了。

他赤脚背我来的，回去太难走了也不觉得。他只说："江堤，今年冬天还要再加高，再夯实。"春冬只要有挑江堤的任务，他不顾年迈，始终都在人群后面跟着，挑一点是一点。

他的心里多么盼望有一道巨浪难敌的巍巍的大堤。他的期望和担忧是所有高桥人的期望和担忧，全高桥的力量都用在江堤和大河上了。夏天大猛子雨，不是诗篇，是沿江百姓的忧心事。

曾经有一幅画：江堤薄，苍茫江水，风摇齐胸没水芦花求救，清空中，大雨浇注。停雨后，六十老者，背负孙女，赤脚没足泥水中，极目望，大江汹涌，洪水对岸，青山愁！

再没有什么力量，比这样的青山愁忧还能惊天动地，于是全国兴修水利，解决干旱问题和洪涝问题，这也成了当时许多人一生奋斗的方向。

过江送信

通知了开挖南北大河，爸爸妈妈已经外出，但是户口都还在队上。干部叫最好有一个人回来挑河，再加上江堤、秋收好几件事，奶奶觉得写信说不透，必须派一个人过江，不但带着信，还要和爸爸当面详细说。她的意思是爸妈最好能回来一个，一方面少交钱，一方面这是一件大事、光荣事，爸爸应该回来参加才是。

谁去送这封信呢？大的都上学了，只有我一个人没有幼儿班可上，闲着可以派。于是我一个人过江送信的经历就产生了。

去之前把要说的情况都记熟了，挑河的土方怎么回事，为什么必须回来，反复说对了。到了那边下了船，怎么走也背牢了，信也揣好了。

出门时，奶奶又反复关照："路上不要和人说话，跟着个大人，别人就以为你跟紧的是家里的大人，不知道你是一个人了。"

到江边，以前都是大人抱我过跳板，现在自己一个人先上跳板再上船，小心翼翼地显得沉稳的样子。

一路上因为不能说话，就只看江水。江面阔大，江浪汹涌，江鸥盘旋。对面的山静威挺拔。世界就这样到我的面前来了，渺小感悄然升起，江浪唰唰地过，风呼呼地在耳边赶过去，头发乱飞，遮眼遮鼻，这是外面的世界！激越、迅猛、开阔的世界，瞬息万变的大江。这不是天天在岸边看，这是身在浪尖，江天相接，乘风破浪！

这是纯正自然呈现在我眼前的大山水，需要丈八匹的巨幅宣纸铺排开来：白浪冲船，阵阵层层叠叠，静山威向天；船行浪尖，白鸟盘旋，近近远远轻轻，青天含笑接。

那时候还没认识这么多字，但是心里知道了壮美，被震撼，以至于顺利完成了"不能和人说话"的命令。因为，我的心里堵住了太多感触，说不出话的毛病就又犯了。

见到了爸妈，他们惊喜得很，也很骄傲，反复说，乖乖真是有用了！我说不出话，他们一个理由一个理由地猜，想起来把信交给他们，他们看信说到要挑大河了，我才把背的内容都说清楚了。

当晚爸妈就商议开了。彼时，他们在外，没有户口，没有房子，也很艰难。担心回去挑河一百天再回来，工作会更难找了。

第二天早上，爸爸决定再找一个给人帮忙的事做，可以再补贴一点。他们把两人身边的钱全让我带回去，又借了钱，给我们生活用，让我叫爹爹吃饱再挑河去。

一上午，我在妈妈的大饭堂空等着，来了几个差不多大的小孩，拽我的辫子，以另外的一种气势欺负陌生孩子。我逃到大门外，他们才没追出来。我感觉很可能爸爸妈妈出了高桥，也受到了外面人的欺负，又不敢问他们。

吃过了有米的饭，还有蛋和馒头，他们把钱理好，一沓子缝在我的心口褂子的里边，叫一路小心，一到家就交给奶奶。

我回去的时候，心口里揣着一叠钱，揣着各种复杂的感受，和高桥才分别了一天，就归心似箭了。

从这以后，奶奶把我当熟门熟路的，常派我过江，得以多次感受大江特有的气势。滚滚滔滔，哗哗江浪，层叠推进，大山水，大写意，成了所有过江来往的高桥人生命里“我”的图像，成为高桥人特有的气质积淀。

常把运河作大河

上班忙起来，只有早晚能得一点点空隙。来不及回去看南北大河，也要找个相似的地儿溜达一会儿。这个地儿，只有运河，运河水的宽度、两边柳的垂柔很像南北大河。

还记得早春来这里，垂柳刚刚鼓苞，枝枝条条还僵硬着，不灵动。杉树不动声色，仿佛冬眠未醒。有迎春零星地开着，算是欢迎；有芦苇冒出了芽，仿佛襁褓中的孩子，裹得严实，不露真容。

漫步在磨盘路、水上亭台回廊、土路小径，若没有故乡田野的风情记忆，是怎么也欣赏不出亲切，感受不出美来的。

不是爱闲逛，我是在回味，觅一份依偎。那份爱自然爱土地爱一草一木的情深，我在找南北大河，找一座桥，我是在思乡，寻一份寄托。

这地儿不是风景名胜，游人稀少，空旷、清幽，在城市里，这儿也算绝世而独立了，自然而然不做作。这份清幽留存于心。

沿岸的地砖路，杜鹃花正在怒放，鸢尾花开始歌唱，蒺藜子有半人高，激动地簇拥起来，开花的宛如小声哼哼，结荚的好似打着节拍，花草树木间正有一场春天的盛会。

杉树一行行，绿色擎天；毛洋槐挂着红彤彤的、像鞭炮串的花朵炸裂开来；芦苇一丛丛一簇簇，挨挨挤挤，谈笑风生……他们比我的南北大河热闹而威仪。

春水涨，河岸的水草成块成片。在水一方，有叽喳、啁啾、呢喃的鸟，起落翻飞滑翔。箭一样地疾，飘絮一般地缓，还有鸟如我一样，闲庭信步，东张西望。这个像嚼过的青青嫩草，那里像我钓过鱼的幽幽清潭……亲切、幽静、土生土长、自然而然。

真正的故乡在心里，我心里的运河，其实是高桥的南北大河。尽管它的到来，不是为了漕运，尽管它的联通不是北京，但在我这里，任何逻辑都不好使，任何对错都难以分辨，反正我总把它和一切人工的河放在一起，排在第一。我就来运河这里，看柳追絮，是因为我来不及逛南北大河。

在教科书里有醒目位置的大运河，成了南北大河的替代，这件事糊涂到了这个地步，就因为这两条河，不是造化神功，是人力亲为，而且南北大河是高桥的！

眼前的水、桥、花、鸟，引得意绪隔江过水，飞向乡土、故人……

大河紫藤

家里传来了南北大河新建的小公园里，紫藤在开的消息，心中瞬间舒畅：南北大河之美，有了新的意境。

我有幸写过南北大河的桑树，也在写它的柳絮，还没结稿，南北大河的公园，紫藤都已经开起来了。

大河之美，在水在桥在夹岸。夹岸植物，是高桥经济和精神追求的信号。

那时候的南北大河两岸植桑。桑，经济植物，承担着高桥摆脱穷困和饥饿的希望。“把酒话桑麻”是诗，但是端酒的手指，染透采桑叶的青渍，南北大河夹岸第一代植物，好比奋斗中苦菜的花。

大河柳絮风媒，是个信号，那是将自己儿女托付长风，挥手作别，山高水长，异乡异地，祈求儿孙发达福昌，却漫天思绪，惆怅江边，聚散两依依的，困苦中向外发展追求。

在这个春天，紫藤在大河两岸开起来了。一路贪玩的我，遇见了大河紫藤。五峰山大桥的施工，暂时影响了小公园的繁盛，有些荒芜，所以花开得并不很辉煌，需要凑近了看。也许大桥工地地面施工结束后，这里能重新焕发。紫藤的怡和之气，一定会漫开来。

紫藤凌空嬉戏，垂挂云木，浅白深紫，芳香围拥，万朵同开，引得小虫小蜂兴奋，偶然有鸟放歌，阵阵香风，无语留人。大河的水、桥，都是紫的了，都是香的了。

江洲的土，最是发荣，紫藤来这里，也一定能长势旺盛，花开劲霸，三五年就能满架满河，甚至会长到柳树的顶，就像当年看露天电影要上树寻找制高点的我们。

留客有了去处，薄酒三巡，相携到紫藤下，谈画有了实景，大河成了画溪。

抱孙子的祖母，除了指着认稻子麦花，还有紫藤：藤花紫的，藤叶青的。不要再像我小时候，春天就一个绿字里打滚：麦子绿的、野菜绿的、三叶草绿的、猪草绿的，一个菜花黄要激动一辈子。单色的环境，让美商无法发育。

赛马回归放紫藤，安逸的心境，怡和的颜色，有不癫狂的喜悦。大河在追赶苏州的拙政园、留园之美，北京的燕园、颐和园之美。

我一路走过大河的桑荫，采叶累了也含笑；一路送远人千里之外，翘首累了也未语。今夜遥想大河的绝色之美，竟然凝噎，因为时光缓缓，让我懂得大河的诞生、成长、向美而生，一路艰辛中的撼人心魂。

大河清绝地，犹觉是升平。你院里有紫藤吗？能寄托你归来舒放的心不？

夏至水长

夏至在高桥，因为开始了夏天大雷雨的预备，这个节气便显得有些特别，所以难以忘记。

大雷雨意味着洪水袭击，先天条件有限的高桥，每一条河，除了少量的江流顺势、自然形成，大多为人工开通，挖土成圩。所以高桥的水最值得尊敬：它和大运河、红旗渠，地球上一切人工的河水一样，带着后天自我修炼的发育过程。这样的水里，有着过好日子的灵魂的在场，尽管挖河人已经不在现场，但是他们、她们的肩膀记得。每到夏至，各队就自然进入了预警，知道就要准备安排人，准备上江堤值班了。

夏至的水，是去迎接洪峰的水。先天条件有限，不要怕，带着后天自我修炼的发育过程。饮这水的人，是突破水患、收拾不遇，刚柔并济、奋斗不止的人。

高桥的水是大江的分系，带着大江的性格，涟漪细微的春水，到了夏至，便呼应起长江的波涛，有着放纵奔流的追求。

童年顺着这灵秀的高桥水走遍、看遍了高桥，享受了最美的滋味。因为高桥没有山，没有海，所以，要出去看一看。山海之地的深秀。青年长成，母亲在江边挥手相送。沿着江走，再沿着海走，把他乡异地的水，都比一遍，赛一回。青年们在外不言苦，相反得到一根天鹰羽也要带回来，给故乡看一看。说说黄河水、太湖水、九寨水。中年了，仍然一心希望，在比赛中，我们高桥的水，能比别处的更清美。

夏至的水，是夏天暴雨前的一刻安静，这时候“静水人家绕，白首好归楼”，正是对这清亮亮的水的怀念，才长途回归，走上桥头，再望桥下，故乡的河底似当年，清着、美着、灵着。这就是寄托，就是慰藉，就是不易察觉的笑。高桥人心怀天下，走遍天涯。饮这水的人，是襟怀坦荡的人。

治水工程落定以后，每一个村圩都围绕着茂林修竹。青瓦人家不必去说了，就连高桥的新桥洞里，都曾经庇护过情况特殊的人。他们虽然食不果腹，芦席当床，但是他们能直接在南北大河水里洗脸，捞鱼，找菱角，水煮就吃，他们情况特殊。那清澈的水，安静地滋养他们，更何况那些稳静的人家呢？

河道成网、鱼米之乡的高桥，是鱼藕菱花的产出之所。清水而生的水产早已列入地方志，更是男女老幼、心魂灵气的养护汁。顾盼灵秀的高桥人，走向哪里都很受欢迎的原因，就是这神圣清灵的水，养育了独特的个性。

我的圩里，有这样的护水人：夏至快到的时候，投放小鱼苗，投放螺蛳，清理淤草。夏至来了，有什么力量使他们动着这样的念头？

他们还在圩里努力着，让我们享受圩里的清水，享受放鱼、收鱼又授鱼的过程，这护水之人的情怀和奋斗的过程，才是一部书，最能代表高桥人向幸福和富裕奔走的一路行踪，需要那如椽之笔才能写透。护水的情缘之起，是从父辈起，从童年起，就曾经在清水河岔里捕鱼而待客。过年的分鱼之欢，终生难忘。高桥护水人的存在，比我们知道的还要多。

垂柳长丝静水邀，鱼莲蜻蜓复相招。门前好水静，等你白首归来。夏至快来的时候，清理水面浮藻，放进新苗，等待雨季，等着上江堤防洪，然后再数着秋雨、秋霜、冬雪，相信春雨里，燕子一定还会来……

今日夏至已至高桥，天正高阔水正长，不远处，江水东圌山碧。

生命里有两座桥

爸爸的大哥哥在南京成家立业，全家对南京这个城市有了新的感情。1969年1月1日，南京长江大桥正式全面开通，全面使用。之后半年，我才来到人世。两年后，我虚三岁，能走路，能说些简单的话，爸爸把我扛在肩膀上、让我骑在脖子上，妈妈把姐姐搀着，上南京、上长江大桥玩，大桥有个照相的地方，留了一张方方的黑白小照。

回来以后，南京长江大桥成了我们的热点，买东西时，火柴、香烟盒上有大桥牌子、图像都是首选。有一年，日历本的背景图就是南京长江大桥，挂了一年。闲来吹牛，有人说，如果大桥一小时不通车，整个省的车都会开乱了！

爸爸的大哥既然已经在南京上班，快过年了，家里杀了猪子，爹爹会上南京，给大儿子带一个后腿。回家后，都说起南京长江大桥，点点滴滴，说大桥的小事。这样，我们很小就知道了，大桥的酝酿、建设、交付使用，花去了十二年。十二年里，大桥成了一所最好的大学。技术和人都在工地现场，边学边干，桥建成了，人和技术都成熟了。

他们还多次提到南京长江大桥建造过程中遇到的危险。工人冒着洪水、冒着生命危险为大桥排险。这种桥，是技术、力量与灵魂的合璧。世上也只有具备了力量与灵魂的技术，才那样令人感怀。

爹爹说到大桥曾经接待过许多国家的元首、贵宾、游客，成千上万次，几千万人，腔韵里是抑制不住的欢喜。

我大了也坐火车。只要路过长江大桥，老远就看见路口上的两面红旗、两本书，这个标志特别醒目。车厢里的乘客都会弓起身，敲着玻璃说：“长江大桥，长江大桥，南京长江大桥！”语气急促而新鲜，一分多钟后，还很留恋回望。

这座桥还是老了。1990年以后，明显地进入吃重状态。虽然他的钢筋铁臂依然强劲有力，灵魂还是那样地倔强。在日益强大的社会和时代号角面前，南京长江大桥，来不及绝望，迎来了第二代世界第一大桥：五峰山大桥。

从南京长江大桥说起，从高桥说起，并不是沉迷于往事，并不是活在回忆中。回望来时路，不是为了怀旧，而是为了找到自己。

建设南京长江大桥的时代，高桥进入了开大河、筑江堤的时代，集体的意志、改天换地的气魄，战胜了大江狂涛。工地上满河红旗飘，一声声号子，焕发出百年久违的豪迈，在防洪大堤上，深夜有民兵护堤、团委交接，在江风夜岸，看中秋江月，与夜空对峙。不拜日月星辰，不拜神仙，拜只拜这已固的山河，求只求大堤巍然。

男孩怀抱木剑、木红缨枪，要挥剑斩断洪水，涤荡尘世，要建功立业，勒石留名。女孩高唱电影里的歌曲，红梅迎春，百丈寒冰也会迎春融化。艰难却又愉快的童年时代，是我们的源，是我们的始发站。

层浪迭代，大河江堤，铭记着一个时代。五十年以后的 2019 年，仿佛知道我们高桥人心底里对桥的亲切和遥远的盼望，镇江五峰山大桥选址到我们高桥来了。

每天都有新进展，每天都有新闻。高桥人每天都在近距离现场观望。五十年，共和国桥梁技术和能力迅猛发展，机器和技术明显大于人力，让远望的我们，产生了积木游戏的幻觉。五十年后建大桥，技术全面进步了。相比南京长江大桥，当年人力和精神震撼了世界，而五峰山大桥，让高桥人在大桥下除了感受到了震撼，还感受了昂扬和轻盈。

五峰山大桥开始建设，每天都在以事实说着一切皆有可能。新生的大桥和南京长江大桥，在半个世纪的长河中，完成了重要的交接。一步一步地有形地解释着，如何维持勃勃生气，什么是心魂发展。

大桥在北岸选择落脚点的时候，遇到了非常复杂的地质状况，向地层深处探寻的时候，避免和控制了交叉相碰的问题。这样的智慧，是需要几代人智慧叠加才能达成的。

如今，在东江边、西江边的防洪大堤徘徊，远望五峰山，感受到生命里有两座桥，一座在 1969 年，我生命的源头，伟大得开天辟地，不受阻挠；一座在我生命的中峰，伟大得轻盈昂扬，时不我待。

要好好地写下来，因为我的父亲曾经背着我一路紧赶，到南江边汗水淋淋，还是把过江船错过了。他指着五峰山说："南京长江大桥要是在这里多好啊！"天堑变通途，如今真好了。

大堤望烧霞

时序转到农历七月底、八月初，这是看巧云的时候，但这样的福气，也是天赐才能有。

这时候，天空瓦蓝瓦蓝的，白云如山如峦如牛马，层层叠叠，缓缓行走于天空。到了傍晚，西天燃烧起瑰丽晚霞。稻田正是齐齐整整、灌浆抽穗的时候。隔着成亩的稻田，向西天望，向西天走，要往红霞里去。

在最迷人的傍晚，去追一个晚霞，会不知不觉地沉迷在四周不断变化的魅力中。大树、村落、房屋在慢慢变黑，稻田也在变黑，但是天空却在变红。一天之中、一年之中，最强的天地明暗的对比，就在朝暮之时。一个因为日落，另一个，因为日出。

自我放养在天地之间，最能知道秋的好处，薄纱微凉，还没穿起长袖，两臂过风，便准确地知道，秋就要来。

追到江堤，看见天空之上，有什么力量穿越了过往，驶向远方，大水拦住了去路，再也追不到烧霞了，只在大堤上望向那红日，落在茫荡的芦柴滩里。

这该是大写意的山水，长堤一带，还夹着细浪拍岸的沙沙声。偶有飞鸟归来，往荡里停了，天边的烧霞，慢慢在眼睛里变成了爱与绚丽的原始理解。江堤终于挑成功了，夏水终于过了，堤岸上，终于有了初秋之宁。

这一边红日还没完全落下，那一边半个白月已经露痕，星也准备着了。有星，有月，就不迷航。等一会，再等一会儿就会上满星光。大船像个龙图腾，江堤面前，披着红光驶过。

一路步行，追到江堤上是需要时间的，想不起来晚饭的事，眼里只有远处变化万端的彩云，不但形状永不相同，连颜色都时常变幻。就在江堤上，苍穹下，走进闪光的梦。

从来没有人工的雕琢却又自由有序，沉默又张扬的暗夜的精灵，在最后的萤火虫照应之下来了。红光在最后离开的时候，开启了环形的拱顶，层层明朗。神秘的图案，排列成星座，在耳旁，风裹挟着夜的单纯，仿佛有上古的钟声回响在心底。

离人是从这里远去的，该是在这里回来吧，有一天他们都会出现在汽渡的船头，出现在天空烧霞中、剔透的水晶云海里，翻涌而出。烟火层浪里，风凌空而来。他们会上岸，去到各自母亲的面前，抹去母亲没忍住的泪水，一夜过，凝固成第二日清晨的滴露。

能在江堤上，一起看云山，生命就像山一样稳定和满足。虽有万端变化，但是我总是看见，天空飘过的云有一种景象：两朵相向飘来的云经过了对撞，或两朵同向飘动的云，经过一阵追赶，合二为一，直到完全分不清。它们原先，是两朵云。

我那时挨过多次的打，只为这唯一的执拗。八月初秋，一路追逐烧霞到江堤之上，望茫荡芦花秋风里，迷彩天空，水接天远，隔江望，白鸟旋，天烧霞。

追大暴

高桥三面环江，除了大树，没有阻碍视线的障碍物，夏天几乎每天一个大暴（大暴雨），来势汹汹，轰轰烈烈。论理，小小的高桥，难有宏大壮阔的情怀，但是，高桥人却常怀激烈，去向四方也不输。长夏的大暴天和大暴后的繁星天是原因之一。

最热的中午过后，大约三四点，身上已经黏汗糊满，往往痱子、疖子、蚊虫咬的小疙瘩已经全部痒辣，这时候最盼望下河泡泡或者淋一场雨。大人的担心也是这个。他们还在田里，给我们洗澡是不可能的，下河也已经被严重地警告和狠狠抽打过，不再敢了。那么我们就很盼望四点过后的作大暴和下大暴雨。

作暴之前，蚂蚁很好看，蜻蜓也集中地低飞，过一会儿，雷从远处来，大地的胸膛里响起了威严之声。蓝天边黑云开始冲来，太阳还在，但是光很快被遮挡一部分，云在瞬息万变，不能眨眼，一眨眼，就跟不上它们的变化了。

风带来凉意，吹来了盼望。我们把脸对着大风吹，头发很快向后吹去，脖子里的湿的散发被吹飞起来，它从江面上来，从高天里来，我们跑起来，跟着，匆匆不息地赶到那里和炎热打仗去。

高桥孩子和淡水浓墨的国画最投缘，看天空有时候大牛卧水、九马狂奔、小犬喘舌，有时候巨人铁臂、拿云摩天。风更大了，树叶乱舞，这时候容易忘记大地，感觉自己在风里成了蝴蝶，追那些神翼的飞行，真是“一点浩然气，千里快哉风”。

风越来越大，也越来越凉，身上没有汗了，凉秋的感觉来了，小褂子透风凉。乌云翻墨，天完全黑了，乌云里哗哗地瞬间洒下了大雨点，听得“噼啪”之声，在稻田、在堤岸，撒豆成兵一样。大风刮过，雷声响过，紧跟着来了澎湃的大雨。但是大暴的前面还有着阳光。紧接着，雨赶上了我们，把我们裹进去，凉而亮的雨点砸下来，额头、背上、头发里，被凉剑击中，追大暴，一伙人只有快点跑、快点跑，追到它的前面，才不会有雨却有风。

追起来会出汗，还是会很热，关键是很快不知道跑到哪里了，丢了回家的路。麻雀窝被吹掉下来，在乱飞，雨变大了，身上变成了另外的不舒服：那是冷雨！

有时候一小时，有时候两小时。东江边下着大雨，西江边还有太阳。巨大震耳的雷声中，知道我的心性的奶奶，会不管有没有放工，追我回家，抓回来，一顿死抽："不许出去拾魂！"然后她就开始忙水给我洗澡，我还在院子里，昂头看黑天里亮着雨点。

热水洗澡后，肥皂清了肤，花露水辣过了痱子，喝过了冷粯子粥。暴没有了，天露出了繁星，萤火轻盈，笼罩着美丽的闪烁的天穹，夜风微凉，月光清辉，大梵天下，竹床上，听故事，听故事，听故事，迷糊了，睡着了。

高桥的天，是最阔的，这长天大风，就似日日酒烈风长，吹向了五湖四海。今日大暴已过，繁星静闪，你的心天，银河流向哪里？

江岸芦苇滩

中秋过后，沿着江堤走，一路芦花相伴。在东江边停住脚步，只是看。

大堤之外，芦苇荡里慢慢地飘起明年的生长计划，明年去新的领域看一看的幻想。荻花瑟瑟，壮美的秋天终于在洪峰过后，带着清凉，安全地到达了。

漫江碧透，远处是波澜壮阔的秋水，再远处是伟岸的五峰长山。这样的泼墨山水，显得悠远而壮阔。芦苇滩，一条绿色的长城，夏天的抗洪英雄，到了秋天，迎朝送霞，成为东西江边最温和甜美的表情。

大堤之内，养殖螃蟹的水塘，静而成鉴，照云天。鹏润裘皮制品厂的大面积太阳能板，覆盖着整个厂房。船厂在清理，不久就能勃发绿色生机。大桥的桥墩建到大堤之内，横贯江洲北去。村圩里，东篱菊花泼辣地开了。

秋来了，莽莽荡荡，万叶纷披，随风摇曳，百鸟栖息的芦花荡，开始了自己新的计划。

正是长长的思念的煎熬，才使相聚成为节日。中秋节美好的时光过后，秋风清凉带着美意，一场盛大的告别在江边进行着，白白的芦花飘起来，飘起来，向远方，向远方飘去。

这时候的芦柴滩，荒静着，似乎没有太多人顾及。但是那时候，芦柴多珍贵啊。

忙完了一件一件的大事，冬天来了，孩子去了远方，大地、生命到了该宁息的时候，芦苇变得枯黄而坚硬。水退了，鸟飞走了，芦苇滩里能进人了。几多深秋，枯黄的芦秆和芦叶被我们割下来，运回家，把最坚韧的部分捆扎好，放在门后。就等着春天，黄瓜的架子由它们出列，承担那些美好的田园诗。

顶上的芦花被剪下来，扎在一起做成了家中的芦花掸子，成了春节之前掸除灰尘的柔柔的刷子。芦席和黄泥可以补起泥墙了。柔软的，白白的，棉花一样的绒毛，采集在一起，可以做一双暖和的毛窝子捂脚。删下来的头头尾尾的废料，堆到了锅膛里，化成了温暖的红火焰，应和着窗子外面纷飞的白雪，这一天静美的日子。

春天来了，东风带来了温和的海洋气息，江面上有了鸟的踪迹。江边的芦苇，新芽冒出了水面，带着清新的香气。蒌蒿满地的时候，芦滩里的芦苇短笋成了江南特有的野味，聚集在江岸边。清新灵秀的芦芽故事在一天一天地书写，很快，鲜香的芦蒿薹吃完了，芦笋也吃过了。芦苇窜得有一人高，叶子也已经有了三指宽，美好的日子，到了端午节了。

芦苇滩里，春天的野味就那么不断地吸引着人。芦蒿薹、芦笋，人们还在回味着它们的新鲜味道，才休息了一小会儿，就已经到了吃粽子的时候了。奶奶在滩里打粽叶，我跟在后边儿能玩很久。春天的日子，一天一天地都在一节一节的芦苇中记着呢。粽叶遇上了糯米，相得益彰，就有了美好的黏黏的节日芳香，端午过去，夏天就要到了。

立夏正式到来，这时候，美好的生活中掺杂了一丝恐惧，那是来自于对夏天大暴雨的恐惧，长江的大堤成了人们心中的依靠。每天上大堤望长江，情感从欣赏美景转为对洪涛的担忧，夏天的水一天一天地涨，漫过芦苇的一节又漫一节，直到芦苇齐胸站在水里，那情形就十分危险了。尽管还有白鹭在芦苇中出没，芦苇荡已经成了防水的森林，成了一道灵动的堤岸，成了洪水的标杆和不屈的第一排、第一军阵。

狂风暴雨，巨龙翻滚，这样的夏天，整个芦苇滩爆发了无可摧毁的坚韧不拔的劲头。这样的底蕴能让它们与江水抗衡，三十天、七十天甚至九十天，这样的耐力，让它们度过了闷热狂暴的夏天。满滩的芦苇，依靠的并不是独立的个性，而是万杆成林、坚韧不拔的气质，它们虽然纤弱，却又万众一心。江岸芦荻，这是我难以忘记、十分钦佩你的原因。

江岸芦荻，我今儿特为看望你而来，在我熟悉的江堤上，在秋阳温暖的午后，看见你安然，所以清欢于心了。

春秋过，年循环，芦苇以生命的姿态解释了一层又一层的立意和意象。春节过后，似曾相识的芦根，又冒出了清新的芦芽。美好的日子，再来一遍，再来一遍。

江岸芦荻，一旦真正懂了你的心魂，此生怎么可能忘记？

舞于空

虫虫，虫虫飞，一飞一大堆。

这世上仅有美丽的花静静地开放，还远远不够，还需要蜂飞蝶舞，这样才能有充满灵感的力量和极其美妙的感受。风也会和它们呼应。天空才不孤独和寂静。舞于空的精灵，带着日月的光辉，在乡间用美妙悦耳的声音，诉说着乐土时光。

江洲虫美世界，藏着自然万物的幽情，飞到掌心，把对生命的关爱，对人生的思量寄出来，很久才被查收。

春蚕草龙舞

春天，奶奶去接蚕种，接回来一看，怎么比芝麻还小？

很神圣地接到大仓库里。大仓库里的木头架子上，一层层的大箢篮，早就准备好，种子出了小蚕粒粒，桑叶要切得很细很细，撒在箢篮里，慢慢桑叶需要就日渐增多了。

不久，蚕子大一些了，真的听到春蚕在咀嚼桑叶的声音了，极其安静的大仓库里，只有这样细切的声音，队里安排的每个值班的大人都被感染着，凝神地听，脸上没有焦虑，只有看不出的笑意，那是对这样喜人声音的陶醉。

我们一跑到蚕子仓库门边，就有神秘的力量使我们变得轻手轻脚的，以至于十几个人都不被发现，进去后，只能看一会，值班的就用唇语叫我们走，把我们轻轻推出去。

我们一有空就守在仓库门边，连仓库清出来的蚕屎都要抓在手里玩，有股子清香味，后来蚕屎也没得玩了，因为有人要，说是好做枕头呢。选出来养蚕的社员，须得心细手巧，粗手笨脚的不行，所以队里几个淑静的，被挑选出来，专门负责养蚕。她们都很温柔，待我们也很好，一方面迁就我们的好奇心，一方面又防止蚕宝宝受了什么传染。所以每天只让我们进出一小会儿。

蚕一天一个样，长得很快。会不吃不动，蚕眠一两天，说是要脱去旧皮，就像我们脱下嫌小的衣服，之后，蚕又开始吃桑叶。有规律的几次之后，也是最后一次蜕皮后，蚕宝宝通体透亮，要上山了。

于是最后一批大箩筐运叶子，满足一仓库蚕子的最大食量后，那几天简直像最后的大仗，传子弹一样，所有人都被派出去采桑叶，大箩筐运，叶子老一些也没关系了，而且根本不需要切，整张的大桑叶直接撒，蚕子直接啃食，仓库在狂吞桑叶。我们小孩也被派出去帮忙采桑叶。最后，它们不需要吃了，我们不需要采了，才松了一口气。

仓库并不大，怎样让那么多蚕子结出茧子还不互相影响？最聪明的人出现了，他会指挥大家用稻草扎草龙。

晒场上扎草龙真难忘，长长的草龙从晒场这头一直到那头，趁着大人不留意，拎住一头甩，真的像龙一样地腾伏很远。草龙进仓库盘起来，空间得到最大利用，蚕子很快各自找到合适的地方结起茧子来。不久，一屋子的茧子，好比繁星在银河里一样白亮亮地闪。

最后采茧子，一粒粒地采，小姑娘被批准参与，手小，容易在草龙里摘下来，听到大人说真丝的衣服、真丝的被子、真丝的围巾，被收获的喜悦充满的心，又充满了对真丝的向往，使我们忘记疲劳，只有欢喜。

一箩筐一箩筐的白花花的茧子，是蚕一生吐出的丝，挑到收购站去了，听说，它们到了苏州、杭州，做成美丽的衣服，远销国外去了。

萤火如灯

现在，路上街灯太亮，点一盏灯上街，或者真的来了一只萤火虫，全然没有了那浓黑里一粒豆光的感受。

端午、元宵节、春节其实都有灯的，西津渡看灯。那年苏台灯会，下着小雨。春节的红灯笼属于亲属，元宵节的灯属于陌生人，端午的灯呢？端午的灯，是等待萤火虫来点的，它属于思念，灯是媒介，是招引，激惹起对漫长的夏天萤火的思念。

我们往河上去，漫天星光下，找萤火虫。

高桥的黑夜也黑得那么纯。萤火虫就这么“点灯笼”。只要有露天电影，小孩子就会跟着大人看到结束，哪怕最后睡着了是被扛回来的。一只萤火，又一只，再一只，一起翻飞，天地浑然于漆黑的夜幕之中。萤火的灵光，照亮平素看不到的内心世界，在这个时候往往会显眼，会左右我们的前行。

没有电影看的晚上就乘凉。乘凉的人们都在院子外面，一家接一家的竹床、蒲扇、咸鸭蛋、顿顿见天天见的大麦粥，萤火虫都飞过来瞧过。七爹爹的神仙帚子，悠然而拂，听说谁害了痄腮，摇到那个孩子面前说，我看一看，然后耐心地指示煎什么汤喝；王医生也要指示一下，他们都散了。剩下这个孩子第二天会喝两种药汤，腮上涂了墨汁，半个脸黑到了耳根。

我们当然要抓萤火虫，用瓶子、纱布、挂帐子里，最后怕它们死去，直接放帐子里，关了灯，由它飞、爬，当星星看，看着看着睡着了。

它们最后被我们放在哪里，都忘记了，但它们肯定在记忆里全活着，在前河后埠，在微风柳枝，淡淡荷塘。需要灯光，不必亮到刺眼：“孤光一点萤，散入满河星。”温暖不仅在于光的可见，更在一种难以言说的光明引招，让人不觉得孤单荒落，让人在寒肃的秋冬的深处，有人为的春天，光明的夏天。

萤火你兀自飞着，孤光一点，亮在前方就够了，温暖全身，热爱和感激着。事实就是，我静静地深陷离愁，你是我的灯，让我看向藕花深处，星月朦胧。

离开了高桥，却记住了圩里那一群温暖的人，记住了大河上成群的萤火虫。

一路桑荫

你知道勾践和夫差最先因为抢什么才打起来的？是桑叶、桑叶！是吴楚两地交界处的大片大片的桑叶，不是美人。自从听了这个说法，我们就开始重视桑叶，把它和其他叶子区分开来对待。

原先，我们高桥有自己的桑树，叶子小，但是桑果多，累累的紫黑，我们最是享福，吃到嘴唇都发黑了，又想着放口袋带回去吃，衣服口袋也被染紫了。因为爬树危险、弄脏衣服难洗，我被奶奶用平条抽打过好几回，但还是要跟着去。原有的桑树，哪一棵结的桑果好吃，哪一棵不甜，被侦查得清清楚楚。

后来三支河岸、南北大河岸上，全部新种了团桑树，那种专长叶子的矮桑树，叶子阔大，等距栽种，横竖对齐，棵棵旺盛。大规模养蚕开始了！

三支河大岸接南北大河，一路绿桑，足够爬、跑、躲、吊。我们从不触碰桑叶，知道它们重要。采桑叶是光荣的任务，要洗手，要拍干净桑叶，送到队里的养蚕仓库去。

蚕子由小到大，叶子需要越来越多，每天上午和下午都需要摘叶子。桑叶的柄细脆，采起来方便，但是长时间采，也很累人。常常沿着桑树采到了南北大河上，一直采到尽头才回去。

一仓库蚕宝宝吃桑叶的声音真动听，下雨一样细切润心。最后蚕子快上山的时候，摘桑叶用大箩筐运。有专人管理桑树，施肥整理，一早来，除草下肥，忙到晚才回去。桑树仿佛知道我们的迫切需要，总是此采彼长地生叶。

每次采叶的时候，哪怕叶子再不够，都不能把尖上的三四片叶子采下来，这是大人教的，如果贪图一时，把近处的桑树尖上的叶子都采下来，那么明天，就只能走到更远处采，或者就长不出叶子了。再困难的时候，也一定要留着尖端部分的三片嫩叶，事情很快还有好转。

傍晚，日头偏西了，渐渐向黑，最后一篓桑叶采好往家走，凉风微过，回首，那红的太阳停歇在桑树上，整个大河托着红日慢慢西沉，仿佛把它放进明亮的绸被子里安睡。“且向枝头留晚照”，这样的傍晚，虫鱼水草，桑麻田野，置身其中，说不出的天人合一的图式，由混沌而至清晰。

桑树管理得好，叶子提供得及时，蚕茧子结得又多又白，还发现了几个颜色不一样的，才知道蚕茧偶有杂色的！

一箩一箩的蚕茧挑到收购站去了。没有蚕子了，桑树就完全归我们了，桑树的叶子就可以随意摘下玩了，清香那么浓，我们从大岸上，跟着桑树，一直跑到南北大河上桑树林的那头。

采桑图，来来去去，一画三年，雨来风去，采叶虽然辛苦，心里念着蚕子会饿，急采急归。在圩里学养蚕，把蚕宝宝放在手掌心里，知蚕饿、知蚕疼，从而知道了，因为神魂爱着，所以会心疼。

剪开以后

我们自己弄了蚕，养在以为大人不知道的地方——坏桌子的大抽屉里。

天天记得看看，挑最嫩的桑叶，切细了喂；蚕蜕皮都不敢开抽屉，白嫩的时候，凉凉的抓手上爬；上山也找纸和稻草垫着，慢慢看一个个地结茧，茧子结得厚厚的，一路都过来了。

抽屉里顺利地结了三四十个茧子。高桥养蚕只卖茧不缫丝。所以，我们不知道茧子之后会怎样。

茧子里的蚕宝宝怎么样了？不吃不喝、没有光，它们怎么活的？又忍了好久，有一天打开抽屉，茧子里飞了几个蛾子出来，灰灰的，肚子很大，怕它们飞走，赶紧关起来。

第二天，又多飞了两个，就这么一大半都飞出来了。知道从茧子出来的飞蛾和蚕宝宝是两回事：长相和技能完全不同，一个爬，一个飞，中间就靠茧子过渡，原来，蚕儿在一边默默吐出丝，做个茧，丝吐完了，就会飞了！

最后几天，还有五六个茧子好好的，没动静。等得实在太烧心，用剪子尖尖，剪开口子，蛾子缩着，慢慢动了，爬出来了，它们摇晃着，试试翅膀，结果，怎么没飞起来？

把抽屉关上，一天都是想着蛾子举着翅却只会蠕蠕地爬的样子。夜里风吹了一宿，第二天一起来就去打开看，一抽屉的蛾子乱飞，飞得抽屉关不住了，只有那几个被剪开的不动，翅膀僵着，死了。看着这几个，伤心了。反复想想，知道是自己剪坏了它们。白天到大仓库问养蚕的，她们告诉我：剪开是错的。狭小茧洞让蛾子自己穿越，通过用力挤压，血液才能顺利送到蛾翼的组织中去；唯有两翼充血，蛾子才能振翅飞翔。

原来，丝未吐尽翅未成，这时候的剪开，不是帮助，是毁灭。难过了好些天，抽屉不再开。

这一段养蚕的经历，留着多少欢乐、期盼和哀伤，还留了深深的感悟：天天给蚕宝宝桑叶是对的，充足营养，内化吸收，然后破茧，蓬勃而生地飞翔。匆匆地超前剪开蚕茧是错的，那些弱薄的翅翼，会飞不起来，这是毁蚕。

孩子在精神和心灵的发育期，情感的发展和意志的养成期，每天在活动中给以充分的锻炼，内化而成力量。但是，在每一个蝶变的关口，看他们气喘吁吁，努力得可怜，替他们剪开困难，却切切不能。

好在有些茧子丝已吐尽、翅已成，时隔不久，偶然拉开，抽屉里的纸上居然有小小粒粒。那是蚕籽，是新生，才又欣喜起来。

吊丝鬼的丝

高桥有虫，名曰“吊丝鬼”。一根丝吊着它们，还有它们的小房子。它们的窝是用丝缠起枯树叶、枯细枝做的，藏在槐树上，一个小手指大。

撕开来，窝里很平坦，把它们的窝扔了。让它们在手掌心爬，痒痒的凉凉的。它们很像蚕宝宝，只不过一个白，一个黑。我们争论过：它们一定是有亲缘关系的，也许它的丝也可以做出丝绸。不知道为什么，吊丝鬼没有走上蚕宝宝那样的被人呵护、为人吐丝、做成最好衣服的道路。蚕宝宝选了桑树叶子，吊丝鬼选了大槐树叶子。

它们很调皮，有时候把自己弄得像一根枯树枝，僵持好久，什么也不做。中间一对足没长好，爬行姿态像“丈量”或“屈伸”，走一走，拱一拱，走一走。忽然发一个巨大的声音在旁边，它们会飞快地拱伸、拱伸，像个懒人偶然也能疾足。它们自我保护的措施，是吐丝，把自己悬在空中，脱离被触动的危险树枝。等待一切安静后，立刻顺丝回到树上。

我常常捏住它们，把它们从窝里揪出来，玩够了就给院子里的鸡子吃，鸡子很喜欢，它们天天吃糠，吃吊丝鬼那就是吃到肉了，所以个个吃得欢呢。

学习“尺蠖”这个词，特别难写，被蒙住好久，不知道是个什么神物，默写也被扣过分，也问过我的生物老师，拿出图来一看，这个玄乎的虫子，不就是高桥的吊丝鬼？可见高桥好多昆虫和植物，上到科学的界域，换一个美名，就是无极宝贝。江洲的万物草木，每一样都有潜在的无尽价值，哪一样能少了？

深秋。天冷了，北风起来，它们在空中悬得少了，慢慢地藏到土里去了，来年再飞出一个大的飞蛾。留下作废的空壳，有时候捡起来，撕开它们的窝，那些细丝也很厉害，有时候能缠着一根细树枝。

总是想着，吊丝鬼的丝这么厉害，为什么没有人要？

不久之前还问过专门研究蚕的，回答是：古人在选丝的时候，一定做过筛选，有过比较。可能，蚕的丝、吊丝鬼的丝和蜘蛛的丝，都被选了，但丝的产量和品质或者获取的方式产生了差别。

是的，蚕丝白，茧子也厚，没有杂质，真是上好。蜘蛛丝，也被研究出很多优势，军用民用医用都在开发。槐树上的吊丝鬼的丝呢？用“自由闲逸”来解释，这样一想，我就希望高桥一直有着憨黑可爱的吊丝鬼，还在槐树下，等我回去，在风里，晃荡着给我看。

我的掌心，还真想它了。

青霉素瓶子

高桥曾经草房多。泥坯拖砖、晒硬成泥砖用来砌墙，稻草盖顶。当家的愁苦，暗暗下决心要争出个瓦房来。我们却被土墙吸引：出草、开花、蠕蜂飞萤。找泥墙，一玩就玩一上午。

牛房是最好的去处。土墙上的草、花没人管理，蜜蜂最容易找到。里面大眼睛老牛慢慢吃着新鲜的草料，门和窗没有扇，洞开着，大眼睛老牛看着我们的快乐，一脸费解，它讨厌的蜜蜂，为什么我们不讨厌？它为了躲避牛虻和蜜蜂，常常被放在水塘里打滚。

除了春天耕田的时候，大牛的眼睛疲惫痛苦，似有泪光，其余时间，大牛的眼睛里只有清澈、温和与满足。

玻璃瓶还很少见，废青霉素瓶有软橡皮盖，小巧，称孩子的手心。放口袋里没大人知道。用来抓蜂、萤、蝌蚪。抓蜂要找牛房的土墙洞，用软草试探，有时空的，大多会有蠕蠕爬出的黄胖蜜蜂，傻乎乎地爬到洞口瓶子里，盖上软盖，看见它在里面爬，怕它憋死，戳个洞；怕它饿死，采朵菜花放进去……

抓萤火虫养，要在晚上，用蒲扇拍落在地上，再小心、轻轻地捏进瓶子。怕萤火虫死去，放到帐子里。囊萤、映雪读书的故事，相信是真的，因为帐子里萤火虫都集齐了，确实能照见字。但我们只把它当成光明使者，不看书。

蝌蚪要到水边找，捞上来养在瓶子里；小鱼也要到水边用米篮子等，带着瓶子在河埠头蹲好久，在菖蒲根下等好久，才能捉住一条，欢喜地养起来。因为这些，把每一个菖蒲、慈姑、芦苇根都看过了。

诚心诚意地养了好几个春夏，终于放弃了搜集青霉素废瓶子。因为每一个在瓶子里养的蜂、萤、蝌蚪，都没活下来。它们虽然不缺氧、不缺食，但它们不愿吃、不愿呼吸、不愿活下去。因为它们没有田园花海、没有碧水云天、没有蜂群伙伴、没有土墙老窝。它们，一律，死于思念。思念它们的田园花海、碧水云天、蜂群伙伴。那种思念，没有青霉素能治得了。

花去那么长的时间，养死了好些虫鱼，才明白，那些我们喜欢、宠爱，想让它们和我们玩的蜜蜂、小鱼、萤火虫，它们在自己的世界自如自在。它们起落飞翔、起舞轻盈、自由停息，自然会引得众多追随者，怦然欢喜。

斯斯虫可语，颠跑谨相从，虫儿们，想着你们，已经是很大的福分了。

小燕子，穿花衣

冬天终于离去了，当冬天抑制一切的时候，也深藏着春天。燕子它从哪里来呀？黑色的剪刀尾翼，完全撕开了冬天的束缚，让这深藏的春天完全释放。燕子回来了，冬天就奇异地远离了。那些漫长的思念，零落遍地。

燕子点到哪里，哪里就与众不同。它掠过的河，冰融了；点过的柳，柳花飞絮了；点过的枯黄的稻田，染绿了；栖息的屋檐，那家人爱笑了。

“小燕子，穿花衣，年年春天来这里。我问燕子你为啥来，燕子说，这里的春天最美丽。”它只想小声地歌唱，却引来了别人的放声歌唱。它小小的身子轻轻地掠过，别人却变得这样的欢乐。

邻居小梅的妈妈是幼儿园老师，她很喜欢唱这首歌，我们也跟着唱，一年又一年唱过去了。

春天，小燕子在屋檐口飞进飞出，我们就对着唱，希望燕子听懂，飞下来跟我们玩儿。冬天窝里没有燕子，我们也会唱，想着：再等等，过了冬寒天，燕子就回来了。

春雨之中，它们果然来了，偏着小脑袋，黑眼珠闪着星，说“我又来了”！第一件事当然先忙着修老窝，飞进飞出地忙。

唯独对燕子，从未生抓住它们的心。因为它们是飞行的高手，不容有一丝这样的期望，玄鸟之炫，在它杰出的能力，仿佛是特种飞行大队的成员。还因为它们太可爱了，不管是檐口的，还是屋子里面梁上的，小巧轻灵，成双入对，总是距离适度，从不打扰我们。

撵狗拍猫，不会被骂，一提起要抓窝里的小燕子玩，那绝不行！燕子搭窝，嘴上都衔出血了呢，坏一点窝，它要费老大的神，回头又衔出血来！

燕子是喜鸟，是带春意盎然的景象来的，家有新婚，定会喜得贵子的。“燕子说，这里的春天最美丽”，这是说我们高桥、说我们呢。多好的燕子！要远远地爱它们。

春雨绵绵，出不去了，只能站在廊檐口望呆：细雨里，燕尾如剪，炫耀似的穿过雨帘，穿过柳帘。它们多自在啊，雨雾高田柳树迷蒙着，大家都躲着春寒雨，只有这燕子，清晰迅速地飞来又飞去。看着看着，无限羡慕，不知道是欢喜，还是惆怅，很久很久。

燕子飞来了，飞走了，如此重复多次，就以为燕子飞了，总会有轻盈再来的时候，这是简单的事呀。从没有想过，燕子飞到北方去过，飞到海边去过，飞到山林去过，再飞回来的时候，它有何等的阅历！

归来的燕子，曾经在风雨里，艰难又骄傲地经历过了生死艰险，可亲可敬，又让人疼惜！

第二段的歌词，你还记得吗：“小燕子，穿花衣，年年春天来这里，我们盖起了大工厂，装上了新机器。欢迎你长期住在这里！”

真的，燕子啊，心气高远的燕子，你不在的日子里，我们一边守土努力，一边想你，常常想着你归来，我们应该有、一定能有更好的生活留住你。

春雨已潇潇，燕子历过生死，终于双双回来了！燕子心坚，不弃旧巢旧主。来来往往，它们在南方的屋檐，做亲切淳朴的邻居，悄悄地过一个季节，生一窝小燕子，再带到梦想的地方。它来春天来，它来平静地生活，就带来了整个大地不平息的生长。轻柔之美的燕子，轻轻地提示：春天我会回来，谁能阻挠生命的冲动呢？

燕子呀，飞过千万里，万一得相逢，喜不自胜，借酒击碟而歌，唱起“小燕子，穿花衣”而泪下，可不要觉得我这是心绪不稳呀。

知遇子

夏至过了才不久，早晨就忽地一两声蝉鸣，倏然，往事薄如蝉翼，向东飞翔……

苦楝树的树根下，地上十来个小小的圆洞眼陆续睁开，一定是知了上了树了，柳树有一根细枝条摇得和其他的不一样，可能缀了一个大黑亮的知了了。知了不常飞，飞也不长途。它们好像专门为了唱歌才飞，一棵树一棵树地振翅而去，也能飞很远的吧。

因为它的飞翔并不敏捷，常常被我们捉到，男孩子们直接上树抓。我们呢，有在竹子顶上黏上洗出的面筋，用来粘知了。我只会弯个铅丝圈，插在芦柴头上，或者把芦柴劈开，支根小棍，四处找好而密的蜘蛛网，搅了黏在铅丝圈或者芦柴头上，举着，找着知了，靠上去，它的薄翅就被粘上了。

它在我手心里，翅膀已经挣扎得有些破碎，再也不能飞翔。它的翅膀薄而透明，有纹，大了才知道是血管。这样的翅，如梦一样，美薄轻盈，难敌大风大雨。所以常常看见失落的半个翅膀。

它们在我手掌停息过，衣襟上爬过，帐子里停息过。捏过很多蝉，知道雄蝉的胸腔有两片半月薄膜，鸣肌每秒能伸缩千万次。雄蝉鸣声响亮，用不同的声调激昂高歌，那歌词的大意是：随我来，随我来；看世界，看世界。小小的蝉和高大的树，一响一静，相得益彰。大树上伏着小小的闹蝉，显得高挺清拔；蚕有了依托，显得安然。

雌蝉我们喊它“哑巴子”，你记得不？雌蝉半月膜，只有薄翼，这薄翼不是为了美丽，是为了短暂的飞翔。雄蝉在树的高处鸣唱，雌蝉的飞翔，是为了飞向它听到的最美的歌唱，飞向唱得最嘹亮的那一只。无声而有翼，向心愿飞翔。

雄蝉唱响了生命的歌，一直唱到寒凉秋尽；雌蝉循着动听的声，一棵树一棵树地寻找，声尽命尽。蝉，知了相思河道柳枝曼舞，知了长夏荧光月辉星疏，知了夏天的旺盛之美，才了了。

在漫漫长黑的泥里，犹如在无尽的思念之中，为了相见的光明，无声而专注地努力，渐渐破壳生翅，到树的最高处长鸣，找它们自己的精彩世界。千百只一起鸣唱，响度和力度日益壮观起来，生生不息，循环往复，一年又一年。

有一种蝉，我们叫它“知遇子”，它的鸣声仔细听来是“知遇，知遇”，你记得不？垂柳深叶里，薄暮中听得两三声。傍晚仰着脖子，看着树的高处，听风中的清唱，一语天然，把豪华褪尽，得见真淳。所以它入诗入画，早就是文人墨客的爱物，不可更易地受着宠爱。他们把立身品格高洁的禅意追求，都附着在它的身上。这便是蝉的真寄托，看似平淡却很精彩。

很多诗人创作咏蝉诗，把自己的遭遇和心思寄托在它的身上。“露重飞难进，风多响易沉”，骆宾王在狱咏蝉，传出悲声。现实中的蝉，却从未因为大风，沉暗去它们的歌声，自信而昂扬地唱着“知遇，知遇”。若是真的明白禅意，一定会珍惜知遇。

一声“知遇”，就足以催动情怀。夏日骄阳，槐树静默，午后一声，清了溽暑。“蔼蔼堂前林，中夏贮清阴”，高桥人的院子高树成林，可曾蝉鸣？

一声“知遇”，能把万古悠远的心事，归了平淡自然，收在秋天，藏在冬雪。春去又一夏，故处的“知遇子”，在哪里能和你再相逢？

三色蜻蜓

在江洲，可以看见最灵动的飞翔。秋天看长空大雁，冬天看雪天里的麻雀子，春天看燕子蝴蝶蜜蜂，夏天看知了花大姐和蜻蜓。一年四季，昂着脖子仰慕着、心痒着、追逐着。

红蜻蜓和红荷花是伴生的，才生荷花的时候，红蜻蜓在水里也才生；荷叶变大，水面、河边红蜻蜓也变多；荷花开，红蜻蜓最欢快；荷叶败，红蜻蜓也不见了。所以我觉得红蜻蜓的味，是红荷花的味。

红蜻蜓的翅膀美薄，身体纤巧，回旋轻盈。荷塘上空，它们互相照应、忽上忽下，相约一起，三四十只一起飞，荷花荷叶上，想停哪儿就停哪儿。追到河边就必须止步，它们在河中央逗我下水，想让我要么没命、要么挨打。红蜻蜓也会到院里月月红上来，特别是我被关在院子里的那个春天，有一只离开河边一伙，独自追到我的小院里，给我春天的消息，追问我，年年塘边有我，今春为何？

它一飞来，我的心里就倏然看见，荷塘里，举起尖圆的红荷，就要开了。红蜻蜓知我最爱荷放的那一刻，循着我的淘米脚印，快快地飞来，喊我去看。而我已经决定守着一方天井过春，那个春天虽然没有去

看第一朵荷开，但是有着美丽的红蜻蜓来院里报过花信。

绿蜻蜓，身子和眼睛是绿的，翅膀透明微黑。它们在大田里活动，和开花灌浆的麦子、秧苗、菜籽的嫩荚生活在一起。常常一两只、三四只，或者很多只翩然舞于空，在田垄前方飞行。

快下雨了，它们会飞得更低。这时候，它们是危险的，我们只要奔跑就可以扑到，或者脱下罩衫，一挥就能扑到。抓到了，把它的翅膀向后并拢，让它四脚朝天，两角四探，最后还是被扯下翅膀，不能飞了。

绿蜻蜓，被抓、玩的多，它们在田垄上死去的也多。为什么它们的死没有引发我们的伤痛？仔细想来，绿蜻蜓和灌浆的麦子相依，受着蓝天的衬托，相融相依在这古老村圩里，天地孩童都与它浑然一体，它们这样死去，才没有引发我的难过。那些被我捉在瓶子里，然后死去的，会难过。

盛夏的时候，江洲全部覆盖绿色，除了大马路，没有灰土地带。大人不注意的地方，各色的草会疯长，不知不觉地覆盖地面。所以发现灰褐斑的蜻蜓，那就是发现了稀奇：它前胸褐色，翅翼带着透明的黄橙色，比其他两种蜻蜓看上去凶，有蛇气。

它咬人吗？为了这个好奇，见到就追。它在傍晚时候才会出现，特别能飞，翅能感风，抓它不易。那天在圩子后头河边发现一只，一路追去，不知下去多远。神秘的它，忽然不见，我的眼睛也一黑，抬头看天，西边天只有一抹残红，四周全黑了，灌浆的麦子，尖芒黑刺，绿色不再。四周阒无一人，凉意往毛孔里袭击，风不知从哪里吹来，一会儿麦子动，一会儿草根动，一会儿后面沙沙地动，一会儿耳边沙沙地响。

没了光明，我迷了路。

左边走是麦田，右边还是麦田！前面垄子被合起来，后面也是。哪里都黑，哪里都没有出路。哭是必需的，而且不敢、不能大声，边哭边找回家的路。

就在这时候，奶奶的声音由远处传过来了，我折回头，朝着声音走。到了后边桥就认识了，放了心，抹掉眼泪，准备悄悄地进门里。哪知奶奶叉腰拦在门口，看黑影就知道，她早已把平条折好，而且折了根又粗又长的，一看见我就一手抓住我的膀子，一手举条狂抽："死外头拾魂，打不死你啊？啊？……”

被打是必需的，但是那天，被打的时间特别长，我一边挨着打，一边还在记挂那个稀有的褐灰蜻蜓，想着在哪里丢掉的，明天还去等。但是一直等到她也打累了，扔了平条，她自己忽然低下声音：“你要是不得了(“没有了”的意思)，怎么得了?!”

我感到她的腔调里，满蕴焦虑担心和难过，我自己的心，也跟着难过起来，暗暗决心和神秘的褐灰蜻蜓再见了。

三色蜻蜓飞在荷塘、麦田里，我因为红蜻蜓的翔舞，知道了美丽和轻盈；因为绿蜻蜓被扑死，知道了生的活力；因为灰蜻蜓的丢失，知道了奶奶因为爱重才会忧深。

昂昂牛和蜗牛

在高桥看见的昂昂牛（即天牛），会叫，翅膀黑，上有白的星星点点。硬的黑翅里，还有薄翅膀，它们也会飞，但是，它们常常在树干上不飞，有时候，地上也会有。一开始我的运气不错，抓到一只很老的，铁硬，结果被它的黑黑的嘴咬破了虎口，哭回家给奶奶看。奶奶带我到那里，还抓回它，用剪子剪掉它两个尖黑的嘴的刺，它的嘴平了，还流出了淡黄的血，一下午伤口就好了。再摸它的嘴，它还咬，但是不疼了。任由它在我手心爬得痒痒。怕它飞了，用一根缝衣线扣在它的脖子里，系在院里梨树上，任由它飞。

梨树因为没人忙嫁接，很难结果子，高处被绑了粗铁丝，和廊檐连着，虽成了晒衣被的树了，树叶还是有的，树干湿润，常有蜗牛爬上来。

天牛的嘴虽然被剪了，来了蜗牛，它还是有攻击的准备。但是，蜗牛的触须一碰，立刻带着笨重的壳，可怜万端地蠕开去。用小棍拨回去，它居然受了惊吓，缩进壳，滚下树了。蜗牛在潮湿、阴暗的墙根和树根生存，啃噬单调乏味的泥土。它没有铁翅，没有健壮的脚，丧失了敏捷机灵。

天牛被扣住了，但是它在不停地爬，上下求索，寻觅理应属于自己的大树，不甘于被一个幼童拘在梨树上死去。天牛本就很强硬，更何况这是一只“老”天牛、真正的天牛，它曾独自凌空起舞，追逐所爱所求，肤表坚固，历过坎坷磨难、风霜雨雪，它要天空，要它的大树，要能重新赢得自由及轻盈、坚强与自在，它要用速度赢来一个充满欣然的一生。它被剪了嘴，却还在飞。掉下去的蜗牛，没有损伤，却安于现状，软弱得不再爬上来了，筑壳依赖的想法，使它得了安然，也生了怯懦和负担。

第二天，天牛拖着线在飞，它长长的触角，比它的身体还长，一节节，如何前后摇摆，都看得分明。到了天快黑的时候，它明显失去了力气，它已经被拘缚了两天了，但是它这美丽柔韧而且黑白相间的触角，是它的挑战世界的宣言，一直昂然相向，至死都不愿垂落。它的铁翅上铭刻着星天，总要飞去。

还有一样会飞的精灵红瓢虫，硬翅上也有星点，很小，却很鲜亮，在麦芒上也能停歇，而且，它们从不使用昆虫的与环境同色的智慧，只穿自己喜欢的红色，小而肥圆，红得鲜亮。它们不愿隐没自己偷活，一副“看过来”的气度，常常飞到我的书上来爬。这两样灵物，把星点装饰在翅膀上，和星空呼应，让满天星点的美丽和梦幻提醒自己：一生虽短暂，都朝着星光飞去。

我是先认识昂昂牛的长触须，后来再认识京剧里的穆桂英的花翎子。先喜欢了昂昂牛的生气和神气，就理解了穆桂英的花翎子如何象征着美、力量和忠义。蜗牛啊，你也该有这样的触角啊！

常常捏住昂昂牛的角，因为喜欢，希望自己可以生这样的铁样的翅膀，自由轻盈、坚强自在，充满欣然；常常踩碎蜗牛的壳，因为不喜欢，希望它能和天牛一样，生那样的铁样的翅膀。

如果忽然看见梨树间，一只天牛向你飞来，那是一封信，寄给你：你有铁的翅膀，愿你自由轻盈、坚强自在，充满欣然。

欲到瑶台喜相逢

夏夜凉风里，画图中，旧识星空。欲到瑶台畔，喜相逢。

高桥乘凉的夜晚，家家竹床搁在外，蒲扇摇起来，洗过澡，喝过粥，搽过微黏的蚊子油，天就全黑了，仰面朝天躺下来，头靠头，开始看满天繁星，指哪颗亮、哪颗今天没出来。牛郎织女星、北斗星，认的熟了。

夜，往深里去了，白天暴晒出的微尘，因为鸟、兽、人的安宁，清露的静下而收敛，月暗星明，大树幽影绰绰，树上大知了不叫，小知了细细地叫。竹影随风，空气通透，看见乾字圩人家的灯窗。稻田蛙声，树根鸡障的底下，百虫乱鸣。所有人都从自家闷气的庭院，拿着大蒲扇笑着走来相遇。

村里就是这样。在白天忙碌之后，辛苦之余，黑夜降临的时候，怡然自适的瞬间，谁和谁相遇呢？或者是两个好朋友，或者是一个关心小孩的大人和那个小孩，或者是一对堂姐妹。

飞舞的流萤，带着流动的意志，赶走了单调和冷寂。

说故事的晚上，总是很好。有时候乱讲，有时忽然间，什么也不想说。天上有什么？答案各式各样，嫦娥、天仙、银河、吴刚自不消说了，甚至灶烧饼和咸鸭蛋都有！

融融明月，点点流萤。早上才告别的熟人，晚上没有打招呼就在夜幕下相逢了。那是心境与环境的契合，两个淡淡喜欢的村人的契合。解读萤火虫的诗意，应该是这样的吧。如果再能相逢，十个字就够了：“相逢秋月满，更值夜萤飞”。这秋月满，一定是一天一天的累积的思念，叠加到满月，就在这瞬间，与你相逢，相逢时天上满月，地上流萤。

说着说着，时间往十点去，月色来了神，渐亮，顿觉微凉，月光洒下来，不知哪里传来淡香，觉得月亮是兰花或者茉莉的清香，鸡障平条成了琼枝玉树，好像稀奇难见的宝贝一样。说着说着，萤火虫飞到脸上来了，它们还没被捉够，干脆，下了地又一阵子追扑，眼睛里星明光耀，顾盼清晰。它们知道风来后的危险，飞向高处，蒲扇也拍不到了，就站着昂起脖子看：萤火虫飞过了大树的顶，和星星分不清了。

我回来还躺下，仰面看。因为给了风，萤火虫拼命地朝上飞。我觉得好：飞得最高的一个，飞到星星里去了！很认真地大声问："萤火虫会遇到星星吗?"问了好几个晚上，圩里崇拜的人都去问过了，最后所有人都回答"不会的"。从此最要紧的问题是：如果有一只萤火虫，要到星星那里去，拼命飞、拼命飞、拼命飞，最后能到吗？回答是，"不能，而且，它死在的最高处，离星星还很远，不能到达的!"一连几个夏天，仰面朝天地看着天空，萤火虫飞起，又把每个人问一遍，最后所有人都确信：萤火虫的一生，要相遇星星，是千万年永不可能!

可是在高桥的夏夜，每晚每晚，我仰面躺在竹床上乘凉，画图中旧识星空，都看见萤火虫带着和星星一样的光，向天上的星飞去，欲到瑶台畔，为那一瞬相逢。

儿戏

儿戏之间，有互相激励，有争斗，最终和睦相处。儿戏是找到自我重要的互动。一次次儿戏都会让自己在人群中变得更加重要。

扮新娘，扮英雄，抓螃蟹。赤脚的孩子，有雪白、天真的灵魂。在儿戏中获得乐观的力量，感受沸腾的生活。

儿戏的欢乐时光，给村圩增添轻松欢快的生活基调。荷塘边，采莲叶作盖头，扮新娘子的游戏，一遍又一遍地练习，美了长长的夏天。

扮英雄

高桥各个圩都有自己的大晒场，夏天轮流放露天电影。大人扛长板凳，小孩子端着爬爬凳，隔着好几个队，也要赶过去看，在自己圩就更开心了，位置占得好。

《平原游击队》放完，接着，《智取威虎山》也播放了：掀开棉袄大声说，“我是杨子荣”！座山雕的形象也有了，孩子们的游戏多了一个反面形象，但是每次谁都不肯演。所以，只有“向我开炮”喊得最高兴。

《苦菜花》《铁道游击队》都出现了大家要学的人物。《小兵张嘎》演老钟叔敲钟鸣险，孩子们拿着破的脸盆，模仿了很久，场上天天有敲出声音的，“鬼子进村”是高频词。

扮英雄的儿戏，各处都有。“向我开炮”，是《英雄儿女》王成牺牲前的喊话，因为太感人，因此成为男孩们发疯时候的口头禅。电影看完以后，男孩们发生了很大变化。首先，这些句子被研究着：“敌人离我五十米，炮弹打五十米，又近了，到三十米，再打，到二十米，最后十米，不能再打了，一直到最后，直接朝我瞄准，最后喊向我开炮!”研究到“向我开炮”他们都慷慨着。接下来的几天里，男孩们棉袄和裤腰里都插一根树棍，背上插大些的树枝，冲来冲去，喊“向我开炮!”“向我开炮!”……

就这样，男孩子们开始尚武强兵，有意识地锻炼自己。有几个还学会了唱《智取威虎山》中的词。“特务”成了他们最狠的骂人用词，谁被骂到都会立刻哭下来。

一伙女孩子，喜欢排练里面的歌，王芳唱的《英雄儿女》，多次被学校排演。《上甘岭》的卫生员唱《一条大河》，我的姐姐在高桥电影院唱过，刚刚唱出声来，我们就觉得特别好听。奶奶在第三排昂着头看，一脸的自豪。那天，高桥电影院的木条长凳上坐满了人，有些干脆站起来。

人还很小，却有着浪漫的英雄主义的想象。认为自己有改变整个世界的能力，觉得自己是人生舞台的主角。在大风中，刮得鼓胀的白色的幕布，点燃起一个英雄梦，悄悄埋下了为了正义事业而英勇奋斗的种子。

“今日痛饮庆功酒，壮志未酬誓不休。来日方长显身手，甘洒热血写春秋。”

那直击心脏的感染力让心腔怦然，豪迈的气概在瘦弱的小孩生命里，如同沉水之石、淬火之钢，悄然滋生于生命的底层。

如今，每当看见这些电影片段，就恍然看见晒场上的一伙，热烈的喊声从时光的深处而来。江洲的孩子们，他们，模仿着心里的英雄，背起行囊，告别父母，离开故土，向远处寻找英雄聚集的地方，一去千万里，无畏地成长；她们，不畏陌路，去往各处，寻找心目中昂然的人儿，为着美好生活。

断剑重铸日，骑士归来时。当日儿戏的英雄，归来成为平凡岁月里热爱生活的和平英雄，他们解甲归田，分散在乡土田园，隐。

那些跳上石墩、扮演各色英雄的儿戏，那些打仗的儿戏，却还在演，那些露天电影，还没有停止播放……

儿戏之间，追求“大人”也！

戴大红花

儿戏还有一戏：剪大红花戴。“戴花儿——要戴大红花呀——”我们所有人都会唱。这歌是大姑娘们教我的，是她们想念自己喜欢的人的时候，无意唱给我听的。不过，她们喜欢的戴大红花的人，都不知道这些。

高桥戴大红花的人，是出征入伍的新兵，是归田躬耕的退伍人。新兵出发，脱下平时的老百姓衣着，换上军装，神气威严，挺俊帅气，胸口戴着大红花，排着整齐的队列。敲锣打鼓送新兵入伍，所有人都咧着嘴笑。

过年就有部门登门慰问，全家开心着。高桥的“光荣人家”，只要有这个标志的，大门都被姑娘们多瞧几百遍！那些到部队上的青年们，都把一颗心献给了部队，头也不回地开心着。他们的弟弟妹妹，都会噘嘴说，等我家哥哥一回来，哼！

你小时候也看过敲锣打鼓送新兵吗？他们愉悦的心情真是无法言表。每个人都很兴奋，个个都像变了个人似的，有意无意中端正起了肩膀，走起路来也是一副昂首挺胸的架势，都在着意用整肃的威仪，衬托戎装的庄严和威武。

敲锣打鼓送亲人，高桥人对武装的热爱多强烈呀！

这时候，女孩子们最会被吸引。她们都有一个新娘梦：新郎的婚服是军装。可是那些穿了军装的人，都不回来了。退伍回来的那几个，都开始找了对象，他们看中的也必须是全高桥模样和能力都很好的。

女孩们都有了愁肠，有的照镜子，觉得自己太瘦太黑，有的觉得自己太矮，有几个问我，黑不黑啊什么的，我一一如实答，她们就很失望。

我看着她们，大概知道了女孩子的春愁：她们眼里羡慕的人，有的心不在高桥了，有的直接放出话来，说不在高桥找。

他们戴上大红花，是要锻炼自己，摆脱眼前的困境，去看看外面的世界，一个一个地到外边找更好的未来。戴大红花的，千里之外了，过年也不回来，却像没走一样。每天有人在说着他们。

部队上能培养忠勇大义的人。女孩子们，虽然不能与木兰同袍，也想衣襟有花，她们读书、种菜瓜、喂猪，努力做到也是一个能文能武的人，努力戴另外的光荣花，努力等自己也过了晚婚年龄，那个人也退伍了，万一，他在外面没有找到，自己还会有一点点希望不？

大红花，为什么那么令人激动？

那是被选中，是被赏识。移孝为忠，去坚强、去护卫。高贵的心和无上的誉呼应了，热血就会涌动。一个高贵的灵魂想获得的快乐，自然不是那么轻而易举就可以获得的。在这个庄重的仪式上，大红花成为他们坚定和自信地树起自我实现、自我发展之路的里程碑，所以能代表至高无上的幸福。

女孩子们珍惜那些愿意保护我们世界的人，一个个等到了晚婚年龄，那些人都没有回来，妈妈张罗着婚事了，她们嫁出了高桥，成家，育孩。

有嫁到了自己喜欢的衣襟有花的人，她们教育出来的孩子也有去部队的理想，她们推着儿女的摇篮，哼的小歌，就是这：“戴花儿——要戴大红花呀——”

高桥小姑娘们，女儿身，不得入伍，做一个儿戏——父母不知道的儿戏：偷偷剪一个大红花，对镜别在心口衣襟上……

火药枪和楝果枪

火药枪是要用火药纸的。火药纸由两层粉红色的纸粘在一起，中间夹着整齐排列的小小的火药，一分钱一张，一张里有二十四颗小小的火药。可以沿着撕下来，随意取用。

火药枪，有用木头做的，那就是很高级的了。如果没有木头的火药枪，就用铁丝弯成枪的模样。在枪身中间裹上橡胶皮，撕下一粒火药直放进调节孔里，然后按动手枪扳机，橡胶皮的收缩使钢丝的一头猛地砸进调节帽的孔眼里，击撞火药，产生响亮的爆炸声——“啪啪”。

本来男孩子们对空枪就已经很喜欢，再有了火药纸配在枪里，口袋里还有备用的，那种自信、威风，能抵得过任何时间饿肚子的难受。佩在腰间，故意露出来，假装自己就是平原游击队队长。有的现实得很，直接指着江对面，说：“我就是东海舰队的大队长！”

对这样的男孩子，所有的女孩子在心里都把他们排在第一。有时候，他们去打枪不扫地，情愿替他们扫，替他们捡书包、抱衣裳。

拿着这样的手枪就像拿了对准目标的力量，有时候对着天空的飞鸟，“啪”一声。然后捏动手枪，火药纸也“啪”一声；有时候对着自己今天不喜欢的人，对着他的背影、对着他的脑袋“啪”一声，捏一下手抢，然后悄悄地收起来，心里愉快得很。这样铁丝弯的手枪，几乎把村里能瞄准的全部都瞄准过了。

实在没有手枪的时候，把火药纸放在台阶上，然后用碎砖头直接敲或砸，有时候，撕开五个，连续放开，快速地逐一砸过去，发出连续的爆炸声——“啪啪啪啪啪”。

冬天虽然冷，但气候干燥，火药容易爆炸，可以直接用脚来踩。有些女孩子不敢玩。最让人恐怖的玩法是在冬天，我们在太阳下墙根边，挤墙根。有一次，一位男生的棉裤的口袋里放着火药纸，因为相互使劲挤、擦、压，忽然爆炸了，他的裤子发出了枯焦味。我们连忙翻开他的裤子，才知道他的棉裤口袋被烧了一个洞，大家开始警惕起来，才知道火药纸是有伤害力的。

各种玩法比较起来，依然是喜欢拿着火药枪的感觉。那是掌握主动权，那是掌握了武装的快乐，心里有着无穷的自信，有着什么都不用怕的威风。

秋天，青楝果到处都有，现成的手枪子弹，这时候的铁丝手枪，还需要用竹子削成竹签，把楝果戳在尖头，塞进空弦里，把扣着橡皮筋的那根向后拉紧，挂在枪后的八字角，再按下扳机的时候，橡皮筋被挑开，向前尖头的子弹被打得老远，为了更远更疼，橡皮筋一根一根地在增加。

带着这样的武器，猪被打过，鹅被打过。混战中，我的大腿中过一弹，立马疼得锥心，晚上褪开裤子，一轮紫淤，问怎么的，心里知道不能说出谁打的，因为，如果说了，奶奶护疼，会去找。

弹弓也是楝果的匹配，也有很多有趣的事。但是武装总有武装的遗害，那时我们的邻村，有本来健康的孩子，因为火药枪，毁了眼睛的。

你记得还有另外一种，能射出纸做的子弹的枪吗？那种四个或者五个火柴盒子、橡皮筋、筷子、铁丝做的？

高桥人关于枪的热情，引发了儿戏。在儿戏中，积累了对硬派武装的感觉，那是男子汉的感觉，个个都铭刻着，抹不去对英雄的崇拜和向往……

救和被救

高桥儿戏之一：救和被救。不知谁发明了“救”：分两家对抗的时候，一家中的成员斗败了、“死了”，另一个再上，赢了，可以把这个死的救活，重新多一个成员，再继续斗。

这个发明，在“栓（追）人”、斗鸡、抢沙包的时候，最激动人心。

我在百日咳之前的运动力，跑跳爬冲的力量和速度仅仅是还行吧，但是玩什么都不输，只有一个小诀窍，那就是：一心想让今天我在的这个队玩赢，所以，总要尽最大的力气啊，才能把不行的、一边等的、玩“死了”的救起来再玩，看见他们重新投入战斗，狂喜。有时候为了把自己人救活，而和对家计较，说不过，就不惜打架。以至于昨天这个人还和我一队的时候，被我夸赞和喜爱，今天他在对家，就被责备和大骂“你是甫志高”。男孩子瞠目结舌，都让着女孩子，所以常常被我救活的多。

百日咳之后，因为呼吸跟不上，弯腰驼背地咳嗽，常常不被带，偶尔被带，就很激动，尽力跑，但还是不行，特别是栓人，往往速度够，但是忽然咳嗽就得停止奔跑，所以常常“死”，懊丧地蹲一边，难过得都快哭了，还要努力平静。

这时候，总有一两个大的，撒开腿使劲栓，一直到抓上对方的后面衣服，常常把人家衣服扣子都扯崩掉，人家也不气，捡起来放口袋里继续玩。

注视着这个人、给他打气，结果他赢了。往往“死”的有几个呢，先活哪一个也是个问题，如果先让我活了，开心之余只有摩拳擦掌，重新再来，不负众望，忍着痒不咳，用嘴呼吸，或者憋气，一口气跑下来，把人家俘虏抓住，等他家来救。

在晒场上，在小学门口，在大河岸上，我们一伙都有救和被救的“栓人”游戏，一年年玩得乐此不疲。

大人们常常看我们玩，关照我们，给我们鼓掌，传我们救和被救的故事给各自爸妈听，说今天哪个救得好。

离开了高桥的孩子们，到了异乡异地，一定是别人喜爱的，因为他们还没有认字的时候，在儿戏的时候就懂了：要努力搏命，做能救人的人；如果被救，心里有无尽的欢喜和感恩，朴质到不会说出谢谢，只会决定再去救人。

游戏里，原谅我的无意冲撞，多承你的“救”。

挑滑车

伙伴们都玩疯了，坐下来歇歇，不想跑了，马上猜拳，有谁来说一段书，这新的儿戏，需要强记忆力。

当年高桥有了自己的广播站，每家都有一根广播线进户，每户有一个喇叭，我家高高挂在堂屋的板壁上。这种黑色的喇叭，在全高桥播放。

大人们听通知：大队布置春耕任务啦，电影院明晚放什么啦，稻子防虫治虫啦，这类生活生产的通知每天有序播放。到了傍晚，会有半小时的文化节目：单田芳说书——《岳飞传》。

这时候我们都不在外面拾魂了，准时到家在喇叭底下等。前面内容基本上都记住了：谁强占了我们的地方，谁出来抗击。岳飞的神勇、牛皋的粗莽，天天听得津津有味。悲愤、担心、哀伤，经常弄得吃不了饭，或者一开心了敞开死吃。

有一天，听到金兵造了一种武器，叫铁滑车，利用陡峭的山坡向下滑行来阻挡对方的进攻。在滑车的轴承和一些连接处，均采用一些铁零件增加强度，还有储槽，里面都是石头，要碾我们！当晚，就觉得危险就在五峰山上。第二天一天都没过好，紧张地等。傍晚，喇叭里准时放了，说到高宠这一员岳飞最爱的猛将，有着神勇的人，就在牛首山遇到铁滑车。他能用枪挑翻铁滑车，真是千钧力，我们被激动和害怕控制了半小时，最后，他挑开十一辆之后，他的马失了前蹄，人和马都被碾死，捐躯。

傍晚正式到来，黑暗完全笼罩，单田芳的声音里充满了沉重、痛惜和说不出的沉郁的慷慨！

我们的人没有了，我和姐姐都没有欢气了，爬下凳子，不记得有没有吃饭。心里就盼望着岳飞能来，又祈祷着他绕过牛首山这个滑车阵。

后来看了京剧《挑滑车》，《说岳全传》读完了，一直敬慕着英雄的人儿。

高桥广播站陆续放完了《岳飞传》，又放了《杨家将》，天天放新闻，还唱扬剧，唱每周一歌。天气阴晴，春耕秋种，种桑收蚕，它都播放通知，及时指导高桥的农业生产。这个家家户户都挂的简单喇叭，不简单地完成了它的历史任务。

伙伴们都玩疯了，坐下来歇歇，不想跑了，马上猜拳，我常常猜输了，只好站起来说一段：荷花缸里漂英雄，岳飞岳鹏举……

摇拖拉机比赛

拖拉机的发动，需要一个Z字形扳手，一头伸进机头，一头拿在手上摇，使劲摇，需要摇很多圈。

这在整个高桥，各处都有发生。经常有几个力气大的青年把拖拉机围起来，比赛。看看谁能把拖拉机摇出快乐的“吭吭吭”的笑声，那是它准备出发的愉快的笑声。

男孩子以能把它摇起来为最骄傲的事，是自己长大的一项标志。青年们以能用最潇洒的姿势把它摇起来为值得炫耀的事。

那天，来了一辆拖拉机，恰巧，队里的七八个好手都在场，忽然有人挑战说，今天谁把拖拉机摇起来，谁就是队里最有用的人。

第一个摇的，当然是最有力气的，手臂一使劲，圆滚的肌肉在肩膀上、手臂上、后背上现出来了，明显的，他是能战胜这个铁机器的。“吭吭吭”的笑声不久就起来了。他满意地交出把手，下来了，脸还没红，神色未改。大家啧啧一番，他当之无愧地得到众人无形的承认和佩服。他是全队挑稻把子、扶犁、挖河的主力，每天他都是大工。

往下，第二个，第三个，都顺利而满意地摇起来了，上去之前都是自信满满，一个个排着上的。

这时候，端着碗吃饭的老人，一边往嘴里扒饭，一边看；倚着妈妈腿的小男孩，羡慕地看；奶娃的妇女，抱着娃还要看谁赢了；洗衣服的从河埠头上来，把盆放下来站着看。好像所有的人，都慢慢地围上来愉快地欣赏地看。

一个个排着上的，没有人定顺序，大家心里都在估算自己能不能轻易得上。

慢慢地到了几个害羞的，一脸犹豫的神色。上吧，万一没摇起来，会丢人；不上吧，又不甘心失去这个机会，再说最近这一年自己的力气涨了没有，也可以通过这个测个底。

于是上了，一直坚持、坚持，吃力地摇，脸涨红了，气接不上来了，还是没有听见那个有魔力的笑声。有的放弃了，不好意思地搓搓手，说打滑了。有的把最后一丝力气都摇完了，还没有松手的意思，机器被感动了，最后一刻发出笑声。那一秒，这个人有多么激动啊！他大叫着：好了好了好啦！几乎要把把手扔到天上，若不是担心砸到头，他一定会抛的。扔下把手就一路疯跑告诉在家的妈妈，或者瞧不起自己的爸爸，或者其他什么人，这时候他疯跑去的人，一定是他最重要的人，想让他们开心……

第二天还在说，现在我们队里，谁谁谁力气依次大，谁谁谁也不错，过几个月，或者明年，好好吃饭锻炼，也一定能把拖拉机摇起来。

这不是儿戏，这是半大小孩的戏，满是对力量的向往和崇拜。

初秋钓蟹

高桥初秋，河港凉波，北风微信，暑热褪尽，蚊虫半衰。这时候，各处潜伏的螃蟹，悄然内增白膏黄脂——钓蟹的时候到了！

高桥这样的鱼米之乡，河道成网，大河小沟，通联成港，大桥小桥，坝头河边，初秋处暑，螃蟹快要肥了。

小孩子中午趁着大人休息，在稻田直接抓。拎一只水桶，卷起裤腿赤着脚，沿着稻田的灌水沟，找到露出水面的螃蟹洞，然后在水沟边扯一把水草，抓一把烂泥揉成一团，把洞口塞住，见一个塞一个。

一沟走到头，很快就能塞完。再走回头找到塞住的洞，弯腰凝神，轻轻扒开塞洞的泥草团子，洞里的螃蟹、长鱼甚至是水蛇就会自己爬出洞口。在螃蟹出洞的那一刻，眼疾手快地一把抓住，顺手放入身旁的水桶里。抓蟹的人享受着收获的欢愉，跟在旁边看的人则无异于欣赏了一场精彩的大戏，也欢乐无比。

这个行动是很危险的，洞里面有时候不是螃蟹，而是蛇！高手熟悉螃蟹洞，就像知道自家菜园什么地方结了大南瓜一样。

大人白天把生产队的事忙好，夜里在河里钓蟹，虽然很疲劳，但想到明天一家子有吃的，忍一忍就过去了。夜钓需要电筒、竹篓、铅丝做的钓钩，白天玩疲了的一批，也睡了，只有几个兴趣高的，能跟到最后。

静静的夜，在河水接岸的地方，卷裤腿下水，用手电照过去，有好些洞，半淹半露。水清若无，照亮洞口，把青蛙腿穿在不到一米长的铅丝钩子上，铅丝细又软，伸入洞中，轻轻地逗扰，螃蟹黑夜不太进食，不像白天，也有不上钩的，所以铅丝仅仅是个引子。火叉的手柄这一头有个小环，轻轻伸进去扰、挤，螃蟹受了诱惑和挤扰就往外爬，到了洞口，被光惊到，便向深处爬，速度很快，瞬间超过手臂之外，因此要眼疾手快地伸臂进水，抓捡起来，扔到竹篓里。一夜能有大半篓。

回家的时候，萤火还有，星星亮起来，田埂有虫，嘶嘶鸣，一圩子全睡熟了。我们也头沉沉的，急着赶回家，一倒头就睡着了。第二天，三顿都有螃蟹吃。其他菜都没了鲜味，再好也不受欢迎了。

岁月笨拙了手，抓不住逃命的螃蟹了。每年初秋回去，夜河灯照，涟漪泛光，散作满河数不清的星，挂着夜里数不清的思念。

初秋了，蟹肥了，在这样的时候，把脚踹在泥里，那是和大自然在一起儿戏了。

搓绳子

高桥那时候十分需要绳子。

下雨天、下雪天，队长就让各家在自家搓绳子，交集体，算工分。屋檐下，廊檐口，长板凳一放，一小堆选过的稻草，就开始搓了。分两股在掌心，运力搓动，慢慢就能把散乱的稻草搓成圆绳，压在屁股底下，搓好的往后拉，再添草延长。

手搓得发麻了，往手掌心吐唾沫，润一润再搓。搓得背酸了，抬抬头，看见瓦当滴水，觉得也像绳子了。

这是小孩唯一能挣工分的机会。因为在家完成，绳子看不出是小孩还是大人搓的。觉得自己也能成为工分手，特别骄傲，不吃不喝地搓，也觉得欢喜。搓的绳子要牢、要结实，需要先拉紧再搓，上点水就能又光又溜。搓草绳既需要灵巧，也需要专心，还要不怕手麻臂酸。

我搓的草绳很有劲，还柔韧不戳人，以至于有两个大人向我要了扎棉袄，扎上以后打个结，棉袄峥嵘崎岖的样子，现在还记得。松散的稻草因为紧紧拧在一起，变得有劲有耐力。家里捆芝麻秸子、黄豆秸子，都用得着。这让我对水稻又爱了一些，觉得它一身宝贝。

大家没有跳绳玩的时候，紧急搓个草绳，两头打结，做个把手，一样跳得很开心。如果要几个人跳大绳，需要搓得更紧。随手搓，随手扔的草绳，是只要用心就能拧在一起的两股绵柔的力量呀！

如今丝光带成卷成卷地在一边待命，扎什么都很方便。我的搓绳技术也荒废了。偶尔看见稻草，还有些激动。高桥人曾经用细实的绳子，捆了简单的行囊，去南江边坐船，离开了高桥。

“岁暮景迈群光绝，安得长绳系白日。”多么想搓一根千万里长的香绳，系在你的脚上，随你千万里征程，随你一起缓缓归程！

鸡毛毽子

有些盼望冬天穿大棉鞋，除了暖和，踢毽子也很受用。鸡毛毽子，女孩子每个人都会做的，只要有鸡毛、铜钱、布头。但是好的毽子，性能不一样，好毽子能听懂人心，随着意走，让人轻巧获胜！

高桥一圩子，各家都有很多鸡，放出来养，每天都能看到许多人家的鸡。各家的鸡怎么变，长得怎样，我们都知道。男孩子有好几次突发奇想，要在晒场比比哪家鸡厉害。这个项目，女孩子靠边，鸡会飞得草屑直蓬，全是灰，人还会被抓伤。

高桥男孩子尚武好力，总想做司令，实现不了，让自家鸡做鸡司令也是好的。

一大早把自家最好的公鸡捉抱好，要不然放出去难抓，找个大平地，围起来，放下地，死喊。

鸡被吓到了，毛竖起来了，另一只公鸡也这样，翅膀直扇，发声抵御，两只公鸡弄不清敌人来自何方，都突围不了，都认定对方是危险！于是，飞、扑、腾、抓、啄，发出叫声，几乎让人想起老鹰了，力量、速度和威气都围在人群里面！

狭路相逢，勇者胜。公鸡红了脸、红了冠，昂着脖子，铁喙厉害的，如果啄到小孩子的手，一定流血不止。

雄鸡一唱，真的是不同的！看过几次，就向奶奶要一只。奶奶说，“大公鸡不下蛋，不过你要养，也捉几只养。”盼了好几回才养成了一只，第一年过年，就叫不杀它，又养一整年以后，它威风了。

一群鸡里，它多么帅呀，眼睛黑亮。它的举动、它的羽毛花样、眼珠子……都那么特别。自它能打鸣，就喜欢在花台最高处昂首唤天。喂鸡食的时候，咯咯一唤，鸡们全部跑回来，只有它从容吃食，不像其他的鸡匆忙慌张。它个高，吃了一会儿，就抬头看着其他鸡吃，似乎在关注一群的进展。它自己的吃食我知道，它脚灵喙硬，爱吃活食，菜虫子甚至蜈蚣它都敢啄。所以它的毛特别好看，发亮。我每天一到院子里就找它。

还有很多它的细事，总之，它是在过新年的时候，我出去玩了一天回来，被杀了。奶奶说烧给我吃的！我就又说不出话来，也吃不下。好几天感觉它都活着一样，脚边脚后院子里，还有它。

几天后，我和奶奶说了，奶奶的脸色也变了，说：“不好了，杀错鸡了，早晓得这样，杀那几个一般的也一样吃。”

她为了挽回，又说：“还来得及，找它的鸡毛给你玩。”带我到谢家东边小门口的竹林子下，从她倒的一堆鸡毛里，挑了几根翅膀上的大毛、尾巴上的长毛，还有几根中长的，回来洗了，晒干，做了一个铜钱毽子给我。

那些尾毛，是最好的鸡毛，软韧美亮。后来看穆桂英、美猴王头上的长美柔帅的羽毛，总想起这个能做毽子。

那是一个最好的毽子，跳得最直最高，轻灵懂心，一个冬天都没离开过我的棉袄口袋，比赛踢毽子都是拿它出来比，从没输过。这下子才知道，高桥的大公鸡，也是灵物。

一蚊九器

研究和开发武器，对着飞蚊发动战争，是夏天乐趣之一。

从太阳西下，一直到天完全黑这段时间，好几万只蚊撞得脸生疼。飞蚊大合唱，很壮观的，唱得还真好听！

和蚊子作战的武器很多。我自己发明的武器是搪瓷脸盆，里面涂上一层黏糊糊的洋碱液，然后挥舞脸盆。几秒钟就能收获半小盆蚊子，撸下来继续挥舞脸盆。一晚上孜孜不倦，能够打满一小簸箕。然后奶奶说这样浪费洋碱，不是办法，而且门窗处还会源源不断地有蚊子进来。此一。

她擦火柴把蚊香点上，过了20多分钟，房间里才安宁，这是她的武器，我们不许划火柴，用不了。此二。

第三第四要联合出现：是蚊帐和玻璃罩子灯。把帐子放下来，罩子灯举着。雪白的帐子放下之前，先用大蒲扇使劲扇扇，尽量把蚊子扇出去。竹夹子夹住帐子门，里面还剩下二三十只蚊子了。罩子灯端着照着雪白的帐子，蚊子非常显眼。灯往上轻轻一举，蚊子就落到了罩子灯里面，每落下一只，真是大快人心，这样做需要心灵手巧，因为罩子灯打翻会失火，所以有一定的危险性。我们姐妹四个都缩在角落里，等奶奶全部做好，才在帐子里边，老凉席上舒舒服服地说话，或者用棉线翻绷绷玩。

第五，对蚊子的战争最朴素的武器是伟大的“五指山”（手）。把自己的肉打得红通通的也没打着，有时候以打蚊子之名，去打小朋友。用“五指山”打非常艰苦。手臂上、腿上，露着的地方常常被打，时有血浆爆开瘆人。我有一个姐姐还得了打摆子，那么热的天感觉浑身发凉，说要穿棉背心。这是蚊子传染的疾病。

我们知道了蚊子的厉害，战争目标变成全部歼灭，四个人全体加入灭蚊子行动研究。尝试用各种植物烟熏，天天中药味，我们还真地发现了蚊草，顺便发现了蛇草。知道了蚊子的习性后，便盖严水缸，天天扫角落。此六，植物与行动研究。

上学后知道青蛙、蟾蜍、蜘蛛是蚊子的天敌，对青蛙和蟾蜍就增加了好感，蜘蛛网不玩了，保持完整。希望花台上住满青蛙才好，实在不行，愿意让癞宝住。此七，天敌武器。

七爹爹有一个驱蚊武器，是一只神仙拂尘。后来回家，听桐叔叔说起，才知道是插秧时用不要的小秧苗儿做的。我一直想要一个那样的拂尘。悄悄看了好多家，别家都没有。只有七爹爹手上有这样一个神器，在风中逍遥。后来看电视上的白头发长胡子的神仙老道，手上都有一个神秘的拂尘，立刻就能想起七爹爹的驱蚊神器，以为七爹爹离开不见，就是带着拂尘做神仙去了。这个排在重要的第八位，因为实在是浪漫的少见的武器。

后来供销社卖蚊子油、蚊子水、花露水、万金油、风油精，救了我们的命。虽然洗完澡搽上去黏糊糊的，闭住了毛孔，但是能在一两小时内不受到蚊子的侵害也是很不错的。科研、医学和工厂人士，为了全中国的灭蚊战而研究、生产的武器，真的帮到了亿万人。

国家团队研发的，才是最佳武器。此九，至尊。

拜母之交

高桥邻居间来往很深，一村一圩年龄差不多的都随意玩。在各式玩法之中，有一种叫“下午我们到你家玩!”

这是个通知，也是个约定。

为什么到你家玩呢？这就是大伙都要散了，又舍不得分开，还想要继续和谁玩想出来的办法。

中午吃饭就各自汇报，这里说去哪家玩，那个回家说下午谁来玩。大人批下来说：可以，他妈妈很好。

大人的意思是怕那家的妈妈介意不让，或者不放。我们提出到哪家玩，那意思是我们喜欢你，要和你玩得更好。为什么喜欢呢？无非是你待我好，我觉得你好。或者玩抓人，你在我们小组很重要，于是上门和你玩。

妈妈们把我们当自家孩子，上工去了还关照碗橱里的玉米可以任意吃。

我几乎一伙人的家里都去玩过。各自妈妈的眉眼性情都熟了。哪个妈妈待我们好，我们也会偏向哪个妈妈，从而照顾她的孩子。

时间长了，慢慢混熟得有几家可以蹭饭，可以问问题，在一起玩的时候，也开始考虑他妈妈会不会开心。

大家情况不一，有的妈妈去世了；有的虽然有，也不在高桥，就很不方便了。后来出现了公共妈妈：有几个孩子提议，妈妈不在高桥的，妈妈去世的，可以随时去他们家，找他们的妈妈当妈妈。反正，妈妈们也希望我们一起好好长大。

我们居然同意了，纷纷说，好呢，长大了，我也帮你养你妈妈！那不是成了弟弟了吗？大家大笑着。妹妹、弟弟、哥哥地乱喊一气……总之，喊乱了。

我出了高桥，念书看到竹林七贤中有互相拜望朋友的母亲的，心里就能立刻理解，那就是：我和你互相要好，互相赏识，以至于到你家玩，最后把你的母亲当成自己的母亲了。你的母亲健康，我就高兴，因为你高兴呀，相反悲伤也是。

去向四面八方的高桥人，因为喜欢你而拜了你的母亲的高桥人，还记得你曾经去谁家玩？还记得他妈妈不？哪天下午，我们到你家玩？

塑料厂的花纽扣

暑假漫长，可做的事有很多很多。那一次我和我姐得了允许，去塑料厂找一些作废的但是基本还能用的纽扣。

在生产过程中，会有少量的次品，比如微小色差，比如多了一个麻点点、扣眼不圆润，被挑出来，用另外的大箱子装了，再处理。

我俩被允许在这里面选、不限数量地选，自己家里做衣服的时候可以用。精美的纽扣，价格从一分、一毛到五毛，极少数还有一块钱一颗的。

我们非常开心：能尽情选出全家所有人的纽扣，几乎可以备齐好几年的纽扣了！妈妈可以省心，我们有新衣服的可能又增加了！

每一种凑够五粒就可以：有色差但不细看不发现的，可以；扣眼不通，自己戳通了，可以——这样，就能选出很多了。

一上午，沉浸在各种花纹中，发现一种新的花纹，都暗暗欢喜和惊讶：它们多么漂亮呀，就像万花筒的图案到了纽扣里。每配齐五粒，就觉得成功。拿到很好看的一粒，但是扣眼实在弄不好了，只能放下了，觉得多么可惜呀，如果扣眼没出问题，能卖五毛。

欢喜地仔细地选着，小姑娘们的天才都在这些方面，能又多又快地发现，而且在美的事物面前，总是有着极大的耐心。一上午选了好多，两个人，沉沉的袋子，满满的欢喜！连多承都忘记了。

回家给奶奶看了，问了怎么来的。她总担心我们在外乱拿东西。姐姐一一说了，她老人家很高兴，说两人为家里省不少钱了，我们就更开心了。匆匆吃了饭，就在竹床上摊开玩了。满床的大小纽扣，组合成各种形状，像星空银河，灿烂多变。自己变着玩，变成字，变成图案，组变成小鸡，大树，花狗。一个没有暴晒的下午，一个沉迷的下午，一直到黄昏看不清了，才宝贝一样地装进袋子，放在抽屉里。

这两袋纽扣，后来有很长时间都在缓释着能量：掉了扣子找它们，做新衣服找它们，实在没得玩了找它们，到了新环境，要想和陌生孩子玩，选了最好的纽扣给他们。上学数数字，考创新图案，对称轴，圆心和角，没觉得是个事。

高桥人在那样的环境中自己办厂、生产美的物件，这充满着高桥人的创造力、想象力，是很了不起的事。

高桥呀，在任何时代，美的心灵、美的天性都在孕育着，虽然遇到困难，被覆盖过，但只要春天一来，都会焕发、蓬勃。

扮新娘

我们一伙，一听说什么时候会有新娘子看，盼望的程度总是最高。

作为老末，看新娘子的记忆全都是满满的幸福，但是我们一伙中，好几个大的，是经历过难过的。

我们队俊男较多，有一两个还是我们一伙中大的姑娘喜欢的，她们才十五六岁，但是已经和我不一样了。

她们不追逐打闹了，她们在一起玩新娘子的游戏。

冬天，我都冷死了，她们脖子里的方巾都没了？方巾呢？

练习时候，方巾是必需的，方巾是那时候的围巾，打开来，是正方形，有的纯红，有的格子纹，有边缘带穗的，展开来能盖住头呢。冬风那么大，她们悄悄地把自己的方巾洗干净、折好，没有人的时候，偷偷戴在头上当盖头，叫我挑开来，要屏住气，慢慢挑。

挑开看，她们都腮红眼羞、眉眼含笑。她们一没事就练，问我好不好看。我从此知道，新娘子的表情，是怎样的妙法。后来读《红楼梦》各种各样姑娘的表情，都以这些记忆替代，觉得写得真好。

她们用梳子蘸水梳头，照镜子，左左右右地反复，把花别在头发上，这边戴戴那边戴戴，又拿下来。衣服拽呀抹的，涂好雪花膏，嘴上涂什么，发亮了，才肯牵我出去。等得烧心。

我被派过任务：来，你去谁家看看那个人在不在。不在，就问问他去哪里了？

时光让那几个英俊的小伙子结婚了，新娘子不是我们圩里的，她到了晚婚年龄，美丽、大方、得体，眼睛大、个子高，能挑能扛，粗活细活都能干。

很短的时间里，她们就克服了伤心。一伙全部喜欢起真的新娘子，个个觉得配得真好。

方巾回到脖子里了，姑娘们偷偷玩的新娘子游戏停止了，留在柳树下、红花草田里。

在记忆里反复搜索，那些高桥女孩子，她们从没有说过谁家有什么物件值得嫁，她们只知道，她们喜欢的那个人，他很好的。扮新娘子的游戏，寄托着她们的幸福梦。

冬夜写来，残雪灯下，装扮新娘子的儿戏，又一遍，练着……

知在此塘中

一汪碧水映天穹，亭亭荷花，酝酿着美的乡间成长。完美的池塘生态环境，映照着人的内心世界。在这样的地方蹲下来，把手和足浸在水里，就重新回到了一个温柔的怀抱中。纯澈、甜美的空气和清水，会把所有的梦想、期待和憧憬，都换成你手掌心中，一条摇头摆尾的小鱼。

高桥珍珠蚌

三支河是最先开挖的人工河。开挖好了以后，三支河清澈宽广、水天相接，温情脉脉地看着这些让它出生的人们，安安静静地为姑娘照镜，为小伙洗汗。除了这些，为了充分利用，上面布置我们圩里发展水产副业，在那条河里种珍珠蚌。

因为听过夜明珠的故事，知道这回队里下决心种的一定不是凡物。所以我们每天的心思，从蚯蚓蝌蚪是不是能够互相认识的吵架上，移到夜明珠为什么夜明上。在河边看，新河纯澈透底，蓝天白云都在它心里不言语。

河道笔直，水波缓缓，木船在来回下竹桩、放绳子。把第一批种蚌运回来，我们傻了，它们和我们平时抠出的河歪子（河蚌）一个长相。大了点，黑了点而已，这好像和夜明珠差太远了！那时候爸爸还在队里，他游泳很好，常常下水把掉下的蚌扣回到竹架子上。看他在水里自如来往，知道他在河里养蚌，是多么快乐的事。

我们的怀疑变成了默默地观察，一早醒来第一件事就是去河边，晚上被迫回家，最后一个地方还是河边。

一天一天地，没有动静，河边抽烟的队长的话也严肃了，说第一批如果失败了，我们要有思想准备，自己弄钱重买种蚌，回来继续养。不能完不成任务，还让上面亏了种蚌。

要不惜一切代价成功，养出上面要的珍珠！那架势，好像如果一声令下，说蚌需要吃肉生珠，队里也会立刻组织排队，各家都会愿意捧上自家猪的肉！高桥人就是这样的纯澈情怀。

幸亏蚌不贪心，慢慢地，第一只蚌，被熬不住的养殖员偷偷切开了，真的有小粒的宝贝！全队的人立刻奔走相告，欢喜起来。

木船来往得更欢了，从秧田出来洗脚，都绕到没蚌的塘里洗。原来大声喊叫的我们，路过蚌河，都立刻没有声音。有账都忍着，过了这一段河再算。看见枯枝都捡上来，谁往里面扔石头，威信再大也完了。

那河里的看不见的珍珠蚌，在我们的想象里，神圣地生长着。不知多少天过去了，终于收蚌了。一粒粒的珠呀，有大有小，有长有圆，有黄有紫，七彩纷呈！可是，哪一粒是夜明珠呢？一批批上来，解蚌，都没有。再问问，说是夜明珠是稀罕物，万颗也出不了一个，需要亿！是星星里的北斗星。最后确定了，夜明珠是海里蚌的珠子，不是淡水蚌里的珠子。

最后一批蚌启上来，取了珠以后，蚌就分到社员家吃。那天我们劈开蚌壳，看见蚌肉缩在很大的壳里，和我们自己抠上来的河歪一点也不一样，老暗如红石。莫名的难过涌起。心里有那种说不出来的难过！

从那以后，下水玩，不抠河歪了，怕它是个蚌，惊了育珠的秘密。大家对珍珠的用途有了了解，对珍珠霜喜欢起来，不久有心灵手巧的人把一些没有合上规格的珍珠，串成了项链戴着；珍珠不够多的，串了手链戴着，觉得美，就这样子喜欢了珍珠项链。

鱼米之乡的高桥人，最懂莲的苦心，也最懂蚌的苦育。在外闯荡，自然知道了，要泥里酝酿，才有花有果；要蚌里默育，无语默守，才会有珠。

那绝世夜明珠一直在高桥人的心里，闪着清辉，圆润亮洁，千里之外的海滨，总会在栈桥上，遥想大海的深处，有着永不会昏暝的夜明珠。

藕塘清韵

河塘归集体的时候，种藕、翻菱是重要的副业，菱塘、藕塘有专人管的，但他们从来不管小孩，藕塘清韵，早早地让孩子们领悟了。

最热的中午，一圩大人都睡熟了，到荷塘边摘荷叶当帽子就没人骂了。从埠头下水，浇那大而圆的荷叶，摇，上面水珠滚圆晶亮，滚动不止，透彻明欢，去舔破，扑鼻清香。玩腻了就折断绿梗，绕一手的藕丝，翻过来戴在头上，最好的帽子也没它香凉，荷珠是荷塘灵动的光明。

藕塘里的鱼也享受阴凉，觉得惬意，从不午睡，冒着被抓的危险，咬我们的腿，因为被荷花吸引了注意力，没人搭理小鱼们。

一个个都在忙自己的荷花帽子，找莲蓬里的籽实。一直到最大的一个，不知道凭什么判断出大人快来了，立刻说声：快点快点，要走了！大家把帽子扔了，慌慌地爬上岸。

慢慢地读书了，知道了高桥人冬天的文字心思都给了梅花，夏天呢？高桥人自然会把莲的清韵放心里的。

梅花和松树，是高桥男人的话题。清瘦单薄的少年，常以松梅自比，砥砺自己，以期日后刚强，能担当有为；莲藕红荷，在高桥女子的意中，常常希望自己能美成那样，以期日后嫁个好人家，生得一个藕臂藕腿的孩子。

清韵荷花塘，自有灵魂的清香。白色的花，粉色的花，袅袅婷婷不觉得艳丽，说不出的秀雅和美好。在田田的叶子中间，仿佛有清凉的质地，夜间趁着莹莹的月光，秋天的荷塘，清华其外，删繁就简，留下纯净和安然，让明澈的天空倒映在心里。

夏天的荷塘，总是洋溢着青春的美好。烦躁的夏天，到荷塘这里就有了洁净的方向。清香和清凉是拌在一起的，洁净的荷塘，有了自己的风骨。霜寒严冬逼近，满塘荷花凋零，从容安静。冬天顶着暴雪，荷塘有一份清奇凛然，反而显得更加突出。

流年似水，高桥人身上始终洋溢着率真洒脱、少年般干净的心灵，海阔天空，三言两语，却如万马奔腾。眼神纯洁，笑容干净，他们自驾去雪域高原、大漠戈壁，将万水千山走遍，洁净饱满的心魂，一清如水，就是这荷塘的气韵。他们的孩子藕一样地白嫩纯澈。读哪吒，那个托莲藕身的哪吒，应该是个高桥孩子！

荷花池的荷花已经开了，现在呢，下了汽渡就有荷花池。好像高桥的标志就是莲花，迎来送往的礼花，唯它最好最合适。一下汽渡就有莲花来接，欢喜；临走舍不得，再回看，有莲花初绽，就无离伤，藕塘的清纯，融化了离愁。

高桥人看荷花能一直看到熟视无睹，好像自己的一部分，不惊讶，不稀奇。他们走到哪里，都自自然然散发着荷的淡香。能够在这样的河坝头上，享受这样的情景。如此纯澈甜美的空气和清水，会把所有的梦想、期待和憧憬，都换成手掌心中，摇头摆尾的一条小鱼。

事了拂衣去，深藏身与名。了却君王事之后，还有什么心事？说说这样清新宁静、生机无限的享受。安静的荷叶一张一张地在写着莲的生命的轮回。新生的小鱼，找到了那一双也在找它的手。

红菱

“红菱白藕青蛙，垂柳紫陌黛茶。童子小鱼幼虫，微雨轻风桥家。”这不是古诗，不是写别处，是看见高桥的景，心里自然流出的句子。

红菱入盆上市的时候，是夏末秋初，高桥的菱藕果稻，都已经向秋而熟。此刻红菱之香，尤配佳塘。

红菱是江南的尤物，藏在绿叶水面底下。抓螃蟹似的抓起水面菱叶，翻转朝上，红菱就露出来了，欣喜不已。摘下放在偷出来的木头澡盆里，能很快一小堆。如果还有时间，不急着上岸，选个头大的，牙咬了剥开，白嫩脆鲜的菱肉又正好嘴大。不像藕，太大；不像番茄，会淌汁。吃好了，壳就扔在水里。把剩下的一小撮用手帕兜着，回家藏起来明天吃。

弄不明白的是，奶奶怎么知道我下水了，又一顿打，把红菱的鲜味打成了苦的眼泪，边哭边保证：下次不去了，才平息。现在知道，她是三看：一看澡盆，二看菱塘，三看我晚饭不香，必是饱了。

“清明种菱立秋收，长夏绿盘静水流。生得红衣清白心，中秋月下来聚头。”红菱老了，摘下来煮熟就不再红了，沙瓤的像毛栗子，他们爱吃这样的。我却觉得失去了红艳的颜色，就没有生意，吃着就没有味道了。

街上，卖老菱的不缺，总不见红菱闪光，它总是在水的中央，和小鱼一起，夜里望天星，说着远人淡月。菱也从清明开始种下的思乡，一直到中秋才在果实累累的季节芬芳开来。

曾经采红菱的少年，一身红菱的清香，一腔子红菱的纯真，走四方……

藕身

春天始，清高的荷叶就开始滋养敛藏在淤泥下的藕。莲藕在七月底上市，到冬天还没踩完。

莲藕一节连着一节，洗净咬上一口，清脆香甜。凉拌脆藕、糯米桂花糖藕……补血养颜——以藕为补药的食疗魅力万字不足以表达。

此文只说哪吒的藕身。

哪吒抽了小龙筋，为保父母百姓而自尽。舍了原来的人形肉身，心魂投到太乙真人那里。

哪吒只有心魂，没有了肉身怎么办？

既然哪吒有特别的心魂世界，必然要找一个与这样的心魂相匹配的物品，来做他的身体。什么物品匹配哪吒的高贵心性？

在《西游记》里，哪吒是个藕身人像。太乙真人在万物之中，选了莲藕作为他的身体。哪吒唇红齿白，昂昂眉宇，赤脚，是个可爱的娃娃。

万物可选，为什么非选藕呢？

如果知道了莲藕的好处，那么你就理解太乙真人为何非选藕不可了。《封神演义》上有一段话："太乙真人用两朵莲花加上三片荷叶。金丹塞住了，灵魂放入其中。念动起死回生之法，将哪吒之魂推入莲荷之中，令其复活重生，帮助哪吒恢复人形。"

太乙真人有起死回生之法，也就是说，他运用法力，还哪吒一个肉身是可以的，但是他没有启用肉身。没有肉身，用藕身，就没有疼痛的影响。用藕身，就有了超凡脱俗、出淤泥不染的高贵之身。

太乙真人最懂哪吒的灵魂，给了他乾坤圈、混天绫、风火轮这样的兵器，还给了他一个莲藕的身体。藕身有免疫摄魂系、毒害系、精神无效系，有百毒不侵的能力。可见，藕的所有好处，全部被太乙真人付给了这个"无畏生死、舍身为他"的好孩子。

哪吒的外表看似小孩，实际上象征赤子之心。孩童其实蕴藏无尽力量，是一个战神级的大人物。

从凡人肉胎到永生不死的藕身，从儿童到天神，是一个怎样的转化？这是一个心魂完善自我的转化。

凡人需要明白我是谁，找到自我，然后二次选择，超越了那个会病会疼会哭的自我，达到宁静而通达，通达而心直，这就是藕的意向吧。孩子成了天神，可是纯真没有变。

哪吒的新动画在上映，但是，新动画上，哪吒的黑眼圈，是迷茫和夜间睡眠被打破的形象，绝对不是那个我们高桥的纯澈美好而无畏的哪吒。

高桥人，有个肉身，本质却是藕性，“剖白露心看，心直丝线长”。高桥人天真纯好，所以才聚散两依依，欣悲总交集。

蝌蚪文

高桥水网纵横，小河港也多。

一冬冰雪后，春风吹皱河水，清清亮亮的河水，一看到底，这时候，水草渐渐活了，水草之间，蝌蚪神气起来了。

黑乎乎的蝌蚪，圆头细尾，在水里自在快乐地游窜，亲密地簇在一起，找到一只，循着它去，很快能发现一群。

下河堤，到河边上，蹲下去，用手掬起一捧，看它们在掌心里游，痒痒的，再放回去，看它们游出很远。

蹲身水边，看阳光透进水里，水藻的、河泥的、蝌蚪的，莫名的轻灵透亮又晃动的气息，感觉自己的眼睛很亮，心肺舒张着，追着蝌蚪走，它们奇特的形态，灵活轻盈的泳姿，让人心里痒痒的。

蝌蚪会长大，会长脚，尾巴还没脱，脚先生了，又过了一阵子，它们顺利地长成了青蛙，蹲在荷叶上的时候，就是夏天了，那时候，稻花香了。蝌蚪到青蛙的变化，是多么神奇的过程，是多好的诗文！

一池春水一条河，水清藻绿，才能有黑黑的大头小尾的游动的思想，于是春水才实现了安静中的灵动，反而更显水的清澈可爱。水草被阳光照得仙灵，微微摇摆，好似招惹着蝌蚪。蝌蚪呢，又最喜欢停歇在水草上，这相得益彰的两个世界，是互相依赖的两个世界。

蝌蚪很容易激惹艺术的灵感，在绘画中，在音乐中，文字中。

常常看见绘画作品，简笔寥寥，就那么生动引人：水底石不规则，但是石上、石边藻间，有蝌蚪三五，摇头晃脑，春天立刻被描摹了出来，让人欢喜。你院外的小池桥下的蝌蚪，立刻被想起来了。

又一个春天了，大柳树下的河，太阳透进水里。小蝌蚪本身就是文字，是春天清澈的水里灵动的思维，是水乡写给我们的信，关照我们，不管身在何方，不管聚散来往，都要愉快自在地生活。

龙虾入侵

大概是 1974 年，一只装有龙虾的玻璃瓶被带到高桥，结果……

我怀疑龙虾不是高桥的土生物种，因为第一次见到龙虾时，我已经五六岁了，还是在一只玻璃瓶里。

我们一圩小孩都放生在野外，除了睡觉、吃饭在屋里，其余时间都在“研究天文地理水产昆虫草木花鸟”，天天忙得要死，也最掌握圩子环境前前后后的变化，几乎可以肯定龙虾是我五岁后有的。

龙虾出现后，发现有一种本地河虾、江虾被欺负的趋势，本地明虾越来越少，大红龙虾越来越多，田间沟渠四处都有了龙虾。终于第一个吃螃蟹的被抄袭了，有了第一个吃龙虾的。接着就传开了，龙虾，以吃相待！年年演绎龙虾和人的竞赛，看看：谁生得快，谁吃得快。

一旦立夏，每家常常有一大盆龙虾，洗、刷最要注意它们的大钳子，举向天空示威，迅速剪了，放足佐料，特别重要的是要放半斤大蒜泥，烧得鲜香流汁。

初夏，可以穿短袖光膀子的时候，膀子和啤酒瓶一样粗硬的叔叔们，一会儿握瓶喝酒，一会儿抓龙虾剥食，还能高声和唱，吃着吃着，喝着喝着，陌生人就兄弟起来，龙虾的壳越堆越高，话越说越乱，痛与快都交给夏风传扬。龙虾馆、龙虾排档、龙虾筵席，在夏天的晚上成了主唱。龙虾，侵略力特别强的龙虾，因为能让人放下文雅的吃相回到手抓时代的感受，豪放起来，价格渐长了。

小孩放暑假钓龙虾，太凝神，被虫咬了也不在意，万金油搽搽被虫咬的小疙瘩，一会就消肿了。钓虾的，往往不记得吃虾，虾还没烧好，就累困了。第二天醒了，发现盆里只剩两只虾了，只好再去钓。

女孩常常钓不到的，回家的路上，大多是哥哥们各给十来个，几十个就满盆了，回家也扬起头说自己钓的。得一阵子空表扬，乐滋滋做一个美梦：一塘龙虾，不动，由你白捡啊！

几番冬去春来，钓龙虾的小哥哥们都外出建功立业了，拎桶的姑娘们长大了，有了自己的家和孩子。龙虾也跟随他们进城里的馆子了。

高桥的夏天，红红龙虾赛关公，柳树塘边聚虾童……

田螺姑娘

高桥田螺和螺蛳是近亲，但完全是两个样子。田螺青壳，大，壳薄脆一些，肉软嫩，一个田螺抵三四个螺蛳。

高桥河坝头，多石板或水泥板，蹲下去，水清清浅浅，直透河底，微微晃动的水面照见自己的脸，把手伸到石板底下，翻手朝上，一个田螺就能抓在掌心。还要很小心，触碰到其他田螺，它们会闭气，掉到水底。

长夏和初秋，在一片蝉鸣里，静悄悄地慢慢摸田螺，既有下水的凉意，又有特别的收获。一颗一颗摸了放在淘米篓子里，每天都能有十大几个大的田螺。

摸回来的田螺除了做炒田螺、烧汤之外，还用砖砸碎，去壳取肉，来喂鸭子，再有多余，就养在水缸里。鸭子特别爱吃，吃得昂起脖子，快快地吞下又来等，不像早上吃糠那样，慢而艰难的吃相。

家里喂田螺的鸭子下的蛋，滋味鲜香。天天拿蛋、存着，到了个数，用黄泥腌好。咸鸭蛋流着红油，做高桥人，又是一项福分。

田螺成了生活的一部分，田螺姑娘的故事听起来就那么亲切，那么有道理：一个勤劳的小伙，父母去世早，坚强而没人照应，早出晚归地在田间忙碌。晚上回到家，天黑了，又累又渴，衣服也常常在劳动中破一处，也没人给补。

有一天，他奇怪地看见自家的烟囱冒出白烟，回家一看，家里干干净净，锅里端端正正地放着饭和小菜！

一连好几天都这样，小伙就很好奇，这天提前就回家了，他看见一个美丽的姑娘从水缸里出来，轻快地做着这些事，小伙一下子出现，田螺姑娘变不回去了，成了小伙的新娘子。

这个故事深深地打动了我们，男孩都希望自己有一个田螺姑娘一样的既美丽又勤劳的新娘子，女孩子都希望自己能成为心目中的小伙的田螺姑娘，在他忙碌了一天以后，给他热水热饭菜恢复体力；给他干净的花果院子，好觉得清爽愉悦；给他仨俩藕一样的孩子，在院里飞出迎接……

这都是罩子灯下，奶奶说的故事。

家里水缸里藏着田螺，是我摸来的，我常常梦见它们变成田螺姑娘，遇见钟爱的勤劳的小伙，然后美满地生活。

直到长大，才发现高桥美丽勤劳的田螺姑娘很多，她们都能让炊烟袅袅，家园净美，都在等着能干的小伙回家吃饭。

不过高桥的小伙子们，却奔向四面八方，千里之外，偶尔带着他们外地的田螺姑娘回高桥，开心炫耀地走过她们的家门。

我偶尔回去，见到河坝头，都还伸手找，螺蛳偶尔有，但是那样的青壳子田螺，始终没有找到。

大鹅

舰队里有旗舰，牛族有斗牛，人群里有绅士。而家禽里，大鹅就能一兼其三。

旗舰，是旗帜昂得最高的一个，发令最响的一个，马首是瞻的一个。一院子的鸡鸭鹅，谁能昂得最高、发令最响？它昂起来，我三岁之前都没它高，它又声音昂、昂、昂地雄浑着，看见了，只有怕。一直到长得比它高很多才敢和它对视。

绅士，八字，走路摇摆着，愉快的样子，一队人马里最慢的一个，即使吃饭也有不急不慌的风度，家禽里谁有呢？

斗牛，低下脖子张开翅膀，一改稳慢的风度，直冲向入侵者。院子里，黄鼠狼真正惧怕的，最后能把狗斗败的家禽是谁？

大鹅能一兼三，就已经很了不起了，但是大鹅还有独特的高贵。

大鹅依然有着天鹅的高雅。只要一到水里，它们就和祖先一样地轻盈美丽，它们动起来是帆，静下来是船，静水因为有它而灵动。水面上下对称，虚实成双。它们尾随、变队形、拉出最美的波纹，自己却不屑去看。

大鹅彼此贴颈相亲，柳树影子下的无声温情，仿佛双人花样滑冰，在镜面左右滑行，分开、成双、等待、追来，一池春水成为仙境瑶池。

这一份美，迷倒了书法家、诗人、武术家，当然也深深地迷倒了我这个小孩。它到河边，我也去；它收翅在前面走，我就在后面跟；它正在吃泡了水的稻子，我就看。

鹅蛋也能一顶三，来院里的人，向奶奶问有没有鹅蛋卖的，都说着谁怎么了，为什么要找鹅蛋给她吃。原因记不得了，反正听说到要紧的，奶奶立刻会把存的几个鹅蛋拿出来，半送地卖给这个人，关照我们几个暂时都别吃了，人家吃了派用场。鹅蛋是特殊的时间、特殊的人出来找的稀罕物。

上了岸，大鹅也很聪明，它凭什么辨认来到它领地的人是善是恶的动机？这是一个谜，反正偷鸡贼会被它叉出篱笆；我要搞怪，它斜着眼就能看出，我的不怀好意（比如也想取一根它的毛），还没实施就会被识破，只好作罢。

大鹅的鸣声多样，我最喜欢它斗赢以后的无限得意。那是一种不可抑的欢乐，是世上最不悲伤的腔韵。它没有什么可悲伤的，迈着四方步，知足常乐，常常感到生活美满。白色的脖子对着天空，“昂昂昂”。声音简单，所以显得纯洁。那长长的表白，是一种日子会越来越好的断言，还有在柳树荫下见到密友的欢呼。

在高桥那十年，家禽养过很多，努力地搜寻的时候，大鹅的形象总是立刻闪现。它们在河面相会，对着清空蓝天翻飞的蜻蜓，引吭高歌，赞颂令人畏怯的夏天。我常想：水里这些憨厚的、天真洁白的、在水陆都能生活、有快乐的风度又凛然不可侵犯的大鹅，像谁？

桥边课堂院

高桥的学校从无到有，创办了小学，又创办了中学。那个小小的院子里，集中了快乐的儿童，学风纯正。大多数时候，快乐被当成最好的追求。丰富的乐趣在课间保存着，多种可能在小院里蕴藏着。一切还都很自在，校园里时时刻刻都会发出欢呼和喧哗。相处的恬静、美满和愉快，还在自然而然地发生。良师益友，像酒曲一样，平淡人生变得醇香回味，芳香久远。

庠序初创

自古学校教育称为庠序之教，学校为庠序之地，是当地文化兴起的一脉之源。高桥庠序之地于庠门圩，创建之人王世清。

我的爹爹只有一姐，姐弟俩相生相依，十岁之前都早早开蒙受训。姐姐长成后出嫁王姓，姑爹爹大名王世清。这位王世清，是爹爹难得说、说起来就情义深长地缅怀的人之一。

在爹爹的印象里，他清瘦灵活，赤子情怀，爱憎分明。1942 年，他把姑太太和孩子们留在高桥，真正为了光明出路而抛妻别子，在上海加入地下党，后经过启东，正式进入作战部队。

1943 年以后，他从地下转到前沿战斗部队，出生入死，多次负伤。抗战结束又随大军参加解放战争。先后参加过黄桥战役、孟良崮战役、淮海战役、济南战役、渡江战役等大小战役，身经百战。

他能回家已经是 1950 年了，离家的这八年期间，他很少回家探亲，也很少顾及孩子们。爹爹说起这个话题，对姐姐充满同情。姑太太的生活艰难，她种菜、卖菜，替人洗衣服、补衣服，维持生计，还惦记着娘家弟弟，但是爹爹所遇坎坷，自身难保，难以顾及。爹爹钦佩姐姐有江洲女子极端的吃苦和忍耐的特点，以慈惠的母性，抚养四个孩子，一直盼到解放。

1950 年，王世清被任命为苏州交通局主任，调到苏南行政公署。长期的作战生活，身上有枪伤，后来又患肺病，影响了健康，部队接他回去治疗，病情控制后安排退伍回乡，长期休养。

他不肯被闲置，要求组织让自己归队工作，急切如火。不知道他看过保尔的故事没有，他的这段心路和保尔是多么相似！地方政府安排他当柳州乡的乡长，他带着部队的风格，投入工作，无私平等，刚直不阿，人家由衷称他好干部。

有几万人口的高桥，没有一所中学。王世清看到小学毕业生都要到外地，到江南大港、儒里、镇江上初中，隔江过水，十分困难。穷人家孩子到外地上初中，连船票都买不起，再聪明也只好失学。

经历过部队的作战生活的人，体会过“不顾一切困难去争取胜利”的神圣，体会过为了家乡、为了祖国的美好未来，千里奔袭作战而胜利带来的欢乐，才是人生的最有意义的大欢乐。

这样的人，会让他不断地寻找，自己这一分热往哪里去？

他找到了新的战事：家乡的孩子们上完小学后，就无法在我们自己的地方就读了。要解决！要快点办起一所中学来！

从无到有创办中学，资金、校舍、师资都是问题。他拖着病体，多次奔赴上海、南京、部队。多方寻找家乡在外的人士，陈述学情困难，请他们为家乡办学出钱出力。不少人被他的想法感动，慷慨解囊资助。

这一段奔波使他又一次抛妻别子，放弃家中大小事情。姑太太盼来了解放，盼来了人，又变成独立支持家中事务，但是姑太太没有向娘家弟弟流露过埋怨。她能朴素地理解，他那不是忘记了家事，而是记得了大家的事，大家需要的事。何况姑太太幼时在家就被安排过启蒙，接触过文字，骨子里十分支持学校大事。

资金到位后，他又寻找、查看、确定校舍，后确定在庠门圩。高桥的地名往往有着深意，“庠门圩”的原意，就是教育场所。教室有了，还要有老师，又邀请乡贤人士，担任教师。

地方政府对于办学，也在关心，群众热心盼望和支持，1956 年秋，高桥中学正式开办。最初叫“初中补习班”，首届学生约六十人，有的没有考取大港中学和外地中学，有的考取了但是家庭经济困难、不能到外地上学。外加一个小学六年级补习班约五十人，共两个班。王世清为首任校长。

高桥的土，清壤纯水，只要一有种子，就能茂盛发展，蓬勃开花、结果；相对应的，高桥的人，有着最纯好的精神魂魄，只要一有思想的土壤，知识的种子就能旺盛一片，成人成才。

这一百一十人，读书条件是艰苦的，但是分外勤奋、认真。勤背勤记，舍不得少背一句话。他们毕业后，又去传播，成为老师、干部、外交家、水利建设者、地质勘探研究员，又去改变别人的命运，为新生不久的共和国建设贡献了智慧才华。

1962年，姑爹爹因病去世，从1942年投身戎马到离世，他的二十年的人生，是令人敬佩的。他经历了无畏生死、多次立功的戎马生涯，解甲归田后，又投入家乡建设，关注医疗、教育的发展，创办中学。

每个人都是一根同样长短的火柴，他将自己的这一根，燃成了文武兼备的一生，成为当时高桥人人赞誉的人物。他的精神境界，来源于中国人民解放军的精神境界。1962年以后他创立的高桥中学，又传开了他带回来的这股精神流脉。

1966年早春二月，姑太太去世，爹爹更加内向。彼时我的父亲弟兄三人都在外地，家中儿孙辈只有我的母亲，还有我的刚刚出生一个月的姐姐。爹爹就只能带着我母亲这个最小的儿媳妇，母亲抱着才一个月的姐姐，向四方桥，给唯一的姐姐奔丧去。

姑太太和姑爹爹聚少离多，姑爹爹在作战部队八年，战事未了的时候，每一次探亲离别，都是生死难卜。这不是普通女子承担得了的。每次别后都只剩下不确定的等待，不但没有确定的归期，还伴着阵亡的可能。姑太太一边独自带大他们的四个孩子，一边日日牵挂姑爹爹的安全，还牵念着自己唯一的弟弟。

在姑爹爹的风雨人生中，她沉默地挑起重担以支持，仅仅在长久的分离之苦上，清流缓缓，韧劲就超越了普通的儿女情长。把人盼回来以后，又默默支持姑爹爹为高桥办大事。

姑太太去世后，爹爹在世上更加寡单，慢慢把这些波澜放在心底。但是爹爹心中的庠序之教、师者梦想，犹如风中之烛，摇晃着却不灭，他总希望爸爸能把师范念完，能把老师做到底，我们姊妹俩能继续从事教学的事业，千难万难也要坚持做下去。

高桥中学自创办起，六十三年期间，一批批优秀毕业生，从勤学奉献、稳厚耐劳、勇猛奋进的源头流出，升学深造后，奔赴祖国各地，成为各行各业的建设栋梁。江洲高桥，又成了人才辈出的鸟巢。

自姑太太1966年去世，至今已五十三年了，当年那个刚刚满月、被抱着去奔丧、被抱着向姑太太磕头的襁褓里的孩子，五十三岁了，她做了大学老师，从教三十年，培育了一批批学生，或许这不是偶然，而是源头的力量使然。

源，是不是一种看不见的力量？我出生迟，没有亲见姑太太和姑爹爹的模样。仅仅后来，在爹爹的零碎片语里，间断地听来办学的不容易，犹如间断下来的雨滴，足够滋润我们遇到困境时的干渴。

如今，我从教第三十年，回看我的乡土源头，先人在比我们各方面都更困难的情况下，四方奔走，秉执庠序。写着写着，我对眼前的种种困难，都有了克服的力量。

无意间，女儿将她的书留在我的书房里，那是教育心理学的教材，女儿也选择了教育事业。这样，一脉四代，梦都在教育事业上了。

那句“教育事业是神圣的”，依旧熠熠生辉。

2019 年 9 月 2 日

最美的遇见

高桥父辈，念书都很勤奋，成绩也很突出。他们的向上的心，不但遇到了高桥小学、中学的创办，而且幸运地遇到了大港中学的建成和发展。1953 年，大港中学招收的第一届学生中，有我爸爸的大哥，两年以后，二哥考取了，再以后我爸爸也考取了。爸爸兄弟三人遇到了大港中学，文化世界、心灵世界和精神世界，有了新的改变。

1958 年，妈妈也考上了大港中学。爸爸正上初二，大伯已经从大港中学毕业参军，开始了军旅生涯。一所校园里留下了一家四个人的青春足迹。

大港中学的老师们对高桥学生影响很大。妈妈的班主任老师叫丁天赐，是一位福建青年，毕业于扬州师范。美术老师是来自太湖之滨的王冠老师，音乐老师张忠全。可见大港中学那时候在广泛吸纳人才，还开设俄语课，从福建到苏州到无锡到镇江，召集四面八方的优秀青年，来大港中学做老师。

妈妈遇到这三位老师的时候，他们都是第一年踏上工作岗位。老师们年轻、有志向、有才华，离开了家，到大港中学为师；学生们正值少年，青春伊始，离开了家，到大港求学。一群高桥的孩子，遇上了一群外地的老师。这一场最美的相遇，就在大港中学热热闹闹地开始了，在对的时间遇见了对的人和事，这是最美的。

音体美三个科目的老师并驾齐驱地热忱教育，使妈妈感染上他们的热情开朗。妈妈能唱能跳、歌声甜美、机灵活泼。王冠老师善于画画，会写楷书、行书、仿宋体，提笔就来，为眼前的学生、老师、场景画了很多画，激发和培养了很多学生的美感。妈妈是他比较满意和喜爱的学生之一，所以也为妈妈画了一张肖像，妈妈很是喜爱，偷偷放在祖爷爷镜框的后面，保存到外公去世后才散失。

王冠老师的学生都很尊重他，因为他的影响是长远的，不少学生一手的好字，得益于他的示范，被发现、被任用，在工作岗位上做的贡献更大了。

张忠全老师会写歌词，会谱曲，善于朗诵、组织活动，是一个文艺天才。后来他的高桥学生多了，常常来高桥，还为南北大河的开挖专门写了一首曲子，鼓励大家。

那时候的老师，成才之路都是原发于天性中的喜爱，所以他们的专业就像泉水一样自如地流淌，自己觉得轻松，学生也学得轻松。每个科目的老师，都把自己的科目看成传播美的事业。还没有传出主科与副科的划分，更没有副科被挤占的情况发生。

妈妈从大港中学毕业以后，到了出嫁的年龄，有人从中牵线为媒，妈妈赶去一看，这个人不是大港中学校园中熟悉的人吗？常常碰面，但从来没有说过话；爸爸一看也是那样的，美丽的校园里熟悉的身影。

妈妈当时就自己做主，不计家境、不计政治成分，更没有去打听家里的经济状况，仅仅是凭着大港中学校园里的美好而没有说话的相遇。为了这一份亲切感，毫不犹豫地决定，此生和爸爸一起成家立业。

父亲已于2003年去世。他们风风雨雨，一生没有离开彼此，心里都视彼此为此生唯一，父亲说起母亲年轻时候的唱歌模样，抑制不住地欢喜呢！

多少高桥学子的梦想驿站：大港中学，对高桥的影响力，不仅在于培养了一批批高桥学生的智力，还在于给了他们感受幸福的能力，给了高桥学生昂扬而愉快的青春。如今老一辈中很多人，学养见地仍然烛照家庭乡里，多少都和大港中学的培养有关，他们的港中故事，不输当今。

高桥重教风气依然，共同学习，犹如同船共渡，我的双亲简单朴实地活出了一时共学习、一生都相爱的人生。三年港中的美好遇见，成了取之不竭的力量，让父亲和母亲历过风雨一直生活在一起，让这世上，有了我和姐姐。

曾经的大港中学，这里的场场相遇，专注、唯美、纯净，圆满得后世不及，令人羡慕，成为高桥人最美的遇见。

特别幼儿班

四月春，高桥荞荞豆长跑了。荞荞豆，嫩的时候当然可以采下来直接吃，壳里有很小的豆粒，清香味，可以替代蚕豆，因为蚕豆虽然更好吃，但是那是人家种的，荞荞豆可以。

荞荞豆一个人采、吃很没意思，也不好吃，只有好几个人采了聚在一起，比比谁采得多，谁吃得快，这个才能吃得有滋味。小的受照顾，采不多，姐姐给，反而不输。

四月的太阳已经没有凉意，晒到头发都热了，鹅黄早春已经被大片的绿色替代，荞荞豆到了最鼓胀的时候，可以做荞荞叫叫，吹着比声音的高低。只要把里面的豆豆吃了，摘去一小段壳头，成了个音腔，就可以吹了。每一个叫叫音色都不同。一行七八个一起吹，就是一个小的合唱队，诉说了植物的、人物的、自然的互通，田垄上走跑，风里清香味养着心。

玩是有尽头的，高桥决定成立历史上的第一批幼儿班。1976 年 4 月，我的同龄孩子都在名单里，不过多了几句话很让我伤心，说建议男孩都去上，建议女孩看情况也上。小震他们都有得去了，等来等去，就我不可以了。我被严重的孤单落后感笼罩住，每天看他们拿着“爬爬凳”（小板凳）走家门口路过，都难过得不行，还要违心说我根本不要去。

偷偷跟过去远远看过一回，他们被安排在大柳树下练“乖”静，看上去他们什么都不能做了，没有什么好玩，但我还是不愿被特别对待，就很向往。

田里荞荞豆结得特别多，特别大，可是孩子们都来不了，在垄上荒长。我一个人，采荞荞豆当然能采很多，也能选到最好的豆，做一个最响的叫叫，一个人吹着，觉得四野太旷了。我一个人拥有了整片大地，拥有了最多的吃的豆，可以说是最富有的时候了，可是怎么反而感觉什么也没有呢？

我的幼儿班是不规范的，却存了满满的真切的自然的图画，田园、山水、花鸟、农事……一进到一年级，书上的每一个字，都像已经懂得一样，听起来一点都不吃力，相反，兴趣盎然。那些大自然教会我的，永远鲜活着。

很快，上了一年级，我们又能在一起上学、放学，一群人的荞荞叫叫，在垄子上，又响起来了。

星空下的梦

白露过了，在外边儿乘凉的必要就没有了。但是那些夏天乘凉的晚上，对话像种子一样，大人们抛下忘记了，我们还记得。

小孩子在自己的村里，各自有他们心目里的榜样，有特别听从的人。我那时没有幼儿园上，很尊敬幼儿园老师。幼儿园老师对五六岁、七岁的孩子是有影响力的。邻居小梅的妈妈就是一个幼儿园老师。

那个夏天，她躺在竹床上，指着满天繁星，说对着流星许一个愿望会实现，然后问我长大了，想当什么呢。

我的心里诚心诚意地想当一个像她一样的人，因为在她面前就觉得世界和美而且快乐。我希望自己能让别人的孩子也有这样的感觉。经过了认真的选择，我告诉她，长大了，我要当一名老师。

盯着她眼睛，没有好意思说出，是要当一个像她一样温和的老师。崇拜心，也许被她发现了。她愉快地大声说道："好，就当老师吧，当老师能做有用的人！"我虽然没有理解有哪些用，但是她的语气、声音，还有眼神，因为我的这个决定而开心。我这个决定一定就不会错了，况且这是一个在流星下许愿的决定。

一年以后，我去亨小上学了，一边努力地听，模拟老师的语气和声调，下课就尝试着给同学做老师，昂着头做小老师，也不顾其他孩子的讨厌。

以老师自居的想法，指挥别人怎么样，而犯下很多啼笑皆非的傻错误。

离开高桥以后，处境发生了变化，我们成了搬迁户。人们都是陌生的，生活中或者被嘲笑，或者被看不起。连续三五年的被动时光，几乎让我的教师梦停止了生长。再也没有人问我的理想，没有人问我长大了想当什么。一家子在以吃饱饭为目标的努力中，我做教师的梦搁浅了。

被搁浅的梦，会成为沉潜的现实。最艰难的时候，家里那些满天星光、那些温暖的人群，会入梦而来。那一个越来越遥远的、流星下的愿望，越来越微弱。偶尔，偶尔，重新被想起来的时候，惭愧和无法触及的交迫，使得我连疲劳都不敢流露出来。

有人说，高中三年的青年时光，是人一生中语言最少的时候。因为他们正处于积累期、沉埋期和思考期。很相信这句话，我离开家乡后，沉默中，早晚种田开荒，白天在学校里努力地学习。

当教师这个梦，就像一只在大风中的风筝，仅靠微薄的力量，拽着拽着，生怕它远去了，我们和乡土的最后的联系也断了。

这微薄的力量，来自于父母的期望，来自于乡音的陪伴，还来自那些星空下的时光和曾经许下的愿望。

长期的沉默中的努力，最后总算是顺利走上了当教师的道路。这样三十年了。

三十年以来，源头的神圣的嘱托和不负众心的期望成了生命的主线，回望乡土，那星空下的愿望，践行得无怨无悔。

我的老师，我的乡人，愿夏凉冬暖，以慰您寒来暑往；愿风调雨顺，以慰您心心念念；愿家事平和，以慰您一生劳苦；愿出行平安，以慰您余生安康。

我的高桥老师

我在亨小上一年级了，盼望已久，所以心花怒放。我的高桥老师负责我的启蒙。

第一位老师，齐耳短发，负责一年级上半学期，好几十天，教规矩为主，口头禅是："坐好的！写好的、扫好的，拿好的，看好的，举手、举手！"不停地讲。她没有用"规矩"这词，用提示语反复，教我这个没有上过幼儿班的小孩怎么做学生。

第二位姓徐，教我的时候新婚不久，仿佛春天刚过，夏至未至的时节，美得像高桥的田野，绿转红羞。这时候教小孩子，仅仅无形的美的流露，就足够让孩子们把她说的每一个字都记清楚。她对我的知识启蒙是从美开始的。

我比其他孩子幸运的是，我就住在她的平条院子的隔壁，放学也可以揣摩她的行动，悄悄学习老师的举止。

放学后，徐老师又转为一位种田能手，挑粪上肥，一直到天黑。她对我的勤劳启蒙是充分的。

早晨起来先看见她在地里拔苗栽菜，行是行，列是列，如军阵笔直，速度也很快。把一件事做得有条理，少说多做，专心做，这是做好一件事情的启蒙。

很快，一年级过去了，"天、地、人"，这些字都认识了，她也要回家生宝宝了，坚持到脚背肿着，身体很不方便了，暑假也到了。她对我工作的认真投入、耐力持久的启蒙也是深刻的。

我的二年级就换了老师。她有两条长辫子，彼时正决心要参加高考，上自习课，她就在讲台上埋头忘我地看书，以至于，我都很想偷看她看的是什么书。下课了，她也不抬头，我悄悄走到她的身边，看见她的书上密密麻麻，蚂蚁字。没什么好玩，她还看得那么带劲。她给我的启蒙：要专心地做一件事，一件很重要的事，以至于忘我。

她成功了，念了大学，飞过了太平洋，留给我"高考、复习、前途”这些新鲜的词。

我要感恩的老师有很多，高桥的启蒙老师徐老师，是排在第一的。时光历波，沉淀而成湖石。综合来看，徐老师的启蒙在于：老师的意义不仅在于教会知识，认识数文，还在于生活，在于做人。

她从未说教一句，自己日复一日的亲劳亲为，躬亲示范。退休后，她也不愿闲着，愿意过充实的生活，形成了朴素的人格魅力。

我的启蒙并没有从奥数开始，而是从规矩开始。三位老师依次给了我规矩、坚持、理想。这样的启蒙是长远的。

晚饭花的种子

高桥的晚饭花，紫红的、黄的、黄里夹红丝的、白的，都有。种子从嫩绿有浆长到黑圆纹硬，就像缩微小地雷。把几种颜色的种子都采齐，不容易。

我那时在亭小上一年级。亭小其实不小，好几个大队的适龄孩子都在这里上。一个班好几十人，彼此相识的只有我们亭二队的五个。有一个男生，下课他不闹，好好地坐着。一次我被调皮同学羞辱得受不了而还击，以至于打架，旁观者只有他。他对老师照实际说了，我才免了责罚，由此觉得感动，回家以后，想送最好的东西给他，希望以后我们能六个人玩。

我那时已经很“富有”了，家里到处藏着大人不知道的宝贝：磨得像玉滑的瓦片、最硬的楝树果子、经络奇美的树叶，以及杏子核、各色晚饭花的黑种子，还有泡在油里的刚生的老鼠，还有夹在书里的蝴蝶，虽然干了，但是展翼大、花纹复杂而艳美……把它们从各处召集齐了，放书包里。

第二天，下课了，教室里没有其他人了，我捧着纸包，到他的桌子前面，轻轻把瓦片放桌上，他疑惑地看着，我又把黑种子、楝树小果子、树棍子放桌上，最后把蝴蝶压他书上，他从疑惑到嫌了脸，拿着书把蝴蝶掀到地上，赶紧吹书，“花蝴蝶有毛，败（别）弄我书上一哈子(全是的)”。我赶紧把蝴蝶找到，已经不行了，蝴蝶掉了一翅。大家又都快进来了，我只能迅速包起来，回座位，塞到桌子里。

放学后，心里沉沉的，这些几乎是我的全部：瓦片要磨好多块才能选到这样细腻的，越细腻越难磨，给他，他可以在上面刻画刻字玩，玩了再磨掉、再写；晚饭花的黑籽选的最大最齐，第二年可以种出最密最好看的；杏子核他可以用砖头砸开，吃仁治咳嗽；树棍选的是开叉的，给他做弹弓，楝树果子是给他做子弹的……最难过的是那只蝴蝶，我追了好久，不是那么好找。我很庆幸的是：幸亏油老鼠不好拿，没带去，才保住了体面。奶奶说那是可以搽烫伤的。

天黑了，这些不被喜欢的东西怎么办呢？我在花台前站了好久，最后把它们全都倒在花台的角空里面，包括那只泡了油的老鼠。

这只破碎的蝴蝶告诉我：这些我珍爱的、好好留着、反复看的，好些连姐姐都没给看，连圩里他们五个都没给的珍藏，别人未必看好。

我的世界，其实很穷很寒酸，是不是？晚饭花的黑种子，高桥到处都是，怎么能引起注意呢？

我在没上学时候也常常哭，但全是大声的明哭，是要彰显委屈，希望一一讨回来的哭；但是那一晚，在花台前，不知道为什么，眼泪淌得不停，但是出不了声。生命里第一次独自领受了一种难受的滋味：那是积累很久、倾其所有、全心全意捧出，却被嫌弃的苦楚。

从那以后，我不再收晚饭花的黑种子，泯去了和再多的人玩的希望，只和我们五个玩。后来，我被带离亨小、转道异处求学，没有再见过晚饭花，也没有想起这小小的黑色颗粒，但是那一晚的滋味，那种出不了声的辛酸泪目，在外却多次遇到。

环境保护受到重视以后，周边在广修公园多植花木，白鹭晚江，美好重现。在公园的山坡巨石前，忽见一大丛晚饭花，旺盛地开在路侧，迎宾探望。那一瞬间，我的心怦然撞胸：它过江赶来，是要接住我的辛酸的思念，转为盛开？原来，那些晚饭花的种子、那些扔在花台里的宝物，一直在我的生命里，从没有离开。

此刻，正是落霞迷彩了天空的时候，晚饭花一定在一朵一朵从容地开。它花语静美，不被看好的晚饭花种子世界里，有最美的提示。那个男孩少有的稳静、清净的心性，我还没理解，所以我当时的那些泪，那一扔，是因幼和稚而错了！

天色已晚，高桥，晚饭花一定正放。

“掏螃蟹”的追风少年

1977年，我上学以后，高桥各个村圩陆续有了自行车，可先进了，很让人眼馋的，但是大杠高，座垫更高，女孩子们一看，完全不能控制，就都算了。男孩子虽然骑不上，但是又有谁能止住骑上去的烧心？

那两年，走到哪儿，大岸上、晒场上、小学门口，全高桥都能看见十岁左右的小孩在骑自行车。他们骑不上座垫，一律是从三角杠中间伸过一条腿，两手扶稳龙头，腿此起彼伏地蹬，这叫“掏螃蟹”，居然骑很远。

去乾字圩、元字圩、街上、庠门、四方桥……各处都有，他们细瘦的胳膊腿，骑得溜得很，风吹过了他们的脸庞，脸原本瘦小，一旦嘴笑到最大，全脸都是笑意，看见我，大声喊：“让、让、让”，也有冷静而从容的好手，没看见似的，自顾绕过。

衣服没有好好扣的，全敞着，在春风里，衣角如羽翼翻飞，一遍一遍地练得出汗。

有时候边上有大人陪着看，那一定是大人知道的；有时候大中午没有人，也看见慌慌张张练的，一定是偷出来练，或者借的，要紧还。有的场上，七八个小孩围着一辆自行车，没轮到的，跟在后面跑。最感人的是看见一个大一点的，紧紧扶着后座，让小的玩，脸的模样一看就是兄弟，小的“掏螃蟹”不行，大的就一直不松手。

不多久就能看见“掏螃蟹”的高手了，龙头上能挂个菜篮子，后座子上的卡子掀起来，夹住一个大南瓜，追着东南风，上婆婆家去。自行车没有倒车镜，根本看不见，他们的身后，骑不上去的小女孩的羡慕眼光。

够不到，“掏螃蟹”也要骑车！那些少年学骑自行车，孜孜不倦，一刻不停，在阳光下昂挺着瘦小的胸脯，把握着比自己还高的铁骑，练习着看上去不可能掌握的技术。他们带着天然的生命力，不断地练习而获得胜利，冲开了一条充满热情和信念的道路，获得了更快的速度和更大的自由。

轮子转起来了，到婆婆家的时间从一个钟头缩短成半小时了，勇气带来了快乐。超越困难，走向达成的时候，幸福的道路，就在眼前。

出发了，追风少年，你是否已经习惯开车，不骑车了？

高桥小店宝塔糖

1977 年，亨字圩东头，小学边上，有个小店，店主人姓潘。小店里面卖宝塔糖。我上一年级的时候，只要有五分钱就可以买。

宝塔糖，宝塔形，有粉红的，有黄的，在玻璃瓶子里，木头台子上，发着诱人的光！因为它既是糖，又带有打虫子的神奇效果。

每当有人说打下虫子来了，我就吓得要命，跟在后面看，真看到了便便里有蛔虫！对宝塔糖的向往就更厉害了，其他的都暂时不想了，开始注意怎么能找到五分钱。

过了一阵子，实在想不出办法，就爬到了奶奶腿上，好好地跟她讲："嗯奶，我要吃宝塔糖，把五分钱把我，好吧?"奶奶亲亲我，给我五分钱，说，宝塔糖大的都吃过了，你也该吃了，恐怕你也有虫子了。

第二天上学，哪里还是上学啊？没心思听，手里把个五分钱捏了不知道多少回，觉得最美！一下课就去排队买，我居然买到五颗！别人只能买到两颗三颗，原因不知道，就觉得特别欢喜。

上午吃一颗，下午吃一颗，省着吃可以吃两天，多一颗还可以送给三年级教室里的姐姐，叫她也吃。没有了再和奶奶要，一连要过几次，果真，我也打出虫子了，对自己的肚子害怕起来，不知道怎么我也长虫子。

隔壁小梅的妈妈听说了，专门喊我，叫我吃东西前要洗手，说肚子里有虫子是因为脏手吃东西。我第一次听说“要注意卫生”这么高级的词，当然记得很深。我赶紧告诉我们一伙子人，手看上去不脏，其实很脏，叫他们也吃宝塔糖，每天见到，都记得一个个问。不久大家都吃过了，也都打下虫子了。一伙子都过了风浪，又在外面“拾魂”了。

虽然不吃宝塔糖了，但是洗手的习惯保留了。下课疯玩以后记得带着一方手帕，去学校旁边的河坝头蹲下洗手，老师也在洗手，那是一种清洌干净的感觉，心里一天一天地渴望清洁。不仅把书和本子保持了干净，衣服辫子保持清洁，慢慢地读到课文里去。知道了，清洁的反面是肮脏与龌龊，令人生厌，还会生虫子，危害健康。清洁在起作用，那样的境界是澄澈的境界。“善恶自中分，邪溪与正路”，清与浊和善与恶对应着。宝塔糖，那宝塔真的镇住了肚子里的蛔虫。

我好了，又开始对踢毽子、跳绳兴奋了，小店不去了。因为每次奶奶掏出的手帕里，钱都很少很少，每次要钱都很难过。再后来读到一篇宝塔糖和糖丸的报道，讲述发明糖丸的医生如何不简单，还有一种预防小儿麻痹症的糖丸也在发放。无限的感激之余，立刻就想到高桥小店里的宝塔糖。

高桥小店里还卖其他的好吃好玩的，但是宝塔糖一直摆在最重要、最显眼的位置。一进门，就可以看见……

打

白天，大人在田里，田是大人的世界；孩子在圩里，圩是孩子的世界。只有傍晚，才是两个世界的碰撞、合拢。因为一天下来了，大人回家，首先查问这一天我们干了些什么？白天发生的什么是谁干的？

于是一圩到头，每天都有被打的，此起彼伏。大人边骂边打，我们边哭边诉，这是圩里每天的最高华乐章，打完后的洗澡吃饭，就往宁夜去了。

我被打常常是因为追什么玩忘了回家"被抓住的"。"打"写过多次，圩里男孩的打，比我更平常、更嚷嚷，西头的东头听见，东头的西头也明白。大家从来不急，都知道被打总是该的。

男孩被打比我们严重，三十五岁左右的铁塔大汉，用手把自己小儿子臂夹在腰里，拉下裤子，光屁股朝上，连甩好几个巴掌，啪啪地响，发小哭得抽搭，下了地，听了解释，才知道打错了：偷山芋的不是他。大汉呷口酒："有则改之，无则加勉"地文饰一下，反正红黑的脸看不出涨，想想又补一句："打了你下次就不敢了！"好比提前预支了打，于是找到安慰。自己觉得打得好。

大多数都是不冤枉：比如找碎砖头掷河里的大鹅，比赛看哪个准，大鹅被砸中脑袋要死了；比如拽人家草房的草、偷蚕；打碎最珍贵的碗；才穿的新裤子爬树撕坏；骂路过的瘸子、瞎子……手边捞到什么就拿什么打：筷子、扫帚、平条、擀面杖。

高桥的木头长板凳最有用场：杀猪、磨刀、看电影、翻过来当马骑，还有一个妙用：趴下，腿正好垂着，身正好扶着，而屁股正好打！

有认错快的，打得少，脾气烈的，咬着牙不认，低不了那个下气，情愿被打死也不讨饶。骑虎难下的老子，暗暗瞟着一边搓衣服的孩妈，看看能不能拖走再舌战，要不然再打就会破皮出血。哪知道母子同心，打了她的娃，好比打了自己，正生着气，看你怎么办！奶奶听得时间太长了，叫送碗他家不缺的粥，或者随便什么，去打个岔，希望熄了火，我们少受点罪。

把百千件被打事件放一块，就能发现，圩里的打，是要打去我们浪费、懒惰、偷拿、损害、不敬、无礼、说谎、畏怯、窝囊……一切的不好，要让我们听话，做一个堂堂正正的人。

难忘高桥的傍晚：每家每户，在这个时刻都那么相似，都深藏起自己的温软之爱，装出个威风和动静来，把这一天里，我们没做对的，狠狠打一遍。

那些强劲的手臂消失在时光里了，屋子的旮旯里，留下老旧的长板凳：稳稳当当、堂堂正正。

毛桃痒

桃花开完，春天也快回家了，轮到夏天来了，桃树慢慢开始打小纽，结桃子。不久毛桃结满了树。青青的、扁圆的，上面有一层绒绒的白桃毛。

我们对桃子的味道最是熟悉，毛桃还很小就上树摘，在衣服襟摆上擦一擦就吃，脆、酸、清味，一点不甜。但是三四个一伙到一起，吃什么都香了，你上树，他摘桃，她负责下河洗，反正忙得欢。

毛桃吃完，喉咙痒，手痒，脖子痒，都说，明天换蚕豆吃吧，桃毛太痒了。但是第二天仿佛毛桃又长大了点，在树上招摇，于是又开始上树，就这样，毛桃痒在心里好几年。

在亭字圩上了一年级，过了年，开了春，开了桃花，学校在每个班评选春季少年先锋队员，发红领巾戴。班上只发五个最好的，我戴着了，红红的，心里很骄傲，仿佛有这个就是好孩子；没有这个，依然是孩子，但不是那么好的，就会黯淡了。

放了学，一伙走到圩里姚家后头河边上，看见毛桃长得大个，想都没想，熟练地每人搞了好几个吃。

第二天中午放了学回家，看见爸爸居然回来了，开心地要抱。他抱着我，看我戴了红领巾，又知道了只有五个人有红领巾，正开着心，桃子的主人笑着来了，向爸爸告状说我摘了桃。又解释了，说摘几个毛桃不是事，桃就是我们小孩吃的，主要是没长好的毛桃呀，这样下去，今年桃还没熟就一个都没了！就怕我们最后熟的吃不到了。说完忙别的去了。

爸爸抱我送完客，立刻把我扔下地，好像我变成了一个大榴梿，又刺又臭的，赶快扔掉，开始气急败坏地教训：你这么小，偷毛桃，这是什么行为呀？你配戴红领巾吗？下特（取下来）！

说着，他就来下我的红领巾。我立刻感到伤心，觉得千万不能失去刚刚得到的红领巾，那是比命还重要的，尽管说不出为什么。我就死死攥紧红领巾，伤心地大哭。姐姐冲过来说：“快跟爸爸说下次不了，快说呀。”我赶快连连哭喊“不了、不了”。

爸爸才气平了，缩了手，说：“你再偷人家东西，就打死你！”我看他的凶脸害了怕，知道以后千万不能了，打死倒没事么，好孩子做不了，那才是最不好的。

一起吃中饭，我不想吃，奶奶问了，也站到了爸爸那边，一边端起我的碗，给我喂饭，一边说：“饿死你拉倒！”少有的一脸嫌弃样，又让我要哭了。

吃了饭，爸爸就要赶船走了，我因为他下我的红领巾不肯送他，他抱起我，抹齐我哭疯的头发，说：“在家好好的，不要偷人家东西，饿了也不行，别以为是小的毛桃就可以摘。占小便宜的小孩，长不成大人的。记住啦？”我点头说记得了。

送他到大门外，他又蹲下，正正我的红领巾说：“上学了，红领巾都戴了，要懂事，做好孩子了。”

我看着他走远了，看不见了才回来，心里知道，红领巾戴了以后，许多事、许多事，都不能做了。

放学还是饿，毛桃又大了些，心里又痒，但是再没有摘，爸爸的话都记得了。至此，酸脆鲜的毛桃也看不见了。

高田美人

什么会使我们健康、宁静、满足呢？田园、太阳、风雨、四季……大自然不可描写的纯洁和温慧，都会给有爱心、爱劳动的家乡人提供健康、欢乐。与土地息息相通的一生，最理解绿叶青菜和霜雪。田园应该是药食同源的安心之所。

高田美人

高桥的田，种稻的要低，蓄水；种菜的要高，所以自家的菜田就叫高田了。上高田，是每家妇女的常态活动，四季不断。亨字圩一圩到头，有块样板高田，南河北路，纵横阡陌。田园主人真实的美，比写在纸上的好多了。样板高田的女主人四十年四季轮换，耕种不辍。

“见园知主人”，晾晒在阳光下的高田，是女主人心思、能力的参看，种自己家人爱吃的菜的地方，就是女主人的心思展读。

春天下菜秧，这一家如果辣椒多，家里人一定是身强力壮的，孩子也大了；那一家如果茄秧、黄瓜秧、番茄秧甚至还夹有赖葡萄的秧子，一定是女孩多；种山芋苗多的，一定是粮食不太够，还养了猪的，因为需要山芋藤喂猪……

高田，是女人心里有谁的暗示；高田，是主人的默念。把全家放在心里的女主人，自然是美的。

高田美人出没的时间是朝暮、是晨昏，是太阳最美的时候。烈日当空，她们会躲起来休息。朝霞或是残照，泼水身姿，成了剪影，摘豇豆黄瓜的舞蹈，容易把后腰显形。匀称健美的身姿，这是辛勤劳作的回馈。

高田是个聚宝盆，只要女主人不停地忙碌，总是有源源不断的收获：高矮参差，垂挂如门帘子的，隐藏在泥土里的；吃叶子的、吃茎梗子的、吃果实的；绿的、白的、红的、黄的……高田果实菜蔬美如主人，花木成畦手自栽，吃得一家子生龙活虎、怡然自乐。

高田何以出美人?

恬淡淳朴的生活，让得失抑郁彻底丢开，玄心皈依了那些悬挂的黄瓜、茄子，那些藏在泥里、一肚子故事的芋头花生，那些菜花上的蜂蝶，藏在叶子里的冬瓜，生命舒展了，人的举止都灵活自在了。

主人的心情与田园风物共鸣着，随着四季流转而情长。吹弹可破的露珠，总是生命的最好的样子。极深的感情蕴涵在四季菜蔬中，相融到无我。主人的一切，自然会美好起来。

鸡障内外

鸡障是给鸡设置障碍，让它们不能进高田吃菜叶破坏，叫鸡帐、鸡栅也对。那时，哪里有人住，哪里就有鸡障。圩有多长，鸡障就有多远。小孩打架打坏了鸡障会遭大人骂，狗打架打坏了鸡障会遭大人追打，鸡鸭鹅跳进去了会遭到轰赶，因为鸡障里面围着一家人一年四季都要吃的菜。

一圩到头的高田，全有鸡障，用什么做？竹子最容易被想起来，不就是竹篱笆吗？对，但是高桥还能在竹篱笆里编进一种植物，叫平条！

春信谁来寄？是燕子？是春梅？是水波？二月头，大河两边的柳树，先是万点灵芽，远看笼烟，鸡障边的平条也在报新芽、传春信。

平条根边，冒出很多生灵，荠菜、马兰头不提了，偶尔，还有一两根枸杞枝条伸出来，上面的枸杞芽能摘下来烧蛋汤。春天时有母鸡带着小鸡觅食，最要找蚯蚓和虫子。鸡障拦不住黄黄的小鸡，它们能从平条根的缝里钻进钻出。

鸡障有门，人可以进出，挑菜种菜，菜籽撒到了平条下，也能生出苗，春阳一晒，平条从上到下长满了绿意。

茵陈和艾蒿是高桥的基因植物，都在鸡障边爆芽，又被鸡啄食，所以鸡障边的草芽，长不高就没有了。靠近鸡障的菜，会被鸡伸头进去啄得叶破。

到了五六月，天气渐渐炎热，平条却日渐旺盛，叶子繁茂，惹得蜻蜓飞飞停停。最后，开出紫花，花蕊很长，摘下来，撕开花瓣，有一颗圆粒，带着黏性，按在眉间，充当观音的美人痣，眉间痒痒的，立刻觉得自己的额头不一样了。平条花是小姑娘的花。

夏秋，平条的柔枝被剪下来，有人买去编藤椅子，刷上清水漆，手感滑润，坐进去很舒服，经久耐用。

鸡障竹子，会被攀爬上紫阔阔，掐它叶子烧蛋汤，它的种子有紫的汁；有时还爬山药藤，秋天会结出山药蛋。夏天把洗好的凉鞋戳着晒。

晒衣服，冬天晒咸菜。

高桥的鸡障，是个特殊的地方，界而未界，绿篱竹篱并存，蛱蝶飞过，鸡狗都进不去，瓜菜在其中一年年安然生长。

蒲公英和韭菜

“我是一颗蒲公英的种子，谁也不知道我的快乐和悲伤，爸爸妈妈给我一把小伞，让我在广阔的天地间飘荡飘荡。小伞儿带着我飞翔飞翔飞翔——”我们一伙，会唱的人可多了。

野外小路旁，田垄里，蒲公英此起彼伏，从春天一直长到秋天。春天挑野菜好比寻宝，蒲公英也是不用种植不用打理、田间地头都能找到的宝贝。

蒲公英叶和小莴苣的叶子有点儿像。嫩叶摘下，洗干净可以炒了吃。蒲公英的小黄花像小菊花，花瓣像小小的舌头，又叫黄花郎。它深褐色的根系，圆锥状，有些弯曲，在泥土里很有力量。蒲公英的叶、花、根都能泡茶、入药。

蒲公英的种子，是这首歌的抒情寄托：白色的小绒球，外面毛茸茸的，折下来，放到嘴边，用嘴一吹，种子便随风飞舞，在空中漫旋，到各个地方，不知道它们最后落在哪里了，水塘边、梨树下，还是人家院子里？

“爸爸妈妈给我一把小伞，让我在广阔的天地间飘荡飘荡。”蒲公英和白芦花一样，都有为自己的种子配上翅膀，让自己飞翔的智慧。只不过蒲公英的小巧一些，没有白芦花的飞翔那样壮观，种子随风飞舞的时候，就和白芦花随风飞舞的时候一样：蓝色苍穹下，不知道下落何方，分离混着淡淡的乡愁，微微的伤里寄托着远远的希望。

你听了这首歌，从此像鸟一样依恋飞翔。蒲公英一样，早晨傍晚乘着清风飞走，给人淡淡的清愁。你逐风而去的样子，就和蒲公英一样。从此，高桥的目光是随你而去了。

韭菜和蒲公英相反。虽然蒲公英和韭菜在一个田里生长，甚至就在韭菜垄子中间，但蒲公英总是惦记着遥远的地方，韭菜只在脚下生根，一茬一茬地贡献，一茬一茬地生长。韭菜有宿根，不需要反复播种，有点像兰花一样。兰花中确实有一种叫“韭菜兰”，开白色的花朵。

杜甫在辗转中，遇到多年不见的朋友，朋友夜雨之中，剪春韭招待。读到这里，高桥的韭菜，炒河虾，炒螺蛳头，炒肉丝，炒蛋，做韭菜饼，做个韭菜花或者韭菜花鸡蛋汤……可见韭菜在很久之前，就为人世的友谊做了贡献。

在高桥学会了种韭菜，过了江开荒种，为了能买到自己想买的小物件，多次到田里，割上一篮子韭菜，卖得三五块钱，再去买一本书、一支笔、十张书签，或者二十个信封，十张邮票。韭菜，真是沉默的知心朋友。

江洲一方土，蒲公英意在像鲲鹏一样，志趣高远而远行；韭菜，意在乡土田园温婉默守。一个闹着要去，一个想着要留，去留之间，它们又两相依依，一垄子里长着，终究，根都在这里。

蚕豆滋味

“炒蚕豆、炒豌豆，炒不起来翻跟头。”拉着你的手，左右摇，说翻就翻。蚕豆给我们的美妙感受，是语言和文字跟不上的。

在垄上踩锹放蚕豆种、垄上生芽、油油地长；开京剧脸谱一样、黑白的花，这些全都来不及写，春天直接到了有蚕豆的时候。

蚕豆是大败我们名气的祸首，说是祸首，因为另外还有一个祸根，那就是山芋，那个要到夏天写。

高桥的田地里，这两物件，一个由春及夏，一个由夏及秋，它俩的美妙能让语言和文字混乱：有说偷的好的，有说不该偷的；有心里乐开花了的，也有挨了打的。

这一份公案多少年都吵得不停，发小一见面都说是你偷的，结果我被打了；或者我们摘了一老会子，都你吃得了！具体案情，谁说的都有出入，反正都吃了这是肯定的！要论罚酒，个个自动自发地端杯往嘴里掀。

蚕豆一点大的时候吃得少，因为除了皮，肉不多，当然不好吃，但是可以用来比较和盼望。集体的田里蚕豆不能碰的，高田里的可以，垄子上的也可以。

长饱了，摘了剥开吃，鲜嫩多汁，独特的味道让人停不下来，如果一伙一起偷，会被骂的。这样每天吃着生的，回家桌上已经有熟的，生熟两种味道，完全不一样，所以还吃。

高桥的大人心思巧呢，蚕豆和咸菜配、韭菜配、苋菜配、蒜苗配、蛋花配，弄出多少花样，把蚕豆当味精用，弄得样样好吃。

把熟蚕豆穿起来当项链挂，几个小孩一聚，结果当然是只剩下线了。躲梦梦（躲猫猫）在蚕豆棵里最好，躲的人藏在里面吃得不出来，结果是找人的那一个就哭回家了。

蚕豆皮由青到白，豆荚由绿到有斑点，这是它从幼稚走向成熟的过程，我们最能知道它一天天细微地缓缓变化，如何从无到有，如何渐变到饱鼓鼓的，又如何老瘦而坚硬，其中的希望、喜欢和珍藏，千金难买。

剥豆是小孩最容易派到的活。蚕豆剥开，有白的好似海绵的丝毛，这是毛豆没有的，所以剥蚕豆最不伤手，可见蚕豆对种子有一个缓和绵软的保护，智慧！

老了的蚕豆需要温水泡，先剥豆再剥豆瓣，然后再炒苋菜，可那时，苋菜也老了，真是春光短暂。蚕豆真是不能辜负的。

奶奶说，怎么看最有福气的人呢？看耳垂，如果耳垂状如大的青蚕豆，别看现在吃苦或者年轻时吃苦，到底都是个值得托付的福人。于是我常常爬到她的腿上，拽她的耳垂，希望她的耳垂能被拽到有豆瓣大。

现在，蚕豆好吃了，一心一意地剥豆，想着谁是耳垂有豆瓣大，谁是福人，真是静好时光。

蔓柔花黄丝瓜香

万花纷呈的时候，我们没有心思看花，因为大人们都在抢着春光，种东西、种东西，我们也要学着种。

没有田是我们的，高田不许去踩，集体田不许去，只有小花台的空处可以。欠光，欠地方，唯一能种的，只有它——丝瓜！

把籽放进去，浇水。每天去看，它冒了两片椭圆的芽，又生了大的叶子。不久它有了茎须，在风里不断地轻轻摇，希望能接触到什么。这时候，随便找一支竹子、树枝，或者一根绳子，它就能攀缘而上，向着阳光生长。

叶子长得很快。在它的根旁边，埋些鱼肠，立刻能疯长。爬到晾衣服的铁丝上，爬到梨树上，最后能爬到屋顶上。

整个春种它最轻松，每家都顺手种。暮春初夏到盛夏，再落幕似的到深秋，这样长的时间，大树上、窗台上……全高桥，到处都有丝瓜。

开无数的黄花，结细细的丝瓜，翠绿柔韧，从来不惹什么怪虫，不让人操心地笃定地长。在屋顶睡着长，在晾衣服的铁丝上垂成了画。

丝瓜高产，田里毛豆有了，辣椒有了，剥点毛豆就能炒丝瓜，摘两个辣椒，切成细丝，炒丝瓜皮切成的丝。天天如此，却能天天新鲜。一个夏天，丝瓜不离。

丝瓜的营养物质使皮肤洁白、细嫩。家里姑娘们不施粉黛，也白里透红，晒着劳动也不黑，丝瓜是滋养者之一。

秋冬，丝瓜日益枯败，结在高处的丝瓜人们摘不到，挂着由它去，明年自会落下籽来做了种子。

粗大的老丝瓜用竹子绑着镰刀够下来，丝瓜转黄，手捏皮，听得到轻微爆裂声，摊晒干燥，把皮揉掉，倒出黑黑的籽留着，取出丝瓜的筋络，一根根留着，冬春洗碗擦杯，尖部细柔的专留着搓澡。

哪一天，我奉上的食物是翠绿的丝瓜，给你擦洗茶杯、盘盏、砚台用的是丝瓜络，你是否觉得，土气了？

一诗满架

黄瓜架子、刀豆架子、豇豆架子，立在高田直到秋天。

搭这些架子，我们四个最喜欢。我们四个，两三岁落差，个子递减，力气递减，这四个组合特别相宜：我最小，负责在地上分好稻草把、捡起芦柴递上给二姐、三姐，她俩负责使劲插地里，大姐个子最高，负责高处把四根扎一起，再扎一根横的担在枝丫上。一大早清清爽爽各自扛着芦柴出发，到中午可以扎好，把它们的细细的触须都绕上去，快乐地回家。

第二天，就可以沿着瓜架下的黄瓜、刀豆、豇豆浇水上粪。第三天，这些爬高的好手全部来了劲，向上的气息看得自己都爽快了。十几天就能长到横枝上。开花了、落花了、打小纽了，一天一个计划，下午就达成：黄瓜叶子大、毛刺，不易生虫，从根下打纽。高桥黄瓜是白皮的，后来才有这样青皮的。黄瓜架子前最让我们四个开心，黄瓜是可以生吃的，是自家高田我们常常偷食的水果。我够不到的瓜，都是姐姐摘给我，看着我指哪一个，替我摘哪一个，挂架茂密，指的和摘的，要问好几回才能如了意。黄瓜架子，黄花绿果蜂蝶来往，实在是一首好诗。

刀豆和豇豆，那是以垂挂为美。农科站传来的种子一年比一年高产，仰头看着一年比一年垂得多的豇豆，多到发了愁：每天一大菜篮，豇豆段子、豇豆末子切几颗辣椒炒，天天炒天天吃都不腻，再多的烫豇豆干子晒、腌咸豇豆、臭豇豆。反正架子是有魔力的，它们像每天都有诗行新生。摘豇豆段子下锅炒，咔咔有声，还有清香，这个活指派给我。

瓜架上有红点诱人，夹在绿中，那是奶奶为我们四个特意种的，那是癞葡萄：形似苦瓜，但成熟后会转成橙红色，拨开有红瓤，把红瓤吃了，里面有核，那核有鬼脸花纹，和京剧脸谱一样。

慢慢入秋，架子上的叶子开始转为枯黄，拉藤了，拉藤瓜舍不得扔，采集好了腌起来，最后奶奶说，不要它们也不可惜，做肥呢。我再去把清理过的芦柴扛回来，经过了风吹日晒，枯掉的芦柴架子晒脆了，放到锅膛边，秋后烧到冬天。架子上的风干的刀豆、豇豆种子，最后采集好去皮，放袋子里，明年再种下。

那些架子，硕果累累，青绿可人，满架都是诗。你也搭过瓜架，扎过稻草、摘过瓜豆？都在心里，在记忆里，那么多！

山芋

惦记山芋，不是只为了吃。高桥土壤水分多，山芋并不好吃，甜度、面度都不够。惦记它，为了红嫩、清香、秘密。

经过雨水的润泽，山芋秧子盖满了垄子，纠结在一起，铺满山芋田。山芋藤太肥反而不好，会长藤不长芋，需要剐去一部分喂猪。山芋藤往猪圈捧，清香入鼻，省了剐猪草的累！把秧子拎起来，露出垄子，那一道道裂缝里，就藏着山芋。裂缝是山芋抻出来的，裂缝大，山芋就大，这是我们的臆测，事实不一定！

垄子边上的裂缝，常常被抠开来，有时候山芋很小，只有手指粗细，再放回去，还用泥盖好。再找缝大的，再抠。最让人兴奋的是山芋“可见一斑”的时候，露出五分钱大小一块红润的皮，还不知道这个山芋到底有多大，更细心地把周围的土一点点抠掉，最后，它露出来了，或圆滚滚的，或长圆，或如松鼠，每个样子都有差别。遇到很大的山芋，捧在手里的沉淀肥硕，真是喜悦，河边洗了就咬开，会冒白的细汁。

被平条抽过、发过誓不抠了，但是一路过，看见那裂缝，立刻就想知道这个山芋有多大，长什么形状、甜不甜，于是就范，这使得偷山芋的次数比偷蚕豆的次数多太多了。山芋如果像黄瓜，挂架子上能看见，也许反而偷得少。

大田的山芋，上肥反没有各家高田的足，所以最大的山芋常常在高田被发现、抠出。后来看《地雷战》，看到民兵趴在地上埋雷，就想起山芋。大的山芋被偷了，最容易被发现，因为为了这个山芋，已经动了一大块土，而且，地上留下的浑圆凹塘、田头不远的草灰，主人一看就知道大的山芋被偷了，在田头上烤得喷香，枯焦的皮扔到河里去了。往往疼惜而骂，案犯肯定就是我们这一伙里的一个！

一直玩到收山芋的秋天，成堆的山芋放家里，大人心里踏实安稳，一家食物有了落实，天天吃顿顿吃。晒山芋干子吃，山芋干子有生的切了晒，也有熟的切了晒。熟的切片晒干，透明有韧劲也甜，积存着到过年，等炸糙米的来，拿熟片炸，香而甜。也有山芋干子做的白酒，价格低但热辣。

山芋是泥里的故事、沉埋的故事、低价位的故事，不被人喜欢。和它相关的人和酒，也是那样，在泥里难以美丽，在繁华集市难比他物，却越存放越甜。

卖菜遇见

从高桥搬家到谏壁以后，开荒种了一些菜，其中韭菜长得最旺盛、最省心力。几大垄，此割彼长，不间断，早上卖韭菜就是我和姐姐经常做的事。

暑假卖韭菜，需要一大早去，在八点之前赶回来。一来因为天太热，二来八点之前赶回来，我们好吃早饭，再继续做暑假作业。

谏壁有一个 6904 军队用的大油库，有解放军守油库。人虽然不多，但是每天要买菜。

我们六点到达谏壁街上，卖一篮子韭菜。六点半左右，两个年轻的解放军士兵来街上挑选新鲜的菜。

这两位虽然也是解放军，但还是二十岁左右的大小孩，他们时而威风严正，军姿挺拔，时而摘下帽子，嬉闹前来。

有两次姐姐把英语书带着，没有人买韭菜的时候她就背课文。有时候她背得入迷，忘记了这是在菜市场的中心，这样就只剩下我在前面和人对答、称菜。

两个解放军看到我俩这样，不再嬉闹了。蹲下来问我们的韭菜怎么卖。我们因为韭菜是开荒种的，没有费精力，所以卖街上最低的价格。他俩立刻把韭菜全买走了。

外公喜欢养鸡，但是他年纪大了，多余的鸡蛋没有办法处理，我们又不愿意白吃他的蛋，就帮他把鸡蛋卖了。那两个解放军来了，一下把我们的二十几个鸡蛋都买走了。

八一建军节，其实是暑假最热的一天。那天我们除了韭菜、外公家的鸡蛋，又加了田里的豇豆和紫嫩的茄子。一路拎得发汗，刚刚找到地方把篮子放下来，那两个解放军立刻出现，他们肯定是比我们还要早地到达守候着。问了价钱，把这四样全部买下。

真开心呀，不要耗时间了，而且我们立刻就有将近二十块钱了，姐姐的圆规坏了，她早就想要买一个三块钱的圆规，这种圆规是新华书店最贵的那一种。因为卖菜特别顺利，我们两个人跑到新华书店门口开心地等着开门。

买到圆规，把剩下的钱交给妈妈。一连四五十天，我们卖菜都很顺利，卖得快，价钱也好。妈妈终于发现了，问为什么。我们就说最近总有两名解放军买我们的菜。妈妈说，一定是他们发现了你们还在上学，反正他们要买菜，就把你俩的菜放在前头挑选了，你俩就不用耗时间等着人了。

爸爸说解放军在高桥就怎么对老百姓好，二爹爹也当过兵，还有大港也有东海舰队。最后爸爸关照要把韭菜删得再嫩，只留两三片叶子，卖给他们。

一暑假，解放军买我们的菜，我们能有两百多块钱。每次我们去了就立刻卖完，迅速回家，这样七点多就开始做作业了。开学以后，我们有早读课要上，卖菜只能偶尔在周日。

转眼，姐姐去外地上学了，慢慢地，那两个年轻活跃的解放军士兵，也没有再看到了。

一叶落地，淡淡相逢，我们彼此不认识，但是对中国人民解放军的感情，永远是这人世间最珍贵的感情。

负雪相待

雪下了，天冷了，高桥雪下的青菜反而热了。

秋天，青菜秧被连根拔上来，聚在姑娘、妈妈、奶奶的手中，右手小铲子插进土一推，左手的菜秧根就送进土里，栽菜是秋天的节奏。活棵的菜田绿油油的，横平竖直地看着就美。

经霜的青菜就已经很好吃了，又和螃蟹同期，所以，螃蟹肉圆的下面垫一层青菜，一大砂锅端上餐桌，会引来馋虫，饭都不够吃了。

一大块田的青菜，白梗翠叶的绵延，有一大部分是用来腌菜的。

先大片大片地放倒它们，齐齐地排在原处晒，瘪了，一大篮一大篮地拎到河边洗，秋水冷了也不怕，洗得鼻涕来不及擦，一趟一趟地往家跑，一棵一棵倒插在鸡障上，沥干水，开始往大缸里码，码一层撒一层盐，十层之后，就要上去踩，不停踩。最后还要压上几块石头才算完成。秋末腌菜，到下雪的时候，青菜已经酸脆，发出一种叫人闻了就生口水的味。白津津的梗，切了直接拌红辣椒搭粥吃。菜叶子切细，炒豆芽、胡萝卜、百叶丝，红白酸脆，粥就不够吃了。下雪的时候，咸菜鲫鱼冻搭粥，也会让全家控制不住嘴的。

雪下得很大，盖住了青菜。此时的青菜，已经从初秋的萌发、历过中秋的晨露夜月、暮秋的冷霜艳阳，到达雪国，青菜有了更紧致的生命质感，藏着雪的意境慧心，它们成了最有价值的营养。酸甜苦辣的秋冬，全部被憨厚的泥土变成了浓香的菜汁藏在白梗绿叶中。

冬鲫鱼上来了，白稠的浓汤里有豆油的香味，巧妇又将青菜梗切片入锅，把自己一季田里忙碌的故事藏在汤里，给冬天里的亲人补气健脾。

下雪的时候，高桥家家都有青菜鲫鱼汤、青菜烩豆腐、豆油姜丝炒菜心、青菜百果木耳包子……一直吃到春天来临，上了黄色的菜花，还在吃河蚌菜薹，要一直到收了菜籽，雪青菜的故事才又等着下一个秋天。

下雪了，青菜依旧雪里静默，千里之外的你回来了，还暂时不走，你又能把母亲端上的雪青菜吃得干干净净的。多年在外风霜辛苦，高桥的青菜，经露含霜，负雪相待。

高桥的高田里，各家种各家的菜，花色不一，但是有几样是家家必需的。除了青菜、萝卜，那就是为了春节种的：豌豆苗又称安豆头、安在头。

绿色小豌豆，下到土里，会破皮生芽，这个过程比青菜慢多了，所以比青菜珍贵得多。掐嫩头很费时间，掐过一遍又很难生，所以安豆头留着、留着，等在外的人回家才去采。

每天下田都是青菜、青菜、青菜，不许碰安豆头。

安豆头，是象征，省着，等心里最重要的人：儿子啦，孙子啦，孙女啦，回来吃。

上肥都是特别准备的，直到下雪，安豆头居然转为紫色，这时候的安豆头价格就上来了。

如果这家女子，连安豆头都剪下来卖，那么，她一定在为什么事情为难，急需要钱，才把存给最重要的人吃的几垄，很珍惜地剪下，好好地放进篮子里，无声地站在人群里，希望能卖个好价钱。

对方说到安豆头是好呢，就是太贵了，这妇人就为难了：我这个都是掐得最嫩的了，要么就便宜一块钱吧！

声音很低，很复杂的语调，仿佛自己是个犯错的人：自己没什么办法了，连雪地里的这个菜都剪出来。过年，孩子们只能吃青菜了。没有安，心里怎么都摆不平。但是眼看着更要钱的事情摆着，怎么办呢？只能一回家就上粪，心里祈祷它快点长。

春节快到了，我相信，家家安豆头，顿顿都吃得美美地！他们最会体会安生日子的来之不易，负雪相待，归人团圆，泪是喜悦。

狗尾草

高桥好玩的物事太多了，狗尾草实在是入不了我们的玩物谱。但是它和高桥所有的人一样，连最普通的高桥人都潜伏着惊人的话语，狗尾草真有让我吃惊的地方。

它有形似狗尾巴的花序。高桥地里、水沟边，哪里都能见到狗尾草的身影，水泥场、石子路上，也能看到它们招摇。夏天初伏之前就能看见它们举着尾巴，摇在风里。豆田里，狗尾草长势喜人。在田间嬉戏时信手拽来一把，拿来编成毛茸茸的小动物，或者把它的叶片拿来当哨子吹，这些都是常态游戏。

知道京剧的怒目金刚、胡须的抖动、瞪大眼睛的骇人，狗尾草就成了现实的道具：把两根草咬在嘴里，露出牙齿，嘴两边就有了大而长的张飞胡须，细梃子向上，顶住两眼的上眼皮，可以怒目圆睁。伙伴们拍着胸脯，说我是钟馗的、我是张飞的、我是倒拔垂杨的……都有。

尾巴枯黄以后，在手里搓碎，发现有数千粒细小的种子，然后吹出去，散在风里。一部分在风中陆陆续续散播在附近，而那些黏到我的裤子上的，跟着我走，我停在哪里，它就在哪里生根。它旺盛，迅速占领土地，大人不喜欢，甚至命我们去拔草锄草。

五峰山大桥下桩，把深土抽出，盖住原土，不久抽出的深土堆上就长出了狗尾巴草。

更让我吃惊的是河北武安磁山文化的遗址，标着骇人的图和说明：在公元前 6500 到公元前 5500 年，就有野生狗尾草被驯化成功，名叫粟！

这件事还没完，近日在上海，一路感受垃圾分类的细节行为，在地铁看见一个青年手上的宽屏手机，他正在猛查垃圾有关的资料，忽然屏上有我的高桥狗尾草。我立刻凑过去：真的，它们正在垃圾堆上迎风招展呢。

配图说明很简单：这种草能把镉、铬这些有害物质聚集在根部，只

要一株狗尾草驻扎，就有千万的狗尾草响应号召。修复污染的土壤。垃圾填埋场有狗尾草、荆芥、龙葵、商陆和麦冬，这几种植物无须人为干预，就可以在重金属超标的环境下生长繁茂。

我心里因为故乡田野的狗尾草的美丽，更因为它正在化身为重金属无法逃脱的温柔斗士，在地铁里沉默地自豪：并不是所有植物都能在重金属含量过高的土壤中正常生长。抗逆生长，这是狗尾草何等突出的表现！

夏日微风里，田垄上的伙伴，吹着狗尾草做的胡须，用绿梃子顶住两眼的上眼皮，怒目圆睁，笑言：我是钟馗，我是张飞，我是倒拔垂杨的……

官司草

圩里一伙孩子如果争执不下（比如河蚌吃不吃泥），又不能打架，那就打官司，就用这个：官司草。

官司草叶子宽、薄如纸，小小莲花宝座一样，中间有一茎花梗，像个老鼠尾巴，举着朝天，小小的花籽细密有序地长在花梗上，这个花梗，就是我们摘下来斗的武器。

一起到埊上，一人选一根，选的时候手上的直觉很要紧，上手要软硬适中，粗细也要考虑，但是韧劲最要紧。

选好以后，先把花撸掉，自己拉拉揉揉，两根官司草钩好，一手拽一头，拉，看谁的官司草先断，谁就输。有三斗两胜，也有五斗三胜。

拉的时候最紧张，都祈祷自己的草没事，僵持了一阵子，总会见分晓。然后拿着胜出的那根继续比下一根。对家弯腰在地上再选一根。

连过三局的官司草，最后青皮没有了，能看见白色的筋，柔软却不易折断。官司打到天黑，各自回家，这根草会藏在口袋里，因为它历过了挑战，自然得到了主人的爱惜。

高桥官司草很多，墙根下，砖头缝，大路边，早春也和荠菜一样可以吃。五月长出花梗之后，叶子有了苦味，夏天有人连着它的根须子入药。

它贴着地，牛踩过不会死，车压过不会死，又叫车前草。知道叫车前草的时候，已经不打官司了，因为认字了，会用书来压倒对方。一旦认字，对车前草的了解，就更多了。为什么得名，《诗经》里叫什么，等等，就都知道了。

有一条特别难忘：高桥很多草都只生于江南，但是车前草是塞北江南、关内关外普生的。这一程千万里的旅途，道路两边都有举着花梗的草在车前，一株一株地相伴相送，绵延铺到你的脚下。你自顾踩着它向前，而它的小小莲花的行迹，仿佛就是你的脚印。

今春又见一大丛官司草，手感又痒，选了两根自己左手和右手斗，

草茎里的植物纤维再一次露出，恍然明白，官司草的隐喻，其实在于：被选择不是凭颜色，是拼韧劲儿。

打过官司草的高桥人，心里一定都有这个密码。

芦稷五月穗未成

甜芦稷的苗栽好、蹿高了，叶子生得很快，但是五月芦稷穗未成，离希望还远呢。要熬到夏天，很热的下午，芦稷高挑地站在黄昏里，穗头招摇。仰头注目，那样的风、植物、云天、霞光，美到不想说话。

凝望甜芦稷的穗头，是凝望一个甜美的结果：甜芦稷的成熟过程就是穗头变色的过程。

初穗探世，嫩绿，慢慢饱满，一丝紫红染到全部紫的时候，最是令人激动。因为再有一两天就可以握在手心里啦！

穗头终于紫到发黑，垂下籽实，这时候，拿刀齐根砍下，删去叶子，甜芦稷露出绿的枝干。在节处断下，一长根芦稷变成了根根尺把长的绿小棍，拿在手里爱不释手，搓、抹、舞，叫它们按高矮排队，腰肢纤细，舍不得吃。

最后舍不得吃也吃了：薄皮用牙咬开上端，两手陪护，轻轻撕掉绿皮，这是一个技巧活，需要唇和牙齿密切配合，否则会吃破了嘴唇，割破手。仔细嚼得汁水甜甘，比甘蔗细腻，甜度适宜。

狄姓朋友来自上海崇明，叫它甜芦粟，说有生津、明目、消暑的用途。据说乡间郎中看见农户家前屋后种了它，一般都不停留。中秋之夜一定要吃它的，一直吃到最后一根也被砍下，就渐进深秋了。

那时这种植物比较常见，大家口中念着它的名，很少有人想过，写下来应该是哪三个字。可见朴素而亲爱的物事，熟稔却又忽略着，直到它不见了，才想起来找。蓦地发现，吃了多年，当时连名都仅仅停留在口音阶段，连哪三个字都没有确定，这是该脸红的。

它和芦苇很像，亭亭玉立。叶片和芦苇一样柔阔，所以“芦”这个字该是芦苇的“芦”字。芦苇的种子漫飞飘远，而它的种子成穗，这又符合“稷”的特征。这样，经过推究，它的名字该是“甜芦稷”！

水乡并不种稷，所以对稷的理解，又需要通过美丽的它才能知道。它淡甜、微香，说明“稷”为什么能够成为比稻米更著名的植物，以至于和“社稷”连在一起。“稷”一定也是杆子微甜，种子像稻米一样，惠泽万民。

“稻麦稷菽黍”，五谷丰登，原来这么甜美。一旦成酒，五粮芬冽，盏樽芳溢，当然成为人间琼浆玉液。

当时圩里许多女子，很少想过她们的大名写下来该是哪几个字。奶奶一生种着甜芦稷，但她不识字，不知道这三个字；我一直叫着奶奶，幸亏我知道她的名字，写下来是美好的三个字。

又到五月，芦稷未穗，思念悠远。今夜的欣慰，是把泽惠我的美丽植物和美丽的人的名字，会写了。我的生命里甜芦稷来过，却又不见，只给我微香、淡甜、隽永的人生滋味。

芦稷如婷婷美人，津泽吾乡，以书存留。

总有人事很特别

总有人事很特别，他们铭刻在心上，时时叮嘱我们，不管时空多么遥远，千山万水，万不能到达，假如我能再写信，两个邮政编码，两组数字，相差很大。我一定不写想你的悲辛，不写无尽的倾诉，而是写上满心的欢喜，贴好邮票，最后还是屏着息，写上一个名字，从那条窄窄的信箱缝里，轻轻投进去，由它千山万水去。

如果要送一杯咖啡给你，一定会选一个结实的杯子，好让你好好捧着，平时惜物，杯子不肯摔碎。如何身体不知？我们是草根，却不会因为春雨而再一次发芽，我们草一样平凡，却再不会重生。

苦楝树下一人家

树木会把根扎在无垠深土之中，所以它们不会在世间消失。每一棵树，都用自己的生命力，在世上站立成独一无二的姿态，实现它们心中的形象。枝繁叶茂的幸福与繁荣，藏有被挺过去的风暴。一棵树会形成共有个性群落，形成家乡独特的风景。回忆的时候，自然涌起了自豪。

称呼最多的人

那一列四棵苦楝树，高大威风，冠盖八面，很成气候。四棵南北方向纵列，树下自然成路。路北头有一座三间大瓦的房子，堂前门口有空地，空地再前面就是鸡障了，鸡障的里面四季变换菜蔬，常常有黄黄的苦楝果子落在菜心里。堂屋门后有杂树、竹子和小河。

这里住着光荣的二爹爹。他一生称呼很多，每一个称呼都值得记录。

一、“癞疤子”和“东方红大队唐书记”

他被大家称作“癞疤子”，在右耳上端，有一块头皮不长头发，头皮微红，如果生气，会更红。他十九岁在部队入党，归入通信兵，枪林弹雨中穿行，出生入死，被子弹划破了右耳上端，可见那一瞬间的危险及他的无畏。

中华人民共和国成立后，二爹爹脱下戎装，解甲归田，回高桥参加农田劳动。虽然他自己有一个干部的身份，但是一年里裤腿有二百多天都卷着，别人看不出他和其他人有什么区别。内心亲人的人，大家也愿意亲近他。所以“癞疤子”的称呼里，几多尊敬，几多亲和。

从部队回来，组织给他的职务是当我们东方红大队的书记。他的心里真的想把这个书记当好。一个在战场上冲锋陷阵，有过出生入死经历的人，体会过常人不能获得的攻城拔尖的大快乐。现在，和平了，人民解放军的退伍兵，怎样才能为乡土，再拔一城？洒一回热血？

他和社员一起下田，眼看着所有人终日勤劳苦辛，温饱仍然得不到解决。他的新的打仗对象找到了：那就是向贫穷、饥饿和疾病作战，狠狠打一仗，驱走贫穷、疾病和痛苦，他这个书记要带着我们东方红大队的人，率先奔一个美满的生活。

怎么战呢？

“无农不稳，无工不富”，大队的田地就那么多，只能稳住口粮，他坚持认为没有强的工厂经济，高桥永远走不出贫穷。即使不能向工业靠拢，也要向传统手工业靠拢。他选择了创办皮毛厂，利用猪皮、羊皮等皮毛制裘这项传统加工业。

二、高桥皮毛厂“唐厂长、唐书记”

创业的伟大，在于克服从无到有之难。

凭空创一个皮毛厂，亲自任厂长、书记。他的兴奋点都在东方红大队集体的事务上，精神百倍投入的都是集体的事。从我家门口如疾风刮过，我喊他，他也不在意，只往他要办事的地方急冲而去。

唐厂长，卷裤腿、敞着襟怀，外在粗犷、疾言厉色。进货、生产、技术、市场哪一个环节出了问题，厂长就去立刻解决。有人向他诉苦、反映问题，他立刻说：“去找他，妈的巴子，要死了！”说着饭碗放下，堂堂正正，立时立地，当面解决问题，不讲曲折，只讲正直。

在厂里错综复杂的事务面前，他意识到孤军之难，但是他有着百折不挠、只有前进的刚毅。他又去拜望上海、南京、苏北等各处的战友，还有家里的亲戚也被他打扰，被他要求一起来，帮他做这些集体的事。

“癞疤子”是一个兵，离开了部队，依然深爱持枪，好像还有无形的军装穿在身上，时时有军威冲锋。解甲归田后，戎装配枪上交了，只有一把比利时连发猎枪。

做了唐厂长，他把枪法用起来，那时候空中麻雀很多，打猎机会也多，他打野雀子招待朋友；他还有一张渔网，高桥港子河岔很多，来客了，他亲自弄鱼做汤。唐厂长，是农民，是猎人，还是打鱼的呢。

厂长的猎枪和渔网都成了厂长做事业的帮手，成了热忱招待客人的特色标志。他袒露的赤子情怀里，有一份高桥人的热情好客，有情有义。他来客欢喜，却有非常强的集体观念，来帮他的战友和亲戚，他都带到家里，自己出钱招待，谈的却是集体的事，所以很多人愿意帮他。

“厂长”“书记”，不停有人喊，这样的大事在手上，不但家里完全顾不上了，还不断把家里的资源往外用，把家里当成食堂，家里对他很有意见。到了饭点了，家里没有人烧饭，全家又急又饿，吵起架来。家里埋怨的话全部都是：“你就知道在外充军，你成天充军！跟了你只有讨饭！”

每当这时候，“癞疤子”的疤红杠起来，急得有些口吃，大声回斥：“我……我为了啦（哪）个啊，啊？是为了我自己啊，啊？我都累死了，你们应该跟着我、帮着我，烧点把我吃，你们哦——”

他蹲在大门口苦楝树下抽烟，听着家里的不满的声音，懊恼又伤心，但是很快，烟抽完了，他又饿着肚子去忙集体了。

高高的苦楝树，一定后悔了。江洲很多树的果子都是可以直接吃的，但是苦楝树的果子，不能吃。苦楝树的摇摆，一定是痛苦而后悔的表达，没有及时保护好江洲赤子。

他好像还是一个兵，快干、猛干、调集一切可能的力量来干，这样的风格是他从部队带回来的。这样的脾气绝不是江南的柔和脾气，比关外来的还坦荡热烈，常常看见他怒目圆睁，挑起浓眉大吼：“做坏事，敢?！拿枪，毙特！”还真的要拿猎枪的样子。对待不靠谱的人和事，都有特别的果断和威猛，以这样的正义的猛劲方式来办一个厂，很快能正常运转，营销两旺。

厂里生产皮靴、皮衣和皮帽。依据当时形势，销往欧洲当时的社会主义国家。小小的高桥，开始和国际交往。二爹爹的皮毛厂和张岗皮毛厂遥相呼应，成为全省数一数二的盈利企业，高桥的地方荣誉随之而来了。

这些句子读起来容易，可是在一天天的实际推进中，在现实的跋涉中，往往步履维艰。而他始终带着部队的精神，还有什么困难可怕？

在他的努力下，你还记得高桥那几年冬天，多了一样新鲜事物？那是男士过春节，多了一样好衣服：宽肩皮夹克。黑色和咖啡色两种，穿得他们神清气爽的。

这样，亨字圩的经济产业链上，多了加工这一环，他的莽直而辣火的急先锋性格，使亨字圩发展明显快了一拍。

三、“丹徒县的贡献大户”——裘皮之花

厂子有了资金积累，钱往哪里去？全部都往地方建设、往群众需要、往集体最需要的地方去了！

他向每一个生产队投放了资金。这样，我们大队的工分换算成钱的时候就比别的大队多。就这一点，羡慕的眼光就投过来了。“癞疤子”，喊得更亲、更高了。

开挖南北大河，当时高桥公社书记蒋柏森亲自登门，坐在他家的堂屋里，同他协商南北大河筹措钱款。这是其他单位都不能完成的事。二爹爹拿出了当年皮毛厂里所有的钱：十万多元，为后来挑大河解决了很多问题。在当今十万元依然是一笔大数目，更何况那是1975年。这是其他人、其他单位，都不能做到的事。可见别人嘴里的“癞疤子”，心里真正有着集体。

可以想象，在那么一天，公社书记和他这个大队书记，这两个人，就一只荷包蛋，这边说着几句，要办什么大事、需要钱的话，那边立刻拿钱就办，没有推诿。这一天，这两人心性相通了，朴素的友谊，成就了大河，大河上桥建起来了，电灌站建起来了。

蒋柏森意识到整个高桥经济产业的重要，开始大力地扶持，很快厂子向百万产业进发。厂子盈利为高桥办了很多大事，连电灌站排水、打水用电，电费都支持，唐厂长和他的皮毛厂，受到了丹徒县和镇江市的表彰，号称丹徒县的“裘皮之花”。

穷人家最盼望能增加收入，给孩子上学，给老人买药，重新砌围墙，添置家具。他开启的裘皮之花，让好多人有班上，有业务学习，有地方使劲，就有机会发展家庭，改善生活。

裘皮之花积累了生产经验，原先生产工艺好，品种多，裘皮的衣服、帽子、鞋子、围巾都有。原来的次要产品雪地靴，需要陡增。雪地靴又成为后起之秀，重新发展成新的加工主业，皮毛行业源头的唐厂长，在厂里用人，逐渐培养出一批这方面的人才，不断推进行业发展，高桥新的雪地靴经济行业，又在兴起了。

四、高桥工业公司唐主任

猛将也会老，他年纪也大了，快要退休了，组织上安排他做工业公司的主任，皮毛厂由其他人经营，期望他不需要亲力亲为，能轻松一些。

他从旁观者的角度发现了皮毛厂经营的逆势，又帮助厂里，把厂里的一个车间，扩建成新的兽皮工艺厂，新品种又出来了。工业公司的唐主任，真的还在为高桥工业操心，又一次成功引领企业走出困境。

那时全乡还在饲养黑猪，他又辅助开发了猪鬃制裘项目，把猪鬃做成猪毛刷子，推进刷子工厂，那种毛竹柄、黑色的猪毛刷子，我们用了很久，直到被塑料刷子替代。

高桥工业公司唐主任，拼、猛，夹着烟，含着笑，谋划着高桥镇工业发展。他的威风治理之下，拼猛刚毅的外表下，有无人发现的内在慈柔，面对病弱者，声音情不自禁地轻缓了。唐主任老了，这一点更加突出了。

五、三个孩子的父亲和老唐

他虽然在外奔忙，内心依然有深沉的父爱。他也想当一个好爸爸，他认为，好父亲的爱，要花在让孩子们多摔打、多吃苦、多学习，长本事上。恨不能孩子们个个龙腾虎跃，担当重任。所以表面看，他粗心，但是他对孩子的德行品质夯得很实。

长子自幼身子骨结实些，话少而勤劳，这让他放心，总认为大儿不管怎样都有路走。所以常常把厂子里的事情和老大讲，骨子里希望老大能传承这份事业。他万事都先从老大喊起，培养长子、依赖长子的意识很强烈，渐老以后，逐渐对二子也依赖起来。

二子外向一些，身体还单薄，儿时玩心比大的重，为了念书问题，他对二子教训大骂，我们都担心起来。在苦楝树下看出门道：那时他已经知道了，他自身欠了一点点的文化，就常常不方便，二儿既然单薄，他最指望二儿能读书上进，将来不被深悔折磨。

苦楝树开花的春天、结果子的夏天，他都站在堂屋门口大声训斥，一圩都听见。骂完以后，他又急又悔，又感觉自己在这方面焦虑而无法子，他烟抽得更快，更猛，大口大口地吸烟。他抽烟多，也是引发吵架的原因。他再坚强，也是肉做的，伤心懊恼不会比正常人少，但是坚强的习惯让他不能流露出怯意，于是抽烟。在我来看，他的一根根烟，如果在女人，那就是一串串眼泪。第二天他又出门忙集体去了，到天黑再回来骂。我们就知道，会把分数骂没了。果真，二儿没有考上，他又边愁边骂地想办法，要给二儿一个出路。

他对自己女儿是特有温情的，我们从没听说他对女儿有什么培养要求，那是因为，他只希望姑娘好好的，就可以了。这是父亲们的通病，认为女儿只要快乐地长大，而不必有什么责任的担当，根源还不是来自心底的疼爱?

二太太喊他老唐，这是一个含着尊敬、平等的称呼。他一心为了大家，没有把小家、把儿女情长放在心上，这是二太太给的含着理解和尊重的称呼。

六、全称

他时而威厉，是我害怕的一个，去苦楝树下，要悄悄屏气的一个；内在慈柔，也是不害怕的一个，去苦楝树下觉得腰气胆壮的一个。他让我从此知道世上有最可爱的坦荡襟怀！大人和孩子的世界是相隔的，我对他敬而远之，路上遇到他，停下注目，喊他一声“二爹爹”，没有说过几句话。我相信：他威厉外表下的慈柔心能知道，有一份敬和畏在他家苦楝树下的大门口。“二爹爹”，这是我们对长辈的称呼，是他的又一个称呼。

综合他的全称，犹如随着他走过了一个个时代：从“小通讯员”战士到光荣的“癞疤子”，是他的英勇无畏获得的；从东方红大队书记到大队皮毛厂厂长、书记，是他改变家乡的证明；从“裘皮之花”到工业公司主任，是对他的巨大贡献的肯定；三个孩子的父亲，是他以坚强培养起三个孩子的光荣。

集齐了他一生所有的称呼，就知道他的胸膛里有一把热烈的火，从行伍带来的火一样的能量，要急急地、快快地烧掉我们眼前的贫穷和痛苦。

他为了当好一个书记，为了使高桥富起来，消耗了自己的健康，在1993年，六十三岁去世。他带着高桥人富起来，他为厂子取得的经济效益和贡献是巨大的，但是给子女的物质遗产却是空白。很多人称呼他“唐修宽同志”，缅怀这位为了改变高桥贫穷面貌而奋斗的战士、党员、干部，对称呼他“癞疤子”不满，维护他的尊严。自发缅怀相送的乡亲，自觉形成长长的队伍，送出很远。

“来是一团火，去是一颗星。”二爹爹全称：小通讯员、枪伤癞疤子、东方红大队书记、高桥皮毛厂厂长书记、高桥工业公司主任、严格的爸爸、慈爱的爹爹、公公、二爹爹、尊敬的老唐、战士、党员、干部、唐修宽同志。

他以坦荡的襟怀，把自己的生命力，化作了高桥的一片温暖，至今未散，他的一个个称呼，化作了远天星明。

千里走单骑

二爹爹在大队办了皮毛厂以后，每天都有关于皮毛厂的话题。这天，苦楝树下，二爹爹的大儿，这个才进厂不久的年轻人，被选派出开卡车去进皮件原料，需要一路开车到内蒙古去买。

千里走单骑，这在他，还是第一回！

他走了以后，虽然大队能接到电话，知道他的行程，但是大家还是有些担心，说今天第几天了，开到哪里了；今天第几天了，估计在哪里。南京、安徽、山东、河南、河北、出关，这些北去的名字，一一听到，天气预报特别重视了。好多天后，说从内蒙古买到皮子了。已经用大卡车起运回来，正在赶忙着往回开，才安了心。

二十来天过去，终于在那天下午，车子摇摇晃晃地到亨小操场上，大家都跑出来接，小车门开了，他下车虽很从容但很累，以至于不看我们，回圩里去了。晚上奶奶说，一个人在外二十多天，一直开车，真不简单。

这一趟之后，我们就不再担心了，把他当成了熟练笃定的人，知道他能稳重得体，应对路上的复杂情况，他再出去赶着买皮子办事情，大家都放心、安然地做自己的事了。

皮毛厂慢慢兴盛起来，成了高桥经济支柱之一。千里走单骑的高桥年轻人，不止一位了。他们采购皮毛，有时候在河北、河南采购，有时候去内蒙古采购。出了江苏，采购的生活变得困难，仅仅饮水就会发生水土不服，或者根本就饮不上水的情况。有的地区饮用从地下抽的盐碱水，有的地方供水不足，即使在县城住正规的旅馆，也会遇到不通水的情况。自己车上虽然带着水，常常半途就喝完了。

有些皮料在河南、河北就可以采购到。有些兔皮要赶到内蒙古草原上，拜托当地人搜集，再找大卡车捆扎装运。一路要闻着浓重的臭味，看好皮件车，当心颠掉货包……上万件皮才能运回高桥。

千里走单骑的过程，是吃苦的过程，但是开阔了眼界。知道了沿途省市的发展状况。对比之下，心里知道了高桥的好。回来以后，更加珍惜在高桥平常吃到的米、鱼……

经过多年采购的历练，采购员一步一步锻炼出全面的组织能力，独立接过了皮毛事业。高桥精致的皮毛产品，帽子、大衣、围巾、手套，多次上了广交会，销往欧洲和北美国际市场，有了国际概念。

青年时候，真是英雄的开始。趁着年轻，在外多看多走，虽然很苦，但学到了很多。这些采购员，千里走单骑，历练过后，都成了高桥的有故事的人。

我们有个汽渡工

一伙人里出个人才，大家很骄傲的，知道不？高桥汽渡作用这么大，让所有高桥人安全快捷出行，我们有个汽渡工很开心的，他是苦楝树那家的二儿，小时候，他也摘苦楝树的果子，打弹弓，为此常常受父亲严格的责训。

1989 年我回去，知道他到了汽渡工作了，这是一个交通局的项目，是一个稳定的工作。1991 年我回去，听说汽渡工很苦：江风吹得多，冬天雨雪雾受得多。停航也有事要做，也很紧张。冬寒天仅仅江风就吹得脸上皮都受不了；夏天江上水汽大，蒸着人，天一黑，蚊子又多又大。他自己没说什么，匆匆上班。

他的妈妈说要想办法换个工作，因为即使没有任务，成年的江风也吹坏了他的胃。那时候他确实偏瘦，黝黑，原来做一个汽渡工很麻烦，不是那么威风的。再后来，有些人走了，他留下了，认真地做事。小时候一伙一起玩，他宽厚有趣，能团结人，现在开始把很多组织和管理的事挑起来了。

第一批1989年的汽渡，相对窄短，上下不如现在方便，运行老化了，进行了更换。换了好几次船，他都认真参与。人来人往，船来船去，他就像他服务的汽渡一样，更新着。经历了三四代的更换，现在汽渡船很大很稳，也很先进。

中秋节我回去，秋夜的高桥，明月当空，灯火闪烁。汽渡码头，川流不息。看见江风和明月，看到沿江的灯火，感觉三十年来，高桥人过江日新月异变化，发展惊人。眼前的场景和那时小船、姚镇班过江的场景，完全两个概念了。小时候他想看夜景，要到大岸上眺望大港码头，现在可不一样了。

从码头看，清晖洒，满江星波逐船舷，即使中秋也如常热闹，往来不绝。他一定事务多，而且安全责任重，也知道很可能节日加班，休息不了。秋夜，出高桥的车，每一辆都装满了好吃的，装满了柔月长风，成了川流不息的车流，绵延不绝的心流。

当初高桥人横背一挎包，就走向千里之外，向往更高远的世界，如今又是怎样的一路风尘，因为思念母亲的白发而急急夜归？一辆辆的货车夜灯而过，急急的车辙里有着多么悠长的盼望？

夜钓的渔者，最能放下幽情，居然也在中秋的夜晚，来和大江团圆，何问收获？清晖一撒，都是心情。迎来送往，汽渡真是功不可没。

此刻，不管有没有与家人团聚、与心爱的人相伴，只要抬头能望见一轮满月，望月人的思念与期待，都溶解在柔美的月色里。

时光让我们一伙中的他，从一个青涩青年，怀着为自己的前途，为自己高桥老乡服务的朴素想法，一天天早出晚归，迎风颠浪地过了三十年了。

2019年，他该五十多岁了。三十年以来，没有离开过汽渡，他的青春、精力、智慧、心思都花在汽渡上了。在汽渡上看，波心荡起双月轮，虚实人间两映心。其实，高桥啊，想你时，你是波心银光，不是彼岸。秋江月照，不为彼岸，是光华四漾的高桥。

不久前，汽渡成功装置最先进的船舶避撞系统，他掩饰不住的喜悦，都能从屏幕上流出来；台风过境，汽渡停航，两岸不方便，连菜都没运过来。一天以后，他在朋友圈发出：“第九号台风已远离镇江，目前中心位置已到连云港附近，本地区受外围影响，江面风力 3 级左右，大港汽渡复航！”同样抑制不住的喜悦和自豪都能从屏幕上溢出来。

五峰山大桥就在汽渡的旁边一天天地建成，大桥通车后，近三十年汽渡的底层使命，逐渐浮现：表面看，汽渡渡人、渡私家车，也渡大货车，五峰山大桥通车以后，汽渡将主要用以渡那些吨位较大的大货车。这说明什么？汽渡过去和将来都是为了保护那些气贯长虹的大桥，缓解了长江上各座大桥的压力。长江水之力，高桥汽渡人之力！

他是高桥人，不会像个矫情的人，说自己爱汽渡。但是我可以肯定，他为此付出之后，偶然独自江边抽烟，独望江上，汽渡昂然来往，彻夜不息地渡，他一定心存自豪，不悔此生。

三十年前，二爹爹那苦楝树下的严格责训，苦心安排，让我们出了个汽渡工，为高桥服务了这么长时间，骄傲。

何处秋江无月明？愿逐月华流照君！大高桥，有汽渡在前，就是团圆！

好久不见家乡月

二爹爹家有仨孩，姑娘排行老二。论辈分她是我的娘娘，论年龄，和我们差得却不大，是我们的姐姐。不管我们喊她什么，她都对着我们开心地回应。

她早早做事劳动，没有时间玩，她上有哥哥，下有弟弟，女孩子洁净的天慧得到发挥，家里的清洗似乎天然归了她做。所以我们在苦楝树下抓知了、玩果子，都不见她参加。她在苦楝树下的活动，常常是刷鞋子，刷马桶，挂衣裳，收衣裳，剥玉米，剥毛豆。这些细碎美好、清洁的事务，都是她勤快地做。杂事多，这并不影响她的美，冬天穿小花棉袄，长长的黑辫子，大眼睛，脸圆白净，像饱满之月。

她在美好的年纪，美美地成婚，有了胖实的儿子。高桥女子不会生了儿子就只在家带孩子，都想着要出去上班。她起先做的工作，不是很顺利，于是她到上海找工作，一去好几年，所以好久瞧不见她了。

南北大河边，柳上挂月是可能的，没有波痕的水面，在月光下明媚。她在魔都上海，是否也在想高桥的家人？她匀称有劲的体态，在辛苦中是否慢慢变老了？

季节的脚步并不快，夏天已经有了告示，冷静的月光，只有在晚上九点以后，才给人一些如水的清凉。淡淡想念着，虽然她肯吃苦，但是那样大的上海，总是太飘。苦楝树下长大的孩子，做事是卖力的，说话呢？总是不够城里的机灵吧？但是她有父母的坚强性格，在外一定顺利！偶尔我们说起她来，都这样说的。

果然，在二太太的生日筵席上，看见她出现在老人家身边，瘦了一些，气质更好，犹如没有阻碍的晴天。

有时我步行，有时我骑车，总向着东边去，那是我的日月升腾的方向、高桥的方向。上个月，我回去又坐晚上的汽渡回来。月光下结了籽的油菜更加幽密，月光下栀子花一定在准备一个得体的问候，努力让失根的人找到宁静。

月光最好，看我用文字描摹故乡，看透我的心底的纹；安静地看我们一起夜看露天麦场电影的样子，也安静地看她结婚生了儿子，如今已然做了奶奶了。但是仍然记得她十多岁时候的白净而圆润的脸，真是满月一样的好看。

月光在天，又有好久没有见到苦楝树下的一家。月亮呀，我在人世、你在天际；我们彼此遥望，对着你的脸，轻轻地说：好久不见，你们好不？

二太太

苦楝树，果子不是用来甜人的，是用来落地生树、成林成材成用的。

女主人，我们称她“二太太”，和“二爹爹”相对应的称呼。奶奶做了一双新的布鞋，放着。过了几天，二太太跨进门来，向奶奶说她能不能借这双鞋，有个用场。我听了，大概是她要到区里去，说个什么样的事情。路上坑坑洼洼，前两天下了雨，虽然好走了，有些地方还泥泞。奶奶把鞋给她，她把鞋腋下夹着走出去了。我站在门口，看她向西，往晒场，又往大岸去了。

到了偏晚，她来还鞋。奶奶很惊讶，说怎么没穿？她说，实在太湿的地方，是脱了鞋和袜，赤着脚走过去的。到了干松的地方，再把鞋穿上。原本借这双鞋，是打算到了市里门口的时候换上，能干净进门说事情。因为找到了一个冲脚的地方，新的鞋就没有用得上，还原样还给我们。我看了她的脚，半新的布鞋。小半都是泥了，呢绒袜子也沾了泥。她还了鞋，又赶回去了。

那时候二太太很年轻。齐耳短发，白净而圆实的脸，一双大眼睛顾盼有神。她能说会道，走路急急大步，一点没有太太的样子。相反，她在米厂扛巴斗，为塑料厂煮石灰，做男社员的活。

她没有时间做鞋，穿鞋却很费。因为她东奔西走。家里、田里、厂里还有区里，她还没会骑自行车，过江往来，到哪里都是两条腿走去。一早就从我们家门口，往西上桥，到街上、厂里去上班。傍晚才从原路返回。

二太太有三个孩子，二爹爹是个集体心很重的人，家里完全顾不上，这样，她就有田里的事要做，家里的事要做，厂里的事也要做。她的黑布圆口、搭扣布鞋很轻便，才能让她的脚舒服一点。

夫妇二人同时在外忙集体大事，这样的身教和现实教育下，家里的担子，大儿子早早承担起来。别家孩子吃父母烧的饭，而匆匆忙忙回家的他俩，反而吃上了大儿子烧的粥。他们给三个孩子坚强、独立、自我奋斗的道路，是那么确定和唯一。

二太太完全改变了女子必须顺从的思想，从不输二爹爹一点：二爹爹忙厂子，她也一样把事业忙得红火，"女子能抵半边天"，她确实做到了。二爹爹从零开始，办起皮毛厂；她也从零开始，办起塑料厂。真是旗鼓相当的夫妻。

二太太对我们很好，那篇《塑料厂的花纽扣》里写到，我和姐姐去塑料厂挑作废的纽扣，欢喜了好久，就是她同意的。

所有女子都有天然的母性，发自天然和心底的母爱掩饰不住。她看见我们小辈，"宝贝啊，乖乖啊"，疼爱得我们都不好意思了，她还情不自禁。她有格局、有思想，年轻时候亲力亲为，为集体办大事，使她老了也很健朗开明。离别很久再见面，她问我们的问题，都在不停地关心我们的事业、家庭和健康上。这让我们不敢怠慢，赶紧做事。

每一个母亲，只要常年躬亲示范，都会熏陶孩子们的心性。她的三个孩子成年后，都是内在十分有力量的人。现在，二太太四季都穿皮鞋，要怎样的就有怎样的，穿不完。但是我能肯定，她还是喜欢软底搭扣布鞋。

二太太八十多岁了，头发全白了，但是精神好，在前不久的党员"不忘初心"的活动照片上，看见她的宣誓姿态，她的党龄已有 63 年了，还是和她办厂奔波的时候一样地认真。

苦楝树，果子不是用来甜人的，是用来落地生树、成林成材成用的。苦楝树下的房子被翻建成楼房，日子越过越好。现在大桥的桥墩，又深扎在当年苦楝树的位置。苦楝树下的人家，搬迁到别处生活了。他们如果常常回忆一家人的清贫而有趣的时光，一定会感到幸福。

再也没有……

门口路上忽然走来一个陌生女的，干净、安静地走过。不同的是：她是个瘸子，走路左右晃动很大！一连几天都是同样时间，从西边走到我们这边，再向东走过去。我们第一次看见一个这样走路的人。

问了是谁，有的说，是新到皮毛厂上班的，三十岁不到。以后只要上班都从这里走。她这么走太慢，又过了十来天，忽然好几个男孩在她后面大声笑着喊："瘸子、瘸子，你快点走！"大家忽然快乐地笑疯。她就低着头慢慢走，不睬我们。她越不睬我们，我们就越大胆，喊声也越高。

我也跟着喊，而且更大声，还盼望她来，好像有了玩的新项目，可以有的喊，有的疯笑，觉得有趣，一直看她一步一摇地走远才停。又这样喊了十来天。

那一天，太阳很好，我又喊了，她忽然停住不走，转身对着我，瞪着眼睛，凶狠地说："哪一嘎（家）的东西呀！天天喊天天喊的，这么不得教养的，这一嘎不得（没有）大人啦，啊?!"

她语气急促，胸口起伏着，脸颊红红地盯着我，我立刻骇然，站在那里，忘记怎么办，其他喊的也吓坏了。

她严肃地凛然地盯着我，好一会儿才转身，又摇摆着走。我愣着，想她的表情、语气，体会着一种我从没体会过的感觉。

好久，我才默默地回院子里，一天不是滋味。第二天她来，我躲起来没有到门口，没几个喊的，不成气候，当然很快就没有声了。

等她走远了，我才出门玩。他们看我不笑，安慰我："不要怕，她就是个瘸子！明天你先喊，我们全帮你，她再骂，帮你用东西掷她！"

我低头很久，他们才等到一句："以后她来，再不喊了！"他们看见我泪鼓鼓的，以为我被骂怕了。其实，我是摆脱不了她的大眼睛，瞪着不怕、凶光不怕，但她的大眼睛底下有一层泪光怕，同样她的骂声里有一丝颤抖，既让我怕，又让我难过。

那眼神里到底是什么东西？好几天我都缓不过来。这件事又不适合问人，也不适合问奶奶，会被骂得更凶，只有自己想，不停地想。她又安静地来往了几回，我们都注目礼似的看她来又看她去。几天以后，她没有再出现。或许她改了道，从大岸走了。

我后来念书，忽然碰到“强烈的自尊”“人世漫长的屈辱”这些词句，倏然想起一个干净的女子摇摆着走路。眼睛底里的那让我畏的，原来就是这高桥人在忍辱后的愤怒！

她让我最形象地知道了高桥人的骨骾。我从此再也没有对身体有问题的人表示过嘲讽，学会了平等看待他们。

四十多年过去了，我再没有见过她。她的腿，一定给了她很大的麻烦，当时一定因为我的无知而不懂尊重的坏笑，从而最怕走我们亨二队这段路吧？对一个小孩发怒后，又很难过吧？总之，她一直没来过。我对当时无知的悔意，对她骂得好、教训得好的感激，一直没说出来。

我出了高桥，再也没有见过她，再也没有喊过瘸子或是别的损人言语，尊重他人这一点，得益她当时饱含复杂泪光的教诲，她是我高桥乡人中的一位，当时小，我连名字都不知道。

高桥邮局找大毛

邮局不是很大，里面工作人员都穿绿制服。

我们有一个在邮局工作的，叫大毛。他家住在王家的大门堂子里。自从我能一个人上街，认识了集镇桥，认识了街上，常常一个人跑到街上玩。每次都到邮局停一下，一来是累了，二呢，还可以找大毛玩。

他对小孩很亲，不像其他工作人员，不睬小孩，嫌弃我们碍手碍脚，他的爸爸妈妈都是很好的老师，温和而又耐心，他自己也有弟妹，所以他凶不起来。

每次去，他都很惊讶，脸上满是：你怎么跑出来了？你奶奶知道吗？不等他说话，我就安慰他："我就玩一哈子（一会儿）。"他给我喝口水，叫我不要乱跑。大多数时候，我自己回来了，有几次是他快要下班了，事情也整理好了，他就和我一起回来，让我坐在他的自行车大杠上，一路开心！

大毛常常给我们带信，带包裹，都是笑眯眯的。奶奶不认字，但是常常要给我爸爸写信，我会写字以后，她说我写，复杂的时候就姐姐写。大多是家里很好，孩子很好，稻子很好，猪子很好，姐姐成绩好，简短信里，第一段只要写七八个好，就结束了。然后第二段再写队里要上交哪些费了，我们的衣服小了，姐姐要本子写字。最后再写望你们工作好，有空就回来。总是这三样意思，字数不多，写好折起来，然后给我八分钱买邮票，叫我"去找大毛寄"。奶奶的语气，好像万事只要写给大毛去寄，就都能解决。她对大毛多么喜欢和信任，连带我也这么样了。

我最喜欢寄信了，又可以找大毛玩了，而且是理直气壮的。信放得好好的，到那里有个糨糊盒子，糨糊被人弄得一塌糊涂的，我弄不好，大毛直接用短毛笔刷好，贴紧，把邮票贴上。他一边耐心地贴，一边说，有的邮票是有纪念意义的，叫我注意爸爸的来信，自己寄出的信，要叫爸爸留着邮票。小小方寸邮票，事情很多。1977 年，发行了毛主席逝世一周年纪念邮票，他给我买了一张。我一直记着他的话，所以这张邮票虽然寄出去过，但是到现在还保存着。

他教我信封可以自己折，可以省一分钱，但是有梅花信封、纪念信封也可以买。有时候他很忙，没时间搭理我，寄信寄包裹的，取信取包裹的，地址是祖国各地，新疆，青海，哈尔滨；东西是五花八门，有棉袄，鞋子，吃的，皮毛……不得出错。

一件件包裹要从窗口接下来，注意地名，他都很耐心。我寄了信，就自己回去了。往往不几天，爸爸的回信就到了，我要抢着第一个知道信说什么，撕开就念，姐姐也想知道，她总在我身后补念我不会的字。大多和我们的信一样，说几个好，然后说这个月正在努力做什么事，哪些东西办好了，叫我们听话，最后说几号回来，我们就开始数日子盼望。

这些传达着各种需要、各种情义的信和物件，他们都认真地一一送到位。我看他们送两种信最开心。一种是没有邮票、有三角章的军队来信，大的信封，一定是立功喜报。另外一种大的信封，是大学录取通知书。

送信的会不自觉地读出收件人，立刻报出是哪一家的，他们把整个高桥放心里，也把整个高桥在外的人放心里，随着这些信息的传递，他们也情不自禁地骄傲和欢喜，都大声地欢喜着传递喜讯。

高桥的荣誉是共通的，是所有人的，一人当兵，全家光荣，一个人被大学录取，全高桥都开心呢。这不送信的立刻骑上车就去送了，老远就喊上了。

鸿雁传书，情深意长，大毛后来主持谏壁邮局的运转，邮递员的手里送出多少简朴的诗呀！

假如我能再给你写信，两个邮政编码，两组数字，相差很大。我一定不再写想你的悲辛，也不再写无尽的倾诉，而是写上满心的欢喜，写上我们在家里很好，天空很好，收成很好……

贴好邮票，最后还是屏住呼吸，写上你的名字。轻轻塞进邮筒里，没有回信，你还是邮筒里的唯一。

老哥哥

高桥有结干亲的习惯，我就有了这一个干哥哥。我没有亲哥哥、亲弟弟，有堂哥哥两位，再数就要数到这一个干哥哥。两位堂哥，因为是男孩，被重视一些，早早带离奶奶，没和我们一块长大。这个干哥哥一直在圩里。

我们一伙都兵强马壮的，在这一伙里面称哥哥，不但需要身板魁梧，还需要有勇敢的气度。但是，他在我们一伙中，是偏矮、偏瘦、偏弱的。所以，在那么多年的时光里，他都不是一个哥哥的形象。他一直都喊我老妹子，但是，我喊他老哥哥的日子并不长。

他的家住晒场旁边，我们主要的疯玩场所都在他的家门口。他站着看得多，那些疯的游戏，比如单腿斗鸡、分两家跑来回，他都不怎么参加，他速度不够，力量也不够。这个哥哥自身难保，更支援不了我，所以不喊不提，就当不是的。

我离开高桥后，遇到过他，他虽然长大了一些，但是在大人中，他还是偏矮偏弱的。他告诉我，他在高桥中学毕业以后，主学美术，后来到了大理石厂了，正在做大理石方面的事。彼时我正忙着，简单告诉他我的工作和家里情况，没有和他多说。简短的交谈结束，他只告诉我，家里都好呢。一会儿他就在人群里不见了。

再一次决定去他的家里找他的时候，是知道他得了淋巴癌了。我知道这个病的厉害，怕是时间不多了，连续地回去看他，希望他能好一些，或者是个误诊。

彼时，我也正病着，不过在日日向好，但是他得的是绝症，所以国庆节我强撑着回去，在他家的堂屋，一面深谈就是一个下午。

我意识到：植物伤了，只要根还在，生命就会继续，会重新发芽。只有人不是这样，伤到了，幸福就打折，所爱会远离，生命不可复制。我们生命脆弱，同时也十分贵重。他有着满满的幸福计划，但他没有了健康。

我们是草根，却不会因为春雨而再一次发芽，我们草一样平凡，却再不会重生。我们谈着这些心得，真是珍贵的启发。

经过漫长的分离，2017 年国庆相见，写书的愿望被激活：如果要送一杯咖啡给你，一定会选一个结实的杯子，好让你好好捧着。平时惜物，杯子不肯摔碎。如何身体不知惜？这时候我终于透彻地明白了：我这一腔子的苦咖啡，假如有一天，我这个杯子碎了，这书，尚且是个杯子，能把我这腔子里的情义存了。

无论怎样，多承他的启迪，使我尽最大的可能健康，尽最大可能朝向幸福。在生命尽头，我和老哥哥一定会相见，到时候，我一定无愧于他。

接下来，他很积极地去看病，查到很多抗癌知识，发在朋友圈里。他去扬州看病，去上海看病，发了医院的情况，谈到药费的高涨，看病的困难。陆续又服用抗癌药，但是看病太花钱，他很在意。

他就开始尝试偏方，服用蟾蜍。只要听说有用，他就尽力尝试。那次我回去，他正在做蜂疗，让蜂蜇，我想起了我自己在圩里被蜇的疼痛，现在还后怕。他肿着脸和脖子，一定是痛苦得很，却没有痛苦的表情，不知他如何做到的。

蜂疗有三个疗程，他都坚持了，那是一种怎样的痛苦呀，我在圩里，只有一次，仅被一只野蜂子毒到，就疼得哭都没力气了，他能把万锥齐下的疼痛忍耐下来，这时候，我的心底，已经认定他有着勇敢的气度了。

我们说着推心置腹的话，他特别说到其实很疼的，忍着太难过，想过早一点结束生命。我想起我的父亲，把我父亲癌病最后的抗病情况说给他听，他很接受。

他经过三期蜂疗，我俩的相见，每次他都肿着耳根、腮帮。那个十月里的相见，算起来，一共只有三个半天，也就是三个下午，到傍晚我还匆匆回程，其实是多么珍贵啊。

原来这人世间有些相见，是经历过万锥齐下的痛苦，才能得到的相逢！如何舍得？他三个下午的话，我当然铭记了。

为了给他打岔分神，转移他的痛苦，我开始在微信里发一些短小的文片给他聊天用，他都很开心的，不但自己看，还给别人看。

病来如山倒，没隔几个月，我再回去，他就有衰弱的样子，但是精神被他提着。我们商量着，他有儿子、爱人和弟弟，虽然不能为他们留下更多的钱财，也尽力为大家留一个在病魔、困难面前迎难而上的样子，在心情上安慰这些围着他着急的人。为了亲人抗病、保持健康的情绪，争取在最后时光里，留下硬汉的真实形象。

他做到了！每次回去他都喊我老妹子，我都喊他老哥哥了，从心里喊出对他的佩服。

他日益重病后的几次回家，我得以看见他以弱的身躯和疾病对抗的过程和神态，他在我的眼里和心里，成了另外一种意义上的英雄，那种在平凡遭遇中尽可能平静，以对抗贫病和疼痛、以安慰家人的英雄。

老哥哥不但选择了坚持抗病到最后，他还在这一两年的时间里，一边忍痛抗病、治疗，一边安排家里的大事。

把家里装修好，是一件大事；给儿子办婚事，又是一件大事。他开始数着婚期，早早一一通知能来的宾客，又到常州把其他的心事了了。

我怀疑，那些他疼得睡不着的夜晚，他把每一个人都想了一遍，他是学美术的，他想用淡淡的不着痕迹的方式，把他的生命里出现的人都聚到一起，如果他不在了，大家能好好地在一起。

婚礼那天，他穿得很讲究，一直坐着，在台上受礼、发言都挺直背，得体地说着他的感激和希望，给他备用的椅子靠垫，他始终没有靠。

他在用心、用意志，一一完成他这一生该担当起的事，该负起的责任！

我看着新人，替他欣慰着。这么多年以后，我才明白他的弱躯中藏着的宽仁、温暖、柔韧却又顽强的心，一直在要求自己：做一个刚正的男人。

他五十一岁，离开人世。我才习惯叫他老哥哥，他就在我的生命里不见了。他用学美术的理解，自己做了彩色遗像挂着，一反传统的黑白色，年轻健康的样子，时时在做美的提示。

他的一路抗病告诉我，每天都存在着不利于健康的巧合，杯子碎了，幸福的水将会无处安放。不过我们一样可以有着强烈的健康意识，还有与病魔对敌的勇气。如果要一起去看山花烂漫，就需要好好地爱惜身体，才有拥抱爱的力量。

我的老哥哥，是个抗病英雄，他以抗病痛苦做了健康启迪者。他的人生经历丰富，家庭、社会、教育、各个方面都有良多感悟，这些感悟化作最后病中的行动：他用最后的时间，多方奔走，用一场婚礼，把他认识的人都联络起来，谋求一个他去世后大家一起相互温暖照应的美好人间。

他把他的家人爱得很好，家里又添了小辈，在一起谈笑生活。

地震

1976年，有地震预报，政府安排全高桥所有人都睡在防震棚里。

那是多么珍贵的经历呀！芦席、竹子搭起的防震棚，中间隔而未隔，等于所有人全住一起，谁说话、谁唱歌、谁打呼，都听得见。

一开始，大家都很紧张，以为会有强烈地震，担心自家房子会倒，回家拿东西都是快进快出。把家里的重要物件都盖上软布，夜里都睡不实。

甚至有偶尔回屋子洗澡的孩子，听到什么大的动静，以为是震感，惊骇得跑出来的，日后成了笑谈。

有了看日出的机会，太阳从棚缝里一格一格地爬，十分有趣。一张床上睡四五个孩子，都不是一家的，闹好一阵才起床。

这些日子听到的内容最多。讲故事成了主要活动，你一句她一句的互动创造，把个故事说得各路神通。

大人的版本也都是他们自己说了算，原来的故事都接不上了！我如果不是后来自己读书重理，简直要被人嘲笑得疯狂。

这时候需要书来说话，隔壁谢家的小人书就派上了大用场，大家都不吵了，全在看，大人也不参与说故事了。

一套《杨家将》，按捺住一伙人，大家轮换看熟，防震棚里再讲杨家将就有章法了，抗震的生活和大家庭一样热闹。

地震警报过去了，提心吊胆转为安生过日子，大人们舒了一口气，投入到正常的农活中去了。

我们把谢家的小人书也看完了，又各自回家睡，拆抗震棚的时候，有人舍不得呢，说还是大家在一起，热闹！

高桥人就有特别的本事，敞开心扉，让四壁透风的棚子住满了快乐！

1976年防震，地震没有发生在高桥，而是发生在唐山。2008年防震，地震也没有发生在高桥，而是发生在汶川。

到了 2008 年的汶川地震，“抗震救灾，众志成城”。自灾难发生以来，出现了很多很多前线的动人事迹，这就是在电视上多次出现的“天灾无情人有情”。

灾难发生后，救援、物资、医疗迅速展开。从党中央一直到一个战士、一个医护人员，都带给我无数感动。

时任国务院总理温家宝在雨水里，对抢险救援工作人员说的那句话，最好地诠释了所有的救援人员——只要有一线希望，我们尽百倍努力。真的是这样，一名生还者，几十个人数小时的努力，冒生命危险救出。救灾期间，还播过几组画面。

“一个战士和他的搜救犬躺在路边车旁，睡着了。他们太累了，连续几天的搜救让他们劳累不已。让他们睡吧，因为片刻的休息后，还有更多的工作……”

“一个孩子在战士的怀中笑了，战士可能还从未抱过孩子，如果不是这场灾难，抱着他的应该是爸爸妈妈爷爷奶奶吧。”

每救出一个生还者，都有无数感动，每天都有无数震撼。还有从原来安全的地方奔赴而去的志愿者，细心照料着灾区人民，解除他们的心理创伤，这其中也不乏国外的蓝眼睛，高鼻梁，无论你是来自哪里，中国感谢你。

1976 年，高桥的防震棚生活给了喜剧的回忆；2008 年，汶川地震，巨大的悲剧代价给了叮咛：珍爱生命不仅在存活，还在于发展，发展自己，才得蓬勃，得到另一种意义上的救出。

地震是生命里特殊的事件。那些防震棚子里的生活，预备每天都像迎接新生一样，预备在呼吸之间和明天相遇，和你相遇，和自己相遇。

一场突如其来的地震，会带来不可预料的改变。这些生命里的积累，都在提示我们，活着的每一秒钟，再困难都要舒展生命，要无比珍惜，谈笑自如。让爱和感恩成为本能，把最热最冷的时候，都活成梦想的时刻。

猪圈里的琴声

队长专门到我家来，布置知青接待任务。我奶奶接待知青的地方——她的大猪圈！

第二天奶奶就带着几个大劳力，挑黄泥、挑黄泥，挑了很多担黄泥，把院西首的一间猪圈里的猪屎除了，杠平了地坪，锄、敲、踩，忙乎了两天，地面算结实而平整了。用石灰水刷白了墙，做了个板门，门墙算好了。从小窗拖了一根长长的电线进去，挂起一个灯泡，算通了电。又把家里的竹床抬过来，两头架在长竹凳上，算有床了。一间猪圈，三五天改了模样。

很快，人来了，我们欢快地疯跑去看，他年轻，高而且笑，他不知道他的脚底下，原先全是猪屎！

最关键的是他的所有物件，都是我第一次看见：

一个神气的礼帽，宽大的帽檐，他说这是巴拿马地区的风格，瞧，我第一次知道有个外国呀！

新客，大家都拿自己的好吃的给他吃，每次奶奶端饭过去我们还都没吃呢。

慢慢地，他就自己来吃饭。白天他和我们一起劳动，赤脚，卷裤腿下泥田。晚上大家都挤到他的屋子里玩。欢声笑语传出很远。

他有手风琴！

那是我人生第一次见到这个挂在心口、拉拉挤挤的物件，发出乐声，他说给我们拉一首《莫斯科郊外的晚上》！

又听到一个神奇的地方叫莫斯科。他不会知道，他的到来，确实把猪圈的生活领到了音乐的世界。国际的，跨地区的，知识青年，真的把新的知识带来了。

听着听着，猪都安静了，猪屎的气味也没了，相反西边的竹林子却传来沙沙声。夜，很深了，外面很黑了，大家都舍不得走，围着他，听他说什么都觉得新鲜，有趣。孩子们撑不住回家睡了。夏天，热，蚊子很多，常常下半夜才散。

他还没有对象，年龄又正好，长得也好，温和幽默，那群大的，不管男女，都跟着他玩。看得出，所有人都很喜欢他。劳动总是艰苦的，他又一个人，总是孤独的，我想，大家散去，他一个人躺在猪圈里，入睡前，一定想的是他在上海的生活。因为有时候，门缝里的光传得很远，《莫斯科郊外的晚上》，拉得很慢……

大家知道他很不容易，常常想家，伙食也不好，就帮他夜里钓鱼。为什么夜钓呢？因为知青白天是要和大家一起做事、算工分的。为什么只有他能钓呢？因为那时候，河坝塘是归集体的，吃鱼都是过节时候，统一分。平时不许人钓，那是害集体。他只有一人在这里，伙食又苦，大家都达成默契，开特例，随他钓、帮他钓。高桥人的热情好客宽厚就全体现了。

他有一支大电筒，上三四节电池、宽头的那种，圩里没有一家有的。夜里拿着对着水照，然后再下饵。有好几个小青年蹲他旁边，小声陪他说话。那时候的鱼和虾子又多又呆，但他一晚也钓得不多，这方面他的能力明显不如圩里的能手，但他很快乐。

电压不足的时代，如果没有月亮，一到晚，圩里漆黑一片。这时候，他的电筒在河对过，就成了萤火虫一样，很小很亮。

夏天有时候天上没有星星，稻田里田鸡不知为什么一只都不叫。难得微风吹起，水里涟漪动，他的电筒微光，能散成满河的星星。我们乘凉的小孩子们，就在这星星微光里，盯着看有没有鱼钓上来，看得都睡着了，也不知道他钓到没有。

两年就过了下放时间，他被调走了，那间猪圈空了，但是奇怪的是琴声还在。每到夏天乘凉，大家到一起，很容易就说起他，说夜钓的事，说那些钓鱼的夜晚，星星很亮，鱼很欢。

那个回到繁华城市里的人啊，你的上海公园夜水，也有满河星星吗？

齐齐哈尔的兵

七岁的春天，鸡栅的平条长茂盛了，奶奶带我在南首高田割韭菜，种小青菜。南首高田边上，有条宽宽的土路，通向大岸。

这时候蜂围蝶舞的，我正向大岸追，一下看见大岸上来了两个挺拔英俊的人，皮带扎在军装的腰际，把绿的军包也扎在里面，昂首挺胸地走过来，那是七年以来从没有见过的姿势和风神。因为雷锋宣传已经很多，但那是画上的，虽然知道那是军装，是军人，是最可爱的人，但是真人走来，有多慑人！四十多年以后，才确定当时我看见的是齐齐哈尔退伍回高桥的兵。

我忘记了蝴蝶，侧在路边，站着不动，一直看着他们，等他们走远。我一定在眼神里流出了尊敬和钦佩，因为心里满满的。他们也都回了注目礼，向着我这个春天了还捂着旧的小棉袄的小孩，温和而亲切地注目一会儿走远了。

奶奶拽回我，说，这是退伍的军人，要到蔡家庄去，不是我们队的，不久我们也有一个会回来的。

我才平衡了，不久是多久？反正放在心里，等着也看我们的兵。等到我都快上学了，才看见了。

他没有穿军装，看不出和我们的区别，只有白的细肩汗衫上有标记，知道他这一件，可能是他喜爱又珍贵的纪念，所以他穿，又不常穿。

他不是我看见的那两个魁梧些、威猛些的兵。他常常在大队忙碌，圩里不常见，平静地来往。广播里有他的名字，东方红的民兵营长，带着哪些人做哪些事，大多和理水、生产有关，从没有畏难的表情。

冬天偶尔一个话题，奶奶说东北的雪比这里冷多了，齐齐哈尔更冷。我问什么叫齐齐哈尔，奶奶说是民兵营长以前当兵的地方，那里很辛苦，也很长本事。所以大队民兵的训练，他能主持，他是齐齐哈尔的兵。我立刻陷入大雪茫茫的想象，把最冷的感觉调用起来，觉得很了不起。

第二天，他还是如此表情平静，不多一句话。雷锋说的普通士兵的表情，就是那样的吗？好兵都是那种其实了不起，却又自己认为没什么了不起的？

我只研究他的衣服帽子和样子，但是圩里的大姑娘们，都喜欢他，又都带着神圣的心。天天说着他的，有好几个漂亮的大姑娘，那么肯定地说，一定要嫁军人的呢，我说我看见蔡家庄有路过的，她们还悄悄去找过，回来说我说的不对呢。

菜花一年又一年地盛放，他却一直持守，忠诚而踏实地做事，一直到退休还在发挥余热。

——“如果国家有难，我们这些老兵还会义无反顾地去戍边！”这是他们四十年后说的，可见一颗心至死不渝。

照片上，他们每个人都穿着不同的衣服，笑的样子也不同。时光会拿走很多东西，但是没有拿走他们的挺直的背脊。齐齐哈尔的兵，融在高桥人中，在各个家庭，各个村圩，沉香。

两个特别的用词

一、上

高桥是一个鸟巢，不断孵出幼鸟，不断飞出，又飞回来。

高桥人，在外为什么很优秀、很突出？高桥人到哪里，都离不开一个“上”字。

上高田，上秧田；上高桥，上四方桥；上镇江，上扬州；上学校，上河边……

高桥人对自己要做的事，是敬畏的：做鞋上鞋底，晒稻上晒场，栽菜上高田，上幼儿班，上晚上的工……这是心里要做的事目标在上，认真对待！

早早的，在我们的理解里，对远方，对对方，莫名形成了尊敬，把对方和未达成的方向，摆在自己的高位。上那头，上南街上，上你家，这是对所去的地方的尊敬。你上啦（哪）块啊？这是关心你，知道你的去处，确定你的状态，认真对待了你的方向！

上，是心存卑微，将自己放的很低，将一切人、事、物，所有的未来都放在上位，骨子里一生上进，追求不止。

高桥人的群体性格，就在这样的语言中渐渐形成，有了约定俗成的统一的习惯之后，这个字，成为基因，天天说，辈辈传。

所以，对方的你呀，远方的你呀，从源头起就是在我之上的。这来去的一路，该是有多远的攀登。

二、多承

高桥不算最富裕吧，在那时候还特别困难过，却有送食物给圩里人的习惯。

包饺子用大筛子装，下的时候，先给自家孩子热腾腾地吃一碗，然后左右隔壁邻居、圩里相熟的人家一一送去一大碗。小孩腿快，差我最勤，我就领了令，一家家地送。我很喜欢做这样的事，因为所有被送的人家，都会赶快接过碗，忙不迭地说：啊呀，多承、多承！

偶尔煮煮菜粥也是这样。充满了欢喜。过了几天，就有那些被送的人家也送饺子或者菜粥、山芋来。奶奶总是自己快快接住，躬身说：多承、多承、多承了！她儿孙多，煮饭担子重，有这样的回送，十分感激。我们也觉得隔锅饭香，尝到别的风味。

圩里有人过生日，要给家家送寿面的：蓝边白瓷大碗，红汤面，盖浇肉丝炒韭菜，热烫烫地端过来，或者端过去，多承、多承，此起彼伏，尔雅的对答，温热的感情传开来了。

过年最好，谁家先杀猪子，猪血旺子，一家家送，多承、多承里，年就这么来了。

离开高桥后，遇到过很多说着感谢、感谢的场景，一样的热忱，激发我想起这花瓣一样的词汇：多承、多承。

那是多多承蒙了您的一饭一汤、一语一笑的温暖关怀。

一乡人的好意：大家都又冷又饿的时候，我今天能多一点，就分你一点。关怀没有语言，收到的人领悟了，转为最有诗意的两个字：多承。

昨天、今天，高桥人又带了菜来，连多承都没收到。这些年我收到的何止是菜呀，一句句温情话语，朴实的问候。多承及时回复，晕开了我的思念如墨浓。

隔江千里远，多承了，相邀千里之外，寄一个约定，共创一番事业，要回到桥头探望。

我的高桥人，多承了，一路挥帽而歌，唱亮黑夜，照耀彼此。回来或是在外，风雨或是晴顺，传奇或是平淡，多承，多承您隔江过水，送来的故事、就要春来。

你的背是我的船

一个人俯下身子，背负起另一个人的童年。十个春秋，足够传递出生命的脉脉温情，传递出生命的坚韧和看不见的刚强。除了语言，世上还有“俯身举托”这样的人生理解，刻在生命里。

方寸章，大乾坤，世上，有人把你放在心里，还有人把你刻在命里。

他的沉默里，有山一样的力量。

背

夜风吹过来，是谁曾经把你背在背上？在高桥的十多年里，背我最多的人是我爹爹（祖父）。

有全家出门的要事、好玩事，我常常会被留在家看门口。因为我走得慢，走不长就要抱，会累人。听到“不带你去”的那一刻，心里真难过，都快要哭了还要忍着。这时候爹爹会说：“我来背得去。”爹爹是不爱说话的人，但他会说这样“救命”的话。

一队人出发了，我在爹爹背上，有时两手扶他的肩，有时候感觉他要直腰了，就搂紧他的脖子，有时候把他的两只耳朵当把手，拉拽捏得柔软有趣。此时我最小却比他们都高，一路能看到老远，爹爹还会背着我紧跑起步，要飞起来一样，我开心得上了天一样。

大夏天的傍晚，背了去看电影，爹爹的背黑红黑红的，那是一天天上工晒的。走着走着，他背上就出汗了。汗珠子细细的，像荷叶上的小珠子并成大珠子。我就知道他背不动了，闹着要下来，他说：“爹爹背得动！”

又走了一气，我还是坚持要下来，他就牵我走。我俩总是最后赶到场子，都没好位子了，他就把我扛着看。就这么乾字圩、元字圩、集镇桥、街上电影院……把《碧玉簪》《平原游击队》《苦菜花》等十几部电影看下来了。

有时候放两部片子，就要看到子时才散场了。第二天还要上早工，三三两两的人都急走到我们前面去了，只给我们留下影影绰绰的黑影。渐渐地我们又落后了。月光微弱，夏虫斯斯，流萤飞过。旷野只有我们、只有爹爹的脚步声。

我迷迷糊糊不做主了、容易掉下来，爹爹背我更吃力了。他的背就弓得更低，时时托我一下。为了不让我睡着，他就问我刚才电影里的问题。渐渐他发现我都记得牢牢的，一点都没错，他就很开心，不觉加快了步子。

有两次妈妈写信来，叫把我送到江边码头上，由一个熟人顺带着过江，她在那边江边接。爹爹把我背到江边上，一路反复关照“船上不要乱跑、站到仓里心、边上会被挤掉下去”。到了码头等到那个人，把我的手牵到那个人的手上，又向她颠三倒四地啰唆多承多承带好我的话。船都开了他还不走，就像我这趟去了不回来了一样的。第二天回头，老远就看见他在岸上望。一上岸他就蹲下来：“来，爹爹背。”把厚厚的背给我爬上去，一路快快地背回家。

我被带到高桥医院看住院的亲戚，跌在新砌的水泥台阶角上，磕破了额头，血淌下来都糊住了眼睛，幸亏在医院里发生，立即被抱去缝了好几针。他背我回来一路都闷声，我觉得无趣又受了惊怕，在他背上就睡着了。之后几天，还要到医院去换纱布。我的伤不在腿上，可以自己走，可他非要背我去，说：“爹爹背去，好得快。”我就额头上贴着白纱布、橡皮膏，在他背上左手一根草，右手一朵花，在风里摇。摇着摇着，一路到医院了，换好了纱布再背回来。

背着背着，我一年年大了，他的背越来越瘦了，步子也越来越慢了。我上一年级以后，就不要他背了。我是老末，我长大了，家里就没有要背的孩子了，爹爹的话就更少了。他感觉没事了就专给家里水缸拎水，洗锅洗碗。我悄悄放在水缸里的田螺、有花纹的小鱼，他都看见，往缸里倒水都轻手轻脚，怕把我的鱼冲昏我不高兴。

前一阵子回高桥去，发小们说，你的爹爹真要好好地写一写！这一句立刻让我想起爹爹黝黑的背。他那时年岁也将近六十了，佝偻着身体背我去往东西南北，真是受了太大的劳累。可是每次他都不把我抛下，而是蹲下说：“爹爹背……”

雨天里的启蒙

下雨天，队里不能派生产任务了，爹爹就能在家里了。姐姐们都要上学，奶奶也到大猪圈去喂猪子。

外面雨大了，爹爹的事都做好了，我也实在没得玩了，他就端出四方凳子放在堂屋正门口，荸荠色的凳子面上被他抹得泛了光泽。他又叫我端来爬爬凳，在方凳子前、对着门口雨帘、坐端正了。拿一支半截的铅笔给我，把姐姐的旧本子旧书翻开、压好，教我认字写字。

他教我的第一个字是“天”。他先写一个给我看，然后把笔给我，教我怎么拿笔，强调写的时候要起笔端正，收笔有顿，不许匆忙。慢慢写，写好一个字要仔细看看，笔画比对周详，才能写下一个。一天就学了三个字：天、地、人。第二天如果还下雨，就学一个新的字。

院子里少有的安静，雨声唰唰雨帘密，瓦上轻烟，雨里月月红正开一朵，檐瓦尖尖挂着雨线。一遍遍、几十遍、写着“天”字，想着白云的蓝天，想起河里的天、树缝里的天、朝霞晚霞的天，下雨的天，感觉着雨天的好；写着“地”字，感觉着蚕豆花下的地，睡在红花草上的地，有蚯蚓的地，心里有难以言说的欢喜。

他不说话，只看我写。这是他难得的闲暇，因为一不下雨，他就要出去上工的。他要到锅上烧中饭，他一走我就瞎写。一会儿他过来看，很生气说：“浮噢!”怒目圆睁地说这两字。

我一开溜他就又怒目而视，不过他的怒目是很有用的。

他握住我的手，叫我把笔捏紧，跟着他又写一遍。然后他不走了，站着看我写。那两年里，每个不上工的雨天都这样。到一年级，我已经能横平竖直、会写百十个字了。这都是爹爹的无数次怒目的成果。老师不知道爹爹雨天里用的功，只以为我接受能力强而开心。

有时候，廊檐下，滴雨如注。写累了，我蹲在廊子里看天井里的雨，他若有所思。有一次，他兀自呆望天雨，我抠地上的滴水凹洞、圆润凉滑，他看见了说，写字和水滴子一样，多滴才成。

一年级以后，我要写老师叫写的字，不写他给我认的字。他就暗淡了心情，不再看我写什么。他只把我写字的方凳子擦亮，远看我的坐姿表情。我一不专注，他就怒目圆睁地大喊："叫你浮噢!"每次都有威胁的尾音，我听来意思像是："你再浮噢，我马上就要你怎么的"，但是从来没有罚下来过。写好以后，本子和书都叫按大小叠好抹平，手护好了书角才能放进书包里去。

他要求我念书要大声，还要有高低，他称为昂缓。一早在挂清露的平条前，念了再往学校走；晚上在天黑之前，念了再吃晚饭。他离我不远，不讲话不抬头，一趟一趟地往家拎水拎水，严肃的表情就有静默的威压逼过来，让我马虎不得。

每当我因为好玩的人和事而大笑如癫，或者放下自己的要紧事被蜻蜓带跑，或者明明说不全还抢姐姐的话头，或者夸大老师表扬我的话的时候，他威严的带惩罚尾音的话就来了："又浮了!"这份威严成了我的生命之船的压仓物，让我不敢得意与怠慢，总要沉下来谦卑地对待人事。

后来，妈妈把我接到谏壁念书。一开始我的高桥话、鞋子、衣服、头发都被嘲笑过，因此变得少言没有欢气。但是我交上去的作业本子受到了关注，慢慢地被刮目相看，似乎没有人再注意我土不土了。

适逢雨天，眼前又见廊檐下一方荸荠色的方凳亮而洁，我被叫来，收起轻慢的心，恭敬地坐下，让读书和写字住进心里。爹爹在雨天花下去的功夫、怒目圆睁的静威，对"浮"的防范，终于让我背井离乡、伤心在外的时候，不但免于被欺辱，还让我站稳了脚跟。

刻着一个名字

爹爹有一方石印，石头的印章，送信的有时候在门外喊："挂号信"，要把印章拿出去，盖好才能把信拿回来。他很珍惜地放在他放心的位置，不许我乱碰。

爹爹话很少，我们能体会到奶奶对我们无微不至的关心。知道爹爹其实在内心疼爱着他的四个孙女，是从刻印章开始的。

起因在我：有一次偷偷地拿出他的章来，扒开扁圆印泥盒子红盖子，蘸了红泥，在手臂上盖了一个。被他发现、拿起我的手臂看了以后，他居然没有发怒，反而展眉，决定给我们刻印章。

他有一套篆刻工具，大大小小的刀具。

一个石头的方章坯子，他都没有钱买。他想了一整天，选了一个长得很老的南瓜，把南瓜的把子，沿着边，小心地切下，瓜把子朝上，正好是一个等边五角形！在半阴凉的窗台吹了两三天，干了，很硬，还有手扭。江洲的宝物真是俯仰皆是！

他刻的第一个章是大姐的。我们在旁边看着。他描好了字，告诉我们如何用刀，还没刻好，就上工去了。我为了得到另外一个南瓜把子，好快点刻到我的，到田里摘了好几个南瓜，把瓜把子都取下来。瓜被剖了扔着。

奶奶回来后，生了很大的气，因为这几个南瓜，她已经安排好了吃的时间，被我一起摘下，一时又吃不完，浪费了心疼。打没打我，忘记了。

长长夏天的中午，队里为了社员避暑，中午歇工时间很长。爹爹眯一会儿，就被我们推、吵起来了。趴在桌上刻，一边刻一边说着篆刻是怎么一回事、做什么的、什么人才能有印。

刻章很慢，是个用眼吃力的事，愈发让我们觉得神圣和不容易。刻了不少天，最后把我们四个都喊去，每人手心里都有一个南瓜章。

我们四个把玩着，上面刻的是我们四个的名字。我的大名有三个字，他把三个字都刻进去了。看着我的大名，我心花怒放，当天就到处乱印：手心、大腿、书上。奶奶中觉（午觉）深沉，不知觉，被我印了一个，红在脑门上。爹爹勃然大怒，把红泥收起来，歇了火。

下雨的时候，爹爹才零碎地说了一点印章的意思。还说，将来他有了石头坯子，顶好是能有玉的坯子，重新给我们刻一个。

我们自己也会刻南瓜印章了，画一个小花，然后刻；写一个“忠”字，然后刻，爹爹说，刻字要方正、老实、横平竖直。

这样的大暑天气，他弓着黝黑的背，在上工的间隙，刻着一个名字，而那一个名字，是他四个孙女中的一个。

我们刻过很多南瓜把子，谁也没有想起来要刻一个名字叫“爹爹”。

出了高桥的我们，已经浅浅知道金石篆刻同诗、书、政、人深远相伴的审美和意义。当时偷了他的章，盖在我的膀子上，他没有发怒，反而展眉，决定给我们都刻一个。因为印章是标志，我的膀子盖了他的章，就是在提示别人，我是他的亲孙女。

方寸章，大乾坤。世上，有人把你放在心里，还有人把你刻在命里。

不许捡

在高桥自由自在的岁月里，我会捡地上东西玩，比如别人玩坏的断了牛筋的弹弓。自从我掉进过河里，一家子都以为我会随时消失，看住我比看住贼还紧张，回来后都要盘查追问，好像我到哪都会没命一样。我看了他们的脸，知道哪些地方不能说，他们就翻看我的衣服口袋，以期知道我到底去了哪里。

不久爹爹就发现了我会捡东西，次数多了，他终于烦了，又怒目圆睁："不许拈（捡）路上东西!"他一吼，声里的威迫，就能吓住我。虽然不大捡了，但是实在有趣的东西，我还是要捡，又被发现几次，他就叹气，轻轻地说："路上东西不干净，还不知道是什么人掉的呢。"那声音轻得不像是说给我听的，有一种估计我不会听的淡淡无奈。难过在我心里涌起，慢慢我看见再有趣的东西，都不捡了。

他陆续说给我"不弯腰捡拾，其中还有做人清高不弯"的意思。知道得更多后，我就坚决不捡地上的东西了，我和姐姐一直都奉行着。

但是多年以后，他却捡东西!

爹爹去世后，收拾他的遗物，发现一个报纸卷，展开以后，内里有圆珠笔芯十几支，笔芯还有油，但没有珠，肯定不是我和姐姐的，一定是捡来的；毛笔两支，但是只有空管，没有毫!两支空的毛笔管也不是我和姐姐的，肯定是捡来的!

我和姐姐都有各色的笔，但是他从没触碰过，因为在他的理解里，我们随意放在作业本上、夹在书里的笔是我们的神圣的物品。好比每一个士兵都有属于他们自己的标配枪支，别人动不得一样。

我仿佛看见他一个人踯躅散步，见到一支笔芯，他都燃起一点希望，捡起来，看见没有珠，就留着。那两支空管，他一直觉得哪一天他自己身体好了，可以自己装毫。

我的心被锥子戳破般疼得眼泪难控：一直教训我们，要我们内里清高不弯的爹爹，在最后离世的时间里，他的散步是为了弯腰捡一支可以写的、专属于他的笔，我竟然不知道。我陪他，陪得什么劲儿啊！

我陪他十大几年，都没能了解他，到他离世我才看明白他的人世之路。他幼时被迫练童子功，被迫背下去的《史记》、“四书”和诸子，在他的生命里铭刻着。但是一生遇到的各式事件像小锉刀一样，逼得他要挫去这些心上的铭文，已经被挫得面目全非了，一直到生命的最后关头，都没彻底挫光。一见到我要用到，他又千万遍地努力，努力去把那些磨平的部分，循着残线，又全部恢复起来，以等我急时之用。

他才是一本书，内在的精彩，掩藏在衰老容颜里。命运及衰老让他谦贱和忍让，让他显得无用而荒废，但是他的内心，温和忍让却不失刚毅，从没有放下执笔的愿望，以至于不弯腰的他，捡了那么多的不能写的笔。

常常在深夜，独自想，他手中有笔了，他会写什么？经过深夜的细细回想，有一样我是肯定的，他是要把高桥的好，都一一写下来的。

无毫毛笔

爹爹遗物极少，少到几乎没有，那两支捡来的无毫空管毛笔，一触就痛，几乎不能回忆。因为只有这样的他，才会捡起这两支无毫空管毛笔！

爹爹会画画，这件事在我们圩里，很多人都知道。家里人也全知道。但是为什么到我生下来以后，我却不知道？这是我后来遇到很多人说起我的爹爹会画画以后产生的狐疑。

我从没有见过他画画，但是别人说他是会画画的。母亲说她和父亲结婚的时候，也是因为看见爹爹画的山水很好，增添了对我们家里的好感，多了一份嫁对了的自豪，这就说明，爹爹真的会画画。但是这些都只是存在于别人的言语之间。

我后来发现的唯一实物线索，是两册儿童绘画入门的教材。泛黄的纸上，逐页逐页地画着国画的入门技法。从兰枝起步，到山水渐远，虽是黑白水墨，仿佛远山有色，溪放有声，鸟欲振翅，翻过几十回，印在脑海里了。那两册泛黄小书，搬家的时候，散失了。现在想来十分可惜。

家中的堂屋，徒有四壁，除了木头板壁上的一些旧痕，中堂是空的，一直就没有他们言谈中的爹爹画过的中堂。

高桥有好多人家挂中堂，比如院子后边的王家，板壁前有翘角长条案，条案前有红漆方桌，两张太师椅在随时虚位以待。案上有香炉做供、白瓷花筒成对立着，筒中插鸡毛掸子。

王家摆放的物品规矩而中正，我看着短发的孃孃轻轻地掸灰，静静的举止透着内心真诚的样子，有莫名的庄重压着我的雀跃之心。以至于一到那里就有含蓄深沉让人屏住息，只能看和听，直到出了门槛，到园中阳光下，才又欢快起来。

她家墙上正中，就挂过中堂绘画：云端有个大额头的老寿星，托着个沉硕的仙桃。圩里另外也有几家挂着中堂画，山山水水的。我看了，都很新鲜，觉得也要试一试。回去跟爹爹说我看见的物事，他要么不搭理，要么莫名其妙地吼一声："滚远点!"这让我怎么相信他会青绿山水？

我自己描，但是日复一日地闷着循环做，会逐渐消磨掉最初的新鲜感。无论何事，做到一定程度，都会遇到放弃的时候。枯燥的重复和暂时看不到结果的努力，让我觉得我于这件事无缘，早早放弃了。

只有画山水这件事，爹爹没有搭理我，没有像写字一样，一如既往地叫我不要浮躁，叫我耐心坚持住，默默挺过去。相反，他毫无关注，眼神冷淡地避开了画画的话题，至死未提。

爹爹会刻章，他能耐得住寂寞，但是，是什么磨走了他画画的心力？直到他居然捡起这两支空管画笔，留下了线索和痕迹，证明他依然执守山水，借以诉诸全心。

两根无毫空管成了遗物遗言，说的是：他一生厚重的情思，在沉默中沉淀。他只要提笔，面临咫尺画轴，他要的万里江山的意境和气韵，就会一去千里地重现。他的风烛残年，就会得到一丝慰藉。可是，我那时虽已十六岁，但只会在衣食上关心他，却没有走进他的内心，不明白山水是他心底的图像、他最终的性情。这样看来，他的最后两年，虽然日日就在我的眼前，但时时犹在天边！他的内心是孤独的。没有人知道他内心深层次的需要。

随着时间的冲刷，我才明白了一个懂山水、会山水画的人，一生会秉持"山为德、水为性"的内心修为，走向终点。

热爱，是世间什么都磨不走的情怀，所有的告别，都只在一时一地。铭刻在生命里的热爱，会在生命的尽头捡起残缺的部分，直至墓下。再往生，依然。

最后的陪伴

爹爹离世前两年，身体越来越弱。我升到高二，每天要念书上的文言选段，背熟了才能考过。每天傍晚要搀扶他动动腿，我嫌烦又推却不了，只好扶着他走。心还在背书上，一边扶他，一边还自顾自地背书。

爹爹一生少言，我也难知道他的内心。散步了好些天，他忽然轻轻说了声："你背的这些，恰（确）实要考!"他微微仰起头，什么都知道的语气。我就暗惊，自我落地，知道他认字，从不见他念书，他又何出此言?

那天我正在复习，需要背熟《李愬雪夜入蔡州》，一连两天都没成功，到第三天，结巴断头还很多。他就插嘴，慢慢说起了李愬为什么要雪夜紧急出兵，课文哪里表现李愬果敢的样子。他仿佛看见了大雪，不要我搀扶了，比画着蔡州的位置，说夜行之难。黄昏里，阳光微红，那一刻，他不像垂垂老矣，反而像是一位对峙时光的暮年李愬。

晚上我被他这一讲，大雪之中三千戎马急行的气势，大雪的壮美，李愬策马昂扬于白雪之中，无畏和坚定的神情清晰起来，卡了三天的生涩文章，很快就一路背下来了。

以后的傍晚，他又陆续听我念第二天要交的作文。班上正在风行勇毅刚健、沉郁有力的文风，我只会写小花小草，飞虫油菜。我的文气被否定，受了阻碍，始终挣扎着还写不过人。听老师说苏轼"豪放"可以来救，只好僵化地堆砌使用苏轼的句子，心里没有自信就容易焦虑，结果念得生涩反而更糟。

他知道了大概，就说："浮噢你！不懂哦，要么往《史记》《孟子》，要么写乡音亲情，写我们高桥，村子、芦苇、学校，江堤，无论哪方面都可以。"他虽然三言两语，但始终强调，不要用想象的、诗意的方式写高桥，特别叫写高桥挑江堤大事里大家单纯却又复杂的情感，高桥人如何在拯救自己，保存自己，发展自己。

他当时念念不忘的江堤，是高桥人拯救自己、保存自己、发展自己

的象征，是高桥人走向幸福的朴素思想，这就让我出了迷津，这是我一生都不能的。可惜，我那时候正在气盛，他又没了我小时候对我怒目的力气，我没有听他的！以至于我的文笔总在雄文区域上空洞模仿，折断而回。

那个夏天，爹爹已经是个老人，我们白天都不在家，没有人陪他，他就像我小时候一样，乖乖在家看门口，到傍晚我们回来，才有人和他说话，这漫长的白天，他是如何熬过去的?

他就要日落西山，但是他参加过的集体的抢收、抢种、挑河筑堤的旧事、他幼时被迫读过的刻骨铭心的文段子，他练国画而得到的想象和欣赏，都在最后的时光里，像大地一样地托住他坠落的生命。

我以为他需要陪，总以为是我在陪他散步，是他耗费了我的时间，他是个麻烦。现在想来，反而是他陪我度过那段艰难的时光。

陪伴从来就是相互的，陪伴老人就是在陪伴一部史诗，并不是供给衣食，待在一起就是孝顺，就是陪伴，还要走进他的心魂世界。他那里存着很多生命的密码，需要在他那里破解。他带着密码，沉在了时光的底层。

爹爹，我在那不懂事的时候，视你懦弱，没有多多请教，如今，后悔了……

托体何方

渐渐的，入了秋，爹爹的生命力量也衰微了，穿上稍厚的衣服就嫌裹腿，不肯走了。

实在不行，由爸爸负责半扶半拽地走。最后躺着不起的时候，他的话更少了。爸爸往他的遗言心愿上问，甚至问到他希望安葬在哪里，是高桥亨二队的岗子祖坟处？还是谏壁的长龙山？

他平静无语，没有表情。

他绝对是想葬回高桥去，但是那里已经没有家了，来去太麻烦。不但安葬麻烦，日后上坟祭奠也很麻烦。但是如果最终不能回归到那小小的乡土去，他又是多么不愿意！

因为这样长久的无法取舍的矛盾心境，所以他什么也没有说。

他是一个老人了，他们这一辈，一生依托乡土。老了如蓬草随风轻，依托了儿女子孙，唯一能做的就是让儿女如意，默默交出了自己归去何方的决定权！

实在要他表态，他一定会违心地说一个让我们少费事的去向。减少子女儿孙的麻烦，是孱弱的他们，能为子女做的最后一件事。

他不久即逝。我们都知道他的心里话，知道高桥的美，所以不惜费力，将他在长龙山火化后，捧盒过江，葬回高桥的岗子上去。

之后我就高考、上学、工作、成家、育孩，连回去上坟也少了次数。但是对高桥的牵挂和思念，一年重似一年。

其间有迁坟通知，说岗子征用，要把他和奶奶的坟迁到谏壁来。父亲回去办了。真的启开坟，把瓦钵里的盒子取出来，带到谏壁来重葬。但是我还是习惯，在清明的时候，在岗子上黄灿灿的油菜花里走一走。

我常常在深夜独自想，他手中有笔了，他会写什么？无数个晚上我都在想这个问题。现在我回想起他的话，我能肯定，他要写高桥的挑大河筑江堤的伟大，他是恨不能就葬在江堤上，东江边可以看见水，看见圌山的地方。

夜晚，我想着高桥的人和事，笔笔写来，耳边尤听见他“叫你浮噢!”那威吓的声音。这是关照我好好地写高桥的人、高桥的事，要朴实地照高桥的真实去写，往高桥人的沉厚里写。托体何方，在他，高桥一定是他一生依托的地方。

我常常清晰地看见天边红霞，犹如壮美大雪之中李愬无畏策马的披风红氅，很像千里之外高桥的人儿，策马昂扬于白雪之中，隐忍、自信而勇毅。托体何方？如果实在不能回去，那就托身在自己热爱的地方，他一定这样想过，可是他达不到，所以他不说。

在《人间正道是沧桑》里，老爷子坚持葬在大陆，他漂泊在外的子女，就不会永久漂泊，总会在心的最底层，与根相见。

托体何方？他很认真地想过，但是他始终没有说。他一定有过多次的犹豫和选择，多次的反复和追问。我猜想：他最安心和踏实的一定是祖坟处，最不劳烦子女的一定是死后最靠近处，最伤心的一定是陌生处。但是，最理想的，也许还有一处，那就是他一生为之耗尽心力并且功成，却仍然牵挂的那一处——大江堤岸，但是那里，不许有坟墓。

他清楚，所以不说吧。他留给我最后一个重要提醒：不是每一个人，都会把心底最后的感情、最后的生死思考说出来，他自己因悟而得于心，我们也必须是。

想到托身何必桑梓，人生何处不青山，也许最后，对于到底托身何处，他坦然了，于是沉默了吧。

我陪爹爹甚少，而他给我的还在陪着我，我是透过他，恍然看见了我们的心魂归处。

祖母十年点滴恩

那一夜提马灯，虽然天气很冷，但我已经知道，“生”是多么艰难又可爱的事，护“生”又是多么紧张又伟大的事。十年点滴养育的恩情，犹如大河边的柳花，不可细数，漫飞在时光之河。

种子

高田是我们一伙惦记的地方，原因就是那里有吃的、有玩的。黄瓜、西红柿、蚕豆，都是可以直接摘了吃。但是每一季，哪些黄瓜不能吃，留种；哪几个瓜要看好了，不被鸟啄……被指定的那几个黄瓜、玉米是不能吃的：那是做种的！仔细看看，那些被留种的，都是本季最好的！慢慢知道了，种子是一季一季地培出的。挂到最后的黄瓜，才是高田主人的心尖尖。

奶奶的房子，窗台朝西，有廊檐，所以窗台能晒到太阳，淋不到雨，还很透风。这就是奶奶选中的晒种子的地方。花种子、菜种、瓜种，各类种子，四季都有。特殊的种子晒在窗台上，可见种子在她心里地位很高。

晒干了用纸包起来，由爹爹写字区别。奶奶不识字，却比爹爹更清楚包里是什么种子。留种的事都由她。这些种子，有大有小，粒粒精选，再小她都认真看，苋菜籽那么小，她也能知道好坏。阳光下，窗台上常有辣椒、茄子、芦稷……

高桥有种子站，她常看看卖什么种，卖“肥田粉”的时候，她也在默默观察新种子种下后，长出来的新品种粮、瓜、菜有哪些好。最终，她喜欢在高田种自己的种子，参加集体劳动，她也很支持集体的种子。

我们也把窗台当成晒花种的地方，凤仙花种、鸡冠花种也掺进窗台她的种子里去，她也不急，能分的，她就分开；不能分了，等出了苗，她会拔了栽在花坛里，四季都有花开。

她的种子，种类区分度很高。一家子吃辣的程度不同，她能把每一种辣度都区分出来。尖椒红椒青椒，籽都差不多，但她能知道，一田辣椒，她能让家里每个人都吃到自己的辣度。

怎么做到的？这里需要一辈子的用心！她对稻种、麦种、黄豆种、玉米种入神最高（最用心），把这些种子用专用匾子架起来晒，会嚼在嘴里，判断再晒几个太阳可以收起来了。

收起来的种子就是她的宝贝。到了冬天，就一直没什么吃的，也没什么玩的了。有一天我在橱子里翻东西玩忽然翻出一个布袋，是一袋花生！那样饱满的花生，齐齐的三颗或四颗的那种。

剥开吃了第一颗，怎么停得下呢？不几天就吃完了，最后一天，橱门打开了，我自己像老鼠一样地被拎出来了。

奶奶拿着空布袋，痛心疾首地顿足大喊：我还藏着的啊，是花生种啊，花生种！……我被平条抽打几百下是自然了，哭也是自然的。但是那不是流水之哭，是恍悟：我吃掉了她一辈子精选的种子。

别家也有种子，虽然隔壁还能借种子、买种子，秋天花生又会有的，一颗都不少，但再也不是我们家的那特有的香味的花生了。她快六十岁了，一生只有她的种子是她的命，一家子的命。她何止一个秋天一粒粒选过，那是她陪嫁就有的种子，她的母亲不也这样用一生选过？

因为严重的失望，一致认为，当然要打，往重了打！人是瞬间长大的啊，就在那好几个人的愤怒里，我知道了种子的意义和地位……

我不仅在那个冬天吃掉了我家的花生种，后来她去世以后，我们还抛掉了她一世累积的真正的种子。这些原生种子绝了，不可逆生了，我拿什么忏悔和补过？

奶奶已殁，她一生文盲，只善于养猪养鸡、种田留种。百样种子，微小而神奇。她殁后，老房子卖给别人翻建，成了别人的家了，晒种子的窗台没有了。

前些年回去，发现大门前，旧高田位置，凤仙花却还在旺盛地开，灼灼热热，让我看见：任时光怎样，那些种子，总会无绝期地生长在某一处的吧。

买梨

忽然咳得不停，夜里睡不了觉，就坐着睡，还会咳得吐。要赶快止咳了。

高桥止咳第一土方是“冰糖蒸梨”。大冬天的，圩里每家都没有梨，只有去街上买。第一次买了四个，因为也不能馋了大的，姐姐们也有的吃。一只梨削成两半，剜出核，将冰糖放里面，蒸给我吃了，真甜呀！汁水也好喝。

我喜欢吃了，而且当药服用，当然一天三顿。麻烦就来了：天天买梨，钱怎么办呢？

那天奶奶把我带着，走走抱抱，到了一个买水果的地方，指着我这个情况，和卖水果的商量，以后每天把那些挖掉坏的、留下好的，都只留给我们治咳嗽用，不再卖给别人了。这样花很少的钱，就能买十几个被挖过的梨，几个孩子都能敞开吃了。

奶奶每天去拿梨，大多要带着我，给人家看看我咳的好些没有，我还是咳得不停，一到那里就不好意思，就更喘咳，站着不敢动。

这时候有几个孩子也过来看，他们和我们圩里那一伙一样，彼此都玩着呢。

有一个稍大的说：“你又来啦？还咳呢，会不会是梨不好，就治不好？”他看着我，我立刻慌张，觉得我自己那么不堪，又要哭了，一憋气咳得更厉害了，一句也说不出来。

我们都觉得有道理。奶奶为难了，其他孩子也要吃，要是每天换十几个好梨，钱怎么办呢？

那孩子看看形势，又看看我，觉得我实在咳得厉害，就说“尽量挑疤小的”，他翻出几个，只有小黑点的，挖掉也几乎是整的，也一样价，放我们的篮子里。收钱的大人也笑着说可以的。

回家削了皮，里面全是好的，整个的梨！又去了几次，他们也在边上围着，静静地看，大家的眼神都在看着收钱的大人，似乎一种共同的祈愿尽量挑好。收钱的感觉到了。他把挖的厉害的剔出来，把稍有黑斑的给我们，几乎就是好梨了！最后，那人又把挑出来的放篮子里说，这些卖不出去了，不如你们也拿走，给不咳的吃吧！

那些孩子们都欢喜地笑起来，大家都欢喜了。

一路欢喜着回来了。这样连服好多天，果真稍好一些了，但奶奶不好意思再去拿了。

我得的是百日咳，终究不是梨能压得住的，就只能转用其他方子，比如蛤蟆、芦根，那全是苦得要命的方子，我们就不大去了。

虽不大去，还是想着那里的。他们原本自己正玩得开心，但是一看见我那样子咳着，就来看我这个陌生的小孩，无限同情我，希望我快点好起来，不要再咳了。后来我都没告诉他们，我连续换了好几个土方。真的咳了百天之后慢慢止住了。

长大了、不再咳的我，回去再看那个地方，附近翻了新房子，上写地名“小市口”。这里车来车往了。

那里的苹果、梨、收钱的大人、那几个小孩，越有了模糊却特别的感受。毕竟和后来的方子比，那里买的都是甜的、香的啊……

那些瞬间，那几个孩子，多想把完整的好梨给我治病，甚至都拿起来了，又放回去了；我其实也想把最完整的好梨带回来……

高桥小市口那些小孩子、卖水果的大人，他们天性中的好奇、热情和希望，那么纯澈感人。我无端地相信，这样的他们，无论在哪里，都能过得很好。

盐

百姓开门七件事，油盐柴米酱醋茶。潘冬子的棉袄藏盐，是露天电影《闪闪的红星》里的情节，由此知道盐多么好、多么难得。盐在夏天，如影随形，奶奶常备。

夏天，出汗特别多，盐霜都在衣背上了，盐就倍受欢迎。大暑的时候，地气蒸腾，汗多，双眼最容易生偷针眼。偷针眼大多在眼睫毛处。一开始红肿、慢慢严重，到整个眼睑肿得像半个小胡桃。两三天后化脓了，需要把脓排出来。害了偷针眼，只能用另外的一只眼看东西，十分吃力，还只能喝绿豆汤清火。

每天睡觉闭眼睛，最担心夜里出脓，糊住眼睛。第二天早上，眼睛就睁不开，需要用淡盐水洗。这样奶奶就睡不好了，一夜要查看好几次。梦里总有罩子灯照过来，一线微光里，有个人在看着我。第二天不管眼睛好没好，都要用温盐水清洗。洗着洗着，就能在镜子里，看见红肿一点点小下去，由此知道盐是好东西。

暑天痱子会被抓破，还会害疖子，疖子比偷针眼大多了，一样会出脓头，又涨又疼。有时候还会发烧。这时候，奶奶又急又恨，盐水轻轻擦洗，天天指望红肿的包块开始有脓头，那样疖子就害熟了，挤出脓头用盐水洗。挤脓头是怎样的疼呢？我喊叫得让奶奶也难过起来，但是收口很快。

她出去要了金银花，煮盐水的时候放进去，有辅助疗效，喝金银花的水，能清火，金银花不是每次都能找得到，实在不行了，她就干脆摘一把丝瓜叶子在石臼里掺盐捣了，糊在红肿的地方。她自己忙得心火大了，会牙齿疼和肿，也用盐水含着，鼓着嘴做事。

我们很快学会了用盐水，只要发现有创伤，都用来洗。鼻子不好了，还能洗鼻腔。没有钱买肥皂的几天，洗头也干脆抓一小把盐在脸盆里，当肥皂用了。

下水玩，腿被蚂蟥叮住，半截在皮里，半截在皮外，越拽越紧，这时候，抓一小把盐捂在蚂蟥的身上，不久蚂蟥就会蔫儿了。菜心上有小虫子，发现了，用盐水一泡，虫子全漂出来了。

夏天烧鱼，鱼的腥气味特别大，用盐擦鱼肚子，放一会儿，冲掉盐水，不易烧碎，也好吃。一年四季，盐帮助保存田里多余的果实：眼看着茄子老了，菜瓜黄瓜都长得太多，吃不完又不愿意让它烂掉，所以夏天腌菜瓜、腌黄瓜、腌豇豆，晒干再收起来。所以我看到闰土去见迅哥儿，带了一包自家晒干的青豆，立刻就明白了闰土的处境和感情。

盐是百味之首，也是家里最重要的东西，只有一毛钱了，别的都放下不买，先买盐。夏天的盐，是奶奶过日子的必备神器，一家子六口，吃饭和防病都需要。

盐在滋味在，慈爱恩长的奶奶最知道清盐的平实，冷热无畏，去腐养肌，才让我们在没有抗生素的时代，做了健康的孩子。

喊魂

高桥词汇有“拾魂”，也有“喊魂”，大多不太好听，“你喊魂哪！”“喊喊喊，一天到晚地鬼喊，你烦不烦啊?”

喊魂，我小时候遇到过几次。

在奶奶身边，发起烧来，烧得越来越迷糊了，昏睡过去，这时候奶奶往往会被吓到，六神无主的时候，她只有喊我的魂了。

她在门槛上放一碗清水，用手搅和着，抄起一些水，提上来，再流到碗里，一边喊我的名字，还加上“回来呀”。她能喊老长时间。昏睡里就听到有人喊，一声声的。慢慢喊醒，知道是奶奶的声音，没有力气说话，连眼睛都怕睁开，就听见一声声喊得长，慢慢喊得焦虑了，喊得有了哭腔。

我听到她哭腔变厉害了自然舍不得她，尽最大力哼两声，翻个身，动静不大，奶奶也会立刻回房来，坐在床边安慰我，更是安慰她自己：“乖乖，不要紧了，一个人瞎跑，被哪里勾住了魂去，现在好像要回来了，自己想想去了哪个旮旯，以后不能再去了。啊?”

她看我清醒，就要我答应她，于是她又回到门槛前，抄水喊我的魂了。我只要在她的“回来呀”后面回答“回来了”。

这样一呼一应，又喊了几百声，喊牢了，她才肯息住。回来惶惶地烧炒米茶来喂。烧是不会立刻就退的，只可能神气好一些，吃了热的炒米茶水，发了汗来，又让我安心睡一夜，夜里她要查看好几回。

直到第二天，有退烧的迹象了，她才让下地。如果反复烧，不管夜里还是白天，她只能再次喊我的魂。最怕的是夜里喊了，只记得那回冬夜里的喊。一切寂静中，我的小名特别悠长，真把我带到太虚幻境，出现了恍惚的云霞。

那一次喊魂也没有用了，反喊醒了邻居，隐约有哭腔，接着就觉得摇晃，摇晃，上了医院了。

不久，奶奶就去世了。母亲是相信医药的，绝不相信喊魂的，说那

是无知的迷信，她也并不叫我的小名。我的小名也就消失了。从此那声声悠长的喊魂声成了绝响。

但是我已经相信人是有魂的，因为后来每当我发烧的时候，最是昏沉的时候，耳朵里就有这个世界没有的声音，那就是奶奶带着焦虑和期待的悠长的喊我魂的声音。那千万次的一呼一应，是以深爱抵御病痛的无奈之举，却有疗效。

一晚上喊魂，重复千遍你的名字，字字都是来自命里的舍不得你生病，要你快快地好起来。

知“生”

我们圩里，生猪出栏，是大集体副业队主要的经济支撑。集体有一个很大的猪圈，在竹林前面。猪圈东首是烧猪食、存猪饲料的地方。猪圈是个 U 字形草房院。西首那间，后来一位知青住过。朝南四间隔着木栅栏，但空间通透，养了好几十头猪，全部由奶奶负责，每天在东首烧四次猪食，拎过去喂饱它们，就是大劳动量，更不用说打扫、铡草、清粪，很多杂务了。

她还精心饲养着一头生仔母猪。母猪下了小猪，猪源就不断，日益旺盛。那个冬夜里，母猪快要生了，奶奶睡了一会儿就爬起来。我问要去干什么，她说要去看，感觉白天母猪不对劲，说不定今天夜里可能要生，一定要赶去看看。

奶奶对她养的猪有预感，可见她的心里，真正地装着这集体的大猪圈。我也要跟着去，她犹豫了一会儿，说：“要你去呢，要你给我拎着灯、照住呢。”

我拎着马灯跟在她后面。猪圈虽然被围上了芦笆，但是淡雪轻飘着，还很透风。母猪躺在稻草上，真的有点焦躁。奶奶蹲下来，抚摸着它的肚子，抹着它的背。不一会儿，母猪发出哼哼声，一汪水里、一个小猪生出来，两分钟就能站起来，歪歪地用鼻子拱掘找奶，母猪在整个过程中，都在流奶。过一会儿，一个一个生，居然有七八个小猪，最后排出什么东西，奶奶叫胎衣，说这个出来，就生完了，不会有小猪了。奶奶说，母猪辛苦啦，把这些胎衣，明天还给它吃下去。

一个一个的小生命，七八个小东西，不是一下子都能找得到奶，奶奶把小一点的猪抓在前面吃奶，大一点的猪抓在后排吃奶，一一排好，它们闭着眼睛吃奶，真好玩。

奶奶乱蓬蓬的头发下，专注的目光一直盯着小猪，甚至忘记了我的存在，看着这些刚出生的小猪，欣喜从她的脸上流露出来。

我们蹲在猪的旁边，一直等到小猪吃上奶，不会被压到，才把母猪的周围打理好，再用新的稻草把母猪和小猪都盖上。确定没有问题了，才回来。

奶奶只睡了一会儿，天一亮就又到猪圈去了，等我起来赶过去一看：小猪又在吃奶呢，拱奶咂嘴的声音特别好玩。顺顺当当地出生，总会带来无限的甜蜜。母猪又生了好几回，很怪，都是夜里生。不是每次都叫醒我，但是每次奶奶接生后都特别疲劳又很高兴。

那一夜提马灯，虽然天气很冷，但我已经知什么是“生”了：是像草木出土一样，从无到有，往蓬勃上去，生命的意义正在于这一份蓬勃、发展而强健。所以“生”是多么艰难又可爱的事，护“生”又是多么紧张又伟大的事。

一夜之间明白了事物的母性：不仅在怀孕和出生，出生后的生长、发展、变化都有奶奶那样无意流露的情怀，在一边辅助和庇护着。那些孕育、滋养、温暖、庇护的举止情怀就是母性清辉。善恶之辨，在于是否让生命蓬勃。大地是有母性的，稻子是有母性的，院子是有母性的，后面的竹林也庇护着大猪圈，也是有着母性的。所以大地、稻子、院子、竹子，善。

一夜淡雪，我俩猪圈蹲守，守来了关于“生”和“母性”的无字理解。那是在母性的光辉里，深爱着生命。

三根发夹

夏天奶奶午觉起来，离下午上工还早，有了一点时间，叫我给她梳头。她坐在爬爬凳上，我站着，她就比我矮了。她头发花白乱糟，发里流汗。

我用梳子从她额头起，用手扶住她的额头，轻轻地往后。梳子到过的地方，头发果真齐整了。我动作很轻很轻，生怕她头皮疼。

梳头要捂住哪里发根，长的头发要从发梢梳起。这些都是她教我的。我们四个的头发，十年来，每天早上都是她扎，她不厌其烦地给我们留长辫子，哪怕齐腰也舍不得剪。在她的印象里，女孩齐腰的长辫会给我们美丽的形象。现在能为她梳头，我觉得特别开心和美。

给她梳头很简单。她齐耳的短发，有些长就用剪刀咔嚓剪齐。这样剪的头发，耳边的头发会吹到脸上，需要管住。

于是奶奶唯一为头发花的钱，是买黑色的细长的小夹子。一头有一个小小的翘起，我需要用牙分开这两片。另一头有一个小小的圆形弧，小小的圆孔。奶奶喜欢用这个小小的圆孔掏耳朵。她有四根夹子，一边两根。梳好头，把耳边头发提到耳后，然后用小夹子夹起，用手抹平。

两根黑色的夹子在她花白的头发上，奶奶用手摸摸，觉得特别整齐。站起来，拍拍衣襟，感觉自己好看一些了，精神又特别好，一边说着我很能干的话。这时候我觉得奶奶很漂亮，知道她其实很爱美。下午她就可以齐整上工了。

凡是大人有的东西，我都想试试。有两次奶奶睡午觉，我把她的夹子取下来，院里正在开的月季，摘一朵，花梗夹在自己头上。拿镜子照着，觉得特别得意。总不能在院子里闷着，就这样，戴着一朵硕大的月季花到外面疯去，疯了一会儿，等到回来的时候，奶奶说不见了夹子，我才惊悚起来，手摸头发，不知道花和夹子掉在了哪里。偷偷出去找了，花朵还在地上，但是夹子没有了！

奶奶的爱物就是这么一丁点儿。四根少了一根，她很不方便。她看我的脸，看我出汗和垂眉，知道是我拿了，又知道我正懊悔欲哭之中，她反而说：“还有三个呢，你给我梳吧。”我得了大释的恩典，更加诚心诚意地给她梳起来，但是鼻子已经发酸。决定长大了要给她戴《碧玉簪》里最好的簪子。

两年后，她去世，等我赶到家里，她已经红纸盖脸，油灯点在她的脚下和头上。我只能看到她苍白的头发上还有三根发夹，触目惊心。

现在我们有了百千种的发夹。忽然有一天在发夹摊子上，有一小方块红的纸板，画出一个白的扇形。上面夹着十个发夹，有着波浪的黑色，齐齐地在一起，袭击了我的眼睛。这两板铁丝发卡，我都买下，回家后，对镜贴花。

夏长梦多，我梦见慈爱操劳的奶奶，四根发夹上，别着玉兰花、栀子花……

罩子灯下的故事

我在高桥的十年，家里大多用玻璃的罩子灯，虽然后来有了电，也有了电灯泡，但是常常电压不足，电费也需要节约，所以大床头的柜灯，一直用罩子灯。

漫长的晚上，特别是早早上床的冬夜，有时候窗外月华，有时候窗外细雨，有时候窗外飞雪，那些下雨的晚上、下雪的晚上、打雷的晚上，还有月亮照着院子里的晚上，要么听姐姐读课文，要么就听奶奶讲故事。罩子灯下讲故事，成了晚上的节目。

每一个长长的晚上，那些故事，如落花、雪片，落下来落下来，积累在院子里，成了我生命中的营养。那些故事还那么清晰，源远流长。

透明肚子的男孩

罩子灯下的故事，最令我骇异的，是奶奶讲的一个男孩子。他生下来，肚子是透明的，心肺肠子都能看见，那么不就是玻璃瓶子一样的了？孩子在长大，吃什么下肚，都能看见这些东西在他肚子里的情况。

于是他不停地吃各种东西，看这些东西对人是好是坏，很多次都中毒了，又被王母派青鸟送灵芝草救活。

这个透明的男孩的神异肚子，让我在圩里查看了很多小朋友的肚子，他们都不是透明的。一直到我长大了才知道，她说的支离破碎的故事，确实不是她自己的杜撰，她一定是从哪里听来了只言片语。那个故事，其实是一个伟大的故事，名字叫神农尝百草，地点在神农架。

后来，遇见了她的故事里的“肚子透明的男孩子”，原来这男孩子是真的有的，“肚子透明”是那些从不掩饰、情怀坦荡的人世赤子。

我们四个都是女孩，所以奶奶讲的故事，除了透明肚子的小男孩、猴子、哪吒，大都围绕着女子的形象和命运。她讲着讲着，那种对我们女孩子的希望都藏在里面。

她希望我们有男孩子的能力和禀赋，又不失去女孩子的天性、女孩子的品质，做一个有力又温柔可爱的人。

白蛇出塔

她也讲白蛇传，法海明显讨嫌。大多数情节，都没有变。但是她讲白素贞水漫金山寺，在大水中生下孩子，失了法力，就输给法海了。法海把她罩在雷峰塔下，不顾她母子之情，和孩子相隔十八年。

最后儿子居然劈山救母——她把宝莲灯故事、白蛇传故事交织在一起。她认为白蛇在塔下被救出来，是白蛇的孩子的功和力，不是她自己的力。

不知道为什么，她要把两个故事混在一起，讲这两个故事，全部都用孩儿救母的结局。我想奶奶对自己三个儿子的寄托存在心里。母亲对儿子的盼望，总是希望儿子在十八年后，能够成为一个有劈山之力的人，把自己十八年来受的苦都劈开。

我总觉得她有一个这样的潜意识。她对我们四个女孩儿，说这样的事，还真的起到了微妙的作用。我们对自己的孩子都尽心尽力，希望自己的孩子成为一个有为之人。

她觉得万事自有后来人，母亲吃苦，自有儿来解放。而后来人，又多么需要这些千年经典。

祝英台化蝶

她讲的大多是有关女子的故事：孟姜女讨饭到长城下，哭万喜良；七仙女见不着牛郎；嫦娥一个人奔了月。这一类故事让我们听得心里难过，也想不通为什么，就不爱听。

她不爱林黛玉，叫我们别唱葬花词，她只爱穆桂英、花木兰。穆桂英、花木兰、梁红玉、孟丽君，这一类我们都爱听。

讲梁山伯与祝英台，她直接点拨我们自己讲，依据越剧电影《梁山伯与祝英台》上的情节、人物、服饰、动作，以大床做舞台，摆、唱给她听。我们四个中，二姐学得最像，唱腔也最像，可见二姐的感情很善柔，同理之心最易产生，她知道了戏中人的悲楚，从而动容。

奶奶自己一边纳着鞋底，一边有一句没一句地唱《十八相送》。

想到她那时已是快要六十岁的人了，为了我们，还学着电影里的腔调，教我们唱出祝英台的心声，给我们留化蝶之美……

王宝钏守窑

奶奶还会讲王宝钏。

她用一个晚上讲薛平贵在清贫中的习武习文、耕读孝顺。讲得我们欢喜起来。用第二个晚上讲王宝钏的家世，如何受疼爱，又如何的有很多人追求。讲得我们羡慕起来。第三个晚上讲到他们美好的相遇，说王宝钏立誓不嫁纨绔子弟，要选清俊男儿。讲得我们心花怒放。第四个晚上她就讲到薛平贵要带兵去打仗，分离而走，全体沉默。大家都早早地睡了不愿意听。

薛平贵征西，激发了我们无限的想象。战场上，冬天雪一定比我们这里厚，夏天一定是风沙满天。时时都有危险，薛平贵总是一马当先。后来薛平贵被冠名征西大将军。

奶奶把人物说得这样神勇，流露出她对远疆守土军士由衷的尊崇之心。

王宝钏清贫守志，从此在寒窑苦守十八年。我们把家里破窗子的风想象得更大一些，寒风呼呼吹进来，就是王宝钏的寒窑了，把家里吃的想得再少一些。想着王宝钏在寒窑的苦涩，第二天白天就觉得日子真是难熬，王宝钏受的苦，我们都体会得到，都同情她。

中间因为忙，耽搁了好些天，又一个晚上，奶奶才又接着讲，说薛平贵最后居然做了西凉国王。我们就全部高兴得从被子里爬出来，鼓掌，在床板上跳。

但是，故事就是故事，奇峰叠起，辗转令人意料之外：文武全才的薛平贵做了西凉国的国王，娶了西凉国的公主。

我们全部呆住了，忘记了进被窝：那寒窑里，可是还有王宝钏的……

奶奶为了让我们很快进被窝，立刻讲到王宝钏和薛平贵相逢：薛平贵回到寒窑，考察了王宝钏，最后通过。王宝钏得以出寒窑，进了王府。

我们还是呆住了，那王府里，可是还有一个西凉公主的……奶奶只好把我们都纳进被窝。

我们四个全都没了声，蒙头睡觉，不要再听故事了……

穆桂英挂帅

奶奶特别喜欢的女子是穆桂英，那个八贤王，那个杨令公，那个杨四郎，她都会讲，但是她总是略略说过就罢了。

她讲到穆桂英怎么拜师、成婚、挂帅。关键场景上她都强调出，穆桂英有很强的自我塑造的能力，不但不受人摆布，相反总能使自己立于不败之地。

世界上每一位女子，总会有万千困惑，关于英雄，关于爱情，关于分离和持守，我们听得出，她希望我们在万千困惑前，身体健强、情绪昂扬，成为飒爽的穆桂英，最怕我们成了缠绵的林黛玉。她每天晚上都讲那些悲欢离合的故事，把各样女子都引到我们跟前。这些源头经典，仿佛眼前的晨熹微光，把困惑都照亮了。

她从没有关照我们要怎么活，但是我们在天地浓黑的晚上，在一盏罩子灯下，记住了奶奶口述的“她们”，记在心里，一天天地成长着。遇见了她故事中的“她们”，就看见了自己。

写着写着，那些下雨的晚上、下雪的晚上、打雷的晚上，还有月亮照着院子里的晚上，罩子灯下的故事，全在泪光里来了。

把台灯关上，秉一烛，视烛光为罩子灯的微光，静静地，听一会儿故事，从那年分别起、从远方来……

大桥址，枇杷树

五峰山大桥在建，缓缓向北推进，已经落脚北岸，就要到达一个对我来说很重要的地方，所以回去。

我们的北边高田中央，有一棵很大的枇杷树，冬雪之中，一树银白，雪霁之后美得都不真实了。雪化了以后，枇杷树得到了雪水的滋润，树干潮湿，泥土也潮湿。

到了春阳普照的时候，我们就开始等待果实，枇杷不是秋果，它的果子在春天至初夏成熟，比其他水果都早。它是一棵白沙枇杷，果子很好吃，黄里透白，香甜多汁。这是我们最大的福气。

对于我，它还有另外的意义。

我咳嗽严重，需要服枇杷的叶子、露水熬的药，试过很长时间。我如果不是咳得不停，上树采点叶子是可以的。但是我只能站在树下，那些叶子，是奶奶把镰刀绑在竹子上够下来的。我还不能帮她捡到篮子里，因为弯腰也咳。

当一个人什么都不能做，连奔跑都不可以的时候，自信会流失，自卑会填充了空缺。服用枇杷叶子的那段时间，我只看见枇杷树缝之间的天，看不见更多的世界。

服了很多枇杷叶子，还有露水熬的药，并没有惊天逆转，只是稍稍缓解。奶奶出现了胃痛和哕逆、干硬食物不能消化的情况，她的方子也用到枇杷叶，但每次煎好药，她都给我喝了。

冬天里，她的最好的大衣襟棉袄也被她套在了我的身上，希望我快点好起来。那段时间，枇杷树下是她和我每天必到的地方，有时候下雨也必须来采叶子，枇杷树在雨里静默，任由雨滴洗刷它的叶子。我们采叶子就更困难了，奶奶的伞几乎遮不住，一身湿地拎着篮子回去熬。

我慢慢好起来，但是她的哕逆症状慢慢频繁了，她依然记得我的病而不记得她身体也不好。之后查出食道癌，她快速消瘦下去。

她离世后，枇杷树慢慢失去照料或是因虫病而枯。雨中婷婷婆娑的枇杷，会果实累累的枇杷树，能入方子的枇杷树，和它的主人一起，成为不可触摸的伤心角落，只在记忆中了。

五峰山大桥在建，整个一圩子，桥墩的选址有四处，居然这棵枇杷树的位置也被选中，我的心里，万般惊讶。

据资料说，此桥的初始酝酿是：2012 年上交提案，一路经过了会议和准备到实施，从南岸建起，北岸下桩，再到 2020 年的接通，八年时间，这些数字，多么神奇。

最后，更神意的，如何有这样一座大桥，联通起天堑长江，直达我的内心和身体病弱开始的地方，把威力刚猛、速度和震撼深埋进土地里去，把世界连接起来给我?

大桥正建到当年枇杷树的位置，在工地短暂流连，在枇杷树的位置，远看五峰山依旧，不久我将能步行过江，到达曾经只能隔江远望的峰顶。

变迁让自信扬起，欣喜如春天归来。

最是手扶桥头雪

我们到江南上学的第一年冬天，奶奶还健在。于是，我开始在早饭钱里省一毛，攒着买船票用。

有一次，开始飘雪了，看着空中有什么不停地飘飞着，一直飞到心里，不停地下呀，心里实在太想奶奶了，就自己走到江边，坐船回亨字圩了。坐的末班船，下船到家，天都黑透了。

奶奶在锅膛前烧火，一个人盯着火苗发呆，我悄悄地走到她面前，她看清是我，一把抱住了，先叫乖乖，又叫你怎么回来的啊？我知道，她实在是太想我了。眼泪就下来了。

吃了烫粥就上床了，一晚上她问了我好多话，知道我自己跑回来的，那时候没有电话，她就急了，说我没和爸妈讲！

问了我的钱怎么来的，又说下次再不许了！除此之外，她是很高兴的，让我把学了什么都告诉她，又把要听老师的话的关照，重复了多次。窗外雪静静地下，床上有点冷，她把我放两腿中间，从背后抱着讲。

孩子的觉来得快，话说完了，人也见到了，我很快就满意地睡了。她什么时候睡的，不管的。早上是被她推醒的，天还没亮呢，她急急地说，要起来了，要跟头班船走呢。

她一慌慌的，我也慌慌地穿了，早饭烧好了，正是温的呢，匆匆吃了，她就牵我的手出门了。外面微亮，雪停了，路面上了冻，路反而好走了。从东边晒场上走上大岸，过了三队，就到桥上了，天亮了。

奶奶说，上大路了，一直走，就到南江边了，她有事要回头了。她好像把我老过江的经历都忘记了，我心里想我认得呢，又不是第一回了，她还要这么送我。

她把一个小布袋子叫我拎好，里头是个瓷缸子。又给我一张五块的票子，叫我自己买票。关照我路上走快点，赶船呢。

我都要走了，她又拽住我说，下次不要回来了！她烦呢！我就难过起来，以为她不想我了。

走了一段，她忽然在我后头喊："听话啊，好好的啊！"

我回头，桥头扶手上都是雪，她在冬风里扬着手；头上，头发都没来得及梳，花白的，在风里微飘。又记得她叫我不许回来的话，回了她一句："我好好的听话呢，不嘎（家）来了！"

我不知道她怎么回去的，因为我没回头。

一路上都是雪，坐船的人并不多。我心里很难过，脚上冷也不觉得。到这边家的时候还很早，瓷缸子里是咸菜炒的黄豆花生，我一看见里头还有花生，就知道她是一早起来，把存的豆子花生煮了、炒好的。

可能那天我好好听话，说以后不自己坐船去了，爸妈这边没拿我怎么样。回来的票，我又用自己省的钱买了船票，奶奶给的那张五块钱我没用，留了好久，常常拿出来看。后来怎么不见的，也有个故事，反正很伤心。

关于高桥下雪时候的桥头，我有很多图景铭刻在心里，最是奶奶扶着积着雪的桥头，叫我不许回来，还要好好听话！她是怕我常常想念她而不安生，就在这桥头喊出了"好好听话，不许回来"的命令。

我真的很听你的话，忍着刻骨的思念，没有再回去！只不过，能够再回去的时候，已然是真正地送你了。

我对你，没犯什么错，就是真的太听话了：你一说最不喜欢我，我就远了；你一说别回来了，我就走了。

真的，我很听话。可是，每一次，都是眼泪它，不听话……

清明

我的奶奶夏氏，自十六岁嫁到亨字圩，就不曾离开过。

生三儿，三儿又生，孙辈六人，孙辈也由奶奶带大。这样算来，奶奶是带大九孩了。所以家庭的实际黏合剂，是我的勤劳慈爱的奶奶，家庭的实际担责任多的、吃苦多的当然也是她。

少营养多劳力的一生，她一直瘦！六十岁患食道癌离世的时候，几乎骨立。勤劳慈爱的她不识字，却是用锄头写田园诗给我的第一人，是用稻谷喂养家禽家畜、写生命活力给我的第一人。

老祖坟在小土冈上，菜花田里。没有墓碑，祭扫的时候要凭感觉找，那是任由怎么变都能寻到的地方。因为在花海之中，祭扫的时候，不用带花。

如今高桥中学迁过来，就在小冈子后。一条河还在，桥也在，小店也在，只是她的猪圈不在，高田不在。不过在我的眼里心里，她还在大猪圈里劳碌，清清楚楚。

尽管公路拥堵，思绪还在沉郁，但是明媚的春色已经照进我郁郁寡欢的心间了。浅草茸茸，一改冬天惨淡灰暗的色泽，点滴的苍翠。轻柔曼舞的风姿，已经让柳树从冷肃的思考，转为拨人心意的欢喜。柳树虽然满脸皱纹，因为爱艺术的春，穿上了新鲜的青苔的衣裳，变得风度翩翩。

没有年年都回去，但是时时记在心，这就是生命里的相随。常常入梦而泪，不过今年没有，今年入梦的是笑意。我不写你的辛苦，不写你劳动时嘎巴作响的骨节，不写你病中的牵念。只写我很想着你开裂的手，想着你在罩子灯下给我纳的鞋。

你这一生，里外那么多的事情要做。没有老师，却什么都会，井然有序。清理、打扫、播种、收割、手擀面、烧饼、猪食……手里拿着簸箕、锅铲、水桶、镰刀、连枷。冬天的手总是轻微开裂，甚至手皮卷起。冬天里，我向你哭诉什么，你给我擦泪，那简直就是粗粗的摩挲，是疼是痒，难以分辨。

在第一声春雷、第一声蛙鸣之后想你，知道了我是你生命的延续。清明是仲春到暮春的交接，要向夏天——这个热烈的孩子，交接一个清明的世界。

这方沃土上还生活着我的乡邻，因为你无形的牵连而彼此亲近，因为你，我没有失去原乡，没有自断风筝线，成为地域的割裂者。从而我知道你渐渐化作了油菜花海，化作了我追溯的江风，只无形地告诉我，江山就在门口，流脉如此，生生不息。

再回首，和你一起的点点滴滴已然深深烙下。你平条抽打中的训，你下的麦面汤饼子，你朴素的教诲，都让我温暖依恋。你教我懂得多承乡人，热爱生活。

自大桥落地后，我已经能不再深陷哀伤的清明，写清澈澄明的欢欣。原先的思念没有少，原先的回忆没有模糊，而今的追远，随着大桥延伸。

今夜汽渡一定彻夜繁忙，车流全部向北进洲，明天的菜花田里，扫墓人全都是笑容。清明慎终追远，是个一起踏青的好时候。

放眼望，枯草里新生了嫩草，讲着生死轮回的道理。过了思念的冬天，一切都可以重来，天边彩云归花海，我回来了，告诉你，我的心事。

雪花膏

十岁之前的孩子认识世界，主要不是靠语言，也不是靠眼睛，是靠摸、闻、吃。在江洲十年，我觉得最好闻的季节是秋天。

秋香令人发醉。傍晚，红霞渐渐隐退，星光刚有的时候，空气里，晚饭香裹在炊烟里，慢慢地飘出来。回家有三道提醒：第一是越来越黑的光线，第二是越来越焦虑的喊我回家的声音，第三才是起决定作用的：深秋，家家新大米煮出来的粥香。

秋天的味道是芳香浓郁的，但是，我们的院子里养着鸡鸭，奶奶又每天都在大猪圈里活动，总有不好的味道。更有，秋冬最是干燥，我们的皮肤也最容易皴裂，脸上会生“萝卜丝”（皴）。所以，奶奶要省钱，买雪花膏。

雪花膏装在小巧的玻璃瓶子里，虽然是玻璃的质地，但是乳白不透明，摸起来好似瓷质，上面有一个铁皮的盖子，旋转着开和关。白白的瓶子是白塔公园里那个白塔的形状，抓在手心里，浑圆光滑。瓶子很快就成了我们的爱物。

因为有雪花膏搽了，我们早上就主动去洗脸，然后静静地坐在那里，等奶奶给我们梳好小辫子，扬起脸，等着轮到自己搽上香。脸上很快有了清新的香气，吃早饭都觉得特别幸福。

出门仰着脸，对着秋风，对着西北风，不觉得冷，因为这些风能吹起脸上的香气。

家里有四个姑娘，到了冬天，奶奶就得准备两瓶。这时候偷偷拿走一瓶，她们也暂时发现不了。瓶子藏在口袋里，滑滑凉凉的，下课的时候给没有搽香的小朋友都搽了一点点，回来的时候只剩半瓶了。

这样珍贵的东西，本就是节省有限的钱而买下的，奶奶发现了，是有理由勃然大怒的，但她什么也没有说，只是把剩下的没收了去。第二天也有一两个家境比我们好的小朋友带着雪花膏来了。

我们的教室不大，冬天有淡淡的雪花膏的清香味，不知道我们美丽的老师发现了没有。寒风呼呼的冬天，外面没办法玩啦，教室里面挤满了孩子。院子里在飘着雪。我们的座位周边，飘着淡淡的雪花膏的味道。

我相信那时候的雪花膏里一定有着兰花、夜来香、桂花、玫瑰、茉莉这些植物精华。植物的气息，让每天都成了温暖而美好的时光。

大姐是美丽的女孩子，二姐觉得脸上特别的美，嬉戏时，香味传来，觉得飞花逐浪一样，一切平凡的事物中都有这样素淡的芳香了。

慢慢地，对香气敏感起来。门前的荷塘，田地里的蜜蜂、昆虫，头上的蓝天，都是有味道的。阳光是有香味的，秋天的桂花、冬天的梅花，那就不用说了，甚至秋天枯掉的藤蔓，都有独特的清新的气息。

向上的生长的力量是难以发现也是难以捕捉的，但是雪花膏的香气淡淡地暗示着我们，悠然的心，能闻到一种看不见却能够领略的美，感觉到一种力量。不仅是有形之物才是美的，不仅是眼睛看见的才是美的，岁月飞霜还是一种悠远绵长的味道。

秋风起来，冬风凛冽，但是我们没有感觉到，香气好似一种精神的力量，在潜滋暗长。

如果非要说那些年有什么能够成为传奇，思来想去，有一条能算：奶奶她用一己之力，养着四个孙女，还在西北风呼呼的大猪圈里，养着七八十条猪子。我们帮忙捧草出粪，脸上不但没有皴脏，相反，还一直有雪花膏的清香。

从未离开

奶奶去世后，家里办了丧事，决定卖了亨字圩爹爹奶奶的三间一院的瓦房，三儿各分，各自带自己的儿女去自己单位所在地谋生。

就这样，眼看着大人将我十多年以来生活的院子、床、小画书……处理，变卖。最后，父亲先行一步，把爹爹带回谏壁。原本我们可以空手走，可是母亲舍不得无人要的零碎物件：两张长板凳、一张桌子，还有一个腌菜的尖口坛子，零碎物件她也需要，这些杂物和板凳、桌子由母亲拉着板车，我和姐姐在后面推，从亨字圩，慢慢地，一步一步地走向南江边。

真是一步一回头地流泪，又怕人笑话，低着头装推车，眼泪有的滴在石子上，有的滴在凹凼里。脚上的布鞋还是奶奶纳鞋底上的，知道最后一双了，不肯踩在水里……

一路有人看我们，眼神不知是羡慕还是同情。路过集镇桥，有个老人帮我们推了一把板车，又有一个少年帮我们推了一小会儿，我就觉得我高桥的人都那么好的。

到了南江边，里面衣服已经湿透了也不觉得。只是不停往后头看，总觉得还有什么忘记带或者有谁会来喊我，叫我们回去……

船来了，好几个力气大的同行人，帮我们拿了一部分重的包上船。

船慢慢离岸，江水越宽，终于南江边的那棵大树也看不见了，感觉自己像棵柴，看了十年的滔滔江水，在这一刻变成了利剑，我被劈开了，一半在船上，一半就还在江边上，被什么扯着……终于忍不住了，哭出了声，最后失控，在船上就号啕大哭。姐姐来捂我的嘴，最后她自己也没忍住……

虽然十岁，但是心里很明白：这不再是以往过江那样的短暂的分别，这是再不可能回去的分离。自此诀别，再无会期。即便我百般地哭与闹，都止不住生生的别离，从此我就要只有一半的人在外乡活着，不再是完整的人……

之后在江的这一边、在谏壁上初中，周围全是江南的，少听到高桥话，自己一张嘴讲高桥的话，又常被笑话，慢慢地我就不太说话了。

从此知道离土失群的滋味，只看书遥想，月亮不是高桥的，萤火虫也不是从稻田里飞来的，一切没什么意思，只有读书、写字……

后来的作文好起来，也只是写出自己的心魂里的天、地、田、人、桥、水而已。我的老师不是高桥人，仍被我写的事物打动，以为我写得好。其实，那都是高桥好。

后来有高桥的同学来谏壁了，他们都不知道我是高桥的，那么自如地、大声地、开心地、笑着说的高桥话，带高桥的大米蒸饭，带山芋蒸粥，远远地闻这一丝香味，就能看见奶奶掀开饭锅的笑意；静静地听他们说话，就似暗夜里的桥头明月，他们把回不去的高桥带给我，如晨光透进我的久闭的窗子，明媚了暗了很久的心。

生命里，和高桥就暗暗又有了重要的链接……

所有离开高桥的人，何曾离开过那个码头、那座桥、那片田园？来而去，去而来，看似去去来来的一生，其实从未离开过小小的江洲。

一生里，那些忽地而来，没有准备、没有未来的诀别，都是我感觉忽然被劈开的瞬间，任我泪如雨下地“不要，不要……”也枉然。赐以吾命之地之所之人，诚以命相待，这就是高桥人了。

无论千里之外，塞北草原，一生由始而终，高桥从未离开过，即便是做过了再无期会的诀别，泪流到海。

清瞳姐姐

有十年之久，我能从这些清瞳姐姐们细微的表情、快乐的言语中知道她们的美。成年累月的交往，她们的各个侧面都呈现在我的面前。我得以知道她们的性格、她们的温情。彼此爱的情意能让小小的村落，变成美好而光明的世界。

双莲花

在圩里，我们总以找到最好的给大人看为高兴、为有用：在白蚕茧里找到带彩的、在鸡蛋里找到双黄的、在月月红里找到夹色的、在楝树果子里找到有红枣大的、在三叶草里找四叶的……夏天，不知道谁说荷花有一梗开两朵的，如果采到了，家里就会好事成双。于是夏天的寻找项目固定了：只要有荷叶，就去找。荷塘的香味是特别的，盛放的时候花儿朵朵，馨香宜人。

我小时候是很不礼貌的，因为我在圩里的三个姐姐都只被我喊名字。奶奶带着四个女孩生活，上面两个大的，是我的堂姐姐，第三大的是我的亲姐，我是老末。

我的大堂姐就很幸运，在那个夏天，她很容易就发现了一朵双莲花。她自己不认为是个事，一会儿就玩别的去了。她们仨都像到了目的地一般地不找了，我还是到处找，结果却还是没找到。

人说花有祥瑞的。我的大堂姐对美的发现和执着，是我的榜样。我还一脸一手泥、还不知道脏的时候，她已经知道把衣服、辫子、书包都收拾得干干净净、不容一点灰。采棉花的时候，她戴一双碎花护袖、草帽里再护一件小褂，采着棉花的样子真是很美。她也饿，但是她吃东西慢慢地，很优雅的样子。我玩得汗冒冒的，被硬叫回来喝口粥，那是灌下，有个豆都不会发现。她笑眯眯地说要慢点，我喝完粥又出去了，她还在一点点吃酱瓜。

荷塘边她去得多，洗我们的鞋、手帕、菜，夏天塑料凉鞋洗好，排队在窗台上。她身上常有花香，那是她总会把路边的花放口袋里，栀子花常被她放在席子上；晚饭花她会做成耳环挂我耳朵上，叫别动呀；平条花她会找到黏的绿梃子给我做美人痣；放平我的领子，拍掉我裤子上的灰。发小常说我在圩里气盛，仔细想来，当时我是以为家里有三个大的，特别是有她，是我的依仗，才无畏了。

奶奶是最喜欢她的，每天给她梳长辫子，我们都排在最后梳，奶奶说她的头发顺、滑、乌黑，编起辫子最是好看。难得见她哭，那次是我们都被传了虱子，用篦子篦着，她就难过了，虱子是最影响美的，她这样一哭，我才不把虱子小看，也严肃起来对付虱子了。

她面似荷花，自来淡淡红腮，一日三餐前后，她都净面洗手、搽霜，洗碗洗筷勤，家里竹子做的碗橱很旧了，但里面碗被摞得齐整。大家都喜欢她，她也喜欢圩里，就好像荷花一样，是夏天留在圩里最久的一个。

莲的清韵不仅在香气和形色，还在那惠人的心思。她对三个妹妹都很温和，我的亲姐又比我聪慧听话些，她俩又更亲些。奶奶去世，我已经很是难过，但是她又比我们更痛一层：她最大，是和奶奶从心里和劳力相依为命的一个。可见她的内心正如荷花一样地清香。

花瑞有语，双莲花是美满的象征，我多次写过高桥的荷花和藕，没有写过双莲花。多年前，大堂姐就是最快找到双莲花的那一个，因为她的美自内而外，应了祥瑞：大堂姐是和她自己在圩里如意的人成婚、育孩，幸福生活的。

时光不负，她是高桥人中普通而幸福的一个，如今过着三代同堂的好生活。有姐美如斯，高桥的双莲花，必定会年年开！

姐姐疰夏

进入三伏天，天太热，汗出得太多，不想吃东西，胃口就受了影响，我有个姐姐偶尔就会疰夏。不活泼了，乏力眩晕，心烦，吃东西也不好，慢慢地就瘦下来了，坐着没动还出汗。看到这样，我真是可怜起姐姐来。奶奶就更不用说了。

这种情况就不能下田了，田里面热湿蒸晒人；到高田寻菜也不能了，要在家里通风阴凉的地方乘凉。光是坐着，趴着，一个上午是不行的。还需要想法子，弄点好吃的。

绿豆、冬瓜、番茄、黄瓜，这些田里有，清淡但不够营养。想办法弄一条鲫鱼红烧，看看觉得还不够，还是不神气；去买藕打藕粉，做疰夏红莲藕粉，烧赤豆糊。将鲜藕洗干净，在石臼中捣碎，加上清水，用石磨磨成藕浆，再盛在纱布袋中，袋子下面放一个搪瓷盆。用清水冲，边冲边搅动藕渣滓，到清水为止。藕浆越细越好，撇去清水，再沥干晒干就是纯藕粉了。奶奶会做，但做藕粉要到别的圩里，奶奶即使一大早去，一天也来不及，所以她就买了现成的赶回来。

藕粉到家以后，那也是快乐的源泉：芝麻糊、莲子藕粉汤，微甜生香。最开心的是：平时姐姐照顾我，现在，开水冲藕粉我也会，冲好端过去，看她吃，心里美滋滋的。

得了疰夏病，每年到夏天就可能会发，奶奶每年到春天就开始准备，处心积虑积存夏天能吃的食物：再多捉一些小鸡小鸭，腌咸鸭蛋、留最好的瓶儿菜；种小颗粒的黄豆到时候剥毛豆，各样菜用得上；种辣度适中的辣椒，也有多用。

这样到夏天，她最擅长做大椒酱：买点小虾子，两根茭白切丁，剥了毛豆米，有时候茄子丁，炒了以后，倒入面粉稀糊，烧熟，鲜辣有趣，姐姐搭粥有点胃口了。

小鸡要多养一点，夏至没到，奶奶就给我们吃一回冰糖生姜蒸童子鸡，她觉得能够防止疰夏。霉干菜和糖大蒜也早早地准备。如果绿豆汤、大麦茶姐姐都不要喝，又找到酸梅汤，她喝得好一些。

十几天一折磨，姐姐有点像绿豆芽，见到人，喊人的力气都小了。头垂着，尖尖的下巴，看得别人也心疼起来。大家都关心起来说疰夏了。圩里有医生也有老师。医生说：人丹、藿香正气水，都可以服。

于是奶奶就去买藿香正气水，买人丹。藿香正气水是黄黄的液体，一股中药味。四个孩子，在奶奶眼里连吃药都要公平。她觉得我们其他三个也有可能会疰夏，让我们每个人都尝一口。藿香正气水成了家里夏天抽屉里面的主人，一日三餐都要用调羹倒出来，给有疰夏迹象的喝。

一起喝药，姐姐忽然抽抽噎噎地哭起来。奶奶问，怎么不好？姐姐说，疰夏会传染吗？如果我们都得了，那她是祸首，觉得难过。奶奶说不会的，秋天就好了。姐姐还哭，说："快点好吧。"我知道，姐姐的最紧的盼望倒不是自己，而是这样天天变着花样吃，花钱买药，她舍不得奶奶因为她的疰夏这么操劳。我立刻觉得感动。

奶奶也看出来了，安慰她说："钱有呢，就怕我乖乖吃不下。"姐姐一听这样的安慰，反倒"唔——"地哭起来了。

秋天一到，疰夏就会痊愈，我虽然喜欢夏天的知了、荷花、吊丝鬼，但是还是愿意秋天快点来，姐姐就会好了。

如今想来，觉得疰夏是一件长夏里美好的事，当时也盼望过自己也疰夏。但是我的那些小鱼、莲花、知了、洋辣子，还有发小们，每天都让我奔得汗淌，不停喝冷粯子粥，都不够。疰夏，这样的美好的事，就没轮到过我。

你有姐姐不？疰夏不？你疰夏不？高桥人。

我姐老大

高桥的传统是长兄如父，很多长兄都在努力做到老大的风范，长房在家族传承中多了一副担子，上要挑起衰老的长辈，下要提携弟妹。高桥的老大，都有一块饼子撕了分给弟妹，然后自己才能吃的习惯。高桥的父母都对老大既有心里的倚重又有责任的分担，让老大们既辛苦又忍让。

爹爹就是这样，他有三个儿子，我父亲排行最小。爹爹心底最倚重在南京发展的大儿子，一件蓝条子的白短袖是老大给他的，他无比珍爱，春夏秋三季，爹爹常常赤膊也节省着，出客才穿。

圩里各家的老大都有宽厚忍让、带好弟妹的习惯。

要感谢爸爸妈妈的有很多。他们在高桥生了我，除了给我生命，让我感知世界，还给了我一个非常重要的礼物：我的姐姐，让我的上头，还有个老大。

姐姐长我三岁。这样，我三岁，她六岁，常常背着我了；我六岁，她九岁，常常背书给我了。我们在高桥的时候，这样的落差，让她成了我的半个母亲。奶奶对她很放心，每天对姐姐说："你大，你要把她带好。"

我在院子里，一个人不能出去，能出去的时间肯定是她放学了，可以带我玩了。在黄瓜架子面前，她按照我指的瓜摘下来给我，如果只有一根了，这一根肯定是给我吃的。她很自觉，总是以为，对上，有两个姐姐要让着；对下，有我这个妹妹要让着。所以"让"这个字，刻在她心上了。

分食的时候，她从来不先挑。冬天快过年了，四小堆瓜子、花生，剩下的那一堆就是她的，很满足了。

爸爸妈妈在外面工作，一个月才回来一次，甚至隔的时间更长。我想妈妈，自然流露出来了。她也想妈妈，就不流露，担心我会被她惹得更厉害。她搀着我的手，说妈妈不在家的时候，姐姐做一会儿妈妈吧。

她是老大，她穿过的衣服、鞋子，小了是需要留给我穿的。所以她知道爱惜，总是干干净净的。知道我是她的影子，所以万事都想往最好的方向去努力。她八岁上一年级的时候，我五岁，每天让我看她的书、本子和作业，念给我听，把我教会。晚上她坐在帐子里，大声地念她的课文，我就跟着念。这样的场景，一天又一天，一晚又一晚，她时时都在做老大。

她听课十分认真，因为想到我也能用到，所以她是老师最好的学生，没有别的原因，是想我在家里没有学上，她想着回家以后，多多地告诉我。好像她知道她走过的路，三年后我就会跟上来，三年后我就会到达。所以她要小心，不出错，要把自己的路都走得正、走得直，把坑洼都弄平，我才会轻松地跟上来。

我真的很轻松。因为有她，潜意识里我从来不想以后会有什么麻烦，也从来不去思考我该准备什么。上了一年级，从不想二年级该怎么办。有一个这样的老大，心里总是很愉快，很安全。

在亨小院子里下了课，我是玩得最活跃的那一个。因为三年级的教室里，她就端坐在那里。闯下了祸受了欺负，都可以去找她。其他的孩子虽然比我更有力气，但是他们知道三年级有我家老大，总是会让我一些的。

我上学变得平坦而容易了，没有像她一样自己摸索、自己成长。老师说她比我优秀，比我稳重，这都是老大的样子。后来我先离开高桥，因为妈妈考虑她比我大三岁，是奶奶的半个助力，留下一两年能帮奶奶做些事情。把我先带走，奶奶可以少操心。

我和她分别了，离开她是非常痛苦的，一个人睡觉，一个人吃饭，万事都只有靠自己。犯错误被批评，没有人去诉苦，得自己忍着。直到她考上谏壁中学，要到谏壁来和我们一起生活，我们才又愉快地一床睡觉、一锅吃饭。很快她就过江来了，她又走在我的前头。这一回“失而复得”，更知道她多重要。

我对她的称呼，一直都在喊名字，这样的大不敬如此长久，她也不察觉。我心里有姐姐这个词，嘴里从没有说过。随着一件事一件事地叠加，一点一点地再了解。姐姐这个词，深似海的含义沉在心底：她是老大，是伙伴、一个尾随的对象，还是一个老师，是半个妈妈，是心灵的港湾和依靠，这就是高桥培养老大的目标。

我姐老大在苏州上学，成了全家的骄傲，给了病中的父亲安慰，又在学习之余，节省了生活费，买了羊毛毛线，别人逛苏州城，她是老大，闷在宿舍里，给我赶着织深秋毛衣过冬，一直到现在都还惦记我这个妹。

我没有长兄，但是我有长姐，她抵得上一个长兄，这也是高桥传统。年华流转，大大小小的事务，她都挑起来，吃力也不言语。我姐老大，吃了很多苦了。

你是不是也有长兄？也有老大？或者你自己就是老大？在外努力，是不是一直惦记着家里的弟妹？

我姐老大，一生颖慧，且温良恭俭与忍让，恩深于我于我们的父母，祈福寿于你。

学绣花的二姐

家里大床顶的帷眉是手绣的。一块盖茶杯的布，红绸子底子绿鸳鸯，很像是盖头之类，也是手绣的，都绣得相当精致，被我们赏玩。玩着玩着就说，我们要是也能绣花就好了。

奶奶听见了，说绣花需要绣花绷子，买了几个。绣花绷子由两个竹子圈组成，大小贴合，蒙好布再压一个，就绷住了。奶奶自己用最大的一个，给我的那个只有小碗大。我们还不知道绣花是中国的传统艺术之一，老悠久了。

二姐绣花是我们四个中最有耐心、学得最快的一个。花绷子绷上一块手帕，简单描上样子，她也能把一朵五瓣梅花绣出来，栩栩如生。十三四岁，正是姑娘最好看的时候，专注地在灯下绣花，那样的剪影，真是很美。

灵感之源，在于我们专注的东西。她已经不仅仅关注花纹和针线上，她的情感和思想，也已经跌跌撞撞地进到了这一根彩线编起来的世界。

她感觉到井井有条的针脚的乐趣，满是想象和创作。一天又一天，她能觉得水平在提高。这又使她边绣边想，把她引领到她自己的世界中了。

我亲姐的心思，主要还是在看书上；我那时八九岁，正是对外好奇的时候，也难坚持；大姐事多、难静下来。唯有她，是投入其中了。

奶奶发现二姐很有耐心，施针匀细，针脚密齐，女红很好，能做纺织、绣花、裁衣之类的织女一样的工作。

不久服装厂有一批牛仔裤出口的机会。在厂里把牛仔裤主体做好，裤脚上需要绣上花。服装厂就号召圩里有能力绣花的，都去领过来。绣好了以后，计件拿钱。大家很开心，不顾天热，赶紧绣起来。

二姐的手艺派上了用场。绣花有描好的底样，她绣得很快，丝细如发，针脚平整。十多岁的她和姐姐们一样，绣得又快又好。交出去的活儿让服装厂的人都不相信，二姐才十多岁。

绣花需要心灵手巧，需要眼瞳清澈，富有美感。二姐切针、拉针细腻，线也能被她用得粗细相间，巧妙藏起线头。那时候，二姐追求实现的美，在这些事情上具体练习着、追求着。

后来服装厂还有锁纽扣眼的机会，姐姐们也赶紧做，锁扣眼也很需要精细，二姐又一次完成得最好，二姐本来就善良、温和，现在又会了绣花和针线活，这更加让奶奶开心，穿针引线的事，都交给她了。

高桥服装厂不会想到，那一批的绣外贸、锁纽眼的活计，让二姐找到了灵感之源。那时候，廊檐口新晴昼亮，我们闲相伴，亮针明瞳刺绣忙，至今回忆起，镌刻于心上……

姐姐的歌声

那时候的新电影，先在高桥电影院放好几天，收票，然后再到各个大队放露天电影。电影院斜对过有一个小店。小店里有一位圆脸短发的奶奶，我常常一早被派来，在她那里拿电影票回去。木头柜台很高，有时候红票、有时候蓝票，写着几排几座。她的先生似乎姓刘，高瘦，长脸，和蔼。

看电影、听歌曲是奇特而美好的感受。所以，电影院和那个小店，成了我们很喜欢的地方。那首《一条大河》就从在这样一个地方开始走进心里的。

上甘岭战斗又一次进行到最为严酷的时候，伤员缠着纱布，焦唇干渴无比。卫生员为了鼓励安慰战士们，唱起来，“一条大河波浪宽，风吹稻花香两岸……”这时候镜头慢慢地从一个个战士的脸上过去，又从一个个战士的脸上回过来。

接着，蓝天白云、滚滚江水、美丽的田野，逐一出现在银幕上。甜美的女声中，祖国江河帆影、田野稻浪飘香。那些战士，为了祖国家乡，援朝作战，上甘岭已经到了生死对决，回望祖国，那里既是来处，也是望处，所以合唱部分激情澎湃、气势磅礴，无限热爱在高桥电影院涌起。

《一条大河》唱响的时候，全场安静极了，柱子都不碍事了，婉转动听的无穷魅力，柔柔地流进了我俩心里。散场后，姐姐用那种细小的声音，委婉轻柔地哼唱着“一条大河波浪宽”，她牵着我，一路都在动情地唱着。

那时候，三支河刚刚新挖不久，也是一条美丽的大河。我们立刻喜欢上了这首歌，一下课就唱，姐姐唱得最好，她的声音十分好听。大河波涛起伏，奔流在心灵深处。

转眼“六一”儿童节要到了。亨小早早排节目，由姐姐领唱《一条大河》，我被编在队伍里合唱。红领巾被烫平，折好，白衬衫是妈妈做的，辫子扎起红绳，男孩黑裤子，女孩黑裙子。打红领巾的结，反复学了好几遍。

早上从学校操场出发，到达门口，各校代表和孩子都在台阶上排队。

电影院的木长凳可以坐一溜孩子。木头柱子挡住视线，是最烦的，我们坐好后，奶奶挤进来，在第二排。姐姐没有发现奶奶，我一瞬看见了，觉得十分开心。

奶奶踮脚、昂头向台上看，姐姐对着话筒发出清亮的声音。奶奶的脸上，笑容灿烂，她从没有想过，她的两个孙女同时登台，眼前的场景，让她觉得幸福。

我们后面还有其他学校的节目，奶奶把我们的看完就回去了。看见奶奶走了，我觉得热闹的地方立刻冷清了不少。

坐回座位问姐姐，看见奶奶来了吗？姐姐还在激动中，说只管唱，没有看见。一回家，把白衬衫脱下交给奶奶存好，奶奶发出开心的笑声。

那年，姐姐三年级，我一年级。我们在那一年学会了一首歌《一条大河》并表演。白衬衫、红领巾、一条南北大河，姐姐在高桥的生活，是有歌声的。

“姑娘好像花儿一样，小伙儿心胸多宽广。为了开辟新天地，唤醒了沉睡的高山，让那河流改变了模样，这是英雄的祖国，是我生长的地方。”

她多么热爱这首歌，因为这里的每一个词她都喜欢。每当感情涌来，无论悲喜，她的心里，都有这首歌。

唱着唱着，我们眼前的大河，就变成了南北大河、三支河。一条大河波浪宽，风吹稻花香两岸，而当年，我的姐姐，就像花儿一样……

人发出的声音，和天地之气相同，轻清上扬，重浊下沉，由喉头产生，由感情而起伏。人的声音各有不同，通过聆听声音，不必一见，也能知道此人心地，从而知道会不会喜欢。

想念那时候的你、那时候的高桥、那时候的电影院，因为闻声相思，大河长流。

我们出了高桥，《一条大河》的旋律一响起，我们都会停下手中的事来听。钢琴、小提琴演奏也听过，明朗快乐甜美的曲子，多了沉郁矜持、缠绵深情，每一次都有柔荡的波纹，款款地漫过心灵，细微而强烈。

在电视上又一次看到了郭兰英，她九十岁了，已经步履颤巍，却深情吟唱：“姑娘好像花儿一样”，我禁不住涌起了泪水。每当她唱起这首歌，她就能成为千万人的元帅。当年在高桥电影院、在月光下看电影，看见的那些上甘岭战士，包裹着纱布，焦唇之间，齐唱“在这片古老的土地上，到处都有明媚的阳光”。眼睛模糊了，心里，这场景一直没有模糊。

“一条大河波浪宽”，在高桥，就是南北大河，东西大河两岸的稻花香，就是长江波涛上的片片白帆。小小高桥电影院播放的电影，让高桥人的童年情韵，流淌在血液里。当年一起在电影院的人群中，有你吗？我和姐姐在电影院唱给你听的那首歌，你还记得吗？

四十多年过去了，我回去，高桥电影院的标志消失了，但是建筑还在，那些影响我们观看的柱子还在。姐姐当时的歌声，就是整个高桥所有孩子的歌声，像纯真清澈的小溪，流淌在所有高桥孩子的童年，如今，泛滥成一条奔腾不息、永恒的精神大河了。那些在高桥一起唱这首歌的孩子们，你们都在哪里？

月下采棉花

生产队的棉花集中采过，棉花杆子还没有处理。成亩成亩的棉花秆，还残存着一些花星。我们很需要新棉花，破的棉袄要加棉花，棉被也需要添花重弹。

吃了晚饭，我们可以借着月光去采这些零星的棉花。夜里采棉花，只能在满月的时候。从八九点慢慢采，不知不觉地采到十一点多了。

这时候月凉如水。天地一片洁白，甚至像大白天一样，月出惊鸟。耳朵里有细细的虫鸣声，斯斯。白天晒在泥里的暑气往上蒸腾，虽然裤子很厚，裤腿扎得好好的，手臂戴上护袖，脸也被包起来了，但还是会被棉花的尖头戳到。

在黑夜里，眼睛对白的棉花反而更加敏感，采摘的速度也比白天更快。月下棉花地，残花白的刺眼。我的个子和棉花秆差不多高，采花的手不需要大，所以采棉花我倒是不输给三个姐姐的。

我们四个人加奶奶，分散在田里，各人采了放在兜里。回家集中了，白天把棉籽抠出来，用笸篮晒在院子里。

十五的月亮不是最亮的，十六十七十八也很亮，连续四个晴天。我们五个人可以摘到五六斤棉花。这样，够做很多事了。

月下采棉花，虽然很热，但是大地一片沉寂，安宁中专心地做一件事，沉浸其中，能感受到特别的静美。姐姐和奶奶就在不远处，心里也就没有害怕的感受。到了深夜，月光正是最明最亮的时候。天上的星星，看着我们。天空，深蓝到黑，蓝得通透，繁星点点。

五六斤白白的棉花，我们四个人过冬的棉袄就有了。

到了深秋，奶奶在油灯下，替我们把旧棉袄沿着边缝剪开，一一检查。棉花薄的地方，就用新棉花补上去，用手掌拍好几遍，再用细细的针脚缝好，还把边缝上。五六斤棉花让我们的棉袄变得厚厚实实，迎着风雪，过了一个温暖的冬天。

一年一年这样做。我们那纯棉的大袄，始终很厚，透气，吸汗。因为那是我们自己采的、晒得好好的真棉花做的。

有一年我们运气最好，残花特别多。大姐和奶奶照顾我们小的，让我们三个先回去睡了。我们回来后，大姐和奶奶两个人还想继续采一会儿，两个人在月下又继续到深夜。她俩采了好些天，外加奶奶自己种的一小片棉花，居然能积攒出两床洁白馨香的新棉被。奶奶说是给大姐出嫁时做嫁妆用的，她还说，除了这两床棉被，她就没什么能给大姐了。她语气里满满愧疚，如今想来，依然清晰，泪下。

我们三个回家倒头就睡。睡下去梦到银色的月光、深蓝的天空和白色的云朵，那些白色的云朵全是棉花。第二天早上，发现自己睡得好好的。护袖还有采棉花的裤子，是奶奶替我们脱下，放在床边了。

那两床棉被，大姐后来一直舍不得盖。我想，大姐一看到它，就会像我一样，看到白色的月光，就会想起和奶奶一起在明月之下采棉花的夜晚，那人间之月，是多么安静、纯澈和美好。

采棉花是非常艰苦的经历，但是艰苦的事，只要能和疼爱自己的人一起做，终会甘甜。

高桥访亲

高桥儿女，到了婚龄，父母就开始替儿女们张罗对象，完成婚事。这是一个家庭的大事，家里所有亲戚朋友都很关心。

在孩子的世界里，喜糖、喜酒、新娘、新郎那是甜蜜和梦想的代表。所以只要说亲的来了，被堵在路上，问哪家的谁，这个人平时好不好呀？我们都会立刻和喜糖联系起来，说好好好，大的孩子已经开始流畅表达了，还能说好多实例来。小一点的，知道不能瞎说，会把向往的喜糖说没了，会一溜而走，赶快告诉相关人家，说谁被问了，我们怎么答的。

访亲首先从孩子开始，一来真实吉利，二来，喜欢孩子的，往往脾气好些。其次从邻居开始访问，也不会引起反感。邻居们老人会说“他是我看着长大的”，眉飞色舞说一番孩子小时候的故事，来证实孩子的品性，强调可靠礼貌和恭顺。

那时候物质缺乏，对付访亲的，往往几家一起，把好的物件暂时借在需要的人家，比如新的暖水瓶先借出去。手表借得最勤快，几乎在自家待不了几天。隔壁小生被访的时候，我睡觉的床边灯柜都被借走了，煤油灯放在地上，差点踢翻也觉得开心。

自己家有什么物件能被看中，替邻居长脸撑誉，是荣耀的事，但不能说破。

几家子一直紧张到日暮，直到访人回去了，才又恢复原样，等着具体的相亲日子，再小心一天。不得乱窜，一直盼到有糖吃，有新娘子看。

一对人的组合过程几乎是大半个村的老少一起争取的过程。当然是所有人的喜事。新娘子只知道自己嫁进某家，从不知道她到来之前那些访亲的趣事。那时的圩子，是一家子啊！

整个圩里都把儿女婚姻看得特别重要。智慧的父母，除了看外在的物质属性，看别人的长相，还知道为最爱的子女找一个最好的人。这颗细小的种子，在他们的心中痒痒地发芽。以至于他们生出旁敲侧击的智慧的念头，悄悄地去打听。以期望通过细枝末节，看到自己最爱的孩子去了一个安全的地方，这是他们最大的愿望。

那时候他们还没有想到，自己最爱的孩子，也许因为独特的天性和对人生的独特理解，已经有了天涯海角寻觅知音的生命底气。他们虽然知道安放他们最爱的孩子的前途和生活，但还没有开始懂得安放自己最爱的孩子的灵魂心声。

所以有些亲事，不用访了……

招女婿

冬春偶闲，一溜人在墙根底下晒太阳，暖酥酥的。

我们家里女孩多。圩里还有一家，五六个全是女孩，我们这两家大人一到一起，就说招女婿的话题。

什么样的不能招，哪个姑娘留家里，为什么要留这个在家里，养了宝宝归哪家姓？……问题层出不穷，要写下来两张纸都不够。

我家最大的姐姐有十六了，最好看，也最贴奶奶心。奶奶就常说，我家这个不把出去，不但要招个貌相好的、脾气好的，还要会对姐姐好的。一家只能招一个，我就急了，大姐留，那我是留不住了，知道自己长大要到外人家过，暗暗决定不要长大就可以了。

奶奶说，你小呢，等你长大了，说不定都够得上自己做主的时代了，时代好了，到时候由着你自己愿意。

我姐姐呢？我追问。奶奶说，姐姐懂事，知道顾大局又稳重，可以嫁出去，婆家会欢迎。大姐肯定要留下来的。春天阳光下，一个招女婿的话题，明摆着奶奶的偏心，我们嫉妒过大姐好多回。

现在想想，个个都在奶奶心上，一个个的都要给一个最好的安排。

父母长辈疼孩子，真是没必要嫉妒的，每一个都是心头肉，都会依据每个女儿的情况给出最好的安排，要各个都如意，这是奶奶的心意。

那家全是女孩的，和奶奶决定一样，要把好看、贴心、温柔的留家里，招一个正直的、能担当、有魄力的、各方面都好的当女婿。经过努力，她们家多年的愿望圆满达成，给二姑娘招了女婿。

高桥还有腿不太好的姑娘，父母疼爱得很，也招女婿，这样可以留在家里照顾。

招女婿的话题，随着独生子女而少了。偶有提起的，都流露出父母对女儿的不舍，还有对女儿能过上好日子的希望。这个话题，听来听去，只有高兴：高桥的女儿们，是被疼爱的，就怕嫁出门受委屈。

奶奶去世了，我们离开了那里，在外一一出嫁，再没有人提起招女婿的话题。那些冬春偶闲，暖融融的阳光下，徐徐慢慢，说一说儿女的亲事，说一说，最爱的女儿要留在家里，招一个家中姐弟多的来做女婿，否则嫁给怎样的人都难以放心。

女儿听着如此珍爱自己的话，那真是如沐春晖。

人家居处

家乡居住地，一朵蒲公英，一方院落，一口井，一棵挺拔的桂花树，都会充溢着安宁祥和的气息。陈酒般温馨的邻里关系，随时随地的相互串门和问候，让人不但能享受到自然的亲和力，更能享受到人群彼此的相安、宁静和满足。时光深处的竹海人家，藏着乡人多少的好。乡土中国的住宅，确确实实的文化滋养所：墙篱透露的庭院花木，乡间场院纳凉时的闲话古今，猫洞、狗洞，传出的犬吠鸡鸣。

水乡石踪

江洲最怕大雨，别的不提，只走路就很尴尬。

我的鞋总会买大一码，说是脚会长呢。套鞋（雨鞋）也是。这样，一脚下去，再提起来，往往脚上来了，鞋还在泥里，只剩一个鞋口。这时候，准星受到挑战，要准准地再踩进去，只要偏一点，就一脚泥！

在一片泥淖里金鸡独立，最需要功夫，我又没有，有时候为了拔鞋，一不小心就坐进泥里，越挣越糟，心里难过，往往大哭着折回去，一边被骂，一边被脱了泥衣。若是冬天，没有衣服换，只能在被子里，受着生气的脸，无奈地挨到衣服烤干才能下地。

隔壁谢家有高跷，这时候会出来得意地自如行走，我看得冒火，又不会踩。只好作罢。

多么盼望有砖头路、石板路、水泥路啊！有几家门口有石头台阶，几乎是救命岛，踩上去立刻跺脚除泥。

从此，石头，就在心里有了不可替代的地位。到哪里都留意石头的存在。

高桥人，到达的第一座山，往往是五峰山。那天真是踩够了石头，知道了石头的嶙峋和坚硬。泽国里受过了泥淖的苦，向往起石板路了。

一石就是一山，回去后把石头也重视起来，连奶奶在大缸里压咸菜的大石头都怕腌坏了。被嘲笑到脸红，说石头还怕这个？

我无语着，心里只是难过，那么坚强的石头，常年被盐水腌着。所以一旦春天腌菜结束，他们忙着清洗菜缸，我就赶快用清水洗掉石头上面的腌渍，冲好多遍，直到石坯露清，看它被安顿在墙角，安稳地立一个夏天。

整个高桥，石头不多，有些小桥是用石条搭建的。有些人家的石门当也被摸了好多遍，舂芝麻的石臼，压场子的石滚子做晒场时候，最需要。

为了把瓦磨得更细腻，我们要到王家院子里去。偷偷推开门，趴在他家院中青石上再磨、收光，在手心里攥、擦，一块破瓦，也当作青玉。队里这个院子最安静，这个青石院有很多年了，廊檐下，有一圈青石做的台阶。因为雨的冲刷和人的走动，青石面磨得光滑泛着光泽。这颜色让我们想起螃蟹壳儿浸在水里的颜色，可以想见青石院中下着小雨，青石板上的颜色是如何的清润。坚硬圆润的青石，湿漉漉地衬着石缝小兰花。因为有着这样的衬托，院落变得清雅，青石的颜色藏着天空的意蕴。

一番独特的清寂逼来，我们磨好了就要快点出来。瓦片遇到了青石，就是遇到了沉厚的清凉。这样的遇见，是珍贵而难得的。被这样磨过的瓦，也通了玉润。追问青石去处，回答是辗转而不见。

这些石条，走过很多大山，知道了石的品格，领略了山的个性，才弥补了在泥淖处成长的严重缺陷。多么珍贵啊。

谏壁河道边一路，西津渡一路，三塘一路，仓桥一路，同里一路，石库门一路，似乎水乡都有我们理想的那些石条，通向小巷深处的脚步，一步一步地走向心的深处，时光的深处。如今，高桥石子水泥路太多了，也就不稀奇了，不久，大桥都要落地了。

石头的取得，不再那么困难，但是拥有石头的过程，是多么耐人回味的过程。

高桥的所有的石、石桥、石条、石板都是人们后天刻意获得的，是经历过选择，经历过风浪和生死，再加上人的努力，这样具有了山的性格，稳厚坚强，双倍的珍贵。

一石出山，就带着整个大山的记忆、性格和魂灵，从而一石成山，纯真坚持。

高桥人爱石，这，最配得到一生最高的礼遇。

高桥的桥

高桥的桥，朴直、简单，不入人眼，却一样重要到神圣的程度。

高桥是沙洲，方圆百里没有石料，石料全凭人们在江浪风险里一块一块地往堤岸运。所以，高桥人对石头的感情很特别，在大雨淋漓后的稀烂的泥路上跋涉，多么盼望有石路石桥，坚硬平坦。三百多年的努力，至今高桥的桥不是稀罕物了，虽然有些已经破损，没有任何装饰，但是高桥的名字就那么响亮，俯栏识得水鱼跃，一路看柳风絮波。

那些石桥都是人工建起来的，一直坚持，终于有五峰山的大桥昂然通过。上学从它走，回来从它走，春水微波，冬雪桥头，走着走着，我们就长大了。高桥的石桥，嫌小了，不耐看了，原来的石桥，更平常了。但是桥下的水，清明畅快，自如恬静，淡宁独赏。无欲争名册，凡间伴花农。高桥的桥，就这么朴直、简单，永远等你却从不打扰你的高远梦。

家乡桥、柳、人，在心灵与风物的交融中，自然的拥抱能使人精神超然。你若归来，感慨它们的平常和落后，也要记得：黄叶落、薄雪铺、柳絮飞、红菱藏……这些桥的默念，秋风又起，芦花纷飞远，鸿雁来，元鸟归，泪如雨帘。

远方的人，又向往更远的地方，从这里过了河、从南江边上了船、又从火车站登车的人啊，五年、七年不回头，去看苏州的、延安的、北京的更美的桥了，对家门前的桥几乎没有了记忆。石桥在，院花香、高桥的心已远隔重洋……

五峰山的大桥就要以世界之最的气势通过这里，有了更高的桥了。志在四方的男儿，可以走向世界，大桥通向远方。

桥头逢雨柳，问人归途中？高桥原来的小桥，和那些高远处、名画中的美丽的图景一样，沉在眼底心底。

高桥石门当

我的家门口没有石门当子，怎么左边、再左边、右边人家门口会有的？再往东头走，大多数人家没有，为什么中间有两家有？

有一天，大家全在吵这个问题，几个腿快的，当场又分头把东头一队、西头三队全跑了，一碰头，确定了数字和主家。

研究开始了：好看、镇门、防妖怪、摆东西掏钥匙。大的说，有钱才能有！反对的说，他家钱还没我家多呢！大的又说：要么祖上做官的才有。这个大家就没声了，因为弄不清了！我们找石门当里的人问，就问小梅，小梅说不晓得，她家门口石门当子，她没生就有的。

后来，又研究出一个共性：都有比我们膝盖高的石门槛。青石、滑溜溜的。小的腿短的进不去，要爬。还都有石台阶，至少三五阶。

我们队的三家都是方的，只有一家圆的，有的队全是圆的。这样一比，我们这里石门当最密，十家有四五家！还没知道原因，反正我们多，就开心。

吵了一天，我们倾向于钱、官、镇妖这些。晚上问奶奶，她的说法居然和我们差不多，问爹爹，他说：门当户对的事，你们怎么会知道呢！他知道的，就是不跟小孩讲！

时间是个好东西，慢慢我们看出了门当里的孩子和我们的区别。他们跟我们玩，但他们不卷裤腿、不下田、不划柴火、不吃冰、不拎小蛇尾巴、不拾狗屎……

最后，我们又用更长时间观察，这些门当大门里，都有木头廊柱，更有吸引力的是，除有画画、鸡毛掸子之外，还有书，还有翻开来，多大的，那是——报纸！有字，有毛主席，有图！

我和姐姐被这些纸上的小蚂蚁吸引，以后那几个有石门当的人家，我俩跑得勤，安静不扰地打开报纸和图书看：岳飞、杨家将……

经过好几年读书偶得，明确了：高桥的门当，长方形、云纹，文官；圆鼓形、狮纹，武官。不入图的，是自己花钱竖的。

门当可证：这不是钱多少的事，不是官大不大的事，这是高桥底蕴好，亨字圩文化礼仪发达的事！

砖瓦磨石润似玉

高桥很多老宅覆盖着青瓦，偶尔脚边有一块不规则的碎瓦片，捡起来看看，它有肚子一样的弧度。把瓦肚子对着墙，磨、磨、磨。那几个看见我磨得好玩，也找瓦片磨起来，一边磨，一边用手抹去细粉。一面墙前面站了一溜的小孩子，脸对着墙，脑勺对着太阳，磨得汗冒冒的。

不久，墙和瓦都变得光滑了，墙上大板砖像一块小黑板，可以用瓦尖尖画画，花柳树鱼，不知道谁最糟糕，写了“谁亲谁”！

磨到晚，一天的成果就是各人的砖画，大人指着笑。第二天再来，只要把昨天的磨平再写。

天天磨，青灰的砖和瓦，细腻、坚实，一层层地用不完，磨下来的粉子比灶烧饼的米粉还要细呢！磨得平实，手摸上去像镜子一样凉凉滑滑。一连几天，那块碎瓦被磨得像玉一样，宝贝一样揣在口袋里。

大家对瓦的争论变多了：大的说，砖瓦原本就是泥土，是砖窑里烧出来的，很骄傲地说我家哪个哪个就是在窑上烧砖瓦的，起房子都要找他。另外立刻就说，你吹呢，你家烧红砖的，怎么和这个比？被反击的就瘪了。

泥土能变成这样细腻坚实的瓦，神呢。

谁家的院子里啊、客堂间，那是整块的好罗地砖铺的，大人来插嘴。故宫也被说出来了，琉璃瓦这样的词冒出来了，苏州用糯米黏缝也被说出来了，一场瓦的研究在春阳下日日进行。

最权威的人，说出了长城的砖头，多么了不得，比这个大，比这个多，一直排到南江边都不断，还往五峰山蔓延，都小意思！这样的砖头成为我们几个最神往的砖头了。

从此砖头和瓦被重视了，瓦头、瓦当的美在下雨天被发现了，对这些砖头瓦砾，充满了好奇和向往。隐隐地觉得，要快点长大，快点看见比这个更厉害的砖和瓦。

把磨好的瓦在青石上边轻轻荡磨，为了使瓦面更细，几乎要趴在青石上磨，渐渐地太阳照进来。青石几乎能透得进光去。我们知道青石之美，对青石的喜爱涌起了。

老砖、老瓦、青石，久久耐磨，终耀玉泽。

避大暑

由于对会疰夏、会生痱子、疖子的恐慌，大人要安排我们避暑。

第一处，把竹床搬来搬去。午觉廊檐口，晚上大门外。享受穿堂风，要控制门窗大小。穿堂风太大了，会吹歪嘴。筛选穿堂风的好东西，是竹子。那时候想着，潇湘馆的穿堂风，一定不大，才把人闷死了。

蒲扇，凉手巾，清水，万金油，随时备着洗扇。有竹海的地方去过两回，阴凉沁人，心生羡慕，可惜亨二队没有。大人起得早，上完早工上午工，累得午觉生香。我以为他们在河边柳树下避暑最是老好。

小姑娘脚泡在水里，荷叶挡住太阳，蹲着抓摸田螺，男孩全在水里。这是我们一伙常用的方法。

柳树下睡午觉，《水浒》也是这样的方法，可惜知了太吵，还会撒尿。有时候，老牛也会被从牛房牵出来，到河里从耕牛做回了水牛。牛虻子会跟来。河边柳树下，没有人睡，让给老牛了。

大门堂、老房子凉得阴人，但是不透光。院子里有丝瓜，有五角星花，可以玩得忘记热。鬼柳子树底下不能纳凉，那是洋辣子直掉的地方。

姐姐端坐在凉席上看书，一把小扇子在手边，又不用，一点没有热的意思。她除了看课文，还在看《杨家将》，晚上竹床上要讲给我听的。看书避暑是姐姐的方法。

有一年夏天，弄了几个花绷子来，圩里姑娘们来了劲，随便找了阴凉处，绣得兴奋得不睡觉。在绣花上，我的二姐的耐心灵性被奶奶发现，大热天，我们都不耐烦了，她还在绣。

大人下午要继续上工，大麦茶温的，一碗碗地喝，水从嘴里进去，汗立刻就从背上出来。出汗避暑，是大人无奈的方法。大树底下，透风又清爽，竹椅子坐着，纳鞋，那是奶奶找的。

这样看来，我是唯一不避大暑的一个，天天忙得到处看圩里的人、家禽、牲畜如何避暑。鸭子和大鹅是水塘柳荫居士，狗吐舌，猫上树，奶奶最担心猪和鸡，会热瘟，她要大清早清猪圈和鸡窝屎，多了一样辛苦。

后来有卖冰棍的，木头箱子刷白了，盖子翻开来，棉垫子里一箱冰棍码得齐齐，五分钱买一根，吸干糖分、变白，成了冰渣子。再后来有电风扇，现在用空调，不用避暑了。最难忘的是姐姐的凉席读书法，扇子都不用，学会了以后，只要静下心，定下神，耐得住寂寞，排除杂念，充耳不闻，专注专心，你坐在哪里，凉意就会跟着你到哪里。

那一刻，书里的意境，悄然住进心房……大暑避成，外面就没有我的人了。

大门缝

家里门槛和门扇之间有一条很大的缝。这个门缝就可以塞很多东西。

门缝可以塞钥匙。家里孩子多，回来的时间也不一样，总是要到田里找人要钥匙就很不方便。钥匙就放在门缝里，谁回家了，自己伸手在门缝里掏摸，摸出钥匙就可以了。自己把大门打开，推开门扇，饿了，渴了，一个人直接到灶上大锅里，舀上一大碗粥，喝了，继续做自己的事情。如果要匆匆忙忙地走，不打招呼，只要照原样把门锁上带好，钥匙还放在门缝里。

这样的门缝，左右邻居都知道。大家也都这样放。邻居有什么要互相照应的事，也是这样，推开门拿出他家的钥匙，取出想要的东西，再替他关好，把钥匙还放在原处就可以了。久处的邻居和家人一样的，谁都可以进去。事先说好了取了就是。

谁都不用带钥匙，谁也不用为门操心。甚至有时候，就挂了一个锁鼻子，钥匙还在锁眼里。那时候的门锁了，是为什么呢？思来想去，是为了狗呀，猫呀，不进家门打翻东西，而不是防着人的。

一圩到头，几家门缝就有报纸。邮递员每天把报纸塞进门缝就走人了。如果是平信，不是挂号信，获得主人的许可，就放在门缝里。过往的人看见了，是不会去拿的。

我和姐姐偷偷地把报纸拿出来，坐在门槛上仔细地翻看过，还原样叠好，塞进去。坐在门槛上，讨论一下当天报纸的内容，走的时候门缝还原样地夹着那张报纸。有时候我也像《草房子》里的桑桑一样，对人家的信有些好奇。姐姐按捺住说：只可以看别人的报纸，不可以看信。因为报纸是公开的，信里有别人的私事，有要保密的幸福，不能看！这样的大门缝维持了好久。我们一点一点地长大，大门缝里的报纸，被一张一张地翻看过，主人还不知道。

门缝里有钥匙，是公开的秘密，亲眷来了，拎来一篮粽子，摸着开

了门，放下就走了，因为渴了，把锅里的粥喝完了，有时候写个条子，有时候什么线索也不留，我们一家家问。

常常推开锁着的大门，从门缝里看院子里的动静，晒了衣服，说明晚上会回来；檐下的草帽和农具不在，说明下田去了。我在门里，生着谁的气，在里面锁上门，把钥匙抓手里，他们知道摸不到钥匙，在门缝里露出一只眼，半个腮，说玩什么了，你来不来？痒痒的心，毁了气，开了门跟他们走了，门缝里的眼睛，实在能破了我的气恨心。

在这样的圩里，怎么可能有带钥匙的习惯？所以，在防盗门重重的时候，推究我在钥匙上的尴尬故事，我是被那无钥匙的亨字圩“祸害”了，你说，是不？

廊檐口

高桥的旧式瓦房，都有一个一米多宽的廊檐口，是一个十分重要的地方。

廊檐口瓦当匀称，等距离地留下瓦当滴水。下雨站在廊檐里，眼前雨帘不绝，微风扑来湿敷的雨雾，却打不进雨水。在廊檐口看雨里的花、雨里的伞、雨里的桥，一直望到不可望。

廊檐口，是悄悄明白“太湖石润晶玉白，雨打芭蕉沙沙声”的地方。动静之谜，慢慢地看，慢慢地感受。

雨天，是静静地懂季节的时候，冷热之变的时候，檐雨之语，在天地相恋而成轻诉，滴滴相连。

雨天，廊檐口的好处难以揣摩。晴天，廊檐口的好处最多了。

高桥的春节，廊檐口都是最好的仰望处，那里是最好的天然冰箱。春节前后，几乎有七十多天，挂着咸鱼咸肉，风鸡风鹅，哪家挂得多，当然哪家日子最好过。廊檐口需要有木质横梁竖栋，散发香气，入了肉。

春天，咸肉河蚌，菜薹咸肉片，笋干风熏鱼，新笋烩风鹅，都是新旧交替的味道。旧年忙碌的成果遇到了新春大地的鲜嫩，高桥的春天就很醇厚。

其余时间，妈妈要在廊檐口挂衣服，挂毛巾，挂尿布；爷爷要挂吊兰，挂鸟笼；奶奶要挂竹套，第二年包粽子，小孩要挂风铃铛……

好像一切的心情都可以挂在廊檐口，等你明白。

高桥的夏天，盛夏廊檐口下睡竹椅竹床，晒不到太阳，还能看自己家的燕子，把幼雏带出去又飞回来……

廊檐口，是进家的地方，也是离家的最后庇护，门槛外，廊檐口，小弟小妹等爸妈回家晒不着；大姑娘隔着雨帘等着远去不回头的人，淋不着；猫猫狗狗，找到阴凉处，打打闹闹。新砌的房，阳台都封了，外飞的平台，没有了木头的香味。

远行的你，在哪一个城市，那里，雨大不？你的屋檐有冰叮当（倒挂的冰凌）不？

高桥的井

高桥就在江边，夏天只愁江水潮涨、大雨倾盆。水太多，容易形成洪涝。高桥一年四季不缺雨水。

河道成网，河水清澈的时候，打井的需要就没有那么迫切。后来河水不能直接饮用和清洗了，在院子里打一口井，即使不直接饮用它，用来洗洗汏汏，也很不错，和自来水综合起来，一个饮食，一个洗刷，这样也很如意。

所以圩里打井的人家很快多起来了。院子里有一口井，浇浇花，也很方便。高桥的井也有它的特点。因为四周并不缺水，所以井口离水面差距就不大。极端夸张的时候，可以直接拿着水舀子，伸长手臂就能够得着。不需要用长长的绳子，吊着水桶，那才叫从井里打水，或者叫汲水，变成一种练臂膀肌肉的活动了。这又是高桥的福气。

有了一口水井的院子，是有灵魂的院子，水井的“井”，这个字，是清凉、深沉、清澈的凝聚。打井机在旋转、旋转、旋转，将乌黑的泥土转出了清水。不能饮用的河水经过泥土的筛漏，变得清澈，在一口井里聚集起来，随时等候需要的主人或者洗孩子的尿布，或者刷冬天的棉袄，或者洗沾着油的抹布。总之，井水会把家里洗得眼睁发亮，四处干干净净。

因为有了井水，井台周围，容易长满青苔，发出淡淡清香。

到了 20 世纪 80 年代，我们圩里好多家都有井，干净而清凉，有了井，浇花就容易了。每年添一两株草花，不几年，就有了规模。所以井容易和花在一起。夏天，井又更受人欢迎一些，在没有空调的时候，大热天，就喜欢用井水往身上浇，比河水凉爽，但是往往立刻会有妈妈、大妈妈、奶奶这些长辈冲出来，大声呵斥：能浇哪啊？打摆子啊？找病害！你个死不了的！因为井，水有多么清凉，就有多么容易让热汗的身体生抽筋的病，越是热，越是厉害，千万浇不得。

我们的院子小，没有井，但江对过，婆婆家的院子里有井。后来还装上了压水机器，用手柄上下压，出水口就能涌水而出，洗什么都畅快。这让我很不平衡，因为家里有一口井就可以沿着井通到大河长江，一直到海里，通到龙王的翠玉宫殿。有时候从井里也会上升一个土地翁来。这些都是因为院子里有了井而带来的想象。

夜晚月亮进来了，在井里了，天井的静谧是无法言说的清养。心灵从井口逃到井底。邻居们没有井的，会拿着桶到井边上来挑水。肩膀上的水是甜蜜的负载。把井水挑回去，烧出来的水，虽然水垢多一些，但泡出茶来，总有更香的味道。

没有冰箱的时候，院子里又没有井，端午做了好多粽子，就怕吃不完放坏了，爹爹就出去找有井人家，在人家的院子里，挑一担井水回来泡粽子，一天换一次水，就不愁粽子坏了。夏天有客来，傍晚泡起西瓜，天黑能吃凉的西瓜。水井，静静地看着院子里人，享受天伦之乐。

小河，大河，长江，湖水，大海，都能有形地解释情义的多少，水井能够解释无语而深沉的情怀，梁山伯和祝英台的十八相送，就有看井成双的暗示，可惜，梁山伯还未知道井为何物，对祝英台的表白全然不懂，真正急坏了人呢。是不是梁山伯的院子，和我家一样没有井，因而明白祝英台的感情就迟了？

一放桂子满庭芳

高桥植桂的习惯久了，百年的桂树也是有的，新种的树，长得也很快，开花、开花、开花。芬芳扑鼻，香飘数里，因而又叫“七里香”“九里香”。

喜人的香味，幽而不扑鼻，慢慢地释放在空气中，连屋瓦、蓝天都有香味，老墙新花，一切都焕然一新了，主人也如新生了一样。置身花香的人，总是很愉快的。

四水归堂的院中央、屋前植桂是必需的。除与贵同音，表达对福贵的追求外，都能寄托以崇高荣誉、坚贞纯洁、吉祥友好。桂子让人欢喜的太多！

粒粒小花，千万粒在枝头共绽放，勇敢表明自己就是合群花，聚齐了开放，挤挤地放香。月下庭阶犹如“月宫仙桂”，无穷的遐想使桂花具有了深厚的文化内涵。

喜欢它开的时候，就在这辞夏向冬的秋天，满枝满园满庭地抒发久久的思念。

喜欢它的营养，在母亲的手指中积累，和蜜、糖相遇，酝酿一冬的桂花酒酿、桂花圆子、桂花赤豆糊、桂花蒸糕，香透整个隆冬。母亲的味道，就是这桂花渗透的味道，你又在哪里吃这些呢？

桥边上、院门边、庭阶下、窗纱前，静默含芬的桂花，桂花叶脉形如圭，质地致密，把那些秒秒的思念，都开出了很小很小的花，金色的、黄色的、红色的，区别思念的内容。月中霞里，思念那光和影里的故事和未来。

远处山中，乱石丛生的岩岭间，也生长着桂花历年的艰辛，不会消减这花的芳馨，只会随着时序的流转日日伸展着。

你去的地方，有牡丹万花，以为你日日忘记了这点点桂子，今日万花开时，恰是你的归来！斜阳小窗，向隆冬未来看去，那院里，该有雪下的梅了……

一放桂子满庭芳，祥瑞随你，自由往来！

你家的院后也有一片竹林么？

高桥家家户户都需要竹篾器皿，筐篮、筛子、菜篮、米箩、竹床……哪里来呢？院子后面种竹子！于是高桥人家大多都有自己的竹林子。

那个里头好玩了：蜻蜓、叫叽叽，都是昆虫类，竹叶青是一种有毒的蛇，不能玩的！

最开心的是，居然有母鸡不肯回家下蛋，把蛋下在竹林深处，我们每天穿竹林子，都能捡几个蛋，有时候居然能捡到热乎乎的！是刚刚下的！

竹林子是我们的庇护处，放声哭，没有人知道，但有竹林沙沙地同情你；放声笑，倒是会引来更多小伙伴看看笑什么。

大人种竹子不是给小孩玩的，是请篾匠回家，编新器物的。篾匠有魔术般的手，一把黑刀在手，批出的篾子又长又细又软，跳舞跃动。

篾匠在廊檐口、大门处干活，我们就有了新的中心人物、新的吸引力。玩篾子，若自己瞎编，会被青篾子割破手，所以就只会看。

中午家里端出蓝边饭碗，饭菜在碗里堆得满满尖尖的。篾匠很不好意思地双手端过，快快地吃了放下碗，干活。竹子早上还好好地在林子里站着，到晚就成了小匾子了。

我们请的那位篾匠没有家，当然没有小孩子，所以一帮子小孩围住他，他就很慌乱，一脸难色。他解围的办法是给我们编竹雀子，会叫，还会飞；编竹兔子，还编了兔子灯，等过年上灯用，但是我们一般当晚就点过了。

六七天过去了，篾匠成了活，不来了。我们也没发觉，只是有一天，看见角落里的竹雀子，虽然捏了还会欢欢地叫，但忽然觉得，竹雀子是寂寞的，它的主人，没有成家，一个人一定也是寂寞的。

好在，桃花很快又会在竹林边开了，各式的花占据了我们的眼界，但是又都比不过竹林里的小笋尖，折笋子烧河蚌，就又成了快乐的事了。

没有院墙的人家，用竹子做篱笆，编出网格纹，爬上丝瓜、扁豆，黄的花，紫红的花，都是招蜂引蝶的，丝瓜和扁豆都是邻居随意摘的。我们高桥的竹篱笆小院里，竹兰梅荷的气韵，出产清俊的人儿，去向五湖四海、四面八方。

竹林深处

爹爹只有一亲姐，出嫁王姓，又别无手足，算是独子。姐又先于爹爹去世，爹爹在世上就更寡单，他心里记挂亡姐的孩子又不言语，很珍惜这唯一的亲。长长夏日里，既没有大的节日，又炎热，其余亲眷可以暂不走动，这一家是要去的。

那个伏天，奶奶有事，顺带我去给那边见一见。奶奶上午要做一大气事，吃了中饭才准备动身。把我的头发洗了、编好，换上干净衣裤，一边梳着一边唠叨去做客的各式不准。姐姐们在一边补充怎么喊人，怎么接碗，好像我是那没穿过人衣、吃过人饭的石猴，会闹出百般的笑话，连带她们都不被喜欢。我听明白了，自己决定万事不说话，不乱动，挨过一下午，到晚回了家，就刑满了。

带这样的心思出门，慢吞吞地挪着，奶奶糟了心，太阳晒得她的蓝褂子都出了汗图，我也汗得耳边头发尽湿。

从三支河大岸向后往四方桥去，她决定穿圩走小路，我们忽逢竹海，顿时觉得到了另外一个世界。我们亨字圩也有竹林，细瘦的那种，远不如那里的气势。

平生第一回，站在了参天高竹之间。仰面天空斑驳，低头地上空地扫得干干净净。阵阵的凉风起，眼中清明澄碧，吹散了晒了毒太阳的燥心。竹林深处露出了隐藏的人家，门前有竹床，不远有大鸡警惕地看我们。这里是清风的世界，清风是执扇而行的诗人，他的画扇一开，竹枝随风舞，画扇折起，万杆静立。

竹林一片接一片，透过缝隙，可以看见小河、秧田。有个小秋千，秋千上面有个和我差不多大的女孩，下来走到我们面前，神似有话要问，我有心事没有回应，只是走得更慢了。奶奶自己也慢下步子，神情愉悦了好多，静静地享受炎夏竹林乘凉的清爽气。

歇了一会儿，继续走了一长段竹荫路，才出了林子。回头看，竹间路上，还站着那个小姑娘，目送我们，我们却又在毒太阳底下了。

到了那里，看见青砖的大房，走进去，喝了凉的绿豆茶，低头回答了各色问题。挨到晚茶时候，端上晚茶来：老虎爪切成薄片，泡在蛋茶里。

奶奶推三阻四地不肯吃，我在家是激动得中饭就没吃好，走了老长的路，早就饿了，巴望着能吃，大家就先让我吃，奶奶架不住，松了口。于是我吃上了当时长辈、大劳力、孕产妇才能吃得上的蛋茶泡老虎爪。

吃了晚茶，太阳偏西，要往回赶了，场院边上告了别。我们走大路回来，那一大片竹林就没有再遇见。

晚上睡在凉席上想着下午的小路，知道了四方桥那里有清凉的竹海，有一家温和的人，是爹爹的姐姐家。

竹海深处，故事悠长。

江洲院落

所谓“家园”，没有了园，家园就不完整了。这“园”在江洲，就是家家都有的院落。

我们自己的院子很小，就喜欢去看别人的院子。一家家地进去玩过，闹过，一圩一圩地看过。

江洲的院子，院门里外是有区别的。

院子大门外，往往植树，大多选桂花、枇杷、银杏、无花果，配合着院墙上牵牵连连爬着一些丝瓜和扁豆，或者一棵葡萄藤，严肃挺拔和温婉绵长就都具备了。这些树，一年四季轮番落叶，这样整个院子就能常绿葱翠，清香无比。果实也是，四季交叠着结，春天枇杷，夏天无花果，秋天拐枣和柿子，依据时序结出来，喜人而养人。

大的树干往往栖息有美丽的鸟儿，有时候是一些不认识的彩翼的鸟，张开翅膀来，发出荧荧的蓝光；有时候是我认识的鸟，比如说珠颈斑鸠。有人远来，鸟先飞起，成了有人来的第一道预警。

这些鸟，有些是迁徙的，有些是四季常住的。主人因为迁徙型的鸟儿多了一层分别，往往对迁徙型的鸟儿多了偏爱，多了临走的不舍、离开的思念、归来的欢欣；而那些长久定居的鸟儿，因为总是不会离开，主人往往会对忠诚不离的它们失去一些激情。

院子大门里，种花比较多，最美的花是下了暴雪或者薄薄的雪。薄薄的雪盖了一切。江洲难得有盖过膝盖以上的厚雪。这时候，蜡梅花、红梅花，还有绿萼的梅花，鲜艳清香。冬天里，梅雪飞鸿，一院子都是芳香的心魂。

春花就多了，茶花、月季，想种什么就种什么，这一处刚刚开放，那一处又在含苞等待。大树会有鸟栖息，好花必然有蝶恋，花大姐呀，蝴蝶啊，蜜蜂啊，天牛啊，在院子里穿梭。蝴蝶多姿多态，代表着独特的美，所以主人又那样偏心一些。花鸟是动静结合的诗，寄托花好月圆、美好相思。

春天院外美丽的树、院里芳香的花儿、蓝天白云太阳暖，嫩叶上肉肉的小虫子，地上刚刚捉来的黄黄的小鸡、小鸭，欢快地叫，黑黑的小眼珠那样地纯澈，像极了院子主人纯澈的心。到了夏天，这些小鸡小鸭长出了漂亮的羽毛，在院子里神气活现的，以为自己就是院子的主人，警惕着来人，做家里的第二道预警。

看家的狗儿，总管着大院子，它才是第三道来客的预警，发出严肃的询问和严格的审定。有时候，会莫名地对一些人保持安静和礼遇，侧身让过，是否，那中华田园犬，也能会意？从不曾吠错了人。

白天，院落里收着天水和阳光；夜里，院里收着月亮和星星的光彩。星月照在空地上，这时候院子的中央，融融的月落，带着一家人的幸福与宁静。

月光下的昙花由半开到盛放，洁白的花瓣，淡黄的花蕊，娇嫩得让人不忍贴近，月华交辉。凋零姿态亦让人难抑怜爱之心，入怀铭心。这样的院落必然“冰肌玉魄”，一生只能远远地牵念，而不能得其芳馨。

中考和高考的孩子在夜读。眼前、灯下美好的文章暂时有些不懂。抬眼，隔着窗玻璃看见院子里伟岸而高大的父亲扬着头，向着星月天，他抽着烟，手中的烟星，和天空中的星星一样闪烁着。

父亲是家园的支撑，是家园的保护，是家园的主人。他和这院子一样，一寸之心能容纳天下。读懂父亲就读懂了家园，读懂了乡土。家园里一代一代的孩子就这样成长了。

有的院子中间还有石头的台阶、石头的小山，这些石头是有灵魂的，或者来自于名山大川，或者来自于深深的湖底。那些巍峨的群山，就在不远的地方，就在主人的心里，所以见了园子，如见主人之心与意。

这些石头也许只有一米多高，但滴水沧海，一石就是一山，一石依然崇山峻岭。它们身后，那些伟岸的大山，又全部都在院子里了。山山水水，乡土院里，方寸之间，是江洲，又何止江洲？是乡土，亦中国。

屋后的院子，不必有墙。有一大片的竹子，万杆虚空。而主人就有竹子的心魂，和竹子一样的性格，这些又足够写出千百首诗。

在竹子林的右边，往往就是浅浅清河了。临近河边，小桥流水，空蒙清澈。这样的地方，红鲤黑鲫，倏忽一闪，就躲到桥下。

八月秋高的院落，该是无花果成熟、柿子高挂了。每一个院落，是一年四季的存折，存着乡土之心，家国之魂。

我爱江洲的河桥院落，你可曾知道个中原因？

院外河边拐枣树

母亲生于高桥元字段村，那个坍塌在江中间的地方。那时候高桥人家，院子外边、房前屋后都有好几棵拐枣树。小河边、荒林子里，也自然生长着许多拐枣树。每年秋天，树上都会结很多拐枣。拐枣，形似鸡脚，被人们称为“鸡脚爪”。树上现摘了不用洗、直接吃。小时候，会上树的大孩子摘了给我吃过，滋味甜美。

母亲那一辈人经历过三年困难时期，但是洲上植被丰茂，能苦撑到最后，虽然也有少数人得了浮肿病，但相对于全国饥饿最厉害的地区要好些。这些大树和其他植被，起到了重要的支持作用，鸡脚爪，就是母亲清贫中的救命朋友之一。

遇难时候出现的朋友，是母亲终身不离弃的，她依赖和信任这些植物朋友。

这种树高达十米，不嫌弃土壤，肥沃和贫瘠都可以，不需要精心管理。母亲缝制了一个布袋子，仲秋过后，早晨沿路到树下，把掉下来的果实捡起来，回来以后晾晒，干透了，再用袋子珍存起来。

那些树，她都认识。每天早上散步，她都去拜望一回，拍拍树干，仰面看一看它们在蓝天中的威风。我偶然有时间陪她去，她很兴奋，带着我一棵树一棵树地去看望。她能说出这棵树是怎样到这里来的，大概是什么时期被栽培的。走累了，就坐在树下休息。

她的健康意识来自于不给我们添麻烦，而不是追求自己的长寿。70

岁以后，她追求的重点就是“不上医院”。说上医院自己痛苦还在其次，最怕增加我们的经济负担和护理麻烦，打乱了我们的生活。所以她有朴实的健康方式：一方面积极锻炼，一方面邀请她 70 年生命里，遇到的拐枣、生姜、南瓜，这些最好的“朋友”，疗愈自己，陪伴自己。

她认为在空调世界里的我，是违背自然要求的，她又说不动我。只是固执地认为我一定会出现空调导致的关节问题，到时候就会需要找这样的好朋友了。所以她认真翻晒保存这些鸡脚爪，在豆浆机里做成饮料，等我长夏服用。我却嫌烦，不予搭理。

有时候她去拜望老姐妹，真心诚意地带着这个不入流的鸡脚爪，把它们视为重要的礼物，反复地唠叨，说：“这个一定比你的保健品好，甚至比吃药好!”让他们放下外面传销的保健品。别人正相信着自己的相信，被她败了兴致，很不耐烦了，她才尴尬地收起来。别人怀疑的神色她也不顾，她只相信 70 年以来一直服务自己的这位好朋友。她也不失望，有“我自用，你随意”的洒脱。

冬天、春天和夏天，这三个季节不是有果实的时候，就像梅花一样，不开的时候没有人赏。不结果子时候的拐枣树，没有人赏识，孤单沉默地生长，但是母亲早晨锻炼不忘记去看望，希望它们好好地生长，没有受到虫害或者砍伐，秋天，可以采到更大更好的果实。

老人和老树有着神和意的相通，越是接近风烛残年，走向生命的尽头，他们越明白天人合一的道理。知道自己和哪些食物伴生共长，相依为命。植物之美，在于清秀的生长，积攒着精华；在于安静沉默中，以花叶果实、全部身心支持着真正的“知己朋友”，让他们安康。老人之美，在于终身试吃，积累着感觉，全身心关注子女，把这些试吃的感觉传给子女。

居处人家，院里院外，房前屋后，小河旁边，有杂树丛林、拐枣树、无花果树，在生长。如果需要以大树来写人，选来选去，我为母亲选择的大树是拐枣树。因为它木质细致，是乐器佳选，好似母亲年轻时候能唱会吟的歌喉，内在坚硬却又利他的精神性格，是我们要重视的。

江洲不仅美丽，还很神奇：人说皇城随意捡一块破砖雕瓦，都是文物宝贝；其实江洲随意捡的叶子果儿，都是植物精华。母亲一生的爱，源自那居处人家、院外河边的拐枣树。她没有错，她的鸡脚爪朋友，大名拐枣，别号“万寿果”。

此树伴母亲，安然期颐。

雪静火暖人远安

高桥冬天也很冷，雪下很大的日子常常有。棉鞋、棉裤、棉袄，虽然有，但是老大传老二，传到我就很旧了，硬、薄、不暖和。外面要罩罩衫，因为棉袄不能洗。稻草铺的床，还能抗寒。天一黑就上床待着，四个孩子睡一起，放下帐子，互相捂脚，一点不冷。

白天就困难了，外面下雪，烂泥一片，棉鞋就一双，踩湿了冻脚。不敢出去瞎跑，怎么办呢？锅膛边就是最好的地方。早中晚三顿烧饭，里面是暖和的。红红的火，照着几张脸，眼睛亮亮的。在里面烤山芋、烤玉米，小的就等着吃。但是常常烤过头，吃不到也很满足。

守锅膛也很惊险，豆秸子会掉出来，手忙脚乱的，抓住没烧着的那头再迅速塞进去，需要勇敢。因为怕火烧出来，就不敢大意，盯着火看，慢慢看，慢慢看，就能深远而入神。

柴火在灶中啪啪地燃烧着，灶里火通红，我的手和脸都被烤得发烫了。盯住火看，真会忘记时间，火苗摇曳着，舞蹈着，是自如的。一把稻草，燃的时间也是固定的。

我知道外面下雪了，雪正在落，我已经不注意它们了。烧火这样比落雪更美好的事，开始降临到生活中，抵御外面又一场悄无声息地覆盖屋顶和田野的雪，抵御会变得更冷的天。

但是，我只要有火，就有生的喜悦和安宁。长期地守火，就会调整各样火，让它按照锅里的需要燃着。刚刚上满水的一大锅粥，需要大火、猛火、武火，看着越来越旺盛的红光，让锅里翻滚起来，这是一个大快人心的过程，往燃着的锅膛里加柴火也是激动和快速的。

熬鸡汤、熬药，焖红枣，大火烧开以后，还要守着一段小火的时光，留着一根劈柴，对着锅底缓缓地烧。添柴慢了，看着火发呆，那纯青的火，微摇着，把自己的希望和祈祷都熔化在火里，希望汤浓起来，药好了，人喝了就能立刻好。文火，更难维持，却更能让滋味醇酣，那些食材里的滋补佳品，才能充分析出。

守火久了，懂了要烧成一顿饭，锅膛里纯青的火，急武与慢文都一样地需要。在锅膛边的样子总是满面灰色，蓬头乱发上，粘了细草，但是手是暖的，心是暖的。

后来，后来，后来，每一年雪来的时候，都带着北向的消息，因为雪是从北来的。再冷一冷，就有春的消息。我还没有真正能够像文人一样醉雪，还没有赏透冰清玉洁的飞舞，我要看看水管有没有被冻上，不再骑车，很认真地走路。

有了积雪，我就到梅林里去，独自赏独自念想，等一切都安睡，我在倦意中坐定，听听雪带来的安详。

生命里，遇雪的次数是个定数，每下一场都是一次提醒，提醒满天飞舞的开始，化成净雪的消失；都是一次测试，测试我是否还心绪牵牵，能随着雪花做一次灵敏飞翔。

我还能用文字写下它的到来，还能用心听它的曼妙的静谧，还能清醒地看见通向春天的路，这就是它来看我，我能给它的欣喜：因为默存着对它的盼望，跟着雪伴着梅香，有了更欢乐的飞行，去那个神圣的地方。

今夜有雪，寒冷、冰封、冻土、凌霜是世间分离必然的苦痛，但是天边总有暖阳，锅膛里总会有火。守得一年年雪静火暖，远人，必然是年年安好着的。

行人半出稻花上

必须给予稻子最神圣的感情，它和母亲的手连在一起，有着母亲一样的情致。它牵起乡人全部的欣喜、欢悦之情。从古至今，全心全意的大地在每一个时刻都以生机旺盛的姿态，用秋收金谷，诉说着平安的到来。

红花草

20世纪70年代，高桥讲究种稻之前，普种红花草，翻到泥土里成肥料，再种稻插秧，因为积绿肥养田，稻子才能稳产高产。

如此，秋天收上来的新米，都有花的香味，特别是糯米，粒粒透光且有花香。

因为集体种植，红花草一大片连着一大片，开花的时候绵延不绝。紫色的小花，细细的草茎举着，挤挤挨挨地开到天边。因为是生产队的集体草，所以放学剐猪草，也不能割大田里的。只有玩心起的时候，一伙打猪草的姐妹，一起到大田中间，放开竹篮和镰刀，追、跑、躺、滚……鼻子、脸、额、唇甚至舌，都被嫩凉滑柔微微香的花叶触掠，美得常常闭着眼，摊开双臂，要最大最多地抱住这馨香的土地，全吸进心胸里去。叽叽喳喳的女孩子，随意地发出声音，稍大的一个，长得最美，长辫垂腰，让人羡慕。

她说："长大了，我们要是结婚，就到这里来办婚礼，穿白的纱裙子，配这个一地的花啊，不要穿鞋子。"

"……好啊，好啊……"

"你要嫁给哪家呢？"稍大的姐姐都会互相打趣了。

我只看见，紫色的花儿，仔细绵密的，一直开到天涯、黄昏、日暮……

现在，我们高桥种地用不着红花草了。那些在田里奔跑的小妹们，也嫁到了各地。

我离开了红花草田，又慢慢知道了红花草的大名，叫作紫云英。这是一个神往云遥的名字，故处却难寻了，只在水滨埂畔，偶然一株紫云英，孤勇清绝地举着一朵重瓣的小花，轻摇着，献给远归的故人。

如今大桥连天堑，高桥人，还记得红花草，记得黄糯稻不？

斜雨深耕

春耕开犁，既辛苦又有趣。扶犁是强劳力的事，犍牛和强劳力，在一圩老小心目中很有地位。走路遇见都会让的。

有了勤劳的美，一切贫穷都不可怕。下雨披蓑衣翻耕，是以地为纸、以犁为笔的创作，画家最喜欢写这样的意，认为静中有动，雨中有新生和希望，劳动耕作，是从无到有的创造。

春雨里，春泥湿漉漉的，经过一场春雨的洗礼，微微发黑的泥土发出清香。红花草已经被反盖在泥土下，只有田埂上还露出一两个花朵。绿肥积累成功了，春雨及时地到来了，柳枝顿时柔软了。半空中挂着透明的丝帘，微风中大地开始不掩饰对种子的渴望。

田野安静，默默流露整个冬天埋积的悠远的情思，自然平静地和泥土对话。细细的雨停在田野开阔的心胸上，静静地，沙沙地，诉说着它对大地的幽情，对去年春天那个扶犁青年人的念想。

斜雨深耕图，雨在健硕的牛背上滑过，扶犁的健壮青年赤着脚，戴着斗笠，扶犁压犁。黑黑的纯净的泥土，赤脚踩进去，泥土从脚丫子里冒出来。在资深的农人心里，这是书法家对墨的感情，诗人对稿子的感情。

犁过以后，大块泥土再经过锄头破碎，细腻肥膏，柴油机泵，吭吭打水灌溉，水田就做好了。撒种育秧苗以后，小秧细细地冒尖尖了，一忽就密密茸茸的。

插秧让女人有机会显示秩序齐整和清秀。插秧很累腰和腿，十岁左右的小姑娘们腿短腰细手灵，反而能帮点忙，一溜秧插到头，看看自己的成果，想到秋天谷堆里，也有自己插的秧长出的稻子，虽然细弱的腰腿酸痛着，但是怎么看都觉得甜美。

文人爱写田园诗，是因为劳动本身就是健美的诗。最快最好最让人羡慕的，依然还是强健的青年插秧，暗暗比赛一样，飞速点进水面，灵动有力，向后连挪几步，就超过别人好多了。

插好了，水田灌满了肥水，丰满起来，展示水天一色的秧田。插秧是上集体工的事，自家的菜田，晚上还有栽菜的事要做。一直到天黑，星星亮了，才能回家。

斜雨深耕，江南在春天种下小苗，绵延到秋天，一粒粒的黄稻谷，包着一粒粒白得透明的香稻米。

粽子里的虔诚

想象一下：正月那些好吃的退远了，二月底，廊檐口的最后一块咸肉也被叉下来，烧了河蚌汤了，大米也不够了，可是小秧才起苗呀，就只有高田的菜能吃。饥饿会怎样袭击人?

终于到了粽叶有四指宽的时候，珍存的糯米也终于等到了自己的另一半清香。

女人们纷纷到东江边芦苇滩里打粽叶，浸泡在澡盆里。淘糯米，撕竹套打成粽结。下雨不上工的上午，几个女人一会儿就能裹出一盆粽子，上大锅烧。边上放好鸡蛋和咸鸭蛋，盖上大大的木头锅盖。

煮吧煮吧，烟雾缭绕，渐渐地，粽叶的清香，糯米的清香，由淡到浓，小孩子们都不出去了，知道再等一会儿，就有好吃的了。

好不容易等到出锅了，往清水里一浸，美丽的粽子呀，从翠绿变成褐绿，忍着口水，等大人剥掉外叶，白白的粽子，蘸蘸糖，裹着糖粒，吃到嘴了，香甜软糯黏的滋味，比过年的滋味还要好。孩子从不需要懂得那些不得志而投江的郁闷，只要懂得美好的滋味就好了。

裹粽子是老辈子人的绝活，年轻人大多买粽子，而且在吃穿不愁的现在，吃不吃粽子无所谓了。粽叶也还有，尽管滩田没有了。

如果你的手边来了粽子，那么除了欣喜，一定要知道那是来了年岁、来了虔诚。虽然朴实的乡音告诉你是今天煮好的，但是心里要知道：它们，从去年就出发了。

它们在去年春天从糯稻种子萌起，就一路虔诚地追赶时光。为此，我写了它们的四季，因为我深知高桥糯稻的美丽。它们在田地里站了很久，美得那么沉默而虔诚，又在晒场暴晒、在麻袋里等了很久，脱粒成了糯米，又等了很久。

另一边，芦苇在经过秋风，经过送别，经过大雪，又经过很弱地探芽，才有此刻的四指宽度。这水边的一年年的生与灭的循环，都是虔诚的等候。最后，做母亲的、做奶奶的、做外婆的女子的手，一片一片地采下它们。这件事，一年只能在这个端午，虔诚地做一回。

淘好了米，泡好叶子，小的磁盘里放好金丝蜜枣、豆沙、红豆、鸭蛋黄、浸在酱油里的方肉，这些，都成了粽子的心思。而这些心思，哪一样不是经过了整年的日月？整年的相思的？

需要一双手，三片叶子围了放米、裹好，一片叶子围圈，竹套撕成绳子打结，扣紧了粽子，整个过程，只有好好包紧，才能包得漂亮。

从无到有，积累了几十个、上百个，一大盆。无语积累的过程，每一个动作就和每一个字一样新鲜而虔诚。

开始烧，把四月积累的鸡蛋全放在粽子锅的周边或缝里，盖上大的木头锅盖、焖煮，从朝阳起，焖到日中。心全在这上：一小时怎样了，又一小时怎样了……

高桥的糯米是软糯温绵而无语的，那些蜜枣的金丝、红豆的心思，慢慢只在粽子的心里焖出甜味香味。

锅里的鸡蛋、鸭蛋，耐心地在锅里捂着，只把粽叶的故事、糯米的心思，全听懂了，自己也变得和粽叶一样的香味，和粽子一样的心思。蛋壳老了，蛋白赭了，蛋黄香了，因为它们也感染了无语的植物的虔诚。

高考的时候，很多学校发放糕和粽子，以暗合“高中”的吉言，我也参与。但是我是深深懂得高桥的粽子的一路，如何无语而虔诚地走了很久的。它们其实和考生一样的，积累过天地日月的人生，埋进太多含泪的念思晨昏，最后熬炼而成的糯软温甜，才“高高得中”。

吃高桥的粽子，意味着“高中”的吉言里，是几多的心思，无尽的虔诚。端午将至，高桥的粽子过江而来，愿我、你、我们，所有人，都高高地中了吧！

小腿大蚯蚓

一到春夏渐热，大人都卷起裤腿，小腿露了出来，奶奶、爸爸小腿上都有青色的大蚯蚓一样的筋，摸上去滑动。仔细看看，别家的大人，有的大人有，有的没有。

我们全都没有，是因为小，没长吗？晨辉斜照弄晴，照见她们出发向田的腿，看看我们的腿，朦胧的意识里，不希望自己的腿也长这个东西。青粗扭曲得难看。

问大的：我们会有吗？大的说不会有。但怎么弄的说不出来。

终于碰见奶奶坐下来，在木盆里洗脚，裤腿卷到膝盖，我蹲在木盆前，轻轻摸着蚯蚓腿，问这是什么？

回答是插秧和割稻弄的，插秧，弯腰腿绷十几天呢，割稻子也是。怕下雨，要割完所有的稻子才能休息。腿筋就这样了，最早是车水弄的。回答得多轻松啊，我却凭着想象知道了那是多么的艰难，才把腿弄成这样子，好比我们玩的牛皮筋，拉直好几天，最后没有弹劲，回不去的样子。

问定了不碍事，不会有什么剧痛，但我还是觉得难过。

白天的争论话题又转到插秧腿的事，你家爸爸小腿上有吗？全部问过，发现大人的腿大多都有。大家全都认为，要是有插秧机、播种机、收割机就好了，不知道谁吹牛说，这些美国全部都有，他们只坐在家里吃着东西遥控！真馋人。

我们也要有一个，怎么有呢？

圩里有技工员，姓王，住在我家后面，他会绕电动机，于是那一段时间他成了我们的目标。问他，看他，他说这些很快会有的，拖拉机后面的拖斗，改进成各种需要的样子，可以插秧收割。江对过的农机厂在生产着呢，江对过还有个农机学院，也在研制更好的机器。

我们问他，那我们什么时候有，他说："明年就有，明年就有。"盼到了第二年，再问他，他还是说"明年就有了"。

为了看到他说的新的拖拉机，回家向奶奶说了好多次，要去看新的拖拉机。奶奶拗不过，同爸爸说，爸爸专门接我过江，看了好几处的拖拉机，也看了县农机的红砖大院，都不是想象中的收割机和插秧机。

但是回来心里已经明白了，有大人在解决腿上的难看的蚯蚓。我们从不会被这些劳动伤害身体的困难拦住。遇到困难就解决问题，朝着先进事业前进的意识，在高桥，顽强地草一样地生长着。

现在机械化耕种，聪慧有力的高桥人，步伐坚实地实现梦想。孩子们欢快地生长。夏天，高桥的人，男的穿沙滩裤，女的穿裙子，露出的小腿都美美的，再也不会有大蚯蚓了。

送二顿、晚茶

插秧是高桥的大事，所有人都在忙这件大事。天才一点亮，就出家门；天剩一点亮，才回家门。如此长的时间，三顿饭明显不够，我和姐姐们要给大人送二顿和晚茶。上午十点左右送二顿、下午四点左右送晚茶。姐姐没上学的时候，带着我送，她们上学后，我自己送。

很难解释：现在从圩里走到秧田，为什么那么近、那么快呢？是人大了、腿长了？那时候送二顿、晚茶，为什么那么吃力？没有钟和表看时间，记好了院子里太阳影子大概到的地方，爬到灶上，用大铜勺舀一碗锅底的厚粥，夹一点瓶儿菜或者蒸过的干腌菜在碗里，连碗加筷子放篮子里，一路小心拎到田里，很累的。

田里一溜全是弯腰的人，大声喊："爹爹，吃二顿了。"他插到头，才上田埂来吃二顿。脸晒黑了，脖子上的汗巾已湿透，两腿泥。下午晚茶送大麦茶或者绿豆汤，瓷缸子容易翻，万一翻了，只能回去再盛。翻在路上的还要用手捧起来，扔到合适的地方：路中间撒了食物，会被踩，糟蹋粮食要遭雷劈的。

每一家的小孩都要送二顿、晚茶。这里叫“歇一会撒”，那里埋头不答。秧趟子到头了，大人吃着，我们就看：大人背上全是汗霜，湿透一次又湿透一次才会这样，双脚泡在泥水里。秧田远处偶尔冒出一只慌不择路的小青蛙。田头秧绳板子、饭碗、鞋子、草帽，凌乱放着。偶尔有人从田里爬上来捉蚂蟥，用手拼命拍打蚂蟥附近的腿肉，啪啪响，再把退出的蚂蟥拉出来，一丝鲜血跟着流出，那人英勇地拿起手边的稻草把伤口泥擦一擦，手捂一会，止住了血，就继续下田了。

他们背朝着我们插远了，我偷偷下去也想插秧帮忙，软泥从脚丫子冒上来，面前几棵可以插好，但是很难前进，因为泥陷到膝盖了，拔腿移步困难，容易跌田里，脏了衣服会被骂，匆匆上来，把碗和篮子拎回家。

天快黑了，收衣服，烧了粥，大人回来了，嚷嚷着腿和腰都要断了。坐下来，喝粥洗澡洗衣服，说今天谁插了多少，明天还有多少，用木盆打热水把腿泡进去洗，说谁也有了插秧腿，原来她是没有的。匆匆忙好，我们还没睡，他们已经睡沉了。

送了好几年二顿、晚茶，从而知道二顿和晚茶能给以体力支持和感情支持。养成了送二顿和晚茶、夜餐的习惯，至今保持。插秧是人生艰难的礼佛仪式，每一个人、每一次弯腰都是一次行礼，成为记忆里最动人的姿势，引发艺术家聚焦成画。他们不拍机器插秧的原因，是在向人力的劳动默默敬礼！现在，从东北到海南，全面插秧了，高桥的你在哪里和你的母亲一起躬耕、一起吃二顿、晚茶？

插秧季节，爹爹、奶奶、父亲的插秧腿清晰再现，难忘高桥米，粒粒晶莹，它的形状像泪滴和汗滴，它的香味像疲劳后直起腰。看见满田绿色的微笑……

懂稻子

懂了稻子，才能懂长久的等候。

从初春泡稻种，让种子胀鼓鼓的，到放到小秧田里生小秧，希望就开始了，等候就开始了。做秧田需要灌水，突突的抽水泵抽好几天水，白亮的水田里有蚂蟥也有小螃蟹。秧田就等人上秧苗了。

插秧时候，“田夫抛秧田妇接，小儿拔秧大儿插”。所有人都被插秧捕获了注意力，弯腰曲背的，很辛苦，但是软泥从脚丫子往上冒的感觉再没有过。

高桥是江洲，水土最利于稻子的生长。插秧后的梅雨很好地保护了秧苗，滋润了秧苗。春耕，是预示艰辛、播种和生长的词，也只有你一回来，就下田插秧，和那头的妈妈一垄对接，矫健的你，知道插秧的妈妈一定辛苦无比。

一夏天，等着抽叶、开花、抽穗、灌浆、饱粒，在炎阳下暴晒，热烈地成长。这个时候的等待，是最热烈的，因为青黄不接的时候，所有人家的米都吃完了，就盼着半熟的稻子，快点出新米。

高桥稻子成熟期的时候，月照江流，十里稻花香，芳甸藕塘，稻香田里，亿万谷粒，万叶千声，吃瓜吃菜一夏的日子，就要换成满碗香米饭的日子了。

镰刀轻柄细杆，简单却又艺术，割起来唰唰的麻利，挑稻把子在田埂上飞奔，一天来回好多趟。青壮年的肌肉鼓鼓，皮肤上亮汗闪闪的，让弱劳力羡慕、让路，这是最疲劳、最辛苦，却又最充实的滋味，所以每个疲劳的人都在情不自禁地笑。

懂稻子，就是懂挑起一年、一家、一个集体的香饱生活的力量，克服了肩膀的承重负担，走得沉稳。

很多姑娘都在田埂上一溜的挑把人中选中自己满意的人，因为她们被秋光中的力美感召，爱上了种稻收稻的人。

晒场上竹竿竖起来了，拖出黑色电线，挂上 200 瓦白炽灯，滚筒脱粒。

你还记得小老虎吗？那个蹲在场院中央，前面张着嘴的铁机器，通电后，平静地叫着，往里塞入稻把子，立刻发出嗡嗡的大声，吐出了稻草。在那时我们远看小老虎喷出稻草，是多么有趣的事。但是只有大人可以往虎口塞，因为稻草不容易到小老虎肚子里去，容易被小老虎伤到。只知道玩耍的我们，哪里懂得稻子的每一个过程，都不简单。

两班一夜不停，新稻草上堆，一层一层，摞到天上，等到爬上去，因为又软又暖和，还有疲劳来袭，一伙就在里面相依偎着睡着了。稻草味，那是很香的味道，梦里有人喊名字也不睬，大人也没时间找孩子。睡到太阳照脸的早晨，发现大人又去挑稻把去了，我们再回到家找吃的，一大锅新米粥，中间还有山芋，喝一大碗，就又出门玩了。

稻子和女儿一样，一身的香味。扬场晒谷是女儿展示美的机会，这时候，力男们一溜蹲着，看哪个用竹簸箕扬得好，哪个的腰肢好看，这是审美的瞬间，饱了眼福。

稻子，晒干的稻子，沙沙地收到大粮缸里了。奶奶安心了，大家三个月的吃的有了保障，孩子们可以不用盯着别人家的锅巴了，自己家，也可以有大而圆的黄脆香的锅巴，给孩子当零食。

懂稻子，会懂从无到有地出秧苗，懂一点一点清苦的盼，懂一天一天慢慢地等饱满，懂一担一担地挑，一颗一颗地脱粒，然后才会懂美好香脆的生活，是那哭笑俱全、苦乐相生的春起夏承直至秋合的美满幸福。

田间万叶滴白露

有时候，会在农历八月初的一个早晨，节气之诗，翻到白露这一章，就如今天早晨，秋风凉，诗意微。

昼暖夜凉起来。去黄豆田里，早一点去，那叶子的颜色最丰富。下边儿的早已枯黄，中间的淡淡黄夹着绿，顶尖儿还那样的葱绿，甚至还冒着新芽。这时候摘毛豆，可以把整株都拔下来，抱回家。老了的烧鲫鱼，嫩的炒丝瓜。露水沾湿了袖子和裤子，凉凉的。水汽凝结而成的水珠，点落在草花树木上，风来轻轻摇落。

露水在晨光的照耀下晶莹剔透，狗尾巴草还在绿着，在空中摇摆，细细绒毛上也有细微的露水。太阳一升，立刻就没有了。真的就像一些美好的时刻，清纯短瞬。

白露秋分，夜夜凉，一个清清爽爽的秋天，经过了犹豫，不再反复，终于来了。万叶飞坠，大雁小燕子开始一一告别，明年再见。

在东江边看朝霞，秋水共长天一色，红日初升，欣喜欢畅。江堤下，山芋的青青藤蔓匍匐在地上，叶子的尖上有了滴滴白露。拎起藤蔓，小心地从裂缝处扒开泥土，已经有嫩嫩的山芋，诱人。

蟋蟀成双成对了，发出快乐的声音。此时荷叶还青青的，还没有成为经霜残荷。荷叶上，露水成珠。在我还没有起床前，它们已经轻轻地、轻轻地摇了一会儿了。莲蓬里的绿色莲子，也是滴露的形状，吃在孩子的嘴里，绿色滴露，明了孩子的眼瞳。

云淡风轻，草绿露白，秋色苍茫，玉露生凉，清纯美好如露水般短暂，一直留在心底而成永恒。

飘逸洒脱的李白，此时也有了心事。玉阶生白露，夜久侵罗袜，无言独立，露水浸湿了月光。在清冷的秋夜，缠绕着思念。少了夏季的炎热，多了秋日的温馨与宁静，思念反而就不扰人、不揪心，转成了天高云淡，秋意渐浓，橙黄橘绿，层林尽染。

稻田里、生活中酝酿着收获，眼里酝酿着成熟。天气不冷不热，稻子长得不慌不忙。在稻田埂上，步履不停，渐渐走向稻子成熟的时候，再看一场晒秋，闻出滴露之后的粒粒芳香。

那些年，总在白露时候，被早早叫醒起来，穿起长裤长袖，到田里去，拔黄豆去、掰玉米去、捉稻虫去……白露万滴，在腿上手上脸上唇间，一瞬微凉。

杯中物，换作白露酒、滴露茶，向那水云边，独饮下。

晒秋

高桥每个队都有一个大晒场，泥的。土是有神秘灵性的，知道人的用意：用大石滚子滚平实，做收割后的晒场！它居然就能不生草芽，平而硬实。

晒秋了，黄豆收上来了，打黄豆，连枷响到明；芝麻收了，黑的白的，粒粒微微。最后稻子收上来了，放下卷起来成轴的竹晒席，铺出去，好有气势。再铺上要晒的豆子、稻子，晒啊……

金秋的意义，在孩子的眼里，就是金色的谷物可以解饿。大人觉得孩子也能派上用场，我常常被派坐在门槛上，用棒槌敲葵花盘，把葵花籽打出来，晒好收起来。葵花籽是我们过年的爱物，所以每一粒都十分珍惜，实在太瘪的才不要。

队里有长长宽宽的晒席，平时卷着，翻晒时送出去，展开如画轴一般，大人有一个长的竹钉耙，沙沙地划开粒粒果实。这时候自己家高田里的花生、黄豆也收上来了，最熬人的事情也派下来了：叫把花生摘下来，晒干以后，把做种的和吃的分开来。黄豆也是这样，把最好最圆的挑选出来，然后区别这一堆是吃的，这一堆是卖给做豆腐的，到了晚上，收到袋子里。

一粒粒地挑选很累人，但是很开心。田里收的仿佛都要晒一晒，才能放心收起来。晒场，真是重要的地方。

秋阳干燥、收水，谷子晒得能发脆、能沙沙唱歌。玉米杆子就晒在田里，黄豆秆子就晒在田埂上……到处散发着晒干的香味，那种烤过的燥香味。太阳很热，风却微凉。汗出的最爽利的时节，夏天晒黑的背脊，这时候也极愿光着，热热地享受。

晒场边上，男女老幼都用最温柔的眼光，看着一年的收获、冬天的倚仗。小女孩被特批放在晒席上，踩着豆子、芝麻走一会，发出极痒后的稚笑声，笑翻所有大人。

妇女们一早抓紧时间洗的衣服、刷的鞋，到下午，也全晒干了！

高桥人，从不缺钙，就是因为这秋天的晾晒，晒得笑嘻嘻的。高桥人，走向四方的时候，就这么干脆和响亮。

秋高气爽，屋前阶下，听，晒够了，豆荚轻轻裂响：啪！

果甜实饱中秋到

男孩喜欢高桥的春节，因为鞭炮、大鱼大肉只有春节有，女孩不一样，最喜欢的是中秋。

先不谈衣服不厚不薄正好、天气不冷不热正好、雨不大不小正好……单单果甜实饱，就喜欢得不行。

花生带泥湿，到坝头洗掉泥，连壳水煮；芋头出泥了，仔芽圆的，连皮煮了，剥开来蘸糖吃；红菱成老菱了，玉米、毛豆、豇豆都结实了；芝麻上来了、葵花籽饱了、毛栗子饱了、山芋沉了……手都写酸了，还没写完，上百种吃的，红绿白黑，香鲜脆辣，轮着吃，还不腻。

水里的吃不完，地里的吃不完，树上的吃不完……做高桥人，非得有一个大肚子，吃得饱饱壮壮的，准备过冬。

吃多了柿子，肚子疼；吃多了橘子，上火；吃多了生菱，长虫子。各种各样的关照，都教孩子们少吃点，大自然的福分太丰富了！

以上的福气就已经能把孩子撑坏，外加高桥的家庭妇女，又个个是食物加工的好手。一个中秋节，月饼之外，各式的中秋饼此起彼伏地香着：韭菜薄烧饼、灶烧饼、酵烧饼、苋菜烧饼，一块块出锅，都来不及吃！

菱米烧鸡、烧肉；丝瓜毛豆、杂鱼毛豆……中秋节，享受自己、土地、阳光、雨露的劳动成果，一年之最！

再往前看，那抽穗的稻子转黄了，歇了一年的镰刀痒了，秋收来了，它终于被启用了。

中秋预演着新米新酒的到来。新米来了，那就好过冬了，一切都饱足了。鱼米之乡，一年点点缓缓，在秋天归为白的米粒的时候，大米饭在菜单上，依然写着：主食。满桌的菜肴，终是归了稻子的最终礼仪。

无论你走到哪里，中秋风起，一定会有一种高桥的味道，悄然痒你喉舌，那是你的思念，不知不觉……母亲烧新米粥了，舍不得浪费时间，剥豆等，微火照白发皱纹……你一定失眠了……

就等天快亮，好回家，推门喊“妈，饿”……

倒缘乡味

赞美食物，因为除了满足口腹之欲，还美在对躯体的营养，使之健康。追溯生命，肯定会追溯到做这些食物的手的主人。不管男女，他们都将自己真切温柔的爱，藏在这些食物中，去调和，去蒸腾，再端到家人的手上。

在每一个家庭里，都有人在做这些圣洁的食物，无私地侍奉给自己的亲人。这些食物值得涌泉相报。多样的饮食形成爱的洪流，必须热烈而诚挚地歌颂，以示知恩。

高桥糯米蒿

江洲高桥三面环江，春信一达，万芽齐醒，满地蒌蒿，鲜灵清香。不用说田边地头、大河岸上、柳树根下，连老宅墙根都有青蒿的在场。它们的叶子圆一些，手撕有丝连着，香味和汁水浓，苦味却没有，这是非常难得的世界唯一。茵陈、艾、蒿都和它酷似，但是真正的特殊的蒿子，需要长久的亲密才能领会，被高桥人称为糯米蒿蒿。可以确定，是高桥才有的植物，这虽然是民间研究，但高桥人是那么确定。

清明节前一天，是高桥的寒食节，要做青蒿点心——蒿蒿茧。蒿子的嫩头取汁水，这才是植物精华，与糯米面和在一起，包了各色馅心，在镂花的桃木模壳里成型，有荷花纹、桃花纹、杏花纹、梅花纹，区别各色馅心。竹笋的外衣——竹箨剪成圆形垫着，上蒸笠蒸熟。出锅青色，凉下来入口，独特的软香入心入肺。

清明节，用植物精华来相配、来记忆，这样的食物是这方水土人的福气。一个在这样的氛围中长大的人，被埋伏了基因，年年在清明想念那滋味。

奶奶去世了，老房子卖了，我们搬迁到江南岸，高桥虽近，但隔江过水，总有不便，回去没有落脚归宿，很少能回去了。

我们也开一些荒地种菜，在运河岸上和荒坡上种，也算是有自己的菜地了。春天一有时间就找蒿子，冒一看，以为是的，就欢喜地跑过去，但是尝尝、试试，都不是糯米蒿子。运河两岸、树根底下，只要冒出来的，都辨认过，都不是那个味道。

于是决定回去在老地方挖根回来种活。年底回去的，预备着春天能有芽。使劲拔了带有根须的，带到江南岸种下去，第二年春天确实活了，有芽，但是株少，开春了没几个芽。采了和进面里，蒸出来味道淡得几乎没有。

听说植物“一年活，二年长”，等到第二年会蓬勃一些。第二年，确实报芽多了，但是采回来一看，丝不足了，味道也逊了。碰头商量，猜测是泥土不对了。这期间一遇到有蒿子的地方，我们都会停下来仔细比对，发现都不是。

有机会回去，又在熟悉的地方，挖了一大簇，这一回带着泥土，用蛇皮袋子装着，放自行车上带回来。种下后，以为肯定能好，第二年清明，一样的问题出现了。叶子有了微妙的变化，和它们周围的一样，往尖瘦上变了。勉强摘了一些，算是过了清明。

这样几次折腾失败以后，我们放弃了。明白了水土、阳光、空气、土壤对植物的影响，知道了物种的细微差别，其实就差之千里。物种的变迁也和人一样：既要注意新环境，又要保持自己的基因，是多么复杂和矛盾的过程，其中的不适应，其中的悲喜，只有自己知道。

有一次做题目，什么叫“日久他乡似吾乡”呢？我回答的是：因为想着原来家里有什么，想念太深，就去买一个来种着，就这样，慢慢地，因为一点点的建设，自己虽然住在别的地方，又把他乡弄得和原乡一样，这就是日久他乡似吾乡的理解。这是一个绕人的理解，如果不是有这样的经历，一定不能懂透。我的理解和答案不一样，但是老师还是认为我有道理。

我们还带过很多种子，晚饭花、鸡冠花、丝瓜、辣椒，好多。家门口还和原来相似，也种晚饭花，也爬丝瓜。大多数没什么变化，不像芦稷和蒿子，这两种我们一直就没有种成功。“年深他境尤吾境”，一心要把我们的新地方，布置成原来喜欢的模样。

时光缓缓，我几乎认为，蒿子也是万种灵物之一，它们的心魂是有气节的，肉身被拿去了，被种在新的环境里，但是那特别的心魂不肯过江。江洲高桥的蒿子和人一样，内在的心魂如何地沉默而执着地在千里之外。

大江沃土，高桥有自己独一无二的糯米青蒿。清明高桥绿蒿香，这是高桥才有的特征。

擀面杖

高桥家家都有一根擀面杖。高桥几乎所有的母亲都会手擀面，渐渐成为平时生活的艺术，尤其是冬季，大青菜吃不完的时候。

顿顿粯子粥，吃腻了。奶奶在脸盆里，把面粉用水调和，揉搓成一个大面球，揉熟了放着，把八仙四方桌，擦了又擦，发了亮。面球用擀面杖使劲儿擀，面球变成大面饼，裹起来再推，再推，再推，桌子都撞了墙。摊平下来撒面，换角度卷起来再擀。反复多次，面饼子慢慢变大，变大，摊满桌面。最后，薄薄的了，折叠起来。用刀切成细条，撒上面，放筛子里。

一大锅水煮开了。南瓜滚刀块，切好放进去，一会儿下面进锅，盖上锅盖，再烧滚就可以放小青菜了。最后掀开锅盖。一大锅，有白有黄有绿，放点豆油。锅边六只碗，爹爹劳力要吃硬的，先盛满。我喜欢吃软烂的，那就最后。

奶奶擀的面，又薄又细，软硬适中。这样的面，全家都爱吃。一大锅吃两顿就能结束。

用擀面杖擀饺皮。工序都一样，唯一区别的就是下刀的时候，留得很宽。拎起来像海带一样的宽长，再切成皮。饺子馅儿事先弄好。韭菜鸡蛋、青菜鸡蛋最常见。春天有荠菜饺子。过年的时候有芹菜肉馅、秧草肉馅的饺子。一根擀面杖，一袋面粉，到了奶奶手里，变成了一年之中给我们调胃口、改善伙食的指挥棒，心灵手巧地带大我们四个。

搬家的时候，这根擀面杖和小磨子不一样，很轻，搁在板车什么角落里就可以带走。所以我们带回来了，在江这边，又依靠它过了很多年有滋味的生活。

一直到它因为一件特殊事件而折断后，外面机器加工、现成的面条和饺子皮，从此侵占了家里的面锅。捞出面后面汤带碱，成了暗黄色，倒了。此后偶尔家里有谁闹了胃病，疼得实在凶了，想吃点久违的手擀面，找根圆棍替代，擀一小碗，软烂清香，养了胃又作罢了。

南瓜青菜手擀面，旧事重提，只是舍不得面上的掌纹和指纹，舍不得那个一点一点从无到有、从有到香的过程。高桥手擀面一直是这样的，远人万一回来，还要吃手擀面呢？所以坚持提起。

擀面杖断了，一种滋味就断了。

小磨子

小磨子不小。说它小，一来是和圩里其他人家的磨子比，它小；再呢，是喜欢它。它是青里夹着雪花白的石头做的。上下两片，上面一片小，有个7字形向上的木柄，中间凹着，像个大的盘子，还有一张下货的圆嘴。下面的大一圈，有凹槽，有个豁口。

我没出生的时候它就在院子里了。我的第一口大米粉，是它磨出来的；我的第一个灶烧饼的米粉是它磨出来的；我的第一个圆子的面，也是它磨出来的。翻开它来，它是最好的圆心与半径、直径、圆心角的教材。

在清水河里淘米，把盛米筲箕沉到水底，小鱼会来吃米，猛地一拎，小鱼在米上跳。米淘好了，喂小鸭的鱼也有了。在太阳下的院子里晒米，米那么白，那么香，会有鸟儿来，没人看着，需要插一根细竹，顶上用米汤糊了红纸飘着，麻雀子就不来了。一推开门，院子里红的白的香的，心里就莫名喜欢。

米晒好了，不干也不湿，端出大方独凳子，抬出小磨子，就磨开了，手就成了控制音乐的力量，快的停的，磨子缝里下米粉雨了，沙沙地下，扫到脸盆里的事归我。

推着把手远近远近、一圈一圈地磨，很耗人的力气，我们四个女孩子一个个换，都磨不长就红了手，还会起泡，都没劲了，还是奶奶又快又多地磨好。

小磨子过一阵子就会被磨平，有个石匠来，翻开，把它的条条凹槽一条条再凿一遍。上下都凿一遍要大半天，石匠不急，我们问什么他都回答，当然都和石头有关：什么他凿过的高桥最大的磨子啦，最坚硬的磨子在哪家呀，石头的性子不一样啦，说半天都开心着。

凿好以后，小磨子就更快了，我就要磨，手臂够不到也要磨，手没劲了也要磨，最后奶奶握住木柄上边，我握住下边，两只手一起磨，最后把磨出的功劳，都算成我自己的。

小磨子，其实很沉。也正因为它沉，最后搬家的时候，犹豫再三，也没带它走。最后一眼看它，它在已经搬空的堂屋的地上，沉默却很笃定的样子。

它是千年山石采来的，它知道世间一切的事情，它那么笃定地知道，我带不走它，就像带不走高桥。它肯定并且万分肯定，它沉在时光的清浅河底，让我回看清澈的水中，它稳稳地在，一直一直在我心里、命里。

小菜一碟

高桥秧草一开花，就提醒女人们，秧草老了，不宜再炒了吃，可以割嫩头腌了。某个有春阳的上午，把腌菜坛子、玻璃瓶子洗好，沿窗台一溜倒扣，晾到干透。

第二天，割满几大菜篮秧草，洗干净，倒在席子上吹干。再倒进大木盆里撒盐揉搓匀，真鲜香。一两小时后，绿汁腌出来了，挤掉。

小孩手小，伸得进坛子口，于是就由小孩子往里，一把一把揣进坛子、瓶子里，“使劲揣紧啊，走气会瀚（腐坏）。”哪里有劲呢？屁股撅老高，手臂伸直了摁。

封口倒扣，不准动。因为知道不到开坛时间，既不好吃，也不好玩，所以小孩子走来走去，从不搭理。以至于全然忘记。

坛子被想起来已经是夏天了，大麦粥喝得滑呼呼的，没有小菜？

于是就取秧草了，切碎了炒，偶尔和毛豆米、辣椒丁炒一盘，那样会粥和菜同时吃得光光。酸咸辣鲜香的秧草小菜，和早春的秧草河蚌比，又是一种滋味。

高桥人好分享。夏天过江走亲戚，带一瓶腌秧草，就能聊一天家里的收成和新的打算。过了一阵子，发现自己回高桥好久了，送出的那瓶秧草亲戚还没吃完，不是不好吃，而是太好吃，太珍贵，每次开瓶吃一点，就怕很快吃完。

一旦被高桥人发现，第二年春天，她们会多割好几大菜篮，到处找瓶子，再腌，再送……此乃小菜春夏碟。

这样一看，高桥人的小菜丰富多样，赛如珍馐佳肴，夏秋腌萝卜干，洗、切、烫晒，一圩到头，家家晒，顺手吃一块，没有人说偷的。我们一伙一路把每一家的都吃过，知道哪家的味道最好，咸淡适宜。

晒到半干，撒五香粉罐坛封口。开封后可以直接吃，更好吃的是切碎、放辣、油炒，脆响辣鲜，乃小菜冬春碟。

碟子里切好的腌乳瓜、腌莴笋、糖腌大蒜瓣，都有特别的邀请，邀请你坐下品尝，默然于口，告诉你，它们因为月下故事而得的悠长滋味。

腌咸菜才是规模最大的活动：下霜后的大青菜，绿叶白梗，洗了挂在门口高田鸡障上，晾干，收回来层层铺大缸里，小孩进去踩结实。腌好后，脆鲜酸，烧鱼、烧黄豆、蚕豆，下饭呢。这可是小菜中的主碟。

一连数完高桥的小菜宝贝，好多“最”都说完了，留在最后说的，当然是碟中最佳：年小菜！年小菜是四季的聚会：咸菜一些，花生一些，百叶一些，豆芽一些，木耳一些，金针一些……

小菜是配什么的？有的红花草基肥的稻子。一碗大米粥、糯米粥的旁边，围着的必然是这样相得益香的小菜。

外出见大世面的高桥人，山珍海味都尝遍，如果我们还能喝当时那样的粥，搭这样的小菜，还像那时真纯，你还愿意回来吗？

毛豆花样

三伏天，毛豆长得很好了，到田里连根拔出整棵的豆，回来阴凉处剥豆。有时候有洋辣子，所以剥豆也是风险事。

一夏天能吃很多毛豆米。炒瓶儿菜放点辣椒，这是每天都吃的。有时候来不及剥，就把豆荚都拽下来。简单洗洗，立刻就直接下锅，放点盐就可以了。我们四个围着用手抓着吃。滚烫的毛豆水用钵子凉着，谁渴谁喝。

毛豆是夏天大椒酱的主食。没有钱了，只有地里的辣椒、毛豆、茄子丁。就这三样能做一碗大椒酱。都吃好了，剩下了小半碗。大家上工的上工，上学的上学。我一个人慢慢地，一个豆一个豆地消磨长夏的酷热。

茄子有十来天结得特别多，辣椒也垂垂挂挂的，毛豆子炒茄子丁，切一个辣椒，也能维持十天。毛豆子炒韭菜，深碧的韭菜和嫩绿的毛豆在白的磁盘里，下饭。茭白切成细丝，有红辣椒配了，毛豆青色，也是一餐。实在剐得不行，没有油水，抓一只小公鸡。毛豆仔炒仔鸡，豆子多，鸡肉少，也是最好菜。

眼看着毛豆一点一点地老去。白露以后，渐近中秋，豆豆变黄，但是还没有老，这是最要抓住的时候，剥下来，烧鲫鱼，豆子有了香味，但还没成为干硬的豆子。到了秋天，所有的豆杆子都得拔上来。院子门口晒晒，硬了以后用连枷打黄豆。

这时候，毛豆成了真正的黄豆。用袋子保存好，要吃到过年。入秋以后，经常把豆给做豆腐的人，换点豆腐、干子、百叶，又有了新的吃法：百叶炒韭菜了，干子也可以煮盐水的。

天还没到深冬，泡豆做豆芽，两三天就能发出豆芽，再炒雪里蕻，又过一秋。素菜馆变换都从黄豆中来。

酱油的鲜味，是提取了黄豆的鲜味的，酱油冲的“神仙汤”，起名很恰当，豆子的一生，就是努力，让你做个清风神仙。

那些最了解黄豆种、了解黄豆变化的人，是聪慧、节约、简素的人。

偶得一瞬闲，坐下剥着毛豆，想着吃毛豆的许多花样，清香如诗。

马齿菜

江州夏天，草木旺盛。杂草和蔬菜，全在田里面开会。马齿菜，分类不明，它既不在蔬菜的种植范围内，也不是杂草。它有草的特点，不需要种植；又有菜的贡献，有营养可果腹，真的很可爱了。

夏天剐草挑菜，就多了一样：挑太阳底下的马齿菜。叶子厚，有黏液；根茎细，红颜色。开花白色、红色和粉色，鲜艳。太阳毒辣的三伏天，一大早，拿着竹篮去挑马齿菜。韭菜田里最先被发现，很快挑完了，就往田垄上去，田垄上挑完了，往晒场边上去。一上午挑满一菜篮。到河边洗干净，回来烧了开水，烫瘪了，然后放在竹筛子里，找块空地由它去晒。

晒一个太阳，到下午，就有马齿菜的菜干子，一股药香，干而脆硬。从筛子里收下来，保存好。到了过年，做包子馅心。

新鲜的马齿菜烫过以后，拌上蒜泥、酱油，一道凉拌菜直接就吃了，嚼着嚼着，清香滋味里，汁水半黏。一夏天、一整年，新鲜的马齿菜和马齿菜干，在餐桌上反复出现，疏肝清火，吃得全家健健康康的。马齿菜伴随左右，现在还断不了马齿菜的瘾。

马齿菜的种子十分细小。十粒一起，也没有一粒芝麻大，随风轻扬，不需要刻意播种，随缘生长。不需要管理，不需要施肥，不挑土壤。

常常奇怪，那时候没有吃上山珍海味，半饥半饱中，缺少有效药物，但我们队里却很少有高血压、冠心病这些病症。原来马齿菜在悄悄地完成抗菌消炎的任务，悄悄地抵抗伤寒和疟疾，悄悄地替我们防范着这些危险的疾病。凉拌马齿菜、马齿菜炒蛋，药食同源，吃进很多有利于身体又抗病防病的营养。

马齿菜，你和你的官司草、蒲公英那群朋友，在沉默中，到底要求自己有多好？高桥人把最好的名字给了你，叫“安乐菜”，有了你，就能有安康与快乐。在称呼里，有喜爱、有肯定、有夸奖。

三伏天了，家家的窗台、笸篮、空地，都晒起了马齿菜。转眼暑热退，秋风起，雪花飞，快要过年，乌黑的马齿菜干，特别的药香藏在包子里。

离你时间太长，阳台风信，寄来了马齿菜的细小种子，长得清美。沃土勤人，植物最懂回馈，远去的高桥人，有多少年没有吃过马齿菜包子了？

高桥艳慕花

高桥大多数人称它“孔麻花”。我们这几家，叫它艳慕花。高桥口音，茂盛的“茂”字，念“慕”音，文题上的“艳慕花”是谐音，我们写下来，成为“艳茂花”，乍一看，鲜艳茂盛的意思，它长在高田、路边、门口，随我玩，很喜欢这个名字，何况我们这里，喊了几十年。

做馒头的时候，白胖的馒头出笼了，趁着热气，高桥人会在馒头上用孔麻的花蘸上红色，点在馒头上，就有很美的花纹。就这种植物、就这样一个瞬间，给了高桥人小小的美感和温暖的回忆。

夏秋，这种植物就结出绿色的、像小磨盘一样的果实，有独特的清香味。摘下来在鼻尖儿上、脸颊上像盖章一样，到处揉搓。这时候它是嫩而香绿的。随着秋风的到来，果实越来越坚硬，颜色越来越苍老，慢慢地结成黑色果实。任由我们随意摘下来玩，捻住花梗，让它转几百圈，直到看不见花纹。

过年做馒头祭祖，我的工作就是拿着这个磨盘花，蘸着红色，不停地给热乎乎的馒头盖章。一天盖章有些小累，但是十分有趣。它细密精致、由内而外地发散开来，像一个幸福的小旋涡。吃不饱的时候，看见馒头就已经很兴奋了，再看见蘸着这样美花纹的馒头，简直是艺术和果腹的结合，除了满足食欲，还满足了美感。

循着研究思维，深究下去，就会有惊人的发现，小东西，真是不小。就像一个普通的人，推究起来，总有一个美好的品质和源头。所有植物都有这样的特点：看似平凡，深究起来却令人讶异。

这一深究就发现，有人叫它孔麻花，它还叫磨盘花、馒头花。用它来点馒头，馒头在重要节日——过年、大生日、婚嫁、祝高寿、祭天地、祭先祖，很珍贵。

以红点色，寄以祈愿，希望日子鲜艳茂盛，孔麻承担着重要角色。以草木来诉说人的盼望，给岁月以亮色。在相当长的时间里，它是万民之意！

再深究下去，它的大名叫“苘麻”，是盛大的“麻族”成员，果实是中医的伙伴，称它响耳草，药房柜子里为耳炎、腮炎患者收藏着；花和苘麻风铃一样美丽，正在风靡；茎和杆的皮，老了可以搓成麻绳，捻成细细的麻线，想起小时候各种麻线的玩法和用法，真为它骄傲！

现在各色的点心，因为各种原因都不再点红了。但是我还想念着这个有趣的植物，在自己钟爱的物品上用上它，把那些对清明天地的感恩，一家人做馒头的欢欣，盛大节日的祝祷，千百种情意都藏在里面。尽管它在华南华北，甚至更广的地方普遍生长，我却固执地认为只有高桥才有，因为能代表高桥人内心的精致和美丽。

日渐稀有的它，引发起百倍的珍惜。我的高桥“艳茂花”、孔麻花，千万别消泯在快速的车道上。曾经是饥饿中的欢喜，还是平淡生活的点化，表达着平淡中鲜艳和茂盛的期望。高桥的艳慕花，还会开一路。

一路多承你的清香，心魂如花。

江洲八瓜

三伏的时候，人都躲到阴凉里。圩里长着各种各样的瓜，瓜们愿意晒在大太阳底下，越晒结得越好。冬瓜、西瓜、南瓜、黄瓜……只要有心去找，草丛里，高树上，到处都能看见。

在高桥，最热的时候，我因为一伙发小喊我在外奔走，整日大汗淋漓，不但身体没有被影响，相反，得了无尽夏趣，认识了十多位瓜先生。十个夏天在高桥，受它们的恩泽，由此列八瓜传，以记长夏。

西瓜虽没有现在的品种优良，但也是待客的上品。我那十年里吃的西瓜，大都是跟着客人来的时候吃的，或者做客的时候去吃的。奶奶的夏氏亲戚中有一位大姑娘，到我们家来消暑。十几天，每天都吃到了西瓜，连痱子都长得少了。为西瓜列传，主要写它待客、和乡人情感的联络的功劳，到哪里拜望人，拎一个西瓜，表示心意。小时候还有一种乒乓球大的瓜，虽然小，但花纹和西瓜一样，在掌中搓揉着特别有趣，捏碎了微苦，我们称小苦瓜，估计再也找不着了。

黄瓜是写在《一诗满架》里的，黄瓜除了果腹，还是长夏的陪伴水果。摘了就吃，特别畅快。黄瓜疙瘩汤、凉拌黄瓜，可以撰写很多故事。丝瓜也是，房顶上有丝瓜，树上也有，电线杆上还爬着，这两种是老朋友，单独列传。

冬瓜不挑地，哪里都能生长。它们匍匐在地上，随意找一个角落，荒废的大树下，小河边，被扔掉的长板凳下面，都能结一个大冬瓜，又粗又重。刚结的时候，上面长满了绒绒的毛，远看就像霜一样。到秋天成熟后还会有霜，把霜抹掉，表皮青绿发亮，打了蜡一样。我曾经的努力方向就是能像奶奶一样，不费力地抱起一个大冬瓜。虽然抱了一个夏天，还趔趄，但是抱瓜似玉，真是开心。

奶奶的腿会肿，陶先生、王医生和其他人都叫她多喝冬瓜汤，消肿，把腿肿从冬瓜的利尿作用上走掉。喝了一阵子，果然好一些。

冬瓜皮、丝瓜皮都不扔掉，切成丝和青椒毛豆炒了吃。夏天没有钱买肥皂了，把冬瓜的叶子在小石臼里捣烂，洗洗脸，洗干净了舒爽清香。

南瓜和冬瓜差不多，到处匍匐，结瓜纽，有葫芦状的，还有圆圆的。黄黄的南瓜花变瓜纽，变魔术一样，一天一天地膨大，一直到可以摘下来。

南瓜嫩的时候就可以摘了，虽没有深秋老瓜面腻，但有毛栗子味。下南瓜手擀面，搭糖蒜，一家都爱吃。南瓜丝也可以爆炒。南瓜干子晒着，冬天烧菜粥。菜场南瓜藤稀缺，一早就卖空了。

窗台上，南瓜子、西瓜子，洗干净晒着，好几个瓜的籽集齐，才够炒一次。积存需要时间和耐心，积到一碗就收起来，等到了过年炒了吃。

菜瓜，淡绿色，长圆筒一样，外皮光滑，最不受我们欢迎，但是受家庭妇女的欢迎，摘回来，切成长条，腌成菜瓜，香脆。瓠子瓜和菜瓜样子像，但是没有菜瓜的蛇纹，也是切片加红辣椒炒了酱油烹。在我的经历中，因冬瓜和南瓜居了主位，这两种当然次之。香瓜是不入菜的，个头最小，却最香最甜。香瓜也在发展，发展出了羊角蜜，越来越好吃，受欢迎。苦瓜的苦味在变淡，变得青绿可人。

趁早凉，写着江洲宝地，四处藤蔓如舞，八瓜正在太阳下演绎着旺盛的故事，神往了。

高桥蛋花汤时间表

既然是蛋花，可见蛋少，只有一只，打下去做个花头，由此，鸡蛋的珍贵就明白了。高桥蛋花汤有一个时间表。

正月里，年过着呢，鸡汤鱼汤肉汤的，排不到蛋花汤。

早春二月，秧草子冒芽，嫩头烧汤，下一个打散的蛋，端上来清香。中旬，秧草子还嫩，找一把就可以了，下了蛋花，能把正月的荤腥气都吃没了。

三月，枸杞头冒长长芽了，采来不用切，直接洗了入汤，蛋花黄艳，再投入几颗枸杞，黄绿红吃了补一家老小的眼睛。吃完了，看看院墙根，菊花头开始冒了。

四月里，菊花脑的魔力上来了，这是个愈掐愈生的顽强物，天天掐都有，一直掐到秋天生黄花，也很补眼睛，但是能让你吃到害怕，因为你吃不过它的疯长。四月底，香椿红了，十几芽在手，特别的香味一入心扉，蛋花，就馋人了。

五月槐花开了，更要仰脖子了，香的淡远还高高在上，那是白黄入诗的物件，不吃到岂不白活？别忘记了，高桥的高田，第一道鸡毛菜这时候也已长好，吃不到槐花，鸡毛菜蛋花汤也是有保证的。

六月天，除了鸡毛菜、菊花脑常态之外，自己种的第一批小丝瓜可以氽汤了，几片木耳，两粒小葱，丝瓜的如画图景，你吃的是菜呀？

那是一院子春光。

七月入夏，高田西红柿成手中掌握，黄子红肉，蛋花汤带酸，那么下饭，可惜，米饭就一点！

七八月太热，炎热吞没了胃口，只能变着花样吃，春天高田菜薹太多，又舍不得扔掉，做成玻璃瓶里的瓶儿菜，黄黄的，酸香一现，唾沫来了，一瓶瓶儿菜，做一星期蛋花汤，酸香咸鲜，米怎么够吃？

八九十月都能有丝瓜汤，都能加毛豆。这个不稀奇，鸡障的紫阔阔，才是高桥夏天特有的蛋花汤料呢，带着滑爽的汁！番茄、丝瓜、毛菜、紫阔阔都能吃到深秋。

到了十一二月，一切都慢慢萧条，但是，泥里的宝贝被人们想起来了。萝卜丝，切两片蒜花绿绿细细，蛋花飘漾，能把百样的不舒服都吃平了。红萝卜、白萝卜，大篮子里全是。实在不行，萝卜缨子、莴苣叶子，都来入席。

腊月，大雪压住了一切，冰冻住了一切，可是冻不住蛋花汤，大北风吹不到的墙角，咸菜足够吃到春天。咸菜一棵，鸡蛋一个，豆腐两片，吃不吃？

不吃没关系，正月了，过年了，蛋花汤就要引来大部队，鸡汤鱼汤肉汤全部回来了。蛋花汤休息了。

腌咸鸭蛋

家里几只鸭子，春天开始有了头生蛋，到了夏天，就积累了好几十个了。从鸡窝、鸭窝里拿蛋都是我的事。每天热乎乎的青皮鸭蛋拿在手上，喜。

这天，奶奶宣布腌咸鸭蛋了。把锅膛里的黑灰、黄的烂泥，用水调拌，放大籽粒盐。找两个黄酒坛，把黏糊黑黄的泥捧进去。然后把鸭蛋洗干净，一只一只的，凭手感塞进泥里去。手在这样的泥里，感觉到有软有硬，封好。两坛，七八十个蛋腌下去了，准备过夏天。

有一只旱鸭子，在小的时候就不肯下水。把四只鸭子带到河边，其他三只欢快下水，只有它在水边踌躇，长成大鸭也从不下水，大多数时间是在院子里过，除了这一点，它和其他鸭子没有什么区别。我们在院子里腌咸鸭蛋，它似乎能看得懂，一直悲哀地看着我们，把它们四个的蛋都腌了。

天气最热的大伏天，它也热得受不了，但还是不下水，只是张开两翅在院子里面离地一尺扑腾着飞翔。自己弄出风来享受凉爽。

这两坛咸鸭蛋需要闷在坛子里二十多天才能吃。大夏天了，奶奶下午说“萍子，去掏四个咸鸭蛋去”。手伸进泥里，就靠手感去掏裹了泥的鸭蛋，泥手端着放泥鸭蛋的白瓷碗，到柳树下河边埠头上洗，鸭蛋被洗出了青白原样，手里摸着真是喜欢。

大粥锅里煮鸡蛋和咸鸭蛋。晚上乘凉，四个鸡蛋是给我们吃的。爹爹挑担子辛苦，他需要吃一只咸鸭蛋。爹爹那只咸鸭蛋，敲开以后，只要我在，第一筷子红蛋黄，他是先挑小半个给我吃，而他自己才最需要营养。

如果我不讲理了，还在等，整个蛋黄就归我了，爹爹晚上除了喝一碗稀粥，只吃了半个鸭蛋，剩下的鸭蛋我们分着吃。咸鸭蛋流出的红油，滴在碗里的粥面上，画着各种美妙的图案，一碗粥立刻变得香美，快快喝到肚子里。

夏天太热，鸭子不下蛋了，在水里为了乘凉，吃食物也不像春天那么踊跃，需要摸螺蛳、挖蚯蚓给它们吃，格外保护。到了秋天，天凉了才会再下蛋。一切的努力都会有美好的结局，咸鸭蛋是劳动的回馈。

吃家里的咸鸭蛋久了，自然会长一个辨别咸鸭蛋的味道的舌尖，再怎样巧设的咸鸭蛋，都哄不了舌头。

那时候在高桥，我把赶鸭子的愉快、调泥腌鸭蛋的麻痒、咸鸭蛋的鲜美，各样快乐之福提前享完了，所以如今，只有想念来折磨了。

三叶草

三叶草就是秧草。秧草高桥多的是，不需要种，田垄边一溜的。秧草清香，一过春节就能疯长。此时剪来，最是嫩，慢慢地一直吃到开花。

三片叶子，草头聚在一起，绵延垄上，中间被人踩得稀少，垄子两边就有很多，剪到篮子里不费事。

正月的尾子，挂在廊檐的咸肉开始挂霜，发出腊味。别人家里割下一块，煤炉上小火煨一锅，一阵阵咸肉香味能飘过墙来。又看见他们在田里剪秧草，知道这是要炒几顿秧草咸肉了，暗暗羡慕起来。

我们的咸肉这时候不吃，因为才过了年的，肚子里还有油水，要等到更困难的时候吃。那么，我们就只吃秧草吧。

秧草圆子、秧草菜粥、秧草子烂乎面……眼看着碗里秧草子的比例越来越多，米面越来越稀，就知道年过完了。三月四月，烧饭放米越来越少，放的秧草子越来越多了。

实在不行，爹爹瞒着我们去耙河歪（河蚌）。要不是水冷，我们自己会下水弄的，但是二月底，水还很冷。所以耙到河歪的不多，也足够欢喜了：不用单吃秧草了。

开河歪最要小心，把厨刀从边缝慢慢斜着探进去，再扭 90 度。如果不小心就会伤到刀口，留下豁子，等磨刀的来了拿去磨，又要花钱。十来个河歪开好了，壳子晒在花台上，肉在盆里。我们撕腮挤肠，冰滑滑的，难抓住，用刀背敲松，切块，葱姜放了，瓶底还有一点过年的酒，也都倒进去。煨啦！

慢慢地，汤开始转白，我们都围着锅台等着，开心着。一会儿，翠绿的秧草就开始遇到白白的汤啦，这是水世界和田野地的相遇。鲜美是一定的，热乎乎的，吃得头晕晕，一天美滋滋的。告诉一伙，今天吃的是秧草子烧河歪呢！

姐姐对着书看，有个四叶草的故事，大概意思是，谁能在三叶草里面找一棵四叶的，他会成为一生最幸运的人。

当天下午我们挖荠菜的篮子里，野菜就很少了，因为一路全在找四叶草，那是怎样的寻找啊？

一下午走过多少田垄子，河边堤，大岸，油菜根，只要有一簇簇秧草子的都去了，接着又找了很多天，结果是谁也没有找到……

高桥人，春天了，秧草已剪起，河蚌也在大盆里了。三叶草里找到四叶草的故事，还在讲着……

你的第四片叶子，找到了吗？

追鱼

高桥有鲜美灵动的水中物——鱼。

高桥兼有江鲜和河鱼。一年四季的小鲫鱼，夏天的参条昂刺，秋天的罗汉丁。参条莹白，四季小鲜，小鱼弄干净，衬些小的江虾，虾不必多，十来只，再来十几颗螺蛳头；葱姜、蒜头、辣椒齐备，酱油上色，就酒来喝。

我常常没有时间坐下来慢慢吃，匆匆吃鱼容易被卡到，干脆不沾筷子，吃饱其他食物，匆匆离开。有几次晚上烧，希望能晚上吃一点，但是，一天紧张下来，也没有心情。

高桥的一小盘江鲜，稀饭吃得很慢很香，说话也很慢。一盘小鱼，消磨两小时，忘记还有那么多事要做。

三两朋、五七友，请在一起，一起回忆“春来江水绿如蓝”的时候，一起唠叨那些刀鱼用竹篮拎取的时候：江洲高桥，江水浩荡，大河纵横，长江大河里的鱼——刀鱼、鮰鱼、鳜鱼、参条、昂刺、长鱼、鲫鱼、鲢鱼、黑鱼……

几个好吹的，又把自己吃过的好鱼说一遍。当然要带着夸张，比如把鱼说得极大、说得极鲜、说得极神。我只能一边无限羡慕，一边刺刺啦啦喝稀饭，但是滋味会更鲜美。

他们酒酣了，也规定我说一个吃鱼的经历。很想说，我在高桥吃鱼的规模：那时先打干整条河的水，再直接抓……嗫嚅了半天，也没说出来，最后居然说到《追鱼》上去了，高桥的几个著名故事，又一次来解困境了。

那个美丽的鲤鱼精，被刮去鱼鳞，撕下了鱼皮。座中也都是当年高桥说故事的好手，带着酒意，故伎重施，把一个故事说出了各家版本。

总之，乐观派说，《追鱼》中的鲤鱼精后来感动了天地，成为人了，这不是和和美美、相亲相爱的？悲剧派说，怎么可能让他们在一起呢？他们又开始吵了。才喝了口酒，吃了口菜，就忘记说到哪儿了。于是又从追鱼说到捕鱼，一月秧草蒸鮰鱼、二月火腿鲑鱼蒸桃花、三月油菜望甲鱼。说到甲鱼，乱说了一气甲鱼的故事，说到酸菜鱼，说明年大桥好了，我们到扬中吃河豚，又一阵大笑……

我们的福气就这样一些，还有螺蛳，还有猫鱼，还有小虾，只要我们还能相聚喝酒，就会有很大很大的满足。只在诗中吟诵“斜风细雨不须归”，或者“独钓寒江雪”，祈望刀鱼、鮰鱼、鳜鱼蹦跳而出，鲈鱼江钓。

其实，我小时候在高桥，听到的《追鱼》，是伤感的分离故事。

江洲中秋饼饼香

八月中秋的时候，蟋蟀的鸣唱成了秋天的余韵。桂花普遍地开起来了，黄色的、红色的，香气飘在微风里。稻子的气息和荷塘的气息，被秋天酝酿得浓烈起来，滋润在肺腑之间。这些美好的香气都只是铺垫，只是热身，为了最浓重的香味的到来。那香味是一家一家都在做中秋烧饼的香味。

白天地里的活儿太忙了，所以一般是一大早或者晚上做韭菜烧饼。圆圆薄薄油滋滋的，香味从厨房飘到堂屋，又从堂屋飘到院子里。几乎家家都传出这样的味道，和桂花的香气混在一起。

灶烧饼就不用提了，已经成为大众常识，还有一种发酵后做的面饼，告（酵）面烧饼。一面金黄酥脆，另一面撒上了新收的芝麻。冷却后撕开来吃。中秋的滋味就是这样，香香甜甜的。

关于嫦娥的故事，奶奶总是强调嫦娥奔月的两个细节，让人觉得十分温暖。第一个细节是，后羿已经得到了长生不老的丹药，但是他舍不得服下。原因是他自己长生不老了，但嫦娥不能。会发生自己长生不老，而心爱的人已经死去的心痛。所以一直压着，一天一天地犹豫着，不肯服下。

听到这里，中秋的感情又变成了圆满而又动情了。第二个细节，是有一个歹人起了抢夺之心，在后羿不在家的时候来抢骗这个丹药。嫦娥虽然机智面对，但最终还是被发现，情急之下，嫦娥为了保住丹药，把丹药吞到肚子里，然后才发生了不可控制的奔月事件。因此嫦娥被误认为是一个自私的人，而被囚禁在广寒宫。

中秋节，地上的后羿英雄，仰面对着广寒宫里的嫦娥，互相倾诉着无尽的思念。所有人都想帮助后羿，所以在地上焚香祝祷。就这样，一代又一代人帮忙，努力传到广寒宫上。

这个故事铭刻于心，现在想来是因为互相忠诚，才得圆满。后羿和嫦娥有最美的情怀，这份情怀在袅袅的香气中，在中秋烧饼的圆满祝福中，传播开来。

人在受委屈的时候，最容易想起爱自己的人。还有在最丰收的时候、最喜悦的时候，也容易想起自己最爱的人。一年中最美的日子给了中秋节，恐怕就是因为期盼这样的团圆美满吧。

那时候，老街上的麻油酥月饼有薄脆的千层酥皮，南瓜子仁、核桃仁夹点玫瑰，或者夹着刚采下的桂花，是馅。那样的五仁月饼，盒子里有六块，每一块上都有圆形的红印章，还有一张方纸，方纸透了油，变得透亮，揭开来，月饼花纹像花儿一样。每一顿，六个人只能共吃一块。月饼在碟子里，圆圆的，真的像一个月亮，六个人分成了六小块，慢慢地吃，品尝那一点点甜丝丝的味道，知道自己是家里的六分之一。

爹爹最喜欢月饼，最后一块，他就留着留着，好像不是为了吃，只是为了能把一种意味最大限度地留着，留十多天，即使天热，也不会腐坏。

流年似水，集镇老街上酥皮椒盐月饼、酥皮五仁月饼、水晶玫瑰月饼，广寒宫，桂花酒，还有后羿那样的英雄、嫦娥那样的女子，曾经彼此千年牵念在秋色里。

慢慢地，他们都出了高桥，落了单，做了悠远的独行客，只留香。

乡酒

酒是乡间至亲的流体。遇到了亲情和友情，心旷神怡的时候，酒都会连接起人与人之间美妙的温暖。酒使感情更为激动，内心发出一种热量，即使在冬天也会变得像小阳春似的温暖。如果彼此都有着坚强、淳朴的性格，就会让时光变得热烈、清明和纯洁。

和父亲喝过酒的人

爸爸回家是我最盼望的事，他有什么就带什么，有时候带馒头给我们，经常会带一些酒，封缸酒、老黄酒、洋河大曲，有时候他还请人聚一聚，喝一点酒。

我要到田里寻菜，把当季最好的菜摘出来：冬天的青菜心、豌豆头、萝卜；春天的莴苣、菜薹；夏天的黄瓜；秋天的花生、玉米，反正四季有啥就是啥，有时候还有大咸菜。奶奶把抽屉里的鲜鸭蛋拿出来，爹爹要把保存好的肉票拿上街打二斤肉，临走奶奶都追着喊："要打到膘厚的啊！不要像上次，一点肥星看不见！"我知道，他肯定打不到，因为他安静地排最后一个，轮到他，只有别人挑剩下的。

锅里刺啦刺啦地烧呀，菜好了，人来了。都是大人，小孩都上不了酒席，不得随意插话，这是规矩。奶奶自己也不落座。他们很快乐，随意说话。爸爸嗓门最大，说外面遇到的趣事，有些我听得懂，有些听不懂，急得转了十几圈也找不到爬上去的人缝。

喝着喝着，天就晚了，大家要散了，爸爸喜欢一个个搂住他的发小，拍着他们的肩膀，送客人出门，在门口分手。等没有人了，才跨进来，红着脸、很满意的神情。这时候发现我还跟在身后，就开心地抱我回到桌上，看见还有什么我可以吃，然后再摇摇瓶子，努力倒一点残酒在杯子里，瞒着奶奶，偷偷给我尝尝味道。慢慢地，这些酒的味道我就都知道了。这时候他对我的关照又重来了：听奶奶话啦，乖乖的啦，不要受凉又咳嗽治不好啦，碎碎地还没说完，他就要去睡了。留下爹爹洗一大摞的碗碟。

第二天他又乘船走了，那些和他喝过酒的人，看见我更热情了，即使不跟我说话，远远看见我，眼神里也很关注。仿佛他们懂爸爸的担心，要帮忙把我看好。高桥人的喝酒，这一边，端起酒，诚心真意地拜托了；那一边，一饮而尽，就没有言语地领下了。再分开，就是践行承诺了。

奶奶去世后，我们到了江这边。爸爸离开了高桥，没有了依托，他在外不容易、不如意。他的倾心付出，再没有倾诉的地方。所以他常常喝酒，但是每次喝得不多就放下了。母亲埋怨说：“你爸爸就是会死喝酒!”

他是高桥人，生长在长江边，最是懂得“抽刀断水水更流，举杯消愁愁更愁”。他心里想高桥，那个没有家的出生地，那一群一起喝酒的人。酒是高能的溶解剂，喝酒的时候，他的深藏心底的思念，被酒溶出来，不但没有缓解相思，想念却更厉害了。

爸爸去世了，那些年和爸爸喝过酒的老辈人也陆续不见。时光永恒，很年轻的他们，弯下腰向我打招呼，慈爱的眼神问我：你怎么还咳呢?

想念是苦的，如百蚁噬心，痛苦异常，清酒浇，只会把自己浇昏，而这些蚁却被养得更大，醒过来，噬心越甚。

酒如泪，离开自己乡土的人，思念自己远道的人，才会懂。

在高桥吃酒

亲眷中有结婚的，会早早通知日子，我们从知道起，就等奶奶那天带我们去吃酒。

吉日到了，她把灯柜抽屉打开，一张大红纸被她折得好好的，剪一块下来，把钱包进去，折一个长长方方的小包包，叫爹爹写个记号，好好放口袋里。

给我们换了干净的衣服，把我们的辫子都梳一遍，护衣脱下来，露出里面的干净衣衫，关照不要吃得滴在衣服上。吃相不要难看，好像饿死鬼投的胎。到那里，我们四个姑娘，酒都不许喝，谁给都不可以！说白酒和酒酿不一样。

吃不了几口就玩去了，最想看那个不许喝的白酒，别人喝了会怎么样?

每个桌子都跑一遍，看看每个人面前都有什么。闻到一股味道，难以说清楚好坏。热热闹闹的，一圈看下来，有人眼睛周围和额头就红了，那就是喝了酒了。新郎喝很多，有些看上去就像我被灌药一样，被抬起下巴灌下去的，所以脸最红。谁说肥肉能解酒，吃砧肉能压酒，多吃就不怕喝醉。所以他们就开始斗起吃砧肉、喝酒来了。

结果最有力气的那位，吃了九个肉圆，喝了整瓶洋河大曲。他每吃一个都喝一大口酒，他每喝一口，全桌人都大喊一声，各人都程度不同地红着脸。

空酒瓶传下来给我们玩，上面有个长裙的飞天也端着酒，好像飘飘欲仙，又好像孔雀要飞。中面晚酒，喝到晚上九点十点，我们在酒气里熏了一晚，也昏昏地要回家睡觉。女人扶着自家的丈夫，歪歪倒倒地走在我们前面，男的嫌烦，一边推搡开来，一边说：“我又没喝多，你烦什么呢?”

生日、满月、造屋、上梁、考取，各类值得庆祝的事，高桥都会要（邀）人喝酒，互相祝贺，以酒传情。有时候喝洋河大曲，有时候喝泗洪特酿、丹阳封缸酒。

高桥人真爱喝酒，降生在酒的氛围里。

去吃酒的一天，是干干净净的一天，愉快的一天，感受高桥在酒里追求幸福的一天！大家都莫名高兴，笑嘻嘻的呢！

生日美酒

爹爹在唯一的亲姐姐去世后，对亲姐姐的孩子们很牵挂。姑妈妈要过50岁生日了，爹爹决定让爸爸、妈妈带着我和姐姐，过江、坐公交车，到达姑妈妈家。

她住在一个很远的地方，我们坐船、坐公交车，花在路上的时间就几小时了。但是知道是去吃酒，这几小时的辗转，全部都成了美好的盼望。过江成了欣赏风景，坐车成了开心的事，一站一站地看风景，一站一站地研究地名。姐姐也有难得的兴奋，一路回答了我好多问题。出行真是非常好的旅游，长见识、开心情。

过纸浆厂的时候，船上叠满了芦苇接成的长龙。下车以后需要步行。一段宽宽的黄土路，这是高桥没有的土壤。走进去很深很深，终于到了，她家房子和当时外公家的房子很像。他们自己找瓦匠砌成的房子，四周都有开阔地形成场圃，茂密的植物隔着场圃，围住了大大的红色的房子。

厨师把锅放在外边儿，一溜排下碗碟锅勺。姑妈有三个女儿两个儿子，都比我大。他们都有小主人的气概，照顾我们两个小孩。小孩照顾小孩，一定是把我们带到他们平时玩得最开心的地方去。

那是一种高桥没有的植物，他们告诉我是茶树。奶奶招待客人用茶末，但我不知道这茶末是怎么来的。看到了茶树，他们告诉我茶叶是采像舌头一样的尖尖，然后炒制珍存起来，给贵客喝的。姑爸爸当时管理着一个茶厂名字叫“香山”。我没有见过这种山，但是立刻感觉被一种香气缭绕。那肯定不是菜花的香气，那是什么呢？

玩了一会儿，再回到客堂间的时候，姑爸爸正坐着吸烟。他的面前有五六玻璃杯茶，因为是给贵客的，我就没有指望有我的，结果姑妈妈给我们每人端了一杯。因为在外边玩了很久，茶已经微凉了，但是还带着温度。端在手里，我没有一饮而尽，因为刚刚说过，这都是最好的尖尖。喝得很慢，和大麦茶、绿豆茶不一样的滋味。玻璃杯里，茶像春草一样竖在茶杯里。有很多有灵气的人和事，会在第一次遇到的时候，不单单入了眼，还从此就入了心。

那时候的我和姐姐是饥饿的，不仅仅是因为赶了那么多路，而是我们平时在家的时候就是半饥半饱的。对这顿酒席从得到通知开始，就已经盼望了。

放眼望去，桌上的菜已经超过了过年的规模。前门香烟也在桌上，封缸酒和白酒同时摆在眼前。大家都在庆祝的气氛中吃饭。我在酒席上认识一个男孩，十多岁，圆脸偏黑，黑眼珠发亮，一脸“你从哪儿来，你是我家什么人”的好奇神态。因出门前被关照了少说话，就没回答他。妈妈虽然介绍过，但他的名字我还是没有记住。爸爸那天总记得要把我们三个人带回来，他也喝得节制。

月不满月，也能淡淡照着。要赶最后一辆公交车，我们先住在谏壁婆婆家，第二天爸妈再把我们送回高桥去。如水月光中的告别，渗透淡淡的美好。姑爸爸给爸爸一支烟、点燃了；自己也点燃了一支，在灯光在月光下，手指夹着火星，向我们挥手告别。

沿着来时路走了好久，又回到马路边。上车不久，颠簸的车把我们颠得睡着了。醒来已是早上，下车那段路，一定是爸爸和妈妈把深睡如泥的我俩，背到婆婆家。

有那么一整天，热切地盼望、欢喜地赶路、惊喜地喝茶、吃生日酒，月下告别、车上深睡，这样难得的亲族聚饮，从一开始就充满了纯澈的盼望，到那一路欢歌、清绿的茶水，最后月下的告别，这样纯美的酒意，以至于难以忘记。

高桥人的桑果酒

一位高桥夏大圩的老乡，带着他自己泡的桑果酒，找齐他想找的分享的人，喝酒吟诗。他的诗涌出无尽，令人佩服。高桥有这样的诗人，真开心。

我因为高桥的礼尚往来的老训，自己也要准备一点，以防桑果酒不够聚，就在家里的柜子找。因为记得很久之前买过酒，时间长了，我忘记放在哪里了。

我打开了最角落一个柜子门，纯净安静的酒，出现在眼前。它以往安静的样子，仿佛在说："我还是没有变，默默一直在，但是你关上了门。所以我在门里黑暗，你在门外失落。"

我把它带在身边，以防桑果酒带得不够。但是，到那里一看，桑果酒一大壶呢！

这位高桥老乡，对桑果的了解、记忆、热爱，比我深刻多了。他爬树，放开吃桑果，那种甜味他记得那么清晰。时间长了，他总要想办法，泡住桑果的记忆，办法是让桑果在酒里逍遥。

埠头的青石板下掏田螺的感觉被想起来了，蚕豆瓣子端上来了，瓶儿菜炒毛豆来了，他的桑果酒，在他的生命里温热了。

他和我一样，在高桥没有了祖屋，仙逝了父亲。他的父亲是长时间生活在高桥的，说到高桥，犹如说起他的父亲。高桥成了他的记忆中的故乡。我比他幸运的是我还有我的圩。他看见了竹床竹凳、腌菜坛子、机灵的草狗，他的感觉我能相通。

长久地离开桑树的痛楚压住的无形的思念，会催动肝肠，会昏花了眼，缓滞了步伐。在那深夜的寒凉里徘徊，伤了膝盖，月光梳白了头发，憔悴了容颜。桑果酒，无言却又热忱地滋补起这无尽的思念的伤痕。

打开中医书籍，看到写着桑果酒能黑发明目，利关节，解酒和祛病延年。桑果酒，在小满这一天，它疗愈思念，让我们一桌子的思乡人相融在林间的清风之中。

临散席，他没有喝高，思路依旧清晰，对我说：我支持你，把高桥写下去！高桥灌浆的麦子，麦芒上的瓢虫，茼蒿花上的蝴蝶，都在我们的生命里安睡着。

这是他在外的感慨：

城中有山无限好，有酒有客才尽兴。
飘然曳杖绝尘事，工笔写意渐成屏。
醉卧山门酬知己，傲骨无缘得盛名。
鬓白空有少年心，插花谁赠白头吟。

思念的酒，总是催动肝肠。年深日久，如此反复，这个祖籍高桥的人，不知不觉就成了一位诗人。桑果泡在酒里被萃取了精华而生香；心泡在思念里，自然而然地流出了诗。诗人的成长，大概是复杂的思念在催生吧。

今日小满，农历十七，高桥人，此刻你在哪里？你饮着的，是一杯桑果酒，还是青梅酒？

祭祖酒

顺江洲元字段村，曾经住过周氏一族。后来整个村子坍塌在江中，族人四散谋生。有的到江对面大港、谏壁投亲，有的到上海谋生。

有了这一段真正失去故土，成为难民的曲折经历，在外地的周氏都很谨慎周正，慢慢地把自己的心血积累成一点点财富。但是这些事业上的日渐成功，掩盖不了他们对胞衣之地的思念。

他们每隔几年，都要回到江洲，隔江相望。坍塌到江中间的土地，还有树尖尖露在水面上，留下曾经有人居住的蛛丝马迹。

每一次，他们都带一瓶美酒，举起，对着青天，再对着大江，祝祷希冀，然后倾倒在泥土里。最后两手握着空酒瓶，重新登船，离开，又回到谋生之地。什么都没有带走，什么也没有留下。

就这样来来往往，一个甲子过去了，周氏家族中的周志宏先生决定重振家风，追本溯源。他集中精力做两件大事。第一件事，组织周氏宗族，多方探访联络，修撰周氏家谱，印刷装订成册，分发到周氏各堂各房各室。联络宗亲，来来往往，风烛残年的老人，每次都举杯邀共，一一祝酒。反复陈述自己的心愿，以争取理解和支持。

第二件大事是在横山凹买墓地。他要让周氏宗族的亡人都葬在一起。这样每年清明节的时候，周氏宗族的人，都会不约而同地到达，跪拜祭酒，通过一一阅读墓碑，知道自己像河流一样的源头。相望来祭奠的生者，知道彼此原来不是陌生，而是宗族之亲。

大事办成后，九十多岁的周老先生，穿长衫棉袄，长跪于冬风之中，焚香高举起酒杯，一敬苍天，二敬大地，再敬父母，在天然合一的愿望和追求中，一杯酒，自上而下，接天接地，接住了一颗游子心。

以美酒祭奠，酒在墓前，流过汉白玉台阶，流淌到土地里。为了这个瞬间的三杯祭祖酒，老先生颠沛流离在外，奔波了一生，为了墓地又努力了两年。

他办完这两件大事之后，不几年就去世了，“托体同山阿”，终于葬回了故土。

酒是男儿的襟怀热血，是男儿的感情温度，是男儿的万丈豪情，是男儿对天、对地、对父母的无言倾诉，一杯又一杯，清亮的酒，是那真挚不变的情义。

家谱红色，承重，图片翔实，重要位置写着周氏家训：黎明即起，洒扫庭除……家训主旨是修身、齐家、治国、平天下。

举杯以酒，对天对地，以清透之酒，祭奠顺江洲坍塌的土地，酒香里，有着不变的依恋家乡的灵魂……

拜年酒

过年要喝拜年酒，高桥人家家必备的。拜年酒是一年喝酒的巅峰，有许多的不一样。

首先，拜年酒，需要先敬茶礼，红枣茶、蛋茶礼结束后，才开始正餐，禽鱼肉蛋的荤菜、青红丝白的素菜一一上桌，表示满满的真挚情谊。

米酒、封缸酒，也都温起来。然后再通过酒，红着热热的脸颊，表达口拙人的深感情。

一桌的菜，大多是平时节省的。“到过年再给你们吃”，是大人常说的话。这样的节省，不仅仅是物质的匮乏，还有心意的累积：把最好的留着留着，在一个重要的日子，给你。初一到初五，重要的亲戚，从长辈开始、亲姐妹弟兄、朋友，依次拜望起，年酒就不停了。

年酒，几乎呈现这一年全部的美好。

雪下的青菜蒸粉肉，是田园、霜雪和畜栏的际会；风鸡风鹅烧素鸡也是；鱼汤变成了凝冻子，比果冻结实，那是鱼和冬天的际会，比果冻还多了咸味和鲜味。这样的滋味，怎么能少得了酒呢？

美食无一不山水、田园，春光明媚、秋实硕硕，美食融通了这整年的一切。一盘未变，食味万千：稻花香的美酒、新韭代表田园、毛栗子代表佳木、凤凰翅代表飞禽，哪一样不山水、不田园？

拜年酒，是喝出一年感觉的乡酒，是一年辛苦后积攒出来的美意。这样的酒，当然会喝得特别畅快，特别热乎。

美食是何意？美食的过程，是将主人今年发现的、寻猎的山水田园，煮在氤氲的气息里，悄悄地，不告诉你，只是煮给你们的心意——来往拜年，礼意深长，这一年大家辛苦了，也有了美美的好生活。来年春天，我们再一起携手努力，干了杯中酒！

如果有可能，给你拜年，在乡下自由环境里，举起一杯年酒，安放你一年忙碌的身心。在外乡靠近理想的地方，如果你无法步步春风，一路奇迹，那就回来过年，休养生息！

雪正白，梅正香，以什么来表达？情意深长的高桥拜年酒，正以难以察觉的方式改变着你，就像南江边缓流的江水改变匆忙、河床改变河流一样。

饮下这清醇的拜年酒，希望能记住家里对你的牵挂，改变你匆忙混乱的脚步，越来越轻盈地回到你奋斗的地方……

过年

春节的喜庆是在回归聚齐、在融融的爱意中，等待春天的心境。大雪和梅花，招惹美好热烈的盼望。春节来了，新一年，新的春天，就快来了。春节后的寒冷，都只是不可畏的余寒。相聚在一起做盛大的等待，在亲密的氛围中，看着。梅、杏、李、桃，各色花一一正确地出场在春天的舞台。

拾柴火

高桥柴火总不够烧，原因是稻草也是集体的，要么卖、要么铡刀铡碎养猪子。能烧的就是自己高田里的豆秸子、芝麻秸子、玉米秸子，能有多少呢？划柴火就是秋冬必需的事了。

什么叫划呢？有个竹耙子，叫笊耙，能把远的划到脚边！但是我们使不上，人太矮了。我们只好拾柴火。

树上掉下的枯枝最好，但好的总被捡走，实在不行，捧枯叶子往筐里装，也能烧一顿，虽然这样最不好了，因为烧起来烟大，不比树枝树干。

我是老末，跟在最后，没什么树枝了，只能捡树叶子，常常被大的认为最没用。因为我后来迷上了树叶的脉纹，喜欢举着对着太阳看，连搂树叶放到筐里都忘记了。

干枯的叶子其实不单调。有金黄的，有些已经脆裂，也有刚落下，带着鲜红，还有深棕色，最先落下的已经发黑，发灰。冬天里绿色褪去，一切的色彩反而格外柔和。这些落叶有些从树上开始就变黄了，冬风吹起，从树枝上脱落开始飘向地面的过程，和春天里花瓣的飞行过程一样曼妙。

有时候风忽然大起来，上百片叶子一起从树上落下，开始飘向地面的情景，真是有一些小小的壮观。我希望它们全部落在我的脚下，装到筐里去。在寒冷的黑黑的锅膛里，它们也会变成深红和金黄的火焰，熊熊燃烧。一改落叶被弃的命运，令人喜爱。

因为拾柴火而认识了树根下各种冬眠的昆虫，知道了树上鸟窝哪些是空的，等着春天的来临。最羡慕的是强劳力直接锯树枝，再用斧子劈开，白白的树芯，肉一样，还码得好好的，锅膛最要这样的，过年做包子有得烧了！

拾柴火容易伤手，常常被戳到。冬风很厉害的，弯腰曲背，棉袄短容易进风，常常受凉，泥灰又多，容易皴手。那时候一圩的拾柴火的，手都开裂，没个红活圆润的。没有人想起来喊苦，相反背着捆好的柴，在回家的路上觉得自己能为柴堆添柴而开心，我对树叶的感觉从此和温暖、光明连在一起。

柴火，是光明、温暖的象征。那高桥的大树呀，我们仰望着，有枝间蓝天的美丽，有鸟儿归巢的热闹，有树荫乘凉的欢喜，有依靠的安舒，还有你给以温暖的礼物——轻轻地、不断地，飘飞给我的树叶，我都一一捡起，一片不少地存着，存着了……

熬鸡汤

高桥过年不杀好几只鸡子，还叫年不？

早几天一圩到头，就此起彼伏地鸡飞惊叫，展翅乱跑一气，最后被擒！褪去鸡毛，好看的给孩子们挑走做毽子，或者夹在书里，当书签欣赏。

鸡洗净后，清水没过，大火煮开，在沸的极端停留一会儿，让它有个火热的夏天。慢慢缩小火苗，慢慢焙煨，鲜味一点点往清汤里渗透。鸡的祖先是飞鸟，毕竟带有天上的基因，白水遇到了天物，完成水天一色的相遇，水就不再是水，鸡也鲜美极了。

熬鸡汤，由清水转为清淡的汤，再有柴火的催发，渐渐转浓、芳香，猛火转文火最是关键。文火慢慢熬，大灶烧草做不到，办法是用树棍、劈柴控制火，留一根劈柴不熄灭，快要燃尽时，接一把豆秸，或替一根劈柴，接上去烧，看火就很需要耐心。

守着锅膛的文火，这一点，是奶奶做不到的，因为她的心里有太多的事急着要去做，恨不能武火烧好，了一样事情。

我没有事做，冬天很冷，守锅膛最好，所以我喜欢一直在锅膛边，蹲守着一根劈柴的文火，一直烧下去，不叫我出来才好。水汽不多，微微发香。

老人喝的高汤里还有参须，或者直接下参煨。冬天里老人暖腹回肠，原因就是锅里乾坤，有了山的风景、神往的长白山的参，温阳熹微，当然远山近水与高天都在眼前。

一锅高汤是年夜饭的灵魂。不靠味精提味，一桌的暗神，温暖不绝，就是高汤的灵魂。一锅杂烩，天南地北的汇合，青菜、白菜的收汤泼鲜要靠最后一勺高汤出灵魂。

一锅汤，从最沸腾到煨好熄火，好比从夏天走到静冬，需要两小时，轻轻合上火头，仿佛是省略号，其中意味，需要汤匙送到嘴里以后，自己明白。

鸡汤煨好了，年夜饭就定了魂。鸡汤贯穿的年夜饭，是人间烟火的最高端。新年祈祷：近的、远的，回来的、没回来的，我们在人间，一餐餐，一年年，好好地，健康地过。

杀猪子

杀猪子时，心情是复杂的：饥饿而能有肉吃，当然盼望，但自己每天薅草把食，喂出来的猪，知道它由小到大的一年，就要杀掉，当然万分地舍不得，只能安慰自己，明年再养一只。于是，请杀猪的来了。

杀猪，先清猪圈，清完以后，用水冲干净猪。然后青壮年翻进猪圈，抓猪。槐二子是次次少不了的，因为最有劲，其他人每年都换。四个人围追住猪子，猪发出危险的不理解的叫声。摁住了，用草绳扎住四蹄，猪就没有劲了。躺着，被抬出来。

木头长板凳两条，用绳子将猪绑紧在凳子上，猪这时狂叫了死喊，再用水洗一遍，地上大木头盆等着，杀猪的对着猪喉咙用刀一捅，猪血流到木头盆里，准备烧猪血。

等血不流了，大澡盆里开水等着，猪被扔进去烫，翻滚着左右反复烫，然后再拎上板凳，在脚踝处割个口子，用捅刀捅开，然后吹，猪被吹得圆滚滚的，开始刮毛。刮毛后的光猪再冲洗一遍，开始开膛破肚。心肝肺肠的解剖图，我就是这样学会的，初中生物学，全是满分，就是杀猪看多了？

冬天杀猪，热气腾腾，杀完后，分猪肉。弟兄姐妹各个领去一大块。一圩到头全分到猪血。各家红白豆腐，调上辣椒，很快吃起来。

猪八样是过年的传统项目。灌猪肺很有趣，反复灌和倒出，直到水清。

灌香肠需要配合，灌起来挂在廊檐口风干。

廊檐口，通风处，各家渐渐挂起了咸肉，一直吃到暮春。做包子，烧猪头，煨脚爪汤，灌香肠，做肴肉，全有肉了，于是过年充满了香香的肉味。

可惜，我那时对吃不感兴趣，对一种球体感兴趣，那是猪尿泡做的球，可以踢一星期才瘪掉。

写对子

过年，家家要贴对子的。

对子，很神奇，先不谈内容，单把简陋斑驳的木头家门，化作红灿灿的温暖处，就已经神了。

亨字圩文化人多，对子从不用买，各家都有能舞文弄墨的，或老者，或学员，或转业军人，还有在外地工作的，回家也能写。

冬阳下，家家院门开着，院子里摆出八仙桌子，裁红纸，磨墨，舒展手腕，感觉一年的前景都在这张桌上。孩子们这时候屏息凝神，收敛起调皮捣蛋，踮起脚尖，看着红彤彤的四方桌子，暗暗记住执笔人的架势，以为很神圣，很骄傲。

爹爹就是会写的一个，他会写很多，但每年开笔，都不忘四个字：万象更新。高桥对子写得好的，附近几家邻居有不太会写的就拿到这家来，自己比对自家大门，裁了红纸，一边看，一边等。围观的总有十几人。那些平时在家里吆喝着做力气活的，气势也收敛，恭敬这个会写对子的人。

都准备好了，落笔惊风雨啊，写完一个字，总有喊好的，鼓掌的，因为写的人，不告诉你下一个是什么字。

“福如东海”之类的平常对子，最能比字的灵性和苍劲，大家喜欢，更喜欢“家和业兴，春来发荣”的祝福。好像过了年，再好好干一年，家里就不缺好生活。有一家有新人结婚，大门贴着：“朝阳彩凤喜双飞建千秋伟业，向阳红莲开并蒂树一代新风。”

一年一年，几十年过去，高桥与时俱进，家家和美，桌边踮起脚尖围观的孩童，一年年成长，带着这点文化积淀，带着永无止息的更新气质，走向五湖四海。

红豆沙，馒头花

在高桥过年，蒸包子是一件大事，是一件标志性的大事，是一件有仪式感的大事，是一整年来积累在心底的大欢喜。从开启到落幕，需要三天才能完成。

头一天就得下田挑菜准备，需要准备好几种馅心，青菜肉的，萝卜丝肉的，安乐菜的，豆沙馅儿的，糯米的。

青菜掰碎、洗干净、烫；萝卜拔掉洗干净、切成片、烫，烫完以后捞起挤干水，开始剁菜、剁肉。高桥每一家都有人会两把刀在左右手，一齐剁的，那就是特别欢快的节奏，还有把菜装进袋子，用石头压住挤出绿汁，流着菜香的绿汁，没有人想到那是浪费。这些活动就需要一整天，因为过年的包子做的量太大了。

第二天需要熬豆沙、洗豆沙、做豆沙馅。一脸盆红豆，清水洗干净，倒在大锅里加水烧。红豆就在这样的大锅里慢慢地软烂，放出红豆特有的香味，香气从无到有。煮得很烂，熄了火，仍然有余温，盖着厚厚的木头锅盖再焖半小时，直到不烫手了，用铜勺舀上来，还放在脸盆里。大家洗干净了手，把红豆反复地捏，我也伸手捏。指缝里滑出细沙，手掌心留住了红豆的皮，把皮拣出来，再用手继续捏，把软软的豆粒都捏碎，指缝过沙，痒痒的。全部捏好，再用纱布过滤，过滤好的豆沙含水，要重新放到锅里熬制。不停地翻炒，翻着翻着就需要往里倒油，整个熬制的过程需要不停添油添糖，滋润和搅拌，不能粘在锅底。我们还是经常失败，锅底总是有烧枯的黏着，反而增加了香。熬豆沙的过程中，红豆沙遇上那在田地里站了很久的甘蔗熬成的糖，再遇上大豆的油，仿佛是三种人的人生理解，是三种精华的聚会。

那时候不知道，所谓的相思的红豆，是指南国的红豆，还以为我们这小小的红豆粒，就是满满的相思的寄托。所以每一次捏红豆的时候，我们都带着一种特别的虔诚，虽然还不知道相思的滋味，但已经预感到，那一定是一种芳香而美妙的感受。

最后红豆沙熬好，天冷，板结在一起，到做包子里的时候把豆沙馅捏成一个个的小球，捏包子的难度反而下降了。我也会做包子了，不会把菜馅弄得盆里盆外到处都是。然后豆沙在包子皮中，再一次上笼屉蒸熟。这又是一个在高温中蒸腾的过程。

豆沙的相思，是一路的相遇，一路的被滚烧、被焖、被蒸腾、被熬煎的过程。完整地领受过这个历程，变成细腻甜糯的红豆沙，成了至高之福。

香香的年，甜蜜的年，甜甜的相思，是这样熬来的。

下晚，蒸好了糯米，开始和面发酵。家里有一个浅浅的瓦缸，把一袋面倒进去，向人家要了酵面做酵头，和进面里，从下晚开始，让它发酵。晚上天冷了，怕它冻僵，放床上，用被子盖起来，一夜摸进被子里好几次，软软的、肥肥的，心里就欢喜，发酵是成功的。

第三天才是做包子的正日子，一盆盆馅心放在大桌上，把发酵微酸的面投了碱水，揉。揉面很需要力气，一直揉到面里的小孔发圆。切了面剂子，一家子开始分工：捏包子、上下笼屉、守锅膛。最快乐的时候是第一笼包子熟了，这第一笼往往花样齐全，因为各样馅心都要尝尝咸淡，还因为，那是全年的第一笼，大家劳作了两天，盼望了好久。

我的任务愉快轻松：用艳慕花的果子，蘸了红，盖在安乐菜上，像一个美丽的图章，区分馅心。一大筐篮的白胖的包子，被点了艳慕花的花纹。高桥的艳慕花，学名磨盘草，种子像花一样。大大的筐篮里，从无到有，一排排的包子延伸开去，散发着幸福的味道。

一大早就开始，一笼一笼的，蒸蒸日上地做到下午四五点，把面用完了、菜馅也包完了，大筐篮里包子凉好，收到篮子里，那才是过年的底气。

第四天，是分享包子的那一天，左右隔壁邻居互相对尝，哪家的最成功，亲戚中还没来得及做的，就送过去尝一尝。特别指出的是，高桥那时候过年的包子，每一家，都悄悄地给过年来要饭的留着几十只，管够。

高桥过年蒸包子，是有仪式感的幸福，在蒸蒸日上的盼望里，红豆沙，馒头花，思念有熬制才会有甜蜜。

炒瓜子

那时高桥孩子多，堂兄妹、姨姊妹、干姊妹，成帮成伙，从十六岁排到一岁，齐全。

我的堂兄妹聚齐共六个，我老末。孩子的肚子通到海呢，全放开猛吃，那不得了的，尤其是过年炒花生、瓜子、蚕豆。

葵花籽是秋天自家田埂上收的，葵花盘籽粒饱满，揉下来晒干，空的葵花盘，犹如蜜蜂巢，揉下葵花籽，葵花盘扔在地上晒，晒干了烧锅，香味又不一样。

葵花籽等到过年才能炒，炒得好吃，火候很要紧。

有时候炒得嫩，香味没出来，有时候又炒老了，带了枯味，不容易拿捏火候。我和姐姐们发现了停火的办法，利用铁锅的余温，不行再追一把草，这样反复。和文火又不一样，文火是一直烧着，而这样的间歇，能让瓜子的香味慢慢醒来，停下酝酿，再往前赶香，这样就不会超过了味道，变成枯味和苦味。

炒蚕豆就放心多了，因为蚕豆结实，一阵子大火没关系，“炒蚕豆，炒豌豆，炒不起来翻跟头……”蚕豆产量又高，存得也多，炒的时候胆子就大了。

花生带着壳子炒，最是要焖着，小心地炕。最忌讳大火、猛火，会直接枯黑，那就是浪费。有一年，我们学着放沙子炒，结果不是太好。我们有自己的花生种，小、红皮，香中带着酥、鲜味。

南瓜子和西瓜子很少，最是珍贵，实在太少的时候就混在葵花籽里炒，挑着吃，别有趣味。不管炒什么，守住火最重要，情愿它们还生着，最不能大火而炒枯，那是无可挽回的损失，一损失就是一年，需要重新积累，又开始盼望一年。这样的盼望，在高桥，算上我不懂事的日子，只给了我十载，美好之暂。

等炒得正好了，喷香的，但就那么一锅，要招待客人，所以不能敞开吃，每次要到一把，装在口袋里，小心维持，吃到晚，才能再要。

装花生瓜子的罐子，引得我们多少张望。分一点、再分一点，意犹未尽的香味持续了整个冬天。

堂兄妹一起吃瓜子花生，说一堆幼稚的、关于长大了要怎样的话。大堂姐的心愿是要成为一个最美的人，二堂姐要有自己的物件，我的亲姐最善良，她什么也不说，只把她的那份，又拿一点给我。我们吃吃玩玩，一地的脆壳……

那些短暂的时光，会一年一年地酝酿、发酵，散发出酒香味。

年茶

过年除了大家熟悉的杀猪宰鹅、做包子、炒瓜子，还有一件小事：烧茶。烧茶是分样进行的，红枣茶、桂圆白果茶、馓子茶、炒米蛋必子茶、圆蛋茶，过年待客的礼数都在茶里。

烧茶是必须用家里的煤球炉子的，生煤炉熏泪了眼睛都愿意。守着炉子，把各样茶慢慢煮开、煮香，红枣子煨茶，渐渐红了。

过年拜望，茶食包子两袋，红枣子、方糕都有敬意。年礼的开口处，还有一张红纸，这是敬祝你新年红红火火的心意。

奶奶带我们去拜年，我们小孩没有茶礼，奶奶受桂圆白果茶，我要爬到她的膝上才能吃到一颗白果。

自己家这两天就要开始煨红枣，把存的鸡蛋都煮了，白糖、红糖罐子都装满，待客来拜年，好端出茶来，以礼相待。这些个茶，入了冬就要准备起来，一样样地想办法存到，放着。

白糖在平时很金贵，只有过年那几天，好像敞开一样，什么都放一些。

奶奶关照年茶不能全部喝完：枣子茶吃一半，蛋茶就吃一个，茶水也不能饮干。我问为什么，奶奶说，一锅果子茶，怎么的也要用到初六以后。为别人打算，细水长流，又交流感情，那时候的年茶里，情义深长又几多感慨！

什么时候，能在过年的时候，大地静下来了，淡雪飞起了，绿萼梅也放香了，能有完整的时间相对而坐，把一套润喉茶、相思茶、祝福茶，慢慢地，逐一饮了？

年初三，多想和你说会儿话

年初三，热闹的景象似乎淡了些，这日子却很重要。

有年谣："初一早，初二早，初三睡到饱。"忙碌了三日之后，恰逢阴雨，休憩在家，睡个好觉。

醒来已近中午，下午就想着去你处拜年。经多年，多少事，来不及说。

初三年意在于叙叙旧。聊聊平日里，没有陪伴在彼此身边的日子，各自发生的好事、笑事，或储藏已久的心事。

都吃得饱饱的，檐下小雨滴注，院里梅兀自开着，没有推杯换盏，我们就坐着。不要麻将、纸牌、瓜子，就只要清茶，把前三天的荤、火，都浇一浇。

小忆旧日时光，总有些"不曾忘"的趣事要讲讲，会发觉我们互相关联的记忆竟有很多。曾以为丢失的圆满的感觉，以为是落叶而扫，却便在初三，这样难得的"叙旧日"涌起了。

让一下午就这么无意义地过，随意地说起山水，说起漠河，说苏杭，就跳到北疆。年初三，大家都忘记了重重叠叠的发展计划，只有这眼前的人影，依稀他、她，童年一起奔喊、少年一同背书、青年各自成家育孩，然后又坐在一起，促膝、剪烛……

初三的下午，是一个阴雨天，没有事做的我们，团团坐，一起聊聊天，那些没有回来的年，一直都还在。那些就要来的春天，也肯定在的……

初三当夜就下了好大的雪，初四呢，一早看梅，那些光彩流芳的梅，静静地，笑意不掩。

初四晚上，雪又继续了，簌簌纷纷，路灯下旋舞飞扬，一会儿就能积满了心绪，像说不完的话……

给你拜年，就是和你说会儿话的。

上灯圆子落灯面

元宵节还是很冷。家里那么丰盛的吃食，慢慢少了，到元宵节，又需要重新准备。做大圆子，又是一件大事。十三上灯，一早地里弄菜，荠菜还很小，挑荠菜很费时间，掺在青菜里也可以。洗、烫、斩、调味。过年的桃酥还没吃完，压碎了，放一勺白白的荤油，放点糖，香甜的也很好。豆沙和芝麻是早就准备好的。做成的馅都放在脸盆里静候，工序和做包子差不多。烧热水和圆子面，揉好了，包大圆子。冷就这么驱散了。

揉面要充分，否则会开裂，一下锅糊得愁人，最不好。我们包的大多开裂，都是没有耐心把面揉熟，就包了。小的成了捣乱的，因为不但不会包，还糟践面，把馅心弄到桌上。好几个人围着脸盆，奶奶既要包，又要骂，一会儿笑，一会儿恼。一两个小时以后，筐篮里的大圆子一个个地多起来，白花花地亮眼。尖尖的是豆沙的，滚圆的是青菜的，扁圆的是芝麻的，有些圆而长的是奶奶要的桃酥的。

大锅里水烧开了，咕咕地翻滚，端着大筐篮往里面下。我们围着锅台，一个个提出要自己的，要几个，什么馅的。看着大圆子下去了，一一满足了，盖上锅盖，慢慢等。锅盖的缝里渐渐地升起白烟，熟悉的糯米香气渐渐浓了，直到锅里大圆子在热水里上上下下地翻滚，全部漂在水上了。一开锅盖，果真都胖胖白白地浮着，依稀分辨圆子的样子，舀到各自的碗里。小心而开心地端着，自己碗里的大圆子，多可爱呀。可惜那时我太小了，圆子太大了，又是黏食，碗里只能有一个。姐姐们碗里都有两个。爹爹是男劳力，开春最辛苦，碗里有四个。

吃饱了又热又香的大圆子，等天黑，拉兔子灯，上晒场上，一起兔兔灯，爬柜台——

又过三天，正月十八，落灯的时候，吃长长的手擀面，长长的春天开始了。

一春院囿

那时候一个人在院子里，完全不觉得孤单。它不是一个神奇的院子，只不过我在那里学会一个人积累生命细致入微的感触。有了一个人单独待着的机会，反而能发现自己和四角天空的联系。一个人可以兴致勃勃地刨土，偶尔来了一只蚂蚱，或者一只蜗牛，都让我学会把语言收起来，去看待鲜活的生灵，才看到世界还有一个自己。

救命之恩

七岁的早春，发生了一件生死攸关的事。

早春已来，但春寒未退，我们还穿着大棉袄，赛跑就不方便。比什么呢？思来想去，比搂着柳树转圈数，比比谁一气转得多，最厉害的能转几百圈。一直到头晕眼花，找不着北，都不松手。我这个项目还可以，于是到处比，赛场边，大门口，河边上，只要有树就可以比。

那天，只有小梅和我两个人，在河边上玩，抛石子、打水上漂漂，什么都玩腻了，只有比转树了。于是在河边上选了一棵柳树比。她转完了，该我了，我玩这个是很难松手的，直到听她数了几百了，觉得可以松手了才罢。

刚松手的那会儿，真是晕天黑地，不能自主，一骨碌就滚下了河。运动的惯性让我直接到了河中央。若是夏天，神智不晕，会划两下子的，但是棉袄棉裤裹着，又昏着，连扑腾都忘记了。

仰面朝天飘了好一会儿，胸口伸来一根大竹竿，抱着被拖上岸。

原来是，我这边水上漂，那边一群人惊骇：小梅着急得连哭带喊，惊动了对岸剐芦柴的谢老师，谢老师扔下弯刀就往家奔，一边喊我奶奶，说我掉河里了。

圩里所有邻居只要在家的，都围到码头上来，想办法捞我。那时候圩里的孩子真的是大家的孩子！

奶奶丧失了理智，忘记了自己不会水，就只知道自己往河里冲，下到膝盖高的水里，就滑跌在水里，被邻居赶紧拉回去。但是这猛地一下，她撑在码头的手腕受了伤，自此没有好过。

谢老师晒衣服的大竹子，转了我的死而生，圩里人的这一份救命之恩，谢字都没要，觉得那么自然，圩里孩子嘛，谁看了都会救的。四十三年了，留在时光里，没有人提起。

自此，奶奶就害了怕，加强了对我的管制，家里其他几个都可以自由出入，我不可以。我要到哪儿，去多久，都要细问，大多回答都是：

不许去！河边更别想了。

她最放心的只有一个地方：院子。我的一春院囿开始了。

今天留你看门口

大事到来，各人有任务。一家最小，分配到的工作就是：今天你看门！这个任务，滋味复杂，很累人。

首先要明白最小，最无力，出门赶不上大家，一路要抱会成为麻烦，就不能闹着要去，忍着泪留下，压住各种向往，不能流露失望和孤苦。抑制对奖励的想象，因为守家的任务最轻、最不值得奖励。奶奶出门之前把要紧的都反复关照，要这样，不能那样，确定我都记得清楚了，才准备随身带的东西。

一队人走出门了，又喊我拿忘掉的东西，跑出去送给他们，要送好几回，齐全了，脚步走远了。确定不会回来了，就一个人悄悄地，把院门关上。没有人了，只有自己，一切都需要自己来陪着，来努力着，度过这只有自己的一天。

剁碎菜叶剁蚯蚓，喂小鸡，又抱走小鸡逗母鸡。给大鸡喂食，扫院子。数蚂蚁，数太阳的脚，种一分钱，下午就挖开看，一系列的孤独中的乐子都做一遍。但是想念还是悄悄来了。

要喝水，忍着；要吃饭，忍着，因为不许划火柴，会烧着草。有人喊出去玩，忍着。有人要上家来玩，不许。全天都在当家，当然不能随便让人来玩。有人来借东西出去，还东西来，都要开门应对再关门。奶奶在的时候，这些都不需要烦心。

都忙完了就直对着大太阳看，挪开视线，再看别的，什么都变色。到中午抱着狗儿不知怎么睡的，稻草很香。快日落的时候，收鞋收衣裳，思念已经涨满了心。

都做好了以后，他们还没有回来，开始张望和等待：大路上有车了，也有人回来了，但都不是。太阳慢慢西沉，黄昏的光和朝霞一样美，落在大树的枝条之间，天空归鸟相与飞回。渐渐光线暗淡，望眼欲穿，这时候，晚霞是最好的温暖和安慰。因为天还没完全黑透，奶奶还有姐姐们哥哥们回家就能看得见。

终于回来了，乐坏的一群人各自说各自的发现，玩自己新得的物件，高兴地告诉我一天的快乐和精彩，我只能听，想象，我什么话也插不上，我自己的这一天，没有什么可说的，无限的滋味却说不出。奶奶抱起我，说我收回了衣裳，赶鸡回窝了，说我看家看得很好！

这才放下了看家的沉重，身体都轻飘了，得到了奖励：带给我的饼。吃得特别香，姐姐告诉我是特留的，很慢很慢地吃着，感动，一来是太饿了，更因为确定了，他们在外面吃的时候，我没有被遗忘。

看门口，就是守候。没有大人，没有伙伴。蹲下来，守着这一切。看着微小的活物和静止的花朵，感受到不可剥夺的静谧的快乐。我亲眼看到天牛想挣脱束缚，获得自由；花儿开得不屈不挠。这些都是一个人守家的时候，仔细积累获得的深刻的感动。

能干能跑的，都去做重要的事了，人弱力小的，在原地守着。守着大家出去之前的样子，守着时光，好好地，做着走前被关照的事。这样长久的一个人的世界，日后慢慢地反刍，等我把最简单的院子彻底看清楚以后，就能看到自己。

当我打开大门和世界对接的时候，正是圩头黄昏，等着望着的人，也正是回来的时候，张开双臂，跑着扑向，何等欢欣。

秧子和教育

奶奶吃了我掉进河里这一吓，就反复关照，不许出去。她上大猪圈干活，要么关门，要么就突击检查，一推门，只要我不在，她就会喊。以至于多年以后，发小们见到我，都会想起奶奶拖长声喊我的声音。

奶奶关门，但并不锁门，我硬要出去还是可以的。但是奶奶在河边的恐惧忧心又焦虑的喊声还在，手腕还肿着。晚上睡一头，我抓着她的腕子小心捏捏，又问她，怎么就下水了，她就说，想拿她自己的命换我呢。

我就难过了，知道自己不能多出去了。不听她的话，一定会让她更不好过。所以得听话，做让她好过的事。

我明白了她的心，结束了我的无知茫昧。

高桥老长辈不识字，他们教育儿孙没有宏论，只有以命相待。来自生命本源的忘我唯你的爱，实在比名牌大学的教育还有疗效，一直沉淀在我生命里。

这样的处境中，我自己决定，必须在小院里熬春光，时时安了她的心。说不定，她的手能好起来。

外面春光日渐引人，大门虚掩着，两扇大门扇并没有合拢，常常看见宽宽的大门缝，我时时可以出去，走进春光里再次疯玩去。

现在想来，她是为难的：她本可以将我锁了，彻底放了心，但我变成了被锁的小动物，她于心不忍；大开着门，她又不放心，所以她要把两扇门带上；碰紧了不留门缝，那就是一点出门的余地也不给的意思，又怕我心里难过，最后，那个春天，她关门的分寸，就成了留着半人的空隙而关上。

她的教育智慧，是多么的高超：大锁锁住，我一定哀戚服从或是拼命抗闹，那样的话，我不是成了烈性子就是成了孤僻者。完全敞开，我一定不以为诫，永不会自我约束。只有这样的分寸，让我在无人的情况下，每日对着这样的大门选择，出还是留？渐渐地，她用一个春天的时光，让我学会了自主和独立地选择！

多年后，当我读到教育大家关于孩童自主意识的陪护的文章，想起奶奶，真正地折服了，她的教育，简直就是艺术，源自她朴素的生命挚爱。

她的不许出去的关照，当然彻底地达成了。

小院里的碎砖头垒起来的花台子，成了我的据点。小地方，阳光少，没有风，怎么办呢？看看一窗台种子，想到奶奶有时候要花五分钱买秧子，育个秧子还可以。所以把丝瓜种子、黄瓜种子、晚饭花种子、青菜种子、大蒜、发芽的土豆、发芽的山芋，往里埋，按距离下泥里，等待就开始了。

早上看，中午看，晚上看不见。这就免去了跑出去的危险。慢慢地，各式种子冒芽的样子都熟悉了，豆子冒了芽，还顶着壳，丝瓜起初生两片椭圆叶子，青菜冒芽最快……

反正，每天都有冒出来的，一天一个变化，长得很好，对着我笑。最成功的，把丝瓜引到隔壁的瓦上，蔓了一大片，绿叶黄花的。

有几次，奶奶回来发现我的秧子很壮实，直接说，这几棵黄瓜秧子好，我挖去栽在高田里。当然骄傲得很，到高田就说这几个是我的秧子结的黄瓜！

秧子好了，那么多，地方不够，奶奶就说，要把长得弱的拔了扔掉，留三两棵才能长。我就犯了难，这些秧子，都是我的，扔哪个都不舍得，就是不拔会怎样？

一天早上，真的被谁拔掉好些棵，放在一边都蔫了，它们就要死了，不能油油地长了，扶进泥里去也不成。我又没有了欢气。

秧子呀秧子，你就不能弱下去，会被拔掉；你就不能在没有阳光的地方发芽，会长不好。你看那几棵被栽到高田，被给了芦柴架子的秧子，长得多好！

悄悄地擦过了眼泪，和那些秧子告了别，知道再也不能老是在院里活着了，和奶奶说，我还是要出去玩。

奶奶说，你长大了去哪都可以，现在不行，就在院子里玩。我说了秧子被拔的事，奶奶愣了就说，别种秧子了，花台上的月月红就很好，随你怎么玩。

于是玩了一阵子月月红，觉得在墙角也可以有月月红的旺盛和美，于是我才又缓过了气。院子里发现了有意思的物件，别样的天地随着春天轰隆而来了。

月月红

月月红（月季），高桥太常见了，家家有。

院里花台有棵老月季，根粗，比我还高，不敢伸手，怕它一身扎人的刺。春天菜花开，它开。夏天荷花开，它开。秋天菊花开，它开。冬天白茫茫的一片，它居然开一点红，令人惊讶欣喜。

我的秧子被拔以后，折腾起它来。剪了几段，插下去，浇几回水，它就生根发芽了，接着枝繁叶茂，忽一日，含苞待放，一点儿也不给我失望。

让我惊喜连连，一朵接一朵，亮了墙根。几轮开过之后，我就看烦了，又全部剪了，折腾起鸡冠花来。谁知道它有根，又冒了新芽，不久就又开了。一枝独秀朝夕晨昏，又在和老的那一堆花挤墙根！

墙根上有新鲜的绿苔，偶尔会有蜗牛爬过。最好看的花，必须有一只蜂鸟或者两三只蜜蜂发现它，到面前吸取花蜜，同时又把花粉带走，蝴蝶也可以。所谓的生机，就是驱走一院里单调无聊的沉寂。在小小的院里，找到一样赏心的乐事，那也是一种盼望和一种不屈服。

月月红在黑夜里积蓄着能量，又在清晨绽放着浑然元气，活生生地将一个墙角，改成一个明艳耀眼的、喜悦人心的地方。

在月月红还没有开透的时候剪下来，用蓝边粗瓷的汤碗放点清水可以养，放在朝阳的窗台上。月季花根很长，麻油瓶里可以插两根。八仙桌上就有了颜色，有了香味。反正院子里明天还长。今天凋落下来了，也不可惜，再去剪就是了。

我把它的花连带枝子都剪下来，随处插着，窗台上、爹爹的算盘格子里，觉得香气不歇，红艳好看，也剪不完。就这么无师自通地学会清供，学会原始的美。

月月红不名贵，但我喜欢，因为它实在是一种自爱的花儿，还有一股子傻劲，不问春光，只管开！把它到处供着，就是把生机和美留住了。

前日里，去了北京回来，更是高兴得不行，月月红成了北京的市花，绿岛普种这个，博得众多的喜爱，惹得园艺工研究、打扮她，使她渐变、多色。往牡丹上拼呢！

路过公园花台，大朵的一时娇放，像大红花一样，又吸引我了，我很想摘，但是那是公园的英雄花，属于大众，不属于我。

蔷薇芳心

月月红的北边不远，就是北院墙，黄鼠狼进来的镂空窗是个坏窗子，那面墙也有大缝隙。

黄鼠狼老来，奶奶就要保住小鸡，于是干脆到外面墙根，把野的蔷薇藤顺进来，又弄了好几枝粗根，种活了，她指望蔷薇的叶子和根上的刺在坏墙根下，能有点用。

几场春雨，蔷薇来了神，爬墙蔓延。花虽然小，但是越开越多了。香味让蝴蝶来得更勤，这是它无意的努力，似乎想顺带着一些美好礼物，让我给一些注意。可是，我蝴蝶早就扑得多了去了，它面前的蝴蝶，哪能有我在外面扑过比过的好看？花小，围着的蜂蝶也不会大的！

好在它不计较，每天认真地多开几朵，渐渐地，月月红在数量上开不过它了。院子里需要插花的地方很多，窗子上、瓶子里，大鹅太白了，脖子上也需要扎一圈红的才好看，月月红不够，蔷薇也可以用起来。

蔷薇在很小的时候，和旁边的月月红相比，的确得不到钟爱和注意。但是它的小焕发成一派热闹的景象。因为它们挤在一起，改变了花朵小的劣势，在秀丽的基础上又争取到茂密，使它们有了同样的旺盛的魅力。

花朵众多，香气也更浓了。它们还会攀爬，早上的洗脸水泼上去就够了。这样的努力，也给人清新之感。

那面墙，因为破败，因为时间久远，有一些古老坍圮的感受，引发旧日足迹的沧桑感，都被蔷薇改变成正在发展的故事。

春天呀，正是万绿蓬勃的时候，桃红柳绿的，个个都好，蝌蚪、小鱼、燕子都正惹人。我在院子里，多么想念外面的世界啊。大门虚掩着，但是我还是决定少往外跑，因为，一会儿奶奶就会来喊了。

有一天，送信的来，等着奶奶回屋拿图章出来，他也被一墙蔷薇夺了视线，说："紫花蔷薇、藤本月季，开得好！"

“紫花蔷薇、藤本月季”，这八字一入耳，就觉得莫名高级。看我注意听呢，他就说南京也有很多蔷薇，山上有，园子里有。北京有的园子还要多，花海似的香，品种也很多，有很多明信片上有，他送过好多了。说完又去送信了。

我听了真开心：小蔷薇，别自卑，我喜欢你了，你开心起来吧!

原来我瞧不上的蔷薇，有这样的远景，小院子真是大世界！蔷薇把坏墙根的颓败气，转成了芳香和美的气息。

怪不得爸爸他们回来，临走都要把院子看一遍，看到蔷薇，眼神里满是告别的留恋。我有点知道，他们确实在这个院子里丢了一样东西——小小的故园芳心，在蔷薇的香气里。

他们都是大人了，都走向了外边，留我一个人在院子里。当一个人能像昆虫和花朵一样，在院子里欢快地发出一道独立宣言的时候，才完成了和世界的对接，才准备好了下一步。去打开门，理解和热爱整个世界。

唯一背叛

他们都说黄鼠狼十分凶猛，春天最喜欢到各家院子里吃小鸡。它的词全和鸡有关：黄鼠狼看鸡——越看越稀。大家都不喜欢它。奶奶关照我在院里玩，一看见它，就打跑它，但我唯对这一命令，背叛了。

它捕捉的多是小鸡，对付院子里的老母鸡和大公鸡很费劲了。我家对付黄鼠狼的办法是把鸡窝缝钉细，挪到爹爹睡觉的窗子外，紧贴墙根，夜里好听动静。

我有一只特别好的大公鸡，一早叫奶奶不放出去，留在院子里陪我。春天了，白天院子里有小绒鸡，黄鼠狼上午会来，下午也会来。黄鼠狼来了，我就躲到爹爹的床上，掀开帐子，跪在窗边屏息看。

它身体细长、黄毛皮，从北边墙上的镂空窗里滑溜下来，猛地窜到大母鸡背上，咬住鸡脖子，大母鸡展开翅膀，跑跳着摆脱，反而像背着它跑，在院子里咯咯直飞。

花台上的大公鸡立刻毛蓬起来了，对黄鼠狼发动攻击。铁喙和钢爪还有翅膀，都投入战斗，黄鼠狼败了，滑下母鸡，溜到窗台上观望。大公鸡发出了嘹亮的喊天声，黄鼠狼暂时隐去了。夜里，它还会来。

奶奶发现母鸡脖子不好了，我说黄鼠狼来过了。第二天，奶奶把所有的鸡都吆出去，院子里安静多了。一会儿，黄鼠狼又来了，贼贼地到了鸡窝里看，又失望地从窝里出来，看着空院子，它或者嗅觉厉害或者知觉厉害，仿佛知道院子里一定还藏着什么，它居然跳到鸡窝顶上，这样它和我对上面了，我看见了一双黑黑的，却并不凶狠的眼睛！

它用后足站立，将身体直立起来，看我这个“小动物”。这样的异常举动，让我产生了可爱的错觉、种种遐想，好奇和神秘，让我忘记了它的凶猛，以至于我很想摸它。但是它警觉而失望地轻轻跳下了鸡窝，在院子里迟疑了一会儿，好像饿得很没有劲，也没有欢气，等了一会儿，才一跃到北窗的台子上，又停了一会儿，消失了。

我在床上看着空院子，不知什么力量，让我背叛了奶奶打黄鼠狼的指令。以后它来，我再没有告诉奶奶。

后来，依旧夜里鸡窝里闹，说是黄鼠狼又来了，我都静静地不发出声音，悄悄希望奶奶没有打中它。它也没有被捉住。每次闹了一阵子，第二天天亮，数数，鸡都没少。

上了学，知道了黄鼠狼学名黄鼬，其实主要吃鼠类。它们常常被捕捉，取黄皮子做衣服，做毛笔。林子少了，鸡少了，它也不常见了。

偶然在《国家保护的有益的或者有重要经济、科学研究价值的陆生、野生动物名录》里看见“黄鼬”两个字，排在香鼬、白鼬等九种名列中。想起它还有大仙的美名，还有努力成仙的故事，一瞬间感慨起来：我那时在院子里的唯一的背叛，是来自它给我的直觉。它那时来院子里，用后足站立，将身体直立起来，黑黑的眼睛看着我的瞬间又来了。

真的有无限的欢喜：它终于得其所了，从此以后，它一定会安全了。

双黄蛋

我偶尔出去，还是被发现了。奶奶在院子里找事给我做：把鸡子交给我养，叫我早上开鸡窝门，放鸡子；晚上吆鸡子进窝，关鸡窝门。

早上要把小绒鸡从箩匾里拿出来放地上，白天把莴苣叶子剁碎了，喂它们。晚上再捉进去，盖好，它们在里面吉拉吉拉地穷嘴，一直到睡觉才停。

母鸡会自己进窝生蛋。看母鸡生蛋很好玩，拿到热乎乎的鸡蛋更开心。一天能拿三四个，但是要等它们咯咯嗒、咯咯嗒地宣讲很久，离开了才能拿，否则手会被啄破。

有一次拿到一个大个的，交给奶奶，奶奶很高兴：双黄蛋！我心里正在想要做让她开心的事，觉得这个可以。我就追着问，双黄蛋怎么才会多起来呢？

回答是：鸡子要吃得好，有力气。

我就琢磨开了，除了喂奶奶给的鸡食，看它们吃完，还要再多喂“活食”就好了吧？以前允许我下河边的时候，我去摸的田螺，把田螺肉给鸭子吃，也下过双黄蛋。

鸡子的活食，是蚯蚓和虫子。于是第二天在花台里挖蚯蚓，挖了十几条，红的也有，黑的也有，小蚯蚓还在蹶着就喂它们。还有那种粗黑的，剁成段子喂。又把砖头翻开来，找了骚鸡娘子喂。

鸡子吃得头伸伸的，跟着我要，都要笑傻了。

让鸡子有力气怎么办呢？叫它们跑步！

于是在院子里撵它们，用擀面杖，发出吓唬声，鸡子吓得又跑又摆，要张开翅膀飞！把我自己也撵得一头汗。

那一个长长的春天，隔几天就有双黄蛋拿到，奶奶每次都很开心，说我们家的鸡今年怎么这么肯下蛋的？

看奶奶开心的时候，心里真舒服呀。

中午上学的大的，都回来吃中饭了，蛋花汤里蛋花多了，他们说，奶奶你今天打了两个蛋呢吧？奶奶说，还是一个蛋啊，是双黄的！大家吃得更开心了。

院子里的稀奇的双黄蛋，带来了一家人的喜气洋洋。

放蛇

那一天，奶奶赶回来，一推门就说：“快走、快走，带你看大蛇！”她牵着我跑到人家院子里，围了好多人，大家几乎都来了。

他家门里，有一条很大的蛇，比我的手膀子粗，盘在那里，有我家栓门杠子粗！

起先远看，它可能觉得人太多太嘈杂，缓缓地游动，主人已经把挡住它的东西都搬出来了，连椅子、棉被、盆都搬出来了，一片空的，让它好出来。还和它好好说话，喊它出来。

慢慢地，它游出来了，我惊恐起来，躲到奶奶身后，搂紧她的腿。蛇慢慢游过的时候，忽地一昂头，能有我半身高，我立刻觉得被摄了魂，从背上一凉到脚，抖起来，奶奶把我抱起来，感觉我不对了，说：“宝不怕，别怕了啊，这个是家蛇，不咬人，把它放特（放掉）呢。”

原先我们遇到过水蛇、竹叶青、菜花蛇，甚至还有火赤练，也很惊恐，但都没有这个这么粗，这么冷峻吓人的。我不看了，要回家，后来蛇放哪里了，我也不想看了。

回来以后我就不好了，天天追着奶奶问，既然是家蛇，我们家会不会也有？奶奶烦了，就说不许再问了，家家都有家蛇镇宅看门呢。

于是做看见蛇的准备，墙角缝都不去了，要是遇到了怎么办。奶奶关照，在院子里万一遇见蛇，不许大叫不许碰，要开大门，好好地放它走。

多少次地小心查看后，我家的蛇，真的出现了，只不过，它没在院子里，而是高高的在梁上！

我们都喜欢的燕子在两处做窝，一处在廊檐口，还有一处在梁上。仲春之后，两处窝里都有蛋有小燕子了。蛇悄悄地往窝里靠近，要不是燕子不正常了，飞叫急促，我都想不起来仰头看。

这一下，燕子又急又怕，翅膀直扇，不一会，另外一只赶回来了，两只燕子轮番对着蛇叫扑，梁上的灰扑扑地掉，蛇游到瓦缝里去了。我没有被吓到的原因是这一条蛇只有芦柴粗细，看它游走了才安心。

不知不觉看了好久，脖子都昂得酸疼了，奶奶一回来，我就告诉她，今天梁上有蛇。奶奶说蛮好的，家蛇看家护院呢，今年我们家梁上有燕子还有蛇，这个春天你爸爸在外面一定不会有祸了，说不定遇到的都是吉祥的事呢！

我心里的惊恐和防备放下了，知道一个人在院子里，也会受到莫名的保护，家里安稳了，爸爸他们在外面就不会遇到不顺利的事。这样一想，就真的希望我们家也一直有蛇，虽然我依然害怕它。

春天的小雨燕、梁上护窝的燕子成了后来我作文的救星，有了这些放蛇事件以后，每次写它，除了写燕子的可爱，还多写了放蛇的惊怕。

老师除了说写得好，还说，你们高桥人不打蛇，那里的人家一定很聪明、很好。

立夏洗帐子

天往夏去了。“小蠓刺子”乱飞的时候，蚊子开始多起来，帐子成为最重要的物件，要洗干净，破洞要补好，好好挂起来。

有的人家用草木灰浸泡后的水来洗，添些石碱，再剐些茭白叶在帐子上揉搓，洗得白净。有了肥皂和肥皂粉以后，在河边平地上，大澡盆里放满水，放肥皂化成的水，或者肥皂粉放水里，把帐子扔进去，派我在里面踩，随便怎么踩都可以，奶奶在一边翻帐子，一会要倒出脏水，放干净水，一遍一遍再踩，这时候“吧嗒吧嗒”地玩水是合法的。

帐子有两种，一顶是蓝花白底的夏布帐子，一顶是我们床上的白纱布帐子，这两样湿了水，踩在脚板底，麻痒舒心，情不自禁地手舞足蹈，真是快意。一遍一遍地汰洗干净了，最后一遍，放河里漂一下，干净的大白帐子漂在清水河面上，真是白云漂在天上，分不清水和天了。

拧帐子了，奶奶抓住一头，大的姐姐抓住另一头绞，白帐子下哗哗地像廊檐口下大雨，慢慢越拧水越少，再使劲、再使劲，直到真的挤不出来了。

抖开来，帐子顶两边用竹子穿好，把竹子挂在三脚马上，在院子里或者大门口晒帐子。风吹过来，帐子还留着好闻的肥皂味，更多的是清水河的味道，我们一伙陶醉这个微凉，还有那微微湿润的棉纱帐子拂过脸的微凉，都会躲进去，人躲进去，只有鞋子露在外面，四周轻纱微动，看外边白影绰绰。把脸贴在帐子上闻，奶奶看见都要急：才洗得干干净净的！

一个太阳晒到晚，收回家挂起来，帐杆子有定好的凹槽挂上，垂下后，三面有帐绷子，帐子被绷得方方的。端午过后，里面先铺洗干净晒干的暖草席，到热得蝉鸣不断的时候，换上抹干净的竹凉席。

如果今晚是挂上洗好帐子的那一天，窗扉可以开了半扇，院子里还没开完的蔷薇香气就能一阵一阵地吹进来，夏虫切切试唱，灯柜上罩子的灯光照到帐子里，姐姐读的诗文一听就懂，因为和眼前一样呀。明天早上，燕子和其他的鸟就能在木窗格子上叫，一直到发现帐子里有人。

不用上学，第一个在帐子里睡着的是我，第二天早上，最后一个掀开帐子门的也是我。他们多么忙碌呀，见不到人，只留了洁白的帐子、红油的咸鸭蛋、半温的黏米粥给我，随便什么时候起来，月月红上蜻蜓来，约出去玩。

四水归堂

高桥的春夏，如果不提夏雨，那就不是江南的高桥；小院子里，如果立夏小满都过了，还不提雨里的天井，那真的白过了。

我们圩里的院子虽然简单，除了北墙简陋之外，房子和围墙围成的露天空地，有廊檐有排瓦，是长方的天井。

初夏的雨，渐有夏雨的风格了，雨声从沙沙轻细转向哗哗的青春鼓掌。夏雨瓢泼，天井成了聚天水的地方。站在廊下，看一上午甚至一整天的雨，那是怎样的生命滋养。

檐口挂起灵动的雨帘，奶奶叫把木头大澡盆在廊檐放好、等水，洗鞋子、洗她想洗的东西，人在走廊里面伸手洗，不被打湿。一遍一遍地洗，洗好直接掀了倒在天井里，再继续等，继续洗。

屋檐滴雨，雨珠稀稀落落，那是小雨；当檐下雨珠落成一条雨线时，雨就大了。这时候，瓦上升烟，雨点落下有音，击瓦声。

雨洗去了什么呢？反正眼睛、鼻子、心里，都很清透了，舒适了。

天井有一个长方排水洞口，水流把天井里的叶子、树枝冲到上面堵住了，要打伞去扒开。盛夏的时候，我喜欢去，因为可以玩水；春天不行，会湿了裤腿。一整天鸡都不能放出来，鸭子可以，在天井里玩，但是雨点太大，它们也在廊下避雨。

院子的碎砖地，被洗得干干净净，露出青色；瓦被洗得干干净净，也变出青色，雨给了砖瓦光泽，瓦上的青苔瓦草，深有佛意。雨聚到四方角落又归入天井中，清新活泼的气息，留在花台上，月月红被润得亮眼；留在梨树上，飘飘然，升腾一缕轻烟。

我的小天井里的美，在阳光倾泻时，如撒金一样，照耀院中的一切生长，包括我们四个。春雨天井里，仰视这片房檐围合的天空之时，除了原来就有的绝对的安全感，雨接连起天地，让我们与天地有亲密的连接。

就在那个春天，清明谷雨，端午夏至，因为被拘束在院子里，那几场惊心动魄的雨，让天地存于我心，奶奶见我没有危险，还能学到几个字，也放心来去，安然自若了。

一整天听雨，轻敲键盘，字如滴雨……

城深不知春已归

春天总是姗姗来迟，寒冬依然漫长。“立春”这个词，看到了心情就能活跃起来，带着难以言说的明媚。一月二月的最冷，都能在乡人寄来梅花坚硬的小蓓蕾、悠然的香气之中化解了。春天，离开了又来，离开了又来，离开了又来，来往之间，灵芽惊醒，万叶新生。

江洲春意

梅花传信，大河微波起，江洲醒。

人们各处奔忙起来，各种忙碌组成了春意盎然，各种菜秧子要育起来，辣椒、茄子、黄瓜，育苗的人，没时间赏花，但是他们知道这一季的姹紫嫣红，意在沉甸甸的丰腴硕果。

桥边柳、桥上人都焕发了精神。春暖是熬过了一个冬天的艰难而获得的。然而，究竟什么才是江洲的春意？

竹林里破土新笋，不久就长成挺拔的新竹；幼雏羽翼日丰，不久就能飞起来；风里花香四溢，不久蝴蝶就能起舞；芦柴滩里的芦芽出水探世，不久绿叶惹人来摘。

春意是生命复苏、花开、重新再来！

每一朵杏花，都想结一个酸甜的杏；菜花蔓延的不是诗，是菜籽油，是一家的香味。江洲这一季姹紫嫣红，是在讲一个想要果实的故事。

世间诗情画意的神圣事，莫过于春天的生命萌生。春天的鸟不给捉，因为有小鸟等着喂；春天的大肚子鲫鱼不要买，因为有鱼子呐。“巢成雏长大，相伴过年华”，建一个好房子，把孩子带好，一起往前过日子，这就是春天的计划。

各种芽苞，开始饱胀力量，草芽、花芽、树芽，到处都在生长。枸杞头、马兰头、菊花脑、香椿头全来报名。

所以江洲的春意在万紫千红，趁春勤耕，酝酿新生。

一座桥、一座桥，渐次往北，全部都热闹起来了。春就是你，离开了又来，离开了又来，来往之间，灵芽惊醒，万叶新生。

春天的司令

最后一场雪化掉，冰也没有了，高桥立刻就到春天了。

一伙人就要脱下老棉袄棉裤，麻溜地奔跑了。亨字圩一片欢喜。

大人们一年之计开始了：

打听卖小鸡的、卖小鸭的还有多少天来孵，隔壁狗子生的小狗断奶了，讨那只最好看的，小猫也可以在东头抱一只。

河里水有微波了，再等等就有蝌蚪了，螺蛳屁股撅起来了，一把能抓几个，笃定！

空鸟窝里会有燕子，也能玩捉了再放回去。泥里蚯蚓也会出来晒太阳，最容易找。

作为老末，平时总被人使唤，春天我就是司令了。

好几个春天，我都能带着队伍，神气活现地指挥它们：小狗要走在前面，小猫会跑抓怀里，小鸡那么多，要把母鸡管好，鸭子毛黄的时候要放在院子里，长了大毛才能吆下水。

最好的时候，是黄昏吃饭的时候，全部在院子里各自吃饭！我吃，它们也都吃，碗里的米粒、菜叶，不好好扔，都叫它们抢！

蝌蚪在河水里指挥不了，弄到盆里总可以，伸手叫它们排队，滑溜溜地一个不听。奶奶总叫倒回去，还是弄死了好几个。

春天，大人、大孩都出去忙了，田里的大人有队长指挥，整个圩里的动植物就只听我们几个指挥。当然我们几个也有闹意见的，为了抢指挥项目，指挥要求也不服，个个要自己说了算，争不过，哭几回是必需的。

最后一招就是回家关门，做自己院里的司令，一坐下来，我的狗儿找我，猫儿就到怀里来了。

春雨，是你告诉我，春天的司令，当得虽短，却多么快乐呀！

二月众梅沐春风

高桥女子，叫梅的很多：蜡梅、春梅、雪梅、光梅、志梅、梅芳、梅云、梅香……还有本姓夏，也叫梅，于是喊出了夏梅，可见高桥的女子，怎样的爱梅。希望自己像梅一样的，惹人喜爱。

她们是最能吃得起苦、担得起家的。她们为了爱家而忘我地投入，心里没有自己，只有家和孩子们。

三餐饭菜，顿顿都自己亲手做成，还兼喂猪、鸡的食。她们总是牵挂家里人的肚子，就怕他们饿到。再晚都要赶回家，忙饱一家人的肚子。

做饭时候，就怕不够吃，等全家吃过了，她才吃桌上的剩汤剩饭，有得剩，就有得吃，没得剩，就喝一大碗酱油汤，还哧溜哧溜地喝，喊神仙汤呀！喝完了，洗一大盆。一会儿，下午的事，又开始了。

家里有个病人，一颗心就只想着找法子治，东问西问，什么能治找什么；自己有病总不记得，一句“等等，它自己就好了”……

衣服、鞋子记得给孩子添，每年过年都给孩子添新衣服，自己的老一件穿好多年。纳鞋底，老大老二地纳下去，猴年马月才纳到自己的？早上一溜娃的小辫子扎好，自己的忘记梳了，又上工去了。

和男人一样挑担，一样地挖垄、上化肥，回家再忙自己的高田。高田里种的全是家人爱吃的。她们能知道别人爱吃什么，不知道自己爱吃啥。

赏花的时间只有那么一点儿，花台上的梅花芳香，她们会欣喜地说：蜡梅都开了啊！

也许你要说，那是奶奶辈，老话了，现在不这样的呀！可是现在的妈妈们一不小心也忘我了：孩子上学了接送，发烧了、外出了，这些事总放在自己美容的前面做，儿女大了，婚事又占满了心……

所以，高桥繁荣发展的秘密就是这些奶奶、婆婆、妈妈、姐姐们的忘我付出的心力，好比这担起风雪的梅花一样放香，缓缓地释放，叫人想，叫人思和念。惹得那些建功立业的游子，常常于夜深人静时，涕泗满襟。

在外想母亲，她那时一口没吃到，全喂了我；想到她那时，脱衣给我盖；想到黄昏时，她在微光里找我回去吃晚饭，最后十块钱，全部给了我……

儿子想妈了：我没有忘记你的手，梦里将你追，当年你忘我而做的事，想起来，还都是泪！

她们为生活、为家庭付出的无数细节都像梅花的花瓣一样飘散了，也像一树一树的梅花有了新的传承。

农历的二月头上，梅开得真好，蜡梅、春梅、雪梅、光梅、志梅、梅芳、梅云、梅香。可爱梅林，次第舒放。

冰河火焰

高桥水多。大雪之后，冬天的冰也能把河面覆盖住，水缸里也有。屋檐下的冰叮当挂得很长。烂泥地冰成整块，踩上去也结实了。大河小河里没有了凌波，平静如镜。

所有玩的，都被没收了，只有冰。大家把冰玩出了花样：脸盆里的整块拿起来，用手指定住一个点，能化一个洞；冰叮当做剑；把冰放嘴里吃；冰上很滑，冰上扔冰让它溜得很远，一直撞到对岸。走在冰上滑倒是常态。

手冻得疼，大的小的都有冻疮，紫黑的、通红的、开裂的、化脓的，肿得老高。还有脚上也有冻疮的同。痒、痒，用生姜，用手炉，用手套，什么都无用。

家里四壁完好，却总觉得莫名有风，缝隙的危害就是这时候明白的。门窗不能遮挡一切，至少不能挡住风，反而只会发出啸叫，老虎声、鬼声、哭声，都有。夜里有盖被还有封被还是冷。

我的棉袄是最旧的，就知道玩，不知道冷了必须说出来：棉袄心口这一块棉花已经掉到底了。我就得了百日咳，在一伙人里游戏很不方便，因为不停地咳嗽会暴露玩的地方，只能一边站着观战。冰最先捕获静止的东西。一上午，两边比赛的全都脑袋上冒气，脸鼻通红，甚至脱了棉袄要我看住。我在大风里守棉袄，受了寒也不知道，只知道灯光、炉火、柴草、热水、铜炉，成了爱物。这些有形的火，温暖着手和脚……

田地里全是冰，没有食物，没有生机，更不用说有花了。但是高桥和这个古老大地一样，藏着奇迹，我在这样的冰天雪地里，找到过腊梅花。攀折了放在棉袄里，以至于到下一年穿棉袄的时候，掏出枯干的朵子还能闻到微香。

所以我开始明白，冰天雪地，还有另一种火，温暖着心。

当雪成了冰，炉膛里又没有柴火的时候，寒威才撩开冬天的狰狞。

它在窥视：老人和孩子的脚、腿、手甚至整个生命。在他们被孤立开来、被离群、被拆散之后，缓缓地冰封住他们，化作冰冷和僵硬封住他们。大人嘴里常有哪个老人已经十多天不起来了，想法子弄暖她，以防她冻僵。这时候最需要一种火暖暖手脚，另一种火暖暖精神。

窗外雪寂中，梅花有封不住的幽香和枝头的火焰，红唇微启，笑而不语。冰，亦晶莹，亦纯心，只红梅一放，冰与雪，也是掌中温馨。

高桥是有梅花的，冬来冰天，枝头火焰，随君天涯。

得归

老家，每个人的基因里都珍存着，像是一个秘密的处所，在需要的时候给以自己力量，类似于《飘》中郝思嘉总是在力量用尽的时候回到红土地一样。

决定回去，当晚就激动起来，马上准备零碎物品，这个也想带着，那个也想带着。最后想想，家里不缺，也不会跟我计较，还会给别人带来负担，又全部放下，变成了一个没有礼物的人，轻轻松松地回去。

早上天还黑着就悄悄起来，带上门上路了。路灯还亮着，乘汽渡过江。在薄雾里慢慢走到田里去，预计等我走到田边的时候，就是天开亮的时候。这段路是我喜欢走的，因为会有走一步亮一步的感觉，如果没有，会充满希望地张望，向着破晓的天边。

地里的绿，在摆一盘周全的棋局。从过年开始，浅浅的绿菜心，深深地被霜凝过的绿菜叶，如云子一样地等着太阳来手谈。从春天的布局，一直到热烈鏖战的夏秋，一直等到深秋，冬雪飞来，才收起官子。又过年聚齐，笑谈胜负。而此刻暑假，草木最盛。

清气入肺腑，仿佛洗了肺腔，继而洗了心里的褶皱，脚步是轻快的，不像平日上班的惶急。鸟开始得意呼应、逗乐，互诉满足和心慕。

我寻到稻田，鸡鸣又起，昂扬的第一声领引起更多的附和。一村到头气势起伏，晨光从熹微走向明亮，田地里清晰起来。这时候，手机里，邻居询问而来，还在问我什么时候回，要不要去接。我真是得意，已经悄悄到达！真有深藏此中的窃喜，想起那诊问心病的松下迷途人，向童子探问采药老者的秘密诊所，真是有一番玄机。

老家，就是这样的秘密诊所，能在旷野、清风、朗月中，在乡音里，栖息了自己的志向，疗养受伤的翅翼。

在小河边返照心灵、在垄上摘取草本精华、让天云熏陶精神的大鸟。白云深处的奥秘被剥开：当时，少年如何沉默努力，耕和读同时，笔与锄同举，才有鲲化为鹏，一鸣惊人后，灼灼照人的气势。

母亲健在，我还有老家。那些没有老家的人，真正地永久地漂泊了，真正地永久地只有前方，没有了归巢。

老家的孩子，割不断脐带，连着大江田园的心，随着大江潮汐，怦然。高桥人，如潮汐一样的思念，是出生时就埋下的劫，不可改。

新娘子

我七岁那年冬天，孩子群里还没有任何消息的情况下，隔壁忽然嫁来一个新娘子，可见其中守密、稳重。

没来得及观察任何情况，就在酒席上见了，第一面：眼睛大，个子高，话少，美丽大方。这种美丽为什么那么难忘?

新娘子二十来岁，有一种温暖、光亮、闪烁的美。眼瞳纯洁而美好。似乎并不是仅仅漂亮能够表达，也不是可爱能概括的，那是一团真诚的生命里的和美，让周围的人都感受到微妙的流动，感受到一种幸福交流着的力量。吃新娘子的喜酒，其中之喜总有对美的一种痒痒的盼望。

当晚，酒席是丰盛的。新娘子人来客往地对答，一直没有倦容，到夜深，我们几个回来的时候，她还在应对宾客事务。

我们睡到第二天快中午，听到有人在门口和奶奶说话，是来还煮汤的大钢精锅子的。我们起来一看，锅子里装着小半锅肉汤做回礼，着实欢喜了一天!

奶奶说，新娘子蛮好的，长得好，还大方懂礼，知道新人借物不好空还，一定是个稳实人家的姑娘。

我们研究这个新娘子：她每天都起得比我们早。我穿棉袄的时候，她都沙沙地扫院子了，天天扫。我抱着猫出来玩，她都下田了。

一转眼，春天来了，春天的高田，冬菜都起薹了，她下田看，菜花没过了她的腿，这时候她的个子是她的优势，挑粪样子好看，走路也很坚定的样子。到春天，她的勤力、干净、高效却不多话，完全收纳了我们的好感。奶奶很能干，高田是好手，都被她比下去了。

后来知道，她没有谈什么彩礼，最美的新娘子，不是有本事要什么，而是有本事创造什么！

那是她的春天，她的青春的美，一路赛过了单纯的柳条腰、赛过了仕女图。最美的新娘子，出现在早春二月，几乎在我的第一启蒙期，给了我对人世最美新娘子的理解：健美、知礼、勤劳、创造……

腾香时光

整个亨字圩，夏天有荷花的味道、玉米的味道、热气蒸腾的味道。秋天有稻花香的味道、白芦花的味道。冬天有枯树叶中流露出来的柴火的味道。这些味道不需要花钱。最难得的、也是最需要花钱的，是春节那些天，以及之后的春天里，一种特别的香烟的味道。

春节，因为招待客人，需要准备香烟。春节过了，还没有抽完，所以春天的烟味，比任何季节都浓。

香烟壳是我们跟在大人后面，长时间翘首以盼后的馈赠。最希望他们很快地把整包烟抽掉，然后香烟壳可以给我们玩。当时香烟壳有各种颜色、品牌，有勇士、飞马、大前门、大生产、牡丹。还有一种最神奇、散发特别香味的香烟——凤凰。

我第一次闻到这样的味道，是在亨二队晒场上，有好几个大人聚一起抽，浓郁的芳香盖过了春天的任何香味。整支烟下来，大人劳动后的轻松感、愉悦感、满足感，全在脸上流露出来。

这是一种神奇的香烟，在我们一伙人中流传了很久，也让我们寻找了很久。只要有大人在场院中、在来客的堂屋里、在劳动之余，一旦有人抽烟，不管是谁，什么角落，分分钟都可以被我们找到。那是一种清香的味道，随着青烟升腾，不断地由淡到浓，渐渐发散、发散，让人觉得春天，真的可以微醺，暖意洋洋地如烟一样扩开来。

能抽这种烟的人，大多是壮劳力。他们到了一起，伴着这烟雾缭绕的神仙场景，说一些打趣的有意思的话，有谁是不是想着某个女子，那个人就含着笑，害着羞抽，别人就笑得更厉害了。那真是和暖的味道。

点燃之前，他们要横在鼻下，闻，仿佛宝玉在闻胭脂散发出来的味道，点燃后第一口，吐出来，专门为了闻那香味。第二口开始，烟的味道有一股麦乳精的香味，和勇士、飞马不一样，那些都还是香烟的本香，而凤凰基本上是把香烟的本香都盖住了。半支烟过去，整个屋子都是凤凰这种烟的香味。

看他们仰起脖子，入口入肺，突出的喉结上下，仿佛有回味，整支烟下来，个个都有“神勇舍我其谁”的表情。但是他们的好景总是不长。不管在哪里，抽到一半都会有一两个大妈妈，先前不知什么时候埋伏在哪里，现在忽然惊炸了：“好哇，你又烧了，抽啊抽、抽！抽死你，抽死你都活该!”一边冲过来，把嘴里的半截连带火星都拽下来，掷地上。“你啦块（哪里）有钱抽的啊？快把（给）我，不把败嘎来了（别回来了）!”

同抽的悄悄散了。挨过骂，走了人，心疼那半支烟，还捡起来，再划一根火柴，节省着慢慢抽，到有火星烫手，还极其小心地捏到最后。

我们都紧张他回去怎么办，他说：“她就只会骂，没什么的”，嘿嘿地莫名笑，我读出了“放心，我搞得定”的暗示。立刻上来要香烟壳，他看看里面，说：“还有两支，明天一定给你，不给小震。”

集齐了香烟壳，记住了那些大生产、勇士、牡丹、凤凰的花纹颜色，常常看见圩里那些勇士们，在大生产中接受熬炼，让家里散发着生活的香味。

凤凰，有凤凰涅槃、火中重生的联想，似乎再苦的熬炼，都好似火中涅槃，烟雾里会有燃烧的香味。他们抽勇士烟、抽凤凰烟，莫名觉得好。

高桥人呀，你如今抽烟吗？什么烟？

一路问茶

2019年4月9日，清明过后不久，我回去，在汽渡上江风很凉啊，怕吹透我的胃，我敲了一个陌生人的车窗，请他让我坐在车里。

他的后排座上排了一列六提茶叶，我问：你做茶生意吗？他说，单位的茶，招待和回馈客户用的。

汽渡上的二十几分钟，我俩都在问茶、聊茶。他很年轻，却愿意说明怎么辨认明前茶、谷雨茶、春茶、秋茶，然后说盒子上的“饮茶问禅一心间”的花纹是他看到、中意而选的。年纪小，见识多，是如今高桥年轻人的特点，问禅的意境居然能如此深透！

问花知禅，能知静谧爱意，所以寻花。问雨知禅，能知润泽，所以寻雨。今年只有忽大忽小、忽轻忽重的雨，不问方向地下。那在肩头落下，绵密细腻的雨，在眉间飞过的雨，凉意柔和的雨，仿佛一声轻轻的叹息，传出江南之外，久不见消息了。

现在偶尔回去，意外地听到年轻的高桥人，选这样的图意，偶得更是愉快，心里温和柔美起来。

“露为风味月为香”，这是莲子的香，茶香也是这般酝酿而来的。几多晨露和着晨曦的味道，渗进了叶芽里；几番深夜里冷月含情，随风送进那清淡的纯香，把自己的热情化作了清辉，遥远地关注着茶的芽苞，一心之间，能得到远处的风和月。

春茶的芽尖在采茶女子的手中聚集，收敛起香气等着和爱茶人相遇。小小地庆幸着，如今和将来的许多日子，都能看见极小的店铺里，还有专心炒茶的人，传出一盅清亮馨香的茶，如轻柔的雨落上干燥的心扉。一心之间，能得见久违诗意。

看看眼前年轻的高桥人，那样宽仁地让我坐在车里，避一避冷彻的江风，我得以在避风处看见大江浪涌，回看他的对未来笃定的神情，回看这样的文字，一心之间，以山水的情怀，看风月的人间，就能没有牵挂了。

这一回的汽渡所遇，他的“一心之间”，让我的心里，种上了茶树。

三看高桥油菜花

高桥有很多年没有变的好风景，其中之一，就是油菜花。在高桥，它永远是春天的麦霸花，一抓话筒就不肯放下。其他花都只能在一边陪唱，任它桃花美，杏花白，都别想亮得过它。它会唱遍高桥每一个村圩，大田小田。

一看油菜花，需要用去十年。那时候油菜花像会开花的小树丛林，人在里面钻来钻去，存心躲个人，存心不出来，大人别想找得着。

躲在菜花垄子里，天上在开花，半空中，蜜蜂被一地的花熏得酒醉似的，不知道撞向哪一朵。地上有虫有蚯蚓有黄绒绒的小鸡，中间是最阴凉的玩耍处。

一看油菜花的十年时间，慢慢从能用小铲子栽油菜苗，到能挑粪上肥；再长高，到能在场上掼油菜，才能知道它霸气的原因：就在于它是承载着结籽打油的归宿，承载着一家子全年的菜香。看见油菜花，就等于看见菜籽油。能为全家所用的花，才是心目中的花。

二看油菜花，需要再用去十多年。我的女儿已经三岁。我骑自行车，把她带在自行车后座藤椅子上过的江。我从江边骑起，路过荷花池张望，到二支桥张望，过一路长柳前的门，张望，让她认识我出生的地方。那年的油菜花，因为开到尾了，嫩籽在结，油菜花收敛了盛放之美，静悄悄地结籽。

二看油菜花，已经和离愁思念有关，和沉默有关。再问女儿，她已经浑然忘记，说没有去过。于是在她二十岁上，再次为了留住乡音而回去，她才算是记住了，我出生的这个地方有人力挑出的河，叫南北大河。春天来，会夹岸新柳色。一路田野，满开油菜花。

这第三看，需要再用去二十多年，就已经到了今年的春天。我又从江边数起，路过荷花池张望，到二支桥张望，过一路长柳张望，右转，油菜花还是那样的霸壮，到处都黄灿灿的。

这时候，大桥落下，这第三看，是清明之前，油菜花开得正好，香得正浓，油菜花的意思，已然是获得新生的力量和春天的鼓励。

这第四看，尚在未来，我一定是随着大桥常常往来，在大桥上看油菜花海，一定明艳，喜人。

长情不诉

那大雁高飞的一路，还不是最艰难的一路，那落下来的轻轻着地，却是一个怎样的惊心过程。雁，飞过了，落在哪里？怎么落下？琴声里，都藏着回答。平沙落雁，听一首雁飞雁落，对于自然、对于自我、对于生活方式，江洲又有了新的声音。

茼蒿田里的红梅花

冬天，队里茼蒿田里的红梅开花咯，它的主人一定很高兴。此刻虽然主人自己不在圩里，但是主人的追求和心一直都在——能把在外发现的这棵红梅，种在幼时就有的高田里。这个过程，不是简单的时光运转就可以，需要经历和感悟，才能等得到幽幽的香气。

红梅的主人，是我们圩里的小秋子。那时候少年义气，爱上羽毛球，在我们一伙里有了羽毛球的概念，晒场上飞起的羽毛球，曾经牵引着多少人的眼光。长成的他要接替父亲的工作，就带着羽毛球拍到上海，顶职安家去了。

带着江洲能吃苦的素质而去的高桥人，在上海工作之余，又把羽毛球打到极致，在上海也一度领先。

茼蒿田，年年岁岁，只有他的母亲种茼蒿，爱吃茼蒿饭的孩子不在家，只有茼蒿开着黄花，没有梅花。秋子在外，独自吃饭，以一己之力，立业成家，波澜不惊里，暗自度过多少难关。

去时田地只茼蒿，归来茼蒿并梅花。去来之间，已经四十年。朴质的高桥人，外出寻物，不是黄金万两，是生命的感悟，带回来让老母亲开眼、开心、长寿。母亲终究渐老，积年累月，行动不便了；在外终究思乡，经年累月，乡愁涨满了小河。秋子就常常控制不住地思乡，开车带着妻儿回来，流连在河坝头、高田里、茼蒿前。

他没有衣锦还乡，而是着细麻短袖，玄衣布衫，饮简单茶壶，一张古琴，寥寥清音在矮檐之下，清逸。

秋子的这些人生的追求和获得，和秋子妈如风温柔的心性相关。

秋子妈对待别人有着与生俱来的温柔和善意，日久年深，慢慢有了幽存的风格。我的那些年里，由奶奶牵着玩，依靠在奶奶的腿上，夹在奶奶和秋子妈中间，仰视着听她俩说话，她声音比普通人轻慢柔和，更谈不上与人争执了。

即使那样辛苦的时候，她依然有着亲近柔和的风格，洗漱清洁，把她的儿女爱得好好的、干干净净的。因为她并不强制，所以一双儿女内心活泼而仁厚。

她的门前高田上，种了梅花和橘子树，秋天有橘子香味，冬天有梅花绽放。九九重阳的时候，我回去半天，两棵硕硕果重的橘子树上，橘子正在由青转黄，这时候的滋味正是由酸汁向甜香转化的时候。我当然手痒难耐，立刻摘下，不需要洗，剥皮掏瓤，享秋橘之福。

秋子在小而净洁的屋内，在橘香里弹拨古琴曲。从《洞庭秋》到《良宵引》到《忆故人》，最后居然能听到《普庵咒》这样归于静空的禅语。我听古琴才结束，秋子妈已经收了晒干的衣服，回屋子里来了，脚步无声，举手轻慢。

高桥灵慧的心，经过漫漫求索，终会在繁华的上海找到最沉淀的物事：一块普洱茶饼、一架清音之琴、一株飞雪红梅，作为最好的礼物，带回生养之地。

《平沙落雁》，这一曲，是秋子最熟悉的。那大雁高飞的一路，还不是最难的一路，那落下来的轻轻着地，却是一个怎样的惊心过程。雁，飞过了，落在哪里？怎么落下？琴声里，都藏着回答。

大雁归来，春梅迎放。他带回来的是这样的至尊清音，轻诉儿心；这样一株至尊花王，种在老母亲大门前的茼蒿田。

当年此处生养我以茼蒿，我回此处以梅芳。普生茼蒿的江洲，这样的安静而无求，而它的成百成千的游子如大雁，终会归来。

平沙落雁，听一首雁飞雁落，对于自然、对于自我、对于生活方式，江洲又有了新的声音。

“天增岁月人增寿，春满乾坤福满门”，这是当年我一家家认对联上的字的时候，秋子妈在大门上贴的红对子，彼时只是认了字，尚未知意，如今在她的福橘和静静的笑意中知道了，心里住了一丝小阳春，温暖静轻地对待岁月，“寿”。勤于田园、清于洁净、温和相待，悄然一生，“寿”。

冬有梅花秋有橘，生于斯、长于斯的高桥人，愿秋子一家和我们，都有平安岁月长。

最爱的没有说

高桥人最爱的一个字，没有说、从没有说。但是在他们的行为中可以看见这个字。

孩子就要认字了，想一想，教孩子的第一个字：国。有的写在晒席上，用手把芝麻磨平，用手指划，写出这个字；有的写在砖上，用小石子的尖尖写；有的喝了酒，红着脸，抱着孙子，蘸着酒，在桌上写……

一遍一遍教着念。孩子对这个字，从各种语气里，感觉了那个难以抑制的希望、阔远、深沉和喜爱的字啊，然后孩子牙还没长全，就反复念：国、国、国……孩子有铅笔了，划在纸上，细细看，是这个字。

戴红领巾的第一天，小胸脯挺了一整天不敢把肩膀放下来，学的是这个字；国庆表演的时候，第一次朗诵，念出的诗，名字叫：《国土》。

最爱的，高桥人不会说。

在江边大风里，目送自己尚且单薄的儿子，去远处谋一份事业，高桥线亲祈祷的不是少受苦，相反的，是多受更大的风浪的历练，夜里梦泪打湿了枕巾，她们没有说这个字。

高桥人在外迎着北风大雪，过年难见父母容颜，开一辆辆大车风雨无阻，运一趟趟的货吃个冷馒头，没有说这个字。

交公粮的开心、交生猪的得意、看电视里奥运会升我们的旗，莫名的笑意……一切的喜与愁都交给这个字啊，这就是高桥人。

一生愿意化作长风，吹过这个字的每一个角落，高桥人为这个字离乡别母、为这个字日夜操劳。

高桥人，最爱的是这个字，可是他们从没有说过，一直羞于提起，因为，他们认为，和伟大的这个字相比，这一生的奉献远远不够，这一生的爱意，不值一提。

圌山之巅

今天，我带队春游，路过京港大道的一路桃花，路过郁金香花田，在山之巅，北望高桥，北望你。

烟霭漫江，你隔江静俊，不可触及；灿烂山花献给你，三月阳光支持，让我拍到了大桥游龙向你。

我们第一站，在“大路”望你，终于有了通向你的大路，到机场观摩，空中有了飞向你的可能。第二站到郁金香花园，花田成海。

第三站是登顶，一路向他们说你的一切，说着你，我不由地盈起笑意。她们全部知道了，长江流域冲积平原，孕育了一个土壤肥沃、植被丰茂的你。

一连二十六年，每年春天我都带队来这里春游，以至于今年，遇到一个四岁宝贝，小宝贝的父亲在 2000 年时十四岁，也随我登顶，北望你。

如今，健步如飞的害羞少年，已是共和国优秀的飞行员了。他家老人，带着他的儿子，又恰在今天来登顶，抱着一个“小男子汉”，我隔江北望你，为你自豪。

和他们一家惊喜相遇，又开心告别，在慈寿塔前远望你。从山间，贯穿出世界第一的大桥。

此刻北望你，你正油菜花海里，蜂巢储蜜。你一定也在远望，望向远海之滨，我从你那里来，知道山外之山，对你的意义。

因为知道你的梦想就是看一看那山外之山。我会和孩子们一起，背起行囊，把你放在心里，向山外之山，远去。无数个来来去去，好比燕子的去，为了将世界的春天的样子带回来，给你。

2019 年 3 月 30 日

在高桥想念北京

高桥家家不但挂中堂，还挂毛主席像。“我爱北京天安门”，唱！

在高桥，所有人的心里，都把北京排第一。到天安门站一站，就是到祖国的心脏去一回，到最有意义的地方去一回，这一生就是最好的一生。

为了这一天，做一个终生的努力，你是好孩子吗？你努力到了吗？每天都对着这个神圣的、伟大的目标，那里不但有长城、故宫，还有清华、北大和人大。

隔壁搬过来的谢家，大儿考取北京矿业大学，姐姐也想考一个北京的学校。为此，她努力念书，大冬天嫌冷就坐在被子里，连练习的题目都读出来，无事可做的晚上，我也只能跟着读，打发无数个晚上。北京，遥远神圣的北京，我们在高桥，睡在稻草上想你。

有人去北京，就像这个人去了天上。你去过北京吗？你爸爸去过北京吗？这是我们一伙攀比的项目之一。

北京，你的人大、北大、清华，天安门，如果你的面前来了一个高桥人，你要知道他的心里，仰望了你多少年，几乎是自他懂事开始，就把一颗心给了你，并且为了你而不懈努力，朝朝暮暮。

当高桥人去北京带不起豪礼，只带着江洲的气息，带着他一路的努力，天安门前给你的一个瞬间的庄重敬礼。别嫌弃，它代表所有的江洲人对你、伟大北京的心意。

北京，请你以春风拥抱去向你的高桥人，他们归来会兴高采烈，马蹄轻捷。

高桥人的心里，住着北京，在油菜花海里，想念北京。今夜高桥想念北京，北京你想念谁？

一首歌，不必大声，只要轻轻吟唱：“我爱北京天安门，天安门上太阳升……”

2019 年 3 月 30 日

“把”“要”

高桥嫁人叫“把”。“她把到四方桥了”“把到上海了”“把到东头了”“把自己姑娘把他了……”“把过去蛮好的，养了两个侠子（孩子）……”“她的姑娘把人了，都哭死了……”

这意味深长的“把”呀！

不就是嫁人吗？不就是嫁给吗？不就是嫁到吗？有什么？

差别大啦！

嫁，是盛大的，媒人、嫁妆、婚礼、彩礼，全套的礼仪，高端地出发，高端的过程里，还有诸多的成分。

把，是简单的，什么物件仪式都无所谓，就将自己女儿的一生全部、无条件、无烦冗地、静静地都给你的想法。

把过去的，是看好了人的，正因为全心全意在人和感情上，以至于彩礼之类的外物，都放下了，都无所谓了。从此孝顺公婆、早起迟睡、少回娘家，从此勤力踏实地过日子、生活。

把，是另外一种轰轰烈烈，听不见的那种轰轰烈烈。

把过来的，全圩子好好对待，人家一个人把过来的……

把呀，是谦微的，低位的：“你很好呀，把了你，放心呢！”不是高高姿态嫁你的，是因为你比我好，我就愿意把一切给你，从此跟从你、疼护你了！

我奶奶就是夏家把来的，什么也没要，一把就是一生，养儿育孙，种稻麦菜蔬，养鸡鸭猪羊……她这个新娘子，就是那样简单地把过来的。

圩里姑娘心里有了他，什么也没要就把过去了。把过去就办厂上班、下田、生孩……

所以，如果你的对面是高桥人，当你听到“我愿意把（某物、某人）……把你”“……（别人都不肯），我把你”，这一个字到了你的面前，请你、请你、请你，好好地，收下吧。

因为，对着这样的“把”，被收下的那一刻，是多大的欢喜和恩宠啊；被拒绝的那一刻，是多么难以理解的伤痛和无尽的泪水，犹如斧劈剑落。把而未收的，从此磕磕绊绊，人世多么艰难啊！

时光如浪，大多的女子的结婚都在用“嫁”了；世界上，如果你遇到还在用“把你”的人，她们还在捧出心来、义无反顾地给，已经逐渐稀少。

把，那是高桥人，全心全意地给，却什么也不要！参加了太多的宏大场景，这个字，丢了吗？

江水带不走，我们那一伙里，十几位姑娘，那些“你想把哪一个”的回答，清脆响亮，全都在呀！

同“把”一样，高桥还有一个对应的字：“要”！

“妈，我要西头的她，旁的不要，你别乱烦！”“人家不把！”“不把我也不要旁人，我做和尚去！”

高桥的要，是专注的、坚定的！

“你要是肯把我，我出去吃苦，回来翻房子，把你要家来！”大多数都是这样的要！

所以高桥的江边码头，多少次是为了要人才离人的啊！

要不到人，就出去进步自己，赚钱、省钱，要个外面的、自己欢喜的带回家！

全家为了证明对要人的热切希望，从老奶奶开始，盼、省，一年一年的全家计划就是奋斗、存钱，等着满足未来的儿媳妇的出嫁愿望。全家的心，都热切地，都准备着你把过来！

打听、托人、求媒，看人家婚礼怎么办的！

这些都是次要的，清俊的小伙子，敞开心去说：“我就只要你！好不好？好就办酒！”

要，就一个字，热切短促的道白，只有两个选择：“把，还是不把？”

愿得一心人，白首不相离。高桥的小伙要的那么恳切；高桥的姑娘把得那么值得！

在高桥，这人世上的最好莫过于：这一边，全心全意地把；那一边，全心全意地要。

接

高桥因为地理位置独特，外出的人特别多，又隔江过水的，所以，“接”这个字，频率很高：哪个嘎（家）来了、马上到汽渡接、到江边接……

在高桥，“接”是个入声字，说得坚定、热情，含着久久盼望后得到的开心。

我的外婆家在谏壁，那时候谏壁在计划建各个厂，爸妈去那里打工，过节或者有事才能回来。想念会在晚上发生，每天白天把事情一一做好，晚上在床上没事做，就开始拿着信，数爸妈回来的日子。我们想着，这一次会带什么给姐姐，带什么给我。奶奶就说：“你啊，不要老是要东西，家里什么都有。他们在外面，倒是什么都没有。要什么奶奶给。”奶奶什么都不要，只要他们好好的。

奶奶自己也很想念，但是她不说。有相关的人说到她的三个儿子和媳妇，她都很认真地听着。有时候大家说的那个人和爸爸年岁相仿、情况差不多，却有了荣耀的事，她会悄悄走掉。

终于到了接他们的那一天了，说中午才到，我们一早上就起来准备了：我要到高田挑菜，抓豆子泡上，他们去高桥街上买鱼或者打肉。

我们腿短，只能到大岸上、桑树边上接，或者胆子大到三支河桥上接，对着大路耐心地张望、张望，关心的人以为我又跑出来了，都问：“你做昵（干吗）呢？你奶奶呢？”我会昂起头骄傲地说：“接我爸爸呢，爹爹已经到江边接了！”

有时候我和姐姐两个人等，从早上等到快中午，等呀等不觉得长。

高高的个子背着包的爸爸、矮矮的短发的妈妈，终于都看见了，心底暖流漫过了四肢，张开要抱的双臂，以最快的速度飞过去，一路喊着“爸——妈——”

接到了，被抱起来了，立刻高了好多，看人都觉得矮，被宝贝了，被夸了，那么多的思念梦，都值得了。

一路牵着手不肯放，吃饭都忙着汇报他们走后这段时间发生的事。吃过饭，他们把带回来的东西拿出来，有大塑料桶的酱油、醋，小袋的白糖。妈妈会自己踩缝纫机，给我们做新衣服，交给奶奶，让洗过澡给我们换。下午就又要走了，爸爸留一点钱给奶奶，叫不要省，他们下个月再赚。

他们走了，晚上把新衣服穿了又穿，怎么穿都嫌大，奶奶说这是要多穿一年呢，收起来明年再穿吧。穿旧了，你妈妈又要带晚（熬夜）给你们做衣衫。

都睡了，我也知道了：在江的这一边，我们努力着节省着、等他们回来的、想他们的晚上；在江的那一边，他们也努力着节省着、想着我们。中间的长江水，就是这无形无声的思念，悄然却浩荡地奔流。

“接”这个字，在高桥频率很高，到汽渡接、到江边接……

这是一个静静的、穿越黑暗的字呀，要在晚上铺稿构思，夜里天由黑渐亮的时候写，一直写到窗帘微微亮，晨光临窗渐渐到明媚。

“起身擦干思泪痕，去接万里归来人。”高桥小，受限于长江，但是高桥人却因此获得了至高无上快乐的字样：

——接你。

芦花白

高桥平静的日子，看得见忙碌，看不见感情，那里三面环江，芦苇丰茂，夏水慢慢退了，芦苇满眼满滩，初秋有穗未开的时候，是我第一次见到它们的时候。美得正是清波荡漾，摇曳生姿，绵延不绝。

再往秋深，江风变了性子，大了冷了，芦苇被吹得日渐寒肃，滩里鸟少了，螃蟹也少了，芦花渐渐纷飞了起来，芦花白，芦花美，花絮满天飞。

站在江堤上，就只看到大风把白絮不断地吹起来，在半空飞，旋舞，四处奔波，芦苇轻摇，沙沙作响。芦花不似蒲公英一小簇，是苍远无尽的，顺江上溯武汉，下沿无锡苏州上海，北去淮水，直接大河，南飞闽粤，四面八方，千里之外。那是多么盛大的起飞，多么悠长的飞翔。他，他们；她，她们，在江洲的码头和芦花一起，挥手摇曳，回头频望，码头、桥头圩子……千丝万缕意绵绵，路上彩云追。

南江边的芦花，这一边是相送离开高桥，那一边是芦花飘飞，轻轻落在你的肩上、心口、额前，然后飞走。追过山，追过水，花飞为了谁?

一个个对着船头大风，凝望着船头的白浪，把母亲，把他，把她放心里，飞到五湖四海，落下深根，再长一片芦苇。芦花为媒，天堑通途。

芦花白，芦花美，花絮满天飞，千丝万缕意绵绵，路上彩云追，追过山，追过水，花飞为了谁?大雁成行人双对。芦苇一样的高桥人，乡情，江水悠长，山岳永在。

往外飞

高桥人有神秘的生长力，一种梦想的力量：三面环江，受限局促，长大了，一定要出去看看！一定要出去闯一片天。

一旦家族中有外来的人，说到外面的世界，都会自动形成神秘的面纱，莽莽雪原、青青草原、泰山昆仑，只要是有名气的好地方，都记在心里，日久必定达成。

高桥人的向往总是高远美丽的。实现飞出的第一步是好好念书，依据书上的解说，寻找自己的梦乡。读书是高桥人联系世界的第一途径，所以，对岸的大港中学、谏壁中学、儒里中学、上党中学，成为每家学龄孩子的圣地。

为此，各家的廊下园后，清澄的少年声音在背诵；煤油灯下，抄写英文单词，用心记住，用心劳动。鲲在江河潜力，只待化而为鹏。

娇儿离家求学，码头的送别和迎接最是高桥码头的魅力。原来没有汽渡的时候，南江边的码头上，渐离的船，放不下的手，并未走远："走吧，开船了，好好的，听老师话"，"早上要吃饱，走路慢着点，走了，走了，慢慢地了"……

居家已久的人，心里就盼望着有一次出游的机会，那是一种很惬意愉快的感受，总是盼望有在外漂泊的经历可以作为喝酒的谈资。而漂泊在外、长久不能回家的，又盼望着能享受回归家园以后的宁静与温馨。所以码头上来来往往，像燕子一样飞来又飞去。原因就是人有两个世界，一个在眼前，一个在远方。久别归家，厨房里的喷香的滋味和亲切而久违的人的笑容，书房里翻开旧书，窗前树枝头却冒出新芽。

回来时候，人在船头，看见码头上的人，老远地挥手，一边是急切地下船，一边还是重复的："慢点啊，慢点啊，叫你慢点！"

高桥的汽渡，渡了牵念，减了相思，可是，远方的人儿，羁绊在他乡的圆月日辉，燕然未勒，归家无期，在外独行定然不易，凡事慢慢地啊，说话慢一点，喝酒慢一点，开车慢一点啊……

如今，高桥既有汽渡，又要通大桥了。高桥人，从大世界回来方便多了。看看，红花草还有，大河静在，大门未改，香椿又冒出了……陌上又花开，高桥人，缓缓归了。

你回来吗？

高桥也有过很穷的时候，三顿只吃山芋，一个月吃不到米；一件棉袄大的穿，二的穿，三儿还穿。

看到家里贫病交加、天雨屋漏的凄苦处境，家里的强者，会暗下决心，到外面去，去替自己、替家里找出路。

有的家里弟兄姊妹多，老大想，只有我出去闯；有的上有姐，下有弟，自己出去，不碍家全；有的没有兄和弟，只有自己苦出路。

以为过江才能解厄，去读书、去当兵、去投亲，总之，知道这是抛家别母，也要去试一试，谋发展，搏前途。

去的人说，什么都不带，全部留家里用；送的人说什么都要带，因为家里好办。

高桥人，上路了，过江了，风雨飘摇中到达一处，工作生活。从此那个陌生的遥远的地名，和高桥有了联系。看天气报告要看全国的了，新闻要听两个地方的了。上高田做事，看眼前的菜，想远方的菜……

一年没回来了，五年没回来了，十年没回来了。我存到钱了，能买票了，想想还是不要去，他正忙前途，他正在加班。不能添麻烦，不要打扰人。

经过了冬天里漫长等待和盼望的心情，才产生了朱自清《春》这样的经典文章。因为这说出了所有人的心里话。

不管下雪或者不下雪，只要春节快要来临，等待春天、等待归人的心境，都会在看红梅和白梅的眼光中表现出来。因此，梅花成为特殊的花。寄托冬雪漫长的思念，又象征着春天的希望。这两种气息和在一起，就是梅花的香味。

屋檐雨帘网相忆，花开蝶来触念思：留一袋糯米，除了这个没别的能给了。一会又想到在外好好的，就不要回来了，千里路长麻烦多。

思念和悬牵让人想他们回来，但是一想到回来又很麻烦就别回了。摇摆和犹豫都是为了远处的游人。

如果高桥有前途，也许就回来了吧！于是留在高桥的，决定再努力点，把房子修好，就回来了吧？把路修好，就回来了吧？把孩子们都带好，就回来了吧？建成花园农村就回来了吧？好吧，起早贪黑也愿意。

这种等待如猫抓心地痒，始终孕育在心的深处，并且随着节气变化和景物的变化而日益加深。

人回来了，就像大地到了杏花、梨花、桃花也盛开的时候，接着，大片大片的油菜花也开了。最大的快乐，随着归来而到来了。

赤诚会感天动地。现在汽渡有了，大桥也有了，北京的你，上海的你，美国的你，回来了。南江边，汽渡昼夜不歇，东江边也大桥正架，回家变轻松了，高桥人。

背携古琴归村圩

和所有高桥人一样，小秋常常回家。三年前他回去，圩里正有他的发小得着重病，小秋觉得帮不上忙，但是能把自己因为喜欢而得益的古琴艺术推荐给他，期望他散心舒郁，有助于稳住病情。

面临发小的重病，大家都在心底里暗暗地准备着生离死别的可能，都在白天的生活和工作后、晚上和深夜，思考我们一生中的聚散离合。

小秋的兴趣和爱好在古琴，他自己认为仅仅是爱好而已。古琴蜀桐木性实，楚丝音韵清，记录着历代贤哲的思考，如何安顿生命，安顿自己的满腔热情。

什么样的学问和智慧，怎样的情怀，才能让一个不安稳的人变得安稳了？一个不自在的人变得自在了？一个痛彻心扉、热泪满襟的人变得宁静了？这种力量藏在哪里？在田园、丹青、诗章、山水？这些都可以，还有古琴，清韵琴声，传向幽静通途，逆转我们的伤悲。

因为同村之谊，得小秋寄来一曲《洞庭秋色》，说是正在悟练，还是在三伏盛夏那一晚寄来的。每晚把白天的事务忙完，在这样的声音中，开始写我对高桥人和事的想念。就这样，好多天过去了，他一定已经指熟神谙了。

倾听古琴，撩拨起湖水清风、清音清茶、蝉鸣斯斯，那洞庭的秋波，荡漾着夏日大潮的记忆，承载着清风明月。抚琴人半个多世纪的起伏，在寻找平安和宁静。把自己放逐在山河湖海、田园大泽中，天人合一，就是安宁。

清丽琴声，撩拨起洞庭柔波。风过水上，犹如人过世间，即时泛起的波纹或者浪潮，都是美好的起伏，潮水去和来，都那么自然，何况人的聚和别？在生动感人的起落中，唯一不变的是那永远的不朽瞬间，和发小一起在冬天结冰的河上，狂奔的瞬间。

古琴记录着一脉中国文化的意蕴和精神，“一音入耳来，万事离心去”，宁静淡雅，像一杯清淡的茶，充满着人生哲理和禅意。古琴没有让人生走向虚无，相反，在从容的一撩一拨之间，它暗示着人生大风大雨、欢欣悲喜、聚散依依。慢慢地拾级而上，缓缓完成了认识自我、超越自我、完善自我的拔擢。抚琴弄声，心音归依，于是村圩的智慧与底蕴大雅。

门前大江，隔江望圌山而成自我，这其中的一番变和不变，即使如万古东流，心底自知，何必倾诉？一曲高桥人的《洞庭秋波》，纯净的高桥月，圆缺两清明。

每一个高桥人，都会背着他们在外的无形琴弦，回到胞衣之地。

附录

乡土审美叙事写作各章对应要点

第一章　叙大型事件

1. 记叙乡土素材首选大事件，大事件往往集中了万人之力，几代人所为。乡土山水的变化，逐步沉淀成乡土性格，在大事件的叙述中体现乡土的共有精神。

2. 清晰叙述大事件的起承转合的过程，汹涌澎湃，起伏不断，充满精神魅力。

3. 大事件影响了人物性格，影响了群体性格，描写大事件中的人物形象，形成源头性格，人物有感染力。

4. 大事件有诸多关键细节，叙述时候以小见大，只言片语，就能一去千里，一动万人。

5. 注意大事件的时间跨度、大事件的变迁，形成历史对比，体现乡土群体的精神魅力。

第二章　叙事中的描写

以描写飞舞灵动的昆虫世界为例，看叙事中描写的魅力。

1. 描写的角度、描写的顺序，描写展示了生命活力，决定了文章的审美愉悦。

2. 传神的达成，在于真实描写实际场景，能表现生命舒展、生命活力、情趣纯真。

3. 描写注意渐次深透，体现描写的个性，花鸟虫鱼的渐次描写，让事件灵动。

4. 描写千姿百态的人事风物，以描写的线索贯穿，而线索又服从于叙事的进程。

5. 风、声音、光，无形之物的描写和情感相得益彰，调用想象、比较、联想，让无形之物在有形之物的衬托下展示，让事件动人。

第三章　叙事常态手法

1. 叙事的伏笔和烘托：事件的次要信息伏笔，使烘托下的主要信息，有了新的意义和魅力。

2. 叙事的对比和侧写：在追求富裕生活、美好生活的过程中，现代性审美的维度对比乡土的丰盛活力，能体现差异性和多元性的叙事效果，引人深思。拿现代城市发展感受，对比传统文化和农业文明的感受，易在对比中产生深切关注，刺激寻找空灵的文化理想。在这些对比中，将 40 年以来的乡土变化，有些正面叙述，有些侧面呈现，更有家国情怀，因而更有意义。

3. 叙事的设悬和惊起：40 年前后的发展变化。对比反思中形成设悬和惊起，再释放这些悬念，建构了乡土事件的想象。

4. 叙述乡土事件的发生，要写在情景交融处：优质的阳光、空气和水，生命体最重要的三大基本元素能构成美好的风景人物，触发纯净的感情。乡土不断的物质进步触发了不断的精神追求。在事件叙述过程中，采用咏物抒怀和托物言志，乡土魅力可以疗养生命。

5. 抑扬之间和虚实之间：事件的情节是实在的过程，当然有跌宕。怀念小桥流水、古道夕阳，是记忆，是虚像。这样大量的叙事是不是后退的表示？当然不是，虚实之间，反映了现代化历史进程，提交了历史进程中的一幅幅壮美的图景，叙事魅力就增强了。

第四章　叙事的语句，形成话题链，才能达成叙事完整

1. 各个句子的话题如何依据逻辑形成内在联系。

2. 动态事件的持续，按照动态的时间、次序，报告动作进程。

3. 静物描写，依次描写各个组成部分，然后以其中一个部分为基点，对下级组成部分描写，衬托事件的动态。

4. 以事物的各个组成部分、空间、相关物维持话题，分别进行细致描写，事件的瞬间状态被补充翔实。

5. 无论是动态事件还是静态之物，都要以把前一个句子作为下一个句子的信息基点来展开，依次成脉，不散乱，才能叙事完整。

6. 每一个段落的信息，都有共同围绕的话题。整个叙事有情节主干，树状层次结构。

在话题链的基础上，产生叙事语言和叙事内容的匹配特色：

1. 语言的灵动和精致：在昆虫事件的叙事中，使用灵动精致的语言，语言和飞动的昆虫双双起舞。

2. 语言的丰富内蕴：在事件中表达意象特征，注意语言的丰富内蕴可以借助于乡土富于意象的物件表达。

3. 语言的情感寄托：语言传达出真诚的情感，唯有真诚才能产生阅读价值。

4. 语言的正雅和跳脱：对待乡土万人共赴的大事件，对待正雅的传统文化，注意用正雅的古诗精华、国画艺术推进构思，让文章承担正本清源的意义。

5. 语言的朴质、憨纯和跳脱：对待乡土人物的朴质、憨纯的相对事件，必然调用朴质的词汇，表现憨纯的人物形象，语言需要精炼，事件不必过于详尽，留白和跳脱，语言更有表现力。

6. 人称转换、叠词和骈散结合，随着叙事的变化而灵活使用。

第五章　叙事写作进行中的常态提醒

1. 叙事有没有带上感情，词语搭配有怎样的偏爱？怎么组合成为自己文章的个性标志？

2. 表达的语言色彩，有没有随着叙事的场景改变？

3. 叙事的要素、对比都交代清楚了吗？

4. 表达生活阅历的叙事选择有怎样的偏爱？

5. 叙事表达的初心是什么？叙述有没有达成这个初心？

6. 表达矛盾事件时，着意彰显人物的品质了吗？

7. 事件的余波需要表达吗？

8. 叙述事件呈现内在深层意义了吗？

9. 有没有将事件的思想意识进行深度挖掘？

第六章　叙述田园事物

1. 叙述田园事物的特征，注重表现田园人的个性风貌，展示田园中人物形象和人物的情怀。

2. 自古田园总是诗，写出田间事物四季晨昏变化，叙述事件的变化之美，呈现田园情怀的渐变趣味。

3. 同样一片竹林，不同事件，体现不同的思想状态，流露不同感受，叙述的主体感情需在叙事中逐渐展示，以让人怀想共鸣。

4. 叙述田园之美，表现事件的魅力，在于观察者的情感投入。在田园事物中发现独特的审美风貌，田园事物的文字才有特色。

5. 田园是乡土生机的集中体现，叙事的立意丰富，取向轻松随意，自然而得，有不必费思量的叙述优势。

6. 中国文学中，田园诗是有独立的流脉的成熟文化，对乡土田园的叙事，可以促进田园文化的传承，也是文章言之有物的美好选择之一。

第七章　乡土素材叙事中，在网状思维模块的组合中，写出人物个性

1. 直接感受而萦怀的乡土人、事、物、景，不但呈现连续形态，而且呈现族群状态，形成自然网状链接。

2. 以乡土生活经验为母本，展开人事风景的记忆，描摹乡土生活阅历中的人、事，进行乡土自然的模仿写作，网状交错，盘根藤缠，有利于形成乡土特征事件的思想情感，这样的情感又具备网状覆盖特点，成文以后，容易感染更多人，引发共鸣。

在多重交往事件中，写出人物性格：

1. 人物参加的某种社会事件特别活跃，其相应的性格也特别活跃，写人物的相关事件，侧重表现相关事件中，人物是怎样反应的，就能写出人物性格。

2. 人物性格因为条件的改变，性格世界发生动荡与改组，原先朦胧或沉睡的性格素质会争先恐后地冲上前，变成主导性格，所以选择写矛盾事件，更能写透性格。

3. 人物的性格是感情的品格和格调，事件激荡起人物感情，能写出性格。性格写出来了，人物的精神风貌有了依据，这些人物的精神就能教育人、感染人。

单个人的塑造方式：

1. 写个人在特定事件中的真实状态，才能写出这个人的主导性格。

2. 注意表现乡土事件和个人性格的互生关系，个人才有感情共性。

3. 乡土事件的特点和现状越具体细致，个人思想的形成越有感染力。

4. 写出人物在事件中的影响力，人物的感召力随之形成，人物呼之欲出。

5. 从环境描写中逐步展开事件，依次呈现人物的主导性格，让人物重新鲜活如初，从而打动人、启发人。

第八章　亲情类叙述魅力

亲情是个人在生命旅程中体验到的特定情感。所写人和事是家庭中亲身经历过的，有真实的生活基础，叙述中表达亲人为爱而忘我的精神，文章的实际效果直达人心。

表达优势：亲人时时陪伴，事件迭迭，层出不穷，从心底直接倾泻出来的声音。所谓满腹爱珍，激越情感，一吐为快。

表达方式：叙事需要有裁剪，区分主次。叙述的关键在于依据风土亲情，选真实事件，采用叙事中兼容描写、抒情的表达方式，波澜起伏，错落有致。

第九章　亲情类素材叙述

1. 生命旅程以家庭为生发点，然后走出家园，去社会积累经历。所以，理解亲情、写好亲情，才能写出走出家园之后的乡情依恋。

2. 人文叙事选择：不是家庭中的所有事都可以成为描写对象。首选那些“参与过作者主体的精神建构、对作者的精神成长发生过某种影响、进一步与社会实践或价值观发生联系，从而在矛盾选择中发挥能量”的家庭事件。

3. 怎样叙述这类素材？

通过真实的系列相处事件、亲情场景来实现情感传达。叙述对象带有意象特征，把意寄托在人、事、景、物上。

选好感情的触发点，叙述情感形成的过程，抒发由亲情传递的爱和赞美。

记叙亲人相处中曲折的人生况味，传达出生命传承的深沉之爱。

随着认识的加深，反复写事件的开端、发展、高潮、结局，在循环的起承转合中，表达情感的层叠和依托。

第十章　手足之情类事件叙述，有利于形成四项优势

兄弟姐妹手足，亲情相处，事件叙述有四项优势，易写出人物性格和情感思维品质。

敏捷。儿童、少年的身体和感受特征是敏捷，形成思维的速度与效率。敏捷与积累有关，与锻炼有关，这样的叙事对象，常常因为敏捷而立于文中。

灵活。兄弟姊妹的相处，亲密而且融合，处事也很灵活。从不同角度和不同方面变通思维、迁移和应变、变通单项多项写作方向。其中扩散、发散、收敛等变通，有利于多侧面写出兄弟姊妹形象。

独特。独特不是刻意显摆就能达成，独特往往来源于真实，尊重事实，才会产生独特。独特和个人认识事物的角度和深度有关，兄弟姊妹的相处甚密，每个人的独特容易被察觉。

深刻。指思维、内心感受事物的程度，对事物本质属性的开合认识。得到深度的办法是思考、分析、鉴别、提留。同辈伙伴和兄弟姐妹，共同生活，往往触发思考，推进情感。提取后，产生深刻感受，成文就能深刻。

第十一章　叙事中的民居民俗和文化自信

1. 叙事中体现乡土人居特征、文化积淀的美韵。

2. 叙事中体现民俗民风的典型影响力，使事件耐人寻味。

3. 叙事中呈现四季流转时，民居、山水、动植物的典型特征。

4. 叙述中呈现的文化自信和文化发展的风姿源脉。

5. 民居和民俗、文化自信，体现在事件中，雕塑人物的精神世界。

第十二章　叙述中表达稻米文化的立意

1. 叙述乡土稻米相关事件，立意在于赞美水乡的稻米文化，传承稻香中的勤美精神，江南稻米文化哺育了勤劳朴实的乡土人文。

2. 叙述稻米的故事，强调江南水乡，积淀丰厚的稻米文化，向来是文化精神复苏之地，是繁衍生息的基础，在叙述中表达乡情。

3. 在叙述中描写鱼米之乡，水域清澈而清明，平淡而内敛，赞美水稻之乡，稻米食物多样，因为多样而灵敏，形成地方的灵性。

4. 叙述深耕细作的江南农耕事件，强调稻米文化正在复苏返春。

5. 叙述乡土稻米文化事件，是华夏文明千年智慧集大成，关系到中国文化的生命脉络。

第十三章　叙述乡土饮食文化的核心立意

1. 叙述乡土食品制作，乡土风味，既营养人的身体，也滋养着人的心灵。

2. 叙述乡土饮食文化事件，寄托食品制作者的感情，表现特定的人情世态。

3. 以小见大的叙述，表现乡土代代都在用自己的智慧和情感，造出一个族群人喜爱的滋味空间。

4. 记叙家人制作饮食的小事，许多长辈因为钟爱小辈，用心灵赋予食品的审美价值。

5. 记叙族群交往过程事件，制造出和人的情感、意志相联系的品味空间。

6. 记叙食物的呈现场景，传达传统乡土食品带着精神印记和人文色彩。

7. 记述乡土人群研制的食品，形成具有代表性的人生风味。

第十四章　在叙述中，剖析乡酒的感情层次

1. 在乡土，酒文化和茶文化不一样，浓情需要酒，需要多角度表达。

2. 叙事中写乡酒细节，能写出族群乡人的思想情感交流的酣畅。

3. 详细记述饮酒的过程，写出乡土人物感情的推进过程。

4. 饮酒渗透于乡土生活中，记叙饮酒的过程，能写出生活的复杂滋味，写出酒代表的感情。

5. 酒士热肠，在记叙中描写人物，能在酒文化中，彰显人物的率真品质，袒露真情。

6. 以酒寄托，叙述节日酒会的场面，写出乡土感情的节日特征。

第十五章　用文字记述乡土年文化的个性

1. 年是辞旧迎新的，叙述人物命运新旧交替事件，展开冲突，以一年真实事件的心理感受为依托，抒情交流感情力量很强。

2. 叙述年文化的事件，表现年文化中藏着的乡土人物生活的跨年信息、思维飞跃。

3. 叙述家族群落相聚饮餐，形成年文化食物艺术，精神交流。

4. 在叙事中，突出人物的思想认识的地区风貌，让乡土年产生新年思想延伸。

5. 叙述传统的年文化，形成固定的回归价值，休养生息的非凡意义。

第十六章　在叙述中传承的院落文化

1. 乡土居所里，一片风景就是一片情感，一片树叶都能表达特定的情感和意向，叙述这些经历，抒发这类情感。

2. 家园之物大多是精神现象的对应物，在叙述事件中描写精神现象的对应物，写出它们在人的生命历程中的关键作用，院落文化的精神内涵成为立意。

3. 家园居所是人展开活动的地方，叙述这里发生的事件，用在场的景物来表现不在场的物事，使精神和心灵获得寄托，能让行文从物质家园写到精神家园。

4. 乡土院落是人化的自然，是虚实相生的叙事，呈现人与自然共同创造的审美家园。

5. 家园事件的发生，伴随着灵感独特的创造过程。

6. 家园事件的叙述和描写，勾画出作者心灵的底色境界。

第十七章　在描写和记叙中，彰显原乡春天的审美意义

1. 春天风物的审美表达，通过原乡之春的特有素材的描写和记叙，选择、欣赏和享受生命原乡的臻美情感，净化情感，激发创造美好生活的动力。

2. 在记叙和描写中，对春的内在复苏和生长的力量进行审美表达，体现原乡源头富于生命力的朴真热切的情感。

3. 原乡春天独特的风物，有独特的审美属性，叙述和描写中实现原乡内容美和形式美的兼备表达。

4. 叙述孩童事件，在乐趣中表现童年时期的充满生命朝气的激情，是原乡美的情感体验的源出。

5. 以孩童视角，叙述和描写对春天的原真挚爱，形成孩童时的审

美愉悦。找到语段回顾评析、文质判断、意境创造的入口。

6. 原野的春天，用孩童式的灵敏的器官，积极的态度去感受美、体验美，活泼纯净人心，必然会酝酿最美的情感心魂。

7. 原乡四季风物皆可入文，以春季为例，形成四季风物的写作手法。

第十八章　记叙中的抒情

1. 情怀是叙事写作的原点，情怀更是写作的成果。

2. 叙述真实的事件，事件和场景的入微之情和宏阔之情，形成叙事美文和雄文的情怀风格。

3. 叙述乡土事件，必然动用悠长的情怀和深沉的热爱。

4. 叙述乡土事件的时地差别，导致意境、意象差别，人物的情怀发展就能被理解，被共鸣。

5. 乡土叙事中的抒情，伤痛、回忆、乡愁、愁苦等情怀，需要正视、转化、融合、新生，需要在立意中形成并升华。

后记

我，是从高桥来的，我的一切源自那里。

幼年、少年长期居住的乡土，是一个人身心生活、成长的空间。充满生命朝气的人和事，带来美的情感体验，启蒙心魂，成为一生不变的动力。开河筑桥、起房造屋，是乡土的大事件。开河筑堤，万人以上的共同追求，形成社会生活的网络和情感的网络，表现出与大自然和睦共处的愿望和幸福追求。书里的“养蚕”“大桥”等生活理想、家园精神，推动着我的精神世界的进步。

乡土的三大要素直接作用于人的身心魂魄：① 自然要素：地形、地质、气候、水文、动植物、土壤等生存必需物质，比如书里列出的大河、高田、蜻蜓，等等。每当在船头，迎着江浪，看见最熟悉的面孔，都会产生对乡土的归属感、熟悉感、亲切感。② 有形的人文要素：比如建设、交通、聚落、经济活动，例如开挖大运河、吃喜酒这些都是可观赏的有形存在，是人文精神的依归。③ 无形的人文要素：文化、风俗习惯、语言、歌谣，等等。比如书中的“人家居处”、食物滋味、“小燕子，穿花衣”是我的乡土情感及乡土意识之源。

饮食文化也涉及民族自信和开放的元素，埋藏着天人合一的理念和追求，这是不能忽视的生存方式。药食同源，“倒缘乡味”，是对家乡食物的多元理解，不仅意在回忆美食的滋味，还有食物的健康营养和感情渗透，具备健康身心的意义。家乡食物是先人一生试验的成果，是生命的积淀。一代代品尝、积累以后，传给我。

吃什么才适合自己？怎样才能牢固确立健康饮食的理念？这离不开自己的本源。江洲的马齿菜、豇豆、三叶草，滋养我，给了我一个健康的身体。这是我健康的源头。

“一春院囿”一章，写我困在小院子里的观察，以豹之一斑写家园之美。人的审美赏析与判断，是生命愉悦与创造的必需。激情从哪里来呢？源起于乡土环境，理解家乡人的精神世界，仔细欣赏其中的文化内蕴，欣赏乡土风情，常常激发出我对家乡人和事物的情怀。奶奶不识字，却有讲不完的生活知识，她懂得孩子的内心，懂得生命的规律和正确的生活方式。她在田园中、在诸多的生命活动中，知道了很多健康的养育方式，这些是我的育儿思想的源头，也是现代教育的另一种参照和比较研究。

写文是审美活动，江洲是我的文字源头，我的审美是欣赏和体验的活动，受着环境条件、学校、家庭、榜样，还有个人主观努力的影响。物我交融的创造境界，需要重视人物的多方面的内在联系，而乡土正好承载这种联系。一个人出生的地方、长期居住和生活的地方，是与生活有密切关系的自然及社会的综合体。我是谁？我爱什么？为什么对乡土的深情一生不渝？都在这里不受控制地发生。“儿戏”“桥边课堂院”这两章的乡土生活，饱含趣味、情感。从乡土成长起来的灵魂、态度，去感受、体验其中之美，发现自己深受影响，对其具有深厚感情，我的心魂之脉，源于此。

“总有人事很特别”，同根乡人对我的气质、性格和志趣，有着潜移默化的培养。一个人的身上永远带着乡土的印迹，气质类型也带有自己生活中重要人物的痕迹。每每起笔，大多数人的朴素的情感愿望、大喜大悲，往往是文章立意的缘起。他们是我做人的第一榜样，给我重要的启发。众多的自然之物、乡土风情，实实在在构成景象万千的世界，触发我的思考、感受，激荡我的情志文心，我的文字才能得以升华。

乡土文化带有很强的传统色彩，这种传统文化的积淀和渗透，往往以家庭为一脉，村圩为一片，传达文化的底蕴，撩拨生命的琴弦。但是我们的孩子不一定了解父辈的杰出，不一定了解高桥家族的深层精神，他们回来高桥“做客”的时候，不知道脚下和门前的看似普通的河、桥、路，有着不普通的故事。有些孩子在高桥出生、成长，也同样不理解自己父辈祖辈的精神。外界的变化，激发心情的动荡，强烈呼唤对族群文化的尊重和传承使命，我觉得必须对传承做一点微薄贡献，哪怕是保存在文字中。刺绣刻章、民居田园、古琴诗文等相关篇章，有利于促进村圩族群间的和谐。

总结我三十年事、情、境、意乡土素材写作教学的方式，以期触发学生热爱和维护乡土风物和文化的多角度立意，以期这些少年还会对家乡风物产生价值感和自豪感，以及建设美好家乡的责任感，从而滋生重视传统和血脉、传承乡土美德的力量。所以，江洲也是我的教学思想的源出。

乡土空间感会随着情境而异，因情境改变，高桥→谏壁→镇江→苏杭→中国→亚洲→地球，都可能成为乡土，地球村、世界公民的概念正在产生。乡土空间的大小系，随着生活经验的不同而不断扩大。但是，源出之乡是生命的“三江源”，常常回归和思索，维护源头之清，真正使心魂强大，才能达到真正的“文化自信和开放”，不丢自我。

写乡土不是为了倒退。人不会总在源头，总要成为流脉，年轻时候急流冲出，积累学习与生活经验，多方了解、认识其所居住地方的人、事、物，包括生活环境、历史人物、自然景观、传统艺术与文化，对比他乡他国的风土人物之后，能更好地认同与热爱自己的源出，同时积累人格教育、生活教育、民族精神教育和多元文化教育的素材。所以乡土蕴藏着巨大的审美能量资源，好好写，就能出好文。

在我离开源头，成为流出之后，个人阅历和关注的人、事、物，依然有源出的特征，思情牵念常常使我夜不能寐，深夜铺稿而录，到旭日临窗，心境才又重回光明温馨。离别日久，涓涓而成了此集，原本可以不必出版，成为私人读本、私人珍藏，但是我的教学又有了新的需要：那就是眼看着新生的少年在写作文的路上踯躅难行，极其需要给以帮助和提示，所以又添了出版的想法，想用它来做乡土审美叙事写作的素材读本。

假如这些新生少年的写作课程与个人生活经验相分离，直接参加逐分，将会引发难以发现和弥补的挫伤。这是一个不得不防范的问题，为此需要做多种努力去排解，尽力消除实际生活与课程之间的脱节。文是审美思想和生命意图的表现，需要生活积累。作文是养人心志的，不是敲门砖。作文是写生命之源，是让生命蓬勃的。乡土是情感和精神资源之一，为滋养生命而文，致心力于此，就需要放鱼归水，从生命清源开始，这是我重提本源的又一个重要原因。

祈望这本书里表达的对乡土和自然的热爱，能够复苏澄明的记忆与感觉；祈望晴朗澄明的天空下，乡土传统、感性能力散发的蓬勃的生命气息能注入少年们的写作生命。乡土作为审美的存在，山川河桥、风土人情、五谷杂粮都可进入美好的随笔世界。高桥人的骨骼体魄、勇气胆量、田园风光，构成了生活美学和精神理想。高桥乡土强大的包容精神和衍生能力，形成了强大的生命力。

在附录中，录出了各章相关的乡土叙事写作的对应要点，力求能扼要表达乡土叙事作文的相关提示，能对少年写作起到帮助作用。虽然少年新生，乡土的区域不一样，文化个性也和高桥不一样，但是，乡土叙事的审美写作却有着共通的情感和立意。无论你的乡土在哪里，希望新生的少年铺稿写乡土作文时，如同在自家的田园耕种，多写写自己的生活，酝酿出饱含每一位少年独特的审美个性的文章。

“采之欲遗谁？所思在远道。”我把自己生长的地方、亲朋共居的地方、人们交往的地方，把生于斯、长于斯的感受写在这本书里，原本为完成爹爹的心念，要我表达四十年前多承吾乡照顾的感激。成书的过程是漫长的，又受到老乡、热心的邻居、大学同学、共事同仁、出版社的编辑等相关人士的鼓励、关注、期待、支持，母亲、姐姐等家人和亲戚的关注支持，我又积累了感激之情要表达，此处郑重感谢。

吾心之乡的自然与社会人文背景、历史文化，是对我生活意义、情志意义有高度启发的地方，伴生出我的思想见解、生活经验、情感体验。由此才知道对乡土的挚爱是随命相牵，至死方歇的。

我们的源，山巍峨，水清澈，成书以记。